DRESDNER KRIMINAL

Thea Lehmann

TÖDLICHES SCHWEIGEN IM SANDSTEIN

Die Autorin

Thea Lehmann ist geboren und aufgewachsen am Ammersee in Oberbayern. Das Schreiben hat sie schon früh fasziniert, deshalb wurde sie nach dem Germanistikstudium Journalistin.
1998 verliebte sie sich in einen Sachsen und tauchte damit in eine völlig neue Welt ein: die sächsische Seele, die besondere Landschaft, die liebenswerte Sprache und eine Familiengeschichte, die eng mit dem Kirnitzschtal verbunden ist.
Heute lebt sie mit Mann und Kind in der Nähe von München, verbringt aber so viel Zeit wie möglich in der Sächsischen Schweiz.

Impressum

© SAXO'Phon GmbH
Ostra-Allee 20, 01067 Dresden
www.saxophon-verlag.de
© Reihengestaltung und Umschlagillustration
www.oe-grafik.de

FSC www.fsc.org MIX Papier aus verantwortungsvollen Quellen FSC® C083411
Das Zeichen für verantwortungsvolle Waldwirtschaft

Autorin: Thea Lehmann
Grafische Gestaltung: Thomas Walther, BBK
Satz: Ö GRAFIK agentur für marketing und design
Druck: CPI Moravia Books GmbH

ISBN 978-3-943444-86-5

Thea Lehmann

TÖDLICHES SCHWEIGEN IM SANDSTEIN

saxophon

Prolog

»Du rennst in dein Unglück! Kein Mensch will dahin, alle wollen raus! Bist du denn völlig wahnsinnig geworden?«

»Aber ich will bei ihm sein. Wenn er nicht zu mir kommen kann, muss ich eben zu ihm!« Ihre Stimme war vom vielen Weinen schon brüchig geworden. Heinrich Fürst fuhr seinen Mercedes langsam und bedächtig, obwohl er so wütend und aufgebracht war wie selten in seinem Leben.

»Du benimmst dich wie ein Teenager. Benutze dein Gehirn! Euch trennt mehr als nur eine banale Landesgrenze. Das sind zwei völlig verschiedene Welten. Du willst da nicht leben, glaube mir.«

»Doch! Ich will! Ich liebe ihn!« Sie rief das laut und energisch gegen die Windschutzscheibe.

»Du willst in einer winzigen Zwei-Zimmer-Wohnung in einem dieser schrecklichen Wohnblöcke leben? Du willst auf das Reisen verzichten, auf das Einkaufen in Frankfurt, auf die Jeans aus England, die Parfums aus Frankreich, den Kaffee, die Leberpastete, den Schinken aus Spanien und den Käse aus Italien, auf die Fernsehsendungen, die Restaurants und die amerikanischen Filme in den Kinos, auf die Musik und die Zeitschriften – kurz: auf alles, was dein Leben so komfortabel macht?«

Sie antwortete eine Weile nicht, als müsste sie im Geiste die Liste abarbeiten, die er ihr eben ans Armaturenbrett genagelt hatte.

Dann sagte sie: »Ja, ich glaube, ich kann zur Not auf all das verzichten. Ich liebe ihn.«

Sie versuchte, das mit fester Stimme zu sagen, aber Heinrich Fürst konnte hören, dass sie bald am Ende ihrer Kräfte war. Vor einer Stunde hatten sie die Grenzposten in Wartha-Herrleshausen hinter sich gelassen, gut zwei Stunden hatten sie noch vor sich. Er würde sie auf dieser Fahrt zur Besinnung bringen, und wenn er am Ende mit dreißig Kilometern pro Stunde nach Hause kriechen musste.

»Pah, Liebe! Wenn ich das schon höre! Du kennst ihn doch gar nicht. Du hast einen Ehemann zu Hause sitzen, der dich liebt. Vielleicht bist du verliebt, aber echte Liebe ist das nicht. Liebe ist etwas Beständiges. Auf Eberhard kannst du dich blind verlassen, der wird immer für dich sorgen. Dieses Bürschchen dagegen ... Der hat doch noch nicht mal eine eigene Wohnung!«

Sie sank noch tiefer in den Beifahrersitz neben ihm und schniefte mehrmals.

»Eberhard liebt vor allem das Geschäft. Das weißt du, Papa.« Sie klang traurig und es gab ihm einen Stich ins Herz. Er hatte geahnt, dass sie irgendwann aufwachen würde, aus ihrem Prinzessinnentraum. Inzwischen hatte sie also gemerkt, dass ihre Ehe vor allem ihm und Eberhard diente.

»Er ist der beste Schwiegersohn, den ich mir vorstellen kann«, knurrte Heinrich Fürst. »Er sorgt dafür, dass der Laden läuft, dass ihr jedes Jahr in Rimini Urlaub macht, dass du dein eigenes Auto fahren kannst. Wie viele von deinen Freundinnen haben so einen schicken Wagen wie du? Sag's mir! Wie viele haben überhaupt ein eigenes Auto?«

Sie ließ die Schultern sinken. »Keine.«

»Und dann auch noch ein VW Karmann Ghia! Möchtest du den wirklich gegen ein klappriges Fahrrad eintauschen?«

Er hatte offenbar einen Punkt gefunden, an dem er vorankam.

»Nein.« Sie atmete tief durch. »Aber für ihn würde ich auf mein Auto verzichten. Er ist die Liebe meines Lebens. Ich spüre das. Auch wenn du das offenbar nicht verstehen kannst.«

Heinrich Fürst fuhr inzwischen langsamer, mit achtzig Stundenkilometern krochen sie auf der nächtlichen Autobahn Richtung Frankfurt. Er musste das geradebiegen. So konnte er sie nicht bei Eberhard abliefern. Dann mussten eben schärfere Geschütze ran.

»Und wenn er ein Spion ist? Die DDR ist eine Diktatur, da laufen jede Menge Agenten herum, die die westdeutsche Wirtschaft ausspionieren wollen. Die versuchen ganz gezielt, junge, unbedarfte Frauen wie dich anzugraben.«

Sie schüttelte vehement den Kopf. »Das ist Blödsinn, Papa! Er ist kein Spitzel. Das hätte er mir gesagt.«

Heinrich Fürst war sprachlos angesichts der Naivität seiner Tochter. Bei der nächsten Gelegenheit fuhr er auf einen Autobahnparkplatz, legte ihr die Hände auf die Schultern und zwang sie, ihm in die Augen zu sehen.

»Mein liebes Kind, vor ein paar Jahren wurde ein DDR-Spion im Kanzleramt enttarnt, quasi im Vorzimmer von Bundeskanzler Willy Brandt. Glaubst du, die Behörden haben diesen Guillaume nicht auf Herz und Nieren geprüft?! Und trotzdem hat er sich das Vertrauen des Bundeskanzlers erschlichen. Willst du mir wirklich erklären, dass du cleverer bist als das Kanzleramt und der Bundesnachrichtendienst zusammen?«

Sie sah ihn verunsichert an. Ihr Pulli leuchtete in Regenbogenfarben, aber ihr Gesicht war blass.

»Nein«, sagte sie zögerlich. Ihre großen Augen füllten sich schon wieder mit Tränen. Sie sah aus wie ein aus dem Nest gefallenes Küken. »Aber hier geht es doch um etwas ganz anderes.«

Heinrich Fürst schüttelte vehement den Kopf.

»Es geht genau darum. Um Vertrauen. Woher willst du wissen, dass du ihm vertrauen kannst? Nach zwei Tagen?«

»Ich weiß es einfach.« Sie flüsterte fast. »Glaub mir, ich weiß das ganz tief in mir drin.«

Heinrich Fürst atmete laut aus. Er hätte nicht gedacht, dass sie sich als ein so harter Brocken erweisen würde.

»Du fährst doch auch dahin und redest mit den Leuten. Also hast du auch Vertrauen.« Sie gewann wieder Oberwasser. Er stöhnte auf und fuhr sich mit seinen großen

Händen übers Gesicht. Dann straffte er sich und drehte sich wieder zu ihr.

»Diese Leute sind allesamt hervorragende Steinmetze und Fachleute auf ihrem Gebiet. Aber sie sind Kommunisten. Der Kommunismus ist der Feind des Westens. Du kannst dort niemandem trauen. Sei nicht so naiv anzunehmen, dass ausgerechnet du, eine verwöhnte junge Frau aus behütetem Hause, ermessen kannst, wer für die kommunistische Sache spioniert und wer nicht. Du hast keine Ahnung! Du interessierst dich noch nicht mal für Politik. Und du willst mir erzählen, du wüsstest, wer ein Spitzel ist?«

Er sah ihren Widerstand bröckeln, aber es war ein hartes Stück Arbeit.

»Aber ich vertraue ihm.«

Heinrich Fürst war langsam mit seinem Latein am Ende. Er hatte nur noch eine einzige Waffe, die er benutzen konnte, und er tat es nur ungern. Beate würde es ihm übel nehmen, wenn sie es erfuhr.

Trotzdem sagte er nach einer langen Pause:

»Es wird deine Mutter umbringen, wenn du gehst. Sie hat Brustkrebs. Es geht ihr schon jetzt nicht gut. Sie wird es nicht schaffen, wenn du alles stehen und liegen lässt.«

Jetzt war es raus. Er fühlte sich schäbig, aber er hatte die Wahrheit gesagt. Eine Wahrheit, die Beate für sich behalten wollte, aber angesichts der Umstände hatte er zu diesem Mittel greifen müssen.

»Was?!?« Er konnte in den angstvoll aufgerissenen Augen seiner Tochter sehen, wie sehr sie diese Nachricht aus der Bahn warf. Schrecken und Trauer, Panik und Angst spiegelten sich in ihrem Gesicht. Ihr Blick leuchtete nicht mehr blau, sondern violett und kam glanzlos aus tiefen Höhlen. Das lange, honigfarbene Haar hing wirr und strähnig über ihre Schultern.

»Seit wann wisst ihr das?«, fragte sie gepresst.

»Seit drei Monaten. Sie geht nicht zu Tante Gudrun, sie geht jede Woche in die Klinik. Es ist sehr anstrengend für sie. Deshalb konnte sie mich diesmal nicht begleiten. Deshalb bist du mitgefahren.« Er lachte resigniert auf. »Ich dachte, es wäre eine gute Erfahrung für dich und würde deinen Horizont erweitern. Hätte ich es bloß gelassen.« Er fuhr sich mit der Hand über das Gesicht. »Bitte, tu das deiner Mutter nicht an. Versprich mir das!«

Heinrich Fürst suchte den Blick seiner Tochter. Aber die hielt ihre Augen geschlossen. Er nahm sie wieder bei den Schultern und schüttelte sie leicht, bis sie ihn anblickte. Ihr Blick ging durch ihn hindurch.

»Versprochen.« Er konnte es kaum hören, so leise sprach sie.

Ihr Opfer war noch viel größer als er gedacht hatte. Er konnte es an ihrem Blick sehen. In ihr war etwas gestorben, etwas, das ihr jugendliches, makelloses Gesicht bis jetzt immer hatte strahlen lassen. Sie wirkte plötzlich stumpf und apathisch.

Es tat ihm weh, sie so zu sehen, aber er war sich sicher, dass ihre Jugend ihr darüber hinweghelfen würde. Die Zeit heilte schließlich alle Wunden und in ihrem Alter kam man über eine unglückliche Liebe hinweg.

»Danke«, sagte er und startete den Motor. Bis sie zu Hause waren, sprach sie kein Wort mehr.

1 Montagvormittag

»Mama muss verreisen, aber keine Angst, wir werden bald wieder zusammen sein.«

Die Stimme ihrer Mutter machte sich in ihrem Kopf breit. War es dieser Duft von Pfannkuchen gewesen, der eben hereingeweht war? Diese Wolke aus Süße und geschmolzener Butter, die das kleine Arbeitsabteil, das sie sich in der SLUB gemietet hatte, erfüllte?

»Verschwinde, du Biest!«, knurrte Isabell und biss die Zähne aufeinander.

Aber die Stimme verstummte nicht.

Isabell schaute vom Computer auf und durch das hohe Glasfenster hinunter in den Lesesaal der SLUB, der Sächsischen Staats- und Universitätsbibliothek in Dresden. Dort saßen Studenten an langen Holztischen, die wie für ein Bankett aufgereiht waren. Die Plätze waren nur spärlich besetzt, im September hatte das Semester noch nicht begonnen.

Der Duft lenkte sie weiterhin von ihrer Arbeit ab. Es roch nach den Pfannkuchen, die ihre Mutter ihr früher gemacht hatte. Isabell lehnte sich im Stuhl zurück, bis die Lehne knarzte, und schloss die Augen. Sie hatte schon lange nicht mehr an ihre Mutter gedacht, aber nun stand das Bild wieder klar vor ihren Augen: Mamas lange, honigfarbenen Haare, die sie nur in der Küche zu einem Knoten am Hinterkopf zusammenband. Ihre heißgeliebte türkisfarbene Karottenhose und das wild gemusterte, lila T-Shirt, das ihrer zierlichen Mutter die Silhouette einer Schwimmerin gab. Zum Schulanfang hatte Isabell sich auch so ein T-Shirt mit dicken Schulterpolstern gewünscht, weil sie dachte, dass die die Riemen des Schulranzens abpolstern würden. Damals wusste sie noch nicht, dass ein schwerer Schulranzen bald das geringste ihrer Probleme sein würde. Das war so lange her.

Dr. Isabell Obermann schüttelte unwillig ihren Kopf und richtete sich wieder gerade auf. Ihre dunklen, fast krausen Haare hatte sie in einem festen Knoten im Nacken gebändigt. Bis auf diese markant gelockten Haare sah sie ihrer Mutter sehr ähnlich. Die gleiche Stupsnase, das gleiche herzförmige Puppengesicht, das ihr schon manchen dummen Spruch von männlichen Kollegen eingebracht hatte. Sie wäre gern ein wenig größer und kräftiger gewesen, wünschte sich weniger lange Wimpern vor ihren türkisgrünen Augen und einen weniger vollen Mund, denn die Qualität ihrer wissenschaftlichen Arbeit interessierte die meisten Kollegen nicht mehr so sehr, wenn sie Dr. Obermann persönlich kennenlernten. Selbst Frauen begingen manchmal den Fehler, sie wegen ihres niedlichen Äußeren nicht für voll zu nehmen. Aber das Problem wurde mit zunehmendem Alter kleiner. Außerdem kleidete sich Isabell seit Jahren für die Arbeit nur noch in graue Stoffhosen und weite Hemden und Pullis, sodass sie fast androgyn wirkte.

»Lass mich in Ruhe, Mama, du hast hier nichts zu suchen!«, sagte sie laut und atmete hörbar aus. Es war Zeit, sich wieder den Propagandafilmen der Nationalsozialisten zu widmen. Doch sie schaute noch einmal durch das Fenster in den Lesesaal, der von hier aus wie ein Terrarium für Wissenschaftler wirkte. Da das Abteil nach oben hin offen war, drangen gedämpfte Geräusche an ihr Ohr. Auf diesem Weg musste auch dieser Duft nach Pfannkuchen in ihr Refugium eingedrungen sein.

Die beiden schmalen, bodentiefen Fenster erinnerten sie an die hohen Fenster in der Diele ihres Elternhauses. Sie konnte den Gedanken nicht wegwischen. Unschlüssig stand sie auf und ging ein paar Schritte in dem kleinen Raum hin und her. »Konzentrier dich auf deine Arbeit«, betete sie wie ein Mantra leise vor sich her. Aber es half nichts. Als sie sich wieder setzte und den Blick durch das schmale Fenster in den Lesesaal warf, da sah sie ihre Mutter zu Hause am Dielenfenster stehen und wie so oft von Steinbach Richtung Heddernheim in die

Ferne schauen, als ob es dort etwas Besonders zu sehen gäbe.

Entnervt klickte Isabell das Archivmaterial weg, das sie noch hatte analysieren wollen. Das musste bis morgen warten.

»Also gut«, sagte sie grimmig. »Du hast gewonnen.«

Das letzte Mal, als sich die Frau, die ihr das Leben geschenkt hatte, so massiv in ihre Gedanken gedrängt hatte, war das teuer für sie geworden. Sie hatte bei einem privaten Suchdienst in den USA wieder einmal dreitausend Euro in den Sand gesetzt. Außerdem musste sie einen Monat Führerscheinentzug, zwei Punkte in Flensburg und die Reparaturkosten für einen neuen Kotflügel in Kauf nehmen. So weit würde sie es keinesfalls noch einmal kommen lassen.

Aber immerhin saß sie hier in einer Bibliothek. Sie könnte einfach nach dem Namen ihrer Mutter suchen und basta. Danach wäre dieser Drang, etwas zu tun, hoffentlich vorbei und sie würde sich wieder ihrer Forschung widmen können.

Ihr Großvater war in den Siebziger- und Achtzigerjahren in der DDR gewesen, das wusste Isabell. Mehrere Jahre hintereinander, bis zu ihrer Geburt, war er auf die Wartburg gefahren – und einmal hatte er Marie, seine Tochter, mitgenommen. Er hatte Informationen über ihre Mutter nur spärlich und widerwillig herausgerückt. Nicht mal auf seinem Sterbebett hatte er ihr gesagt, was er wusste.

Isabell hatte im Fotoalbum ihres Großvaters ein paar verschwommene Bilder von diesen Treffen gesehen, die alte Burg, den Marktplatz von Eisenach, eine Gruppe von Menschen beim Essen in einem großen Saal. Alle waren Steinmetze, von beiden Seiten der Grenze, die sich zum fachlichen Austausch trafen. Ihre Mutter war auf keinem der Fotos zu sehen gewesen. Aber vielleicht hatten die ostdeutschen Kollegen dieses Treffen ja ebenfalls dokumentiert? Womöglich fand sie in den Datenschätzen der SLUB einen Hinweis, den sie in anderen Bibliotheken bisher vergeblich gesucht hatte?

Sie tippte ein paar Begriffe, den Namen ihres Großvaters, Heinrich Fürst, und den ihrer Mutter, Marie Fürst-Obermann, in das Suchfeld ein und wartete gespannt, ob das riesige Archiv der Bibliothek etwas für sie ausspucken würde.

Ihr Pulsschlag erhöhte sich merklich und ein kleiner Schauer rieselte über ihren Rücken, als sie einen Treffer angezeigt bekam. Eine Jubiläumsschrift der Dresdner Steinmetzinnung enthielt einen langen Artikel und einige Fotos von den inoffiziellen Treffen der Dresdner Steinmetzinnung mit Kollegen aus Westdeutschland auf der Wartburg. Schon ab den Siebzigerjahren hatte es diese Treffen gegeben, ihr Opa war auf mehreren Fotos zu sehen, zum letzten Mal im Jahr 1982. Ein Foto aus diesem Jahr zeigte ein Gruppenbild, aufgenommen vor dem schmalen Zufahrtstor zum Innenhof der Burg. Isabell vergrößerte das Foto ein wenig und fühlte, wie sich die feinen Härchen an ihren Armen aufstellten, als sie ihre Mutter entdeckte. Obwohl sie es nicht wollte, konnte sie sich dem Gefühl der Sehnsucht nicht entziehen. Wenn sie ein Foto ihrer Mutter sah, brannte es schmerzhaft in der Brust und gleichzeitig wollte sie das Bild streicheln. Mit den Fingern auf dem Bildschirm studierte sie die Aufnahme.

Wie unglaublich jung ihre Mutter damals gewesen war! Das Foto war ein Jahr vor ihrer Geburt entstanden. Da war ihre Mutter gerade zweiundzwanzig Jahre alt gewesen und auf dem Foto strahlte sie unbeschwert wie ein Teenager in die Kamera. Dabei war sie damals schon seit zwei Jahren mit ihrem Vater verheiratet.

Gebannt starrte Isabell auf das Foto. Es war eine Schwarz-Weiß-Aufnahme, nicht eben scharf und die Gesichtszüge waren nur undeutlich zu erkennen. Trotzdem erstaunte es sie, wie glücklich ihre Mutter wirkte. Sie hatte sich bis zu ihrem Verschwinden liebevoll und aufmerksam um sie gekümmert, aber sie konnte sich kaum an das Lachen ihrer Mutter entsinnen, so selten hatte sie es gehört. Damals, als Kind, war ihr das normal vorgekommen, sie kannte es eben nicht anders. Aber im Nachhinein war ihr klar geworden, dass ihre Mutter eher melancholisch, manchmal fast depressiv gewesen war. Oft hatte sie ihren Tagträumen nachgehangen und ständig hatte ein Hauch von Trauer sie umgeben. Auf keinem der Familienfotos, die Isabell besaß, lachte ihre Mutter so glücklich wie auf diesem Fotodokument von 1982. Sie kopierte das Foto kurzentschlossen und speicherte es ab. Sie würde es später im Institut für Geschichte ausdrucken. Dann klickte sie die Seite weg.

»So. Lässt du mich jetzt wieder arbeiten, Mama?«, fragte sie. Tatsächlich. Die Erinnerung verblasste und sie konnte sich wieder ihrer Analyse der Filme aus dem Prager Ghetto widmen.

Leo Reisinger schob das Formular auf seinem Tisch nach links, dann nach rechts, dann wieder in die Mitte. Aber das änderte nichts daran, dass er eine Entscheidung treffen musste. Er sah sich um. Sein Büro war ihm vertraut geworden. Als er vor knapp zwei Jahren eingezogen war, da hatte er einige heimatliche Anker eingerammt. Jetzt musste er lächeln, wenn er den bayerischen Bierkrug auf dem Fensterbrett mit dem traurigen Kaktus drin anschaute. Die weiß-blauen Rauten-Servietten waren inzwischen aufgebraucht, die Mine des Bayern-Kugelschreibers leer. Dieser heimatliche Touristen-Schnickschnack war ihm inzwischen eher peinlich. Er warf den Stift in den Papierkorb.

Frau Müller aus der Personalabteilung hatte ihn am Freitagnachmittag zu sich bestellt und ihn darüber informiert, dass sein zweijähriger Aufenthalt bei der Kriminalpolizei Dresden nun seinem Ende zuging. Der Abteilungsleiter Richter habe ihr signalisiert, dass er dringend auf die weitere Mitarbeit seiner bayerischen Leihgabe angewiesen wäre, da demnächst einige personelle Änderungen im Team anstünden. Das sei aber noch inoffiziell und er solle diese Information für sich behalten. »Jedenfalls«, schloss Frau Müller, »wäre es schön, wenn Sie mir den Verlängerungsantrag bis Ende kommender Woche unterschrieben wieder vorlegen könnten.«

Seit drei Tagen kreisten seine Gedanken nun nur noch um diesen Antrag. Alle Argumente für und gegen die Verlängerung seiner Zeit in Dresden hatte er fein säuberlich in kleinste Atome zerlegt und wieder zusammengesetzt. Trotzdem konnte er sich nicht entscheiden. Zum wiederholten Mal fuhr er sich durch seine dunklen, kurzen Haare, als könnte er sein Gehirn so dazu bringen, das letzte, alles entscheidende Argument zu finden. Das, das ihn freisprechen würde.

Er schob das Formular wieder unter den Aktenstapel. Er war noch nicht so weit. Arbeiten half gegen trübe Gedanken, also schlug er die erste Akte mit ungeklärten Fällen auf, um sie nochmals durchzugehen. Doch er merkte schnell, dass er sich nicht auf den Text konzentrieren konnte. Es war zu vertrackt. Kriminalkommissar Leo Reisinger stand auf, trat ans Fenster seines Büros im Polizeipräsidium Dresden und schaute hinaus auf den belebten Pirnaischen Platz.

»Verdammt!«, knurrte er den Autoverkehr auf der anderen Seite der Scheibe an. »Ich bin vierunddreißig Jahre alt und kann mich nicht entscheiden.«

Hinter ihm wurde die Tür aufgerissen.

»He Leo, Richter bittet zum Montagsfrühstück, jetzt gleich. Diesmal scheint was Wichtiges anzustehen. Kommst du?«

Leo drehte sich um, froh um die Ablenkung, und nickte seiner Kollegin Sandra Kruse zu. Auf der dunkelblauen Hemdbluse, die sie mit ihren Jeans kombiniert hatte, leuchteten ihre blonden Haare. Ein schöner Kontrast war das, dachte er.

Sie sah ihn besorgt an: »Was ist los? Du siehst bedrückt aus.«

Leo schüttelte unwillig den Kopf. Das wollte er nicht mit seinen Kollegen besprechen. Sandra war kompliziert und er geriet schnell in Streit mit ihr, obwohl sie bei der Arbeit miteinander zurechtkamen. Er fand, dass er dieses Problem alleine lösen musste.

»Schon okay. Worum geht's denn?«

Während er um seinen Schreibtisch ging, zuckte Sandra mit den Schultern.

»Keine Ahnung, aber wir werden es gleich erfahren.« Sie sah ihn aufmerksam an. Leo fürchtete ihren Scharfsinn. Sandra hatte einen siebten Sinn für seine Gefühlsskala. Sie würde keine Ruhe geben, bis sie wusste, was ihn umtrieb. Aber glücklicherweise tauchte hinter ihr Sascha Pröve auf, ebenfalls, um ihn abzuholen.

Sascha versprühte seit Wochen aus jedem Knopfloch Glückseligkeit, was Leo und Sandra bisweilen ziemlich auf die Nerven ging. Er war seit dem Sommer über beide Ohren verliebt und hatte sich von einem pummeligen Mama-Söhnchen zu einem selbstbewussten Strahlemann entwickelt. Sein Bauch war sichtlich geschrumpft und auch seine Geheimratsecken fielen nicht mehr auf, da er nun immer so fröhlich aussah. Sascha war ein sehr umgänglicher Kollege, mit dem Leo gern zusammenarbeitete. Seit er mit seiner Melanie zusammen war, hatte er auch seinen Stil verändert. Statt von seiner Mutter gestrickte Pullunder trug er nun elegante Stoffhosen und knackig gebügelte Hemden. Dagegen sah er, Leo, in seinem täglichen Einerlei von schwarzen Jeans und dunklen Polohemden fast schon schlampig aus.

An der Tür zum Besprechungszimmer wedelte Frau Kerschensteiner schon mit der Hand, damit sie sich beeilten.

Sascha richtete seinen Blick auf Leo: »Und, was sagst du?«

Leo runzelte die Stirn. Was wollte Sascha von ihm hören? Jetzt war es an ihm, mit den Schultern zu zucken.

Sascha warf ihm einen erstaunten Blick zu, aber Leo war mit seinen Gedanken woanders. Ging es um die von Frau Müller angedeuteten personellen Veränderungen? Er war gespannt. Hoffentlich würde Richter ihn nicht auf die Entscheidung für seine Zukunft ansprechen. Er konnte noch nicht antworten.

Bevor er seine Bürotür schloss, warf er noch einen Blick auf die Ecke des Verlängerungsvertrages, die unter den Akten hervorlugte. Es war zum Verzweifeln. Wenn er unterschrieb, war er ein Schuft, wenn er es nicht tat, ein Idiot.

Reinhard Richter, Leiter der Abteilung für Kapitalverbrechen bei der Kripo Dresden, sah wie immer top gestylt aus. Dezenter Anzug, hellrote Seidenkrawatte, das grau melierte Haar akkurat geschnitten und das Lächeln ein wenig zu groß.

Er wartete, bis alle saßen und blickte bedeutungsschwanger in die Runde.

»Es gibt einige Neuigkeiten«, sagte er und räusperte sich. »Leider haben wir schlechte Nachrichten von unserem Kollegen Uwe Kröger erhalten. Er wird nicht wieder in den Dienst zurückkehren. Er hat eine langwierige Erkrankung und wird nach der Reha sofort in Ruhestand treten. Wir brauchen also möglichst schnell Ersatz.«

Leo war betroffen. Uwe Kröger war der dienstälteste Kollege und hatte schon so ziemlich alles gesehen, er kannte jeden Informanten und jeden schrägen Vogel auf Dresdens Straßen. Er war seit einer Woche krankgeschrieben und Leo hatte, wie jeder andere, erwartet, dass er schnell wieder zum Dienst erscheinen würde. Er versuchte aus Kai Noldes Blick zu lesen, was los war, aber der guckte ins Leere. Nolde teilte sich das Büro mit Kröger und hatte fast immer mit ihm zusammengearbeitet. Das würde für ihn eine große Umstellung werden.

Richter war nicht bereit, mehr zu Krögers Gesundheitszustand zu sagen. Aber er war auch noch nicht fertig.

»Herrschaften!«, unterbrach er das Gemurmel. »Es steht eine weitere Änderung bevor: Ich werde im Februar nächsten Jahres ins Innenministerium wechseln.«

»Was?!«, schnappte Sandra.

Alle schauten Richter gebannt an. Der strahlte über das ganze Gesicht und machte deutlich, dass er es kaum erwarten konnte, seine neue Position anzutreten.

»Bis dahin möchte ich hier ausschließlich positive Presse haben, also sorgen Sie dafür, dass nichts passiert, was die Kripo in ein schlechtes Licht rückt.« Er hatte aufgehört zu lächeln. »Ich will mein neues Aufgabengebiet als Referatsleiter ohne Altlasten antreten.«

Leo hörte nicht mehr zu. Das war absurd. Ob und was da draußen passierte, das hatten die Kripo-Beamten nun wirklich nicht in der Hand.

Aber er verstand nun, wovon Frau Müller aus der Personalabteilung gesprochen hatte. Die halbe Abteilung würde sich auflösen, wenn er zum Jahresende auch noch ginge.

Als Richter mit der Beschreibung seines neuen Aufgabenfeldes geendet hatte, ergriff Sandra die Gelegenheit.

»Das ist die große Chance, diesen Männerverein mit ein paar weiblichen Beamten zu verstärken. Ich schlage vor, dass wir die Bereitschaftspolizistin Julia Köhler in unser Team aufnehmen. Sie ist sehr engagiert, gut ausgebildet und brennt darauf, bei der Kripo zu arbeiten.«

Leo sah seine Kollegin erstaunt an. Noch bevor er den Verlust von Uwe Kröger so richtig hatte verdauen können, hatte sie schon eine Nachfolgerin parat? Er wusste, dass

Sandra die junge Polizistin seit dem Sommer zu fördern versuchte und oft einbezog, wenn sie unterwegs war. Aber es gab Dutzende andere, die für diese Stelle ebenfalls geeignet waren.

Richter schüttelte den Kopf. »Frau Kruse, Ihr Anliegen in Ehren, aber Sie wissen, dass es dafür vorgegebene Abläufe gibt. Die Bewerbungsfrist beginnt im Oktober und endet im Dezember, dann wird entschieden.«

Sandra nickte, aber an ihrem Gesichtsausdruck sah Leo, dass sie bereits Pläne schmiedete. Sie hatte sich in den Kopf gesetzt, die junge Kollegin ins Team zu holen.

Er fühlte Richters Blick auf sich, fragend, in Erwartung, dass er sich endlich äußerte. Aber er senkte den Kopf und sah auf die leere Tischplatte.

Verdammt! Wenn er ginge, würde er sein Team zu einem Zeitpunkt allein lassen, an dem es alle Hilfe nötig hätte.

»Answald, kannst du mir bitte mal die Zusammenfassung ausdrucken?« Dr. Isabell Obermann reichte Answald Aurich den Datenstick. »Ich meine, trotz deines Mottos?«

Aurich war studentischer Mitarbeiter am Institut für Geschichte der TU Dresden und ihr persönlicher Assistent für diesen Kongress. Er hatte ihr die Räumlichkeiten gezeigt und ihr den Arbeitsplatz in der Bibliothek reserviert.

Eilfertig nahm der Doktorand den Datenspeicher an sich. »Na klar, Isabell, kann ich sonst noch was für Sie tun? Einen Kaffee, ein Mineralwasser?«

Sie schüttelte den Kopf und lächelte in sich hinein. Answald Aurich schien nicht nur einen ungewöhnlichen Namen, sondern auch einen ganzen Schrank voll T-Shirts mit sinnigen Sprüchen drauf zu besitzen. Gestern prangte das Wort »Traumtänzer« von seiner Brust, heute stand da zu lesen: »Bevor du fragst: NEIN«.

Vielleicht würde sie ein bisschen mit ihm flirten, wenn er sich weiter so umsichtig um sie kümmerte. Allerdings würde sie es nicht zu weit treiben, Answald Aurich war so gar nicht ihr Typ. Die schwarze Brille in seinem schwammigen Gesicht sollte ihm wohl maskulines Flair verleihen, war aber nur hässlich. Sein rotblondes Haar und der Bart machten es keinen Deut besser.

Es war kurz nach zwölf Uhr. Sie war unruhig und fühlte sich getrieben vom Foto ihrer Mutter, das sie am Vormittag entdeckt hatte. Sie musste raus an die Luft.

Noch während sie ihre Unterlagen zusammenpackte, kam Answald Aurich mit einem Stapel Blätter in der Hand zurück. Zuoberst lag das über eine komplette Seite ausgedruckte Foto.

Isabell zuckte zusammen. Hatte sie das auch auf den Stick gespeichert?

Der Assistent legte ihr den Stapel Papier hin und betrachtete das Foto.

»Das ist die Wartburg, oder? Beschäftigen Sie sich auch mit der neueren DDR-Geschichte? Ich dachte, Ihr Fachgebiet sei die NS-Zeit?«

»Ach, das Foto ist da versehentlich reingerutscht.« Isabell versuchte, ganz gelassen zu klingen. Aber das Gesicht ihrer Mutter stach ihr sofort wieder ins Auge, es hypnotisierte sie geradezu.

Answald Aurich sah sie erstaunt an. Sie fühlte sich gezwungen, sich zu erklären.

»Meine Familie hat einen Steinmetzbetrieb und mein Großvater war in den Siebziger- und Achtzigerjahren zu mehreren inoffiziellen Treffen mit Steinmetzen aus der DDR auf der Wartburg. Deshalb habe ich dieses Foto abgespeichert. Sorry, es sollte nicht bei den Drucksachen sein. War ein Versehen.«

Sie erntete ein erstauntes Lächeln. »Das ist ja ein Zufall! Mein Großonkel war da bestimmt auch dabei! Wir haben erst vor vier Wochen Tante Hildes achtzigsten Geburtstag gefeiert, da hat er kurz von diesen Treffen erzählt. Er war auch Steinmetz. Moment, ich schaue, ob ich ihn finde.«

Er fuhr mit dem Finger an der Reihe der Personen entlang und stockte bei einem Ehepaar.

»Hier, das ist meine Tante Hilde und das ist mein Onkel Gernot!« Er richtete sich wieder auf. »Das Foto kam mir gleich irgendwie bekannt vor. Das habe ich schon mal gesehen. Wo kommt das her?«

»Aus einer Jubiläumsfestschrift der Dresdner Steinmetzinnung.« Isabell spürte wieder dieses altbekannte Kribbeln auf der Haut. Sie wollte weg von dem Bild, gleichzeitig war sie neugierig.

»Wo ist Ihr Opa auf dem Bild?«, fragte Answald Aurich.

Isabell deutete mit dem Finger auf ihren Großvater, der damals schon über fünfzig Jahre alt gewesen war. Er war eher klein und kräftig und seine grauen Haare hatten ihm damals noch wie eine Bürste vom Kopf abgestanden. Er hatte sich in die zweite Reihe neben ihre Mutter gestellt.

Sie betete, dass Answald Aurich die Ähnlichkeit nicht auffallen würde. Umsonst.

»Die junge Frau da neben Ihrem Großvater sieht Ihnen ziemlich ähnlich«, stellte er fest und sah sie fragend an.

»Kein Wunder, das ist meine Mutter«, sagte sie knapp.

»Und wer ist der Mann, der Ihre Mutter da so anhimmelt?«, wollte er wissen. »Ist das Ihr Vater?«

»Nein.« Sie schüttelte heftig den Kopf. »Mein Vater ist nicht mit drauf. Wahrscheinlich ist er zu Hause geblieben und hat sich ums Geschäft gekümmert.«

Isabell riss ihm das Blatt aus den Händen. Neben ihrer Mutter stand tatsächlich ein junger Mann, der als einer von wenigen nicht in die Kamera lächelte, sondern die Frau neben sich betrachtete. Sein Haarschnitt war, der damaligen Mode geschuldet, eine grässliche Vokuhila-Frisur, sein Hemd war wild gemustert und er war kaum größer als Marie Fürst-Obermann.

»Den kenne ich nicht«, sagte Isabell.

»Ich kann ja mal meinen Onkel Gernot fragen«, meinte Answald Aurich eifrig und sah sie an.

»Ja, tun Sie das!«, forderte sie ihn auf und verfolgte gespannt das anschließende Telefonat. Sobald Aurich ihr die Adresse aufgeschrieben hatte, wurde es ihr zu eng im Büro. Sie musste raus und dieser neuen Spur nachgehen.

Mit der Aktentasche unter dem Arm flüchtete sie fast hinaus aus dem Institut und zum Parkplatz.

»Was ist denn nun?«

Sandra hatte nach der Besprechung gleich den Weg zu Leos Büro eingeschlagen und ging direkt hinter ihm durch die Tür. Sie schloss sie sorgfältig und baute sich vor seinem Schreibtisch auf. Er setzte sich auf seinen Bürostuhl, saß da wie ein geprügelter Hund und versuchte es mit einem Ablenkungsmanöver.

»Also, wegen der Polizistin Köhler, da finde ich, ...«

Sie schnitt ihm sofort das Wort ab. Da kam er bei ihr aber gerade richtig.

»Gehst du jetzt zurück oder bleibst du? Du kannst uns doch nicht allein lassen, wenn Uwe ausfällt, Richter sich ins Ministerium verabschiedet und Sascha den ganzen Januar Urlaub machen möchte. Da können wir hier die Abteilung dichtmachen.«

Er zuckte zusammen.

»Wieso will Sascha im Januar vier Wochen Urlaub?«

»Hat er dich nicht zu seiner Hochzeit eingeladen?«

Leo riss erstaunt die Augen auf: »Bitte was?!«

Sandra suchte auf seinem Schreibtisch nach dem silbergrauen Kuvert und deutete darauf.

»Hat er heute Morgen verteilt. Hast du es etwa noch nicht aufgemacht?«

Sie wartete ab, wie er reagieren würde, aber nachdem er die Karte gelesen und wieder zurückgelegt hatte, war sie doch erstaunt.

Denn Leo stöhnte: »Das macht alles nur noch schlimmer.«

Dass er Saschas Entschluss, so überstürzt zu heiraten, für genauso riskant hielt wie sie, da war sie sich sicher. Aber hier ging es nicht um Sascha und seine Melanie, hier ging es ganz offensichtlich um Leo Reisinger selbst. Er saß zusammengesunken auf dem Stuhl und ließ buchstäblich den Kopf hängen.

»Du freust dich nicht?«

»Doch, doch, ist doch wunderbar für Sascha. Natürlich freue ich mich für ihn.« Er sagte das mit so viel Enthusiasmus, als lese er gerade das Kleingedruckte auf der Stromrechnung vor.

»Wenigstens ein Vierteljahr!« Sandra sah auf ihn herunter und fragte sich, wohin der energiegeladene, beschwingte Leo vom Sommer verschwunden war.

»Ich kann nicht ...«, murmelte er, den Blick immer noch zu Boden gerichtet.

Sandra atmete laut aus. Sie ahnte das Problem.

»Du hast ihr versprochen, dass du schon im Januar kommst?«

Sie sah nur Leos hängenden Hinterkopf, aber der nickte nun leicht.

»Scheiße!«

Sie drehte sich um, um zu gehen, hielt aber inne.

»Du willst eigentlich gar nicht gehen?«

Sie bekam keine Antwort, nur einen gebrummten Seufzer.

»Herrje, du weißt nicht, was du willst!«

Leo gab ein resigniertes Stöhnen von sich. Sandra machte es wütend, dass er sich so hängen ließ. Leos Freundin Veronika und er, das war ein ewiges Auf und Ab. Doch so langsam musste er doch mal wissen, was er wollte. Und jetzt ging es um die Hochzeitsreise ihres gemeinsamen Kollegen Sascha. Das musste doch wohl zu regeln sein.

Leos Privatleben ging sie eigentlich nichts an. Aber nun war von seiner Entscheidung die ganze Abteilung betroffen. Sie brauchten ihn zumindest so lange, bis neue Mitarbeiter gefunden und eingearbeitet waren.

Und er tat, als wäre es unendlich schwer, sich zu entscheiden. Sandra spürte heiße Wut in sich aufsteigen. Sie musste hier weg.

»Du bist ein Feigling!«

Die Tür fiel krachend zu.

Melanie und er hatten sich das in leuchtenden Farben ausgemalt: Hochzeit am 30. Dezember, oben auf der Festung Königstein, mit einem eigenen kleinen Feuerwerk, das man da ja schon in den nächtlichen Himmel schießen durfte. Sie hatten kurz überlegt, ein Kostümfest daraus zu machen, aber weder die Idee mit dem »Herrn der Ringe« noch das Ritterfest waren bei seiner Mutter besonders gut angekommen.

»Junge, das ist kein Fasching«, hatte sie Sascha eingebläut, »das ist eine ernste Angelegenheit.«

Sie hatten eingesehen, dass sie ihr Fest besser so feierten, dass die Onkel und Tanten, die unweigerlich eingeladen werden mussten, sich nicht zu Tode erschreckten. Dafür würde ihre Hochzeitsreise umso abenteuerlicher werden. Melanie hatte Sascha aus seinem Phlegma gerissen und er war am Ende selbst überrascht von seinem Wagemut. Neuseeland, das Land der Hobbits, sollte es sein, mit Übernachtung in den Filmkulissen, diversen Touren und jeder Menge Extras. Das würde verdammt teuer werden, aber er heiratete schließlich nur einmal.

Was Leo anging, so hoffte Sascha inständig, dass der seinen Aufenthalt verlängern würde. Andererseits war die Sache mit Veronika natürlich auch wichtig. Er hasste es, Unfrieden zu stiften. Aber dass sich Leo bisher noch nicht mal zur Einladung geäußert hatte, fand er schon bedenklich.

2 Montagnachmittag

Das Haus der Familie Friebel fand Isabell auf Anhieb an der Straße Richtung Gohrisch. Sie hatte die Fahrt auf der kurvigen Strecke nach Königstein genossen. Im Auto beruhigte sie sich immer am besten. Das Fahren gab ihr das Gefühl, Teil von etwas Größerem zu sein, von etwas, das sie beherrschen und lenken konnte.

Sandsteinumrandete Fensterlaibungen und das Portal, über dem ein steinernes Wappen mit Zirkel und Hämmern thronte, machten sofort klar, dass hier ein Steinmetz lebte. Das Wappen erinnerte sie an das Firmenzeichen ihres Vaters, das ebenfalls den Zirkel führte.

Hilde Friebel geleitete sie an einen reich gedeckten Kaffeetisch und Isabell fragte sich, wie sie es in der einen Stunde seit dem Anruf geschafft hatte, einen Kuchen zu backen und das Esszimmer picobello aufzuräumen. Eine Wohnung wie diese hatte Isabell noch nie gesehen – überall bunter Nippes, Stickdeckchen und Holzfiguren. Sie fühlte sich wie in einem Heimatmuseum.

»Setzen Sie sich!« Isabell fühlte sich willkommen und trotzdem so fremd. Sie hatte nie eine Oma gehabt, die ihr so einen Empfang hätte bereiten können. Es war wie in einem kitschigen Film und sie beschloss, das Spektakel zu genießen.

»Schön haben Sie es hier«, sagte sie und studierte die vielen Fotos an der Wand. Die meisten zeigten Gernot Friebel auf einer Baustelle. Sie erkannte schnell, dass es sich um den Wiederaufbau der Frauenkirche in Dresden handelte.

»Sie haben mitgebaut?«, fragte sie ihn und deutete auf ein Foto.

»Nu klar. Das war für jeden Steinmetz in der Gegend eine Ehrensache, da wollte jeder mitmachen. Ist doch ein weltweites Symbol für Versöhnung und Frieden. Ich war sogar offiziell angeheuert. Viele andere haben ja ihre

Arbeiten umsonst zur Verfügung gestellt, nur um dabei sein zu können.«

Sie nickte: »Ein Geselle aus der Firma meines Vaters hat als Meisterstück eine Flammenvase für die Frauenkirche gefertigt.«

Friebel strahlte sie an. »Ist es nicht wunderbar, dass Steinmetze aus ganz Deutschland und sogar aus anderen Ländern etwas beigetragen haben? Diese Kirche ist wirklich was ganz Besonderes.«

Isabell studierte die Fotos, die den Aufbau dokumentierten. Erst die Krypta, dann die stetig in den Himmel wachsenden Wände der Kirche, schließlich die steinerne Kuppel. Jede Menge Prominenz, vom Bundespräsidenten bis zu Prinz Charles von England, war auf den Fotos zu sehen.

Schließlich nötigte Hilde Friebel sie an den Kaffeetisch.

»Nu, junge Frau, der Answald hat erzählt, ihr Vater sei och Steinmetz. Erzählen Se mal!«

Isabell berichtete den beiden kurz von ihrer Familie und der Firma bei Frankfurt, dann legte sie das ausgedruckte Foto auf den Tisch mit der gestickten Tischdecke.

»Nee, gucke, Hilde! Da waren wir noch jung und hübsch, jetzt sind wir nur noch hübsch!« Der alte Friebel beugte sich über das Blatt Papier und fuhr mit dem Finger über die einzelnen Teilnehmer des Treffens. »Der Justus, leider schon tot, seine Frau Hannelore, im Altersheim. Der Willi mit Sonja, och schon in den ewigen Jagdgründen. Die zwei Langmanns kamen aus West-Berlin, die da aus Köln.«

Sein knorriger Zeigefinger stoppte vor Isabells Großvater.

»Das war mein Opa Heinrich Fürst und neben ihm steht meine Mutter Marie. Sie war nur einmal dabei. Können Sie sich an sie erinnern?« Sie sah die beiden an. Hilde und Gernot Friebel sahen sie kurz an, dann fanden sich ihre Blicke über dem Esstisch und verständigten sich miteinander.

Isabell fühlte sich ausgesperrt aus dieser lautlosen Kommunikation. Es gab Geheimnisse, sonst wäre es nicht nötig gewesen, dass sich dieses alte Ehepaar darüber verständigte, was sie ihr sagen wollten und was nicht.

Sie schaute von einem zum anderen. »Bitte sagen Sie mir alles. Es ist so schwer für mich, etwas über meine Mutter zu erfahren.«

Erstaunt hob Gernot Friebel die Augenbrauen.

»Lebt ihre Mutter denn nicht mehr?«

Isabell wusste nicht, was sie darauf antworten sollte. Sie atmete tief durch.

»Doch, ich glaube schon. Aber sie lebt nicht mehr in Deutschland. Sie hat uns vor vielen Jahren verlassen. Ihre letzte Nachricht kam aus den USA. Aber das ist lange her.«

»Oh. Das tut mir leid.« Hilde Friebel legte ihre faltige Hand auf Isabells Unterarm. Die Berührung war tröstlich, aber Isabell verdrängte das Gefühl der Trauer. Sie zog den Arm zurück.

»Wie war meine Mutter damals?«

Hilde legte die Kuchengabel zur Seite und lehnte sich zurück.

»Ich kann mich an sie erinnern, weil sie so anders war. Sie war die Lilie und wir daneben wie Gänseblümchen. Verstehen Sie? Sie war so unbeschwert, fast ein bisschen laut, bunt und wie ein Wirbelwind. Vor allem die Farben sind mir aufgefallen. Sie hatte Schuhe, sowas hatten wir noch nicht gesehen. Lackschuhe in zwei Farben! Ich glaube, sie waren lila und weiß. Und auch ihre Kleidung war knallig bunt, ein kornblumenblaues Kostüm mit goldenen Tressen, meine Güte, wir Frauen haben alle Augen gemacht!«

Hilde Friebel musterte Isabells hellgraue, kragenlose Bluse.

»Das haben Sie offenbar nicht von Ihrer Mutter geerbt. Aber dafür die schönen großen Augen und das Gesicht. Sie sehen ihr wirklich sehr ähnlich. Allerdings hatte sie andere Haare.«

Isabell nickte. Die Farben ihrer Mutter waren mit der Zeit aus dem elterlichen Haus verschwunden. Stück für Stück hatten die bunten Kissen, Decken, Vorhänge und

Bilder dem kühlen, fast asketischen Geschmack ihres Vaters Platz gemacht. Wahrscheinlich hatte sie von ihm diesen Hang zur Schlichtheit geerbt.

»Du hast recht«, bestätigte Gernot Friebel. »Und mir fällt ein, hat sie nicht damals beim Abendessen nach irgendwas gefragt, das der Ober gar nicht kannte? Irgendein Getränk, oder sowas?«

Hilde Friebel nickte heftig. »Ja, stimmt. Sie fragte, glaube ich, nach Campari. Sowas gab es damals nicht in der DDR. Sie konnte es nicht glauben und wollte mit dem Kellner diskutieren, aber ihr Vater hat sie zurückgepfiffen.«

Isabell lächelte. »Ach je, das war ihr erstes und letztes Mal, dass sie in die DDR gefahren ist. Sie war noch so jung und hatte wohl keine Ahnung.«

Das Blatt mit dem Foto lag direkt vor ihr und der Blick des jungen Mannes neben ihrer Mutter faszinierte sie immer mehr. Er schien nur sie zu sehen, niemanden anderen um sich herum.

»Wer ist der junge Mann neben meiner Mutter?«

Gernot und Hilde Friebel wechselten wieder lange Blicke, deren Botschaft sie nicht entschlüsseln konnte, die ihr aber signalisierten, dass es sich lohnen würde, weiter zu fragen.

»Das ist Peter Zänker«, sagte Gernot Friebel schließlich. Sein Finger fuhr in die vorderste Reihe der Gruppe. »Das sind seine Eltern Hartmut und Margarete Zänker. Die sind schon lange geschieden. Margarete lebt in Dresden. Die sehen wir noch ein-, zweimal im Jahr. Sie engagiert sich ehrenamtlich, macht Führungen durch die Frauenkirche für die Touristen. Hartmut wohnt irgendwo hinter Lohmen, gleich drüben auf der anderen Seite der Elbe. Er hat dort mit seinem zweiten Sohn Jens neu gebaut. Die haben nach der Wende ein Bauunternehmen eröffnet, richtig groß investiert und jede Menge Geld verdient.«

»Und Peter?«, fragte Isabell. Je länger sie das Foto studierte, desto sicherer wurde sie, dass ihn und ihre Mutter mehr verband als nur ihre Jugend.

Hilde Friebel sah auf die Tischplatte und studierte ihre Hände. Gernot Friebel räusperte sich und fuhr sich mit der Hand über seinen kahlen Schädel.

»Also, das ist eine lange Geschichte«, setzte er an.

»Glückwunsch, Sascha, das sind ja tolle Neuigkeiten.«

Leo wedelte mit der Hochzeitseinladung und trat in Saschas Büro. Der sah ihn mit glücklichem Lächeln an.

»Nicht wahr? Ich kann es kaum erwarten, verheiratet zu sein.«

Wenn er das nur auch so uneingeschränkt behaupten könnte. Leo atmete laut aus. Dass fast vierzig Prozent aller Ehen in Deutschland geschieden werden, würde er Sascha lieber nicht erzählen.

»Also, vielen Dank für die Einladung. Wir kommen natürlich gern. Ich werde es Veronika gleich heute Abend erzählen, dass du uns eingeladen hast. Eine Hochzeit kurz vor Silvester ist ja ein interessanter Termin. Ihr werdet euren Hochzeitstag sicher nie vergessen.«

»Genau! Und die ganze Welt feiert mit uns. Wir bekommen das größte Feuerwerk überhaupt und danach fliegen wir für vier Wochen nach Neuseeland. Gibt doch keine passendere Hochzeitsreise, als auf den Spuren vom Herrn der Ringe durch Mittelerde zu wandeln, oder?«

Leo konstatierte an seinem Kollegen alle Anzeichen von Realitätsverlust: geweitete Pupillen, entrücktes Lächeln, gänzliche Abwesenheit von klarem Denken und Analysieren, stattdessen häufiges Abdriften in Scheinwelten. Als Kriminalkommissar für schwere Fälle war er momentan de facto nicht zu gebrauchen und gehörte eigentlich in eine andere Abteilung versetzt. Was ihn wieder zu seinem eigentlichen Problem brachte. Würde Veronika einen Kompromiss schlucken? Und was war damit gewonnen?

»Ich hoffe nur, es gibt keinen Ärger wegen meines Urlaubs im Januar. Kröger ist nicht mehr da, Richter im

Abflug, du willst zurück nach Bayern, Sandra und Kai müssten die Abteilung dann alleine wuppen.«

»Vielleicht kann ich ja noch ein paar Monate länger bleiben«, murmelte Leo. Die Begründung würde Veronika verstehen. Das hoffte er zumindest.

»Ach, das wäre schön.« Saschas Mundwinkel wanderten nach oben. »Dann hätte ich nicht so ein schlechtes Gewissen, meine Kollegen allein zu lassen. Aber andererseits will ich nicht, dass du Ärger mit Veronika bekommst. Das Privatleben ist wichtiger als der Beruf.«

Leo nickte und verabschiedete sich in den Feierabend.

Er würde Veronika heute Abend ohnehin anrufen müssen, das war überfällig.

»Also, der Peter, der war damals Hartmuts ganzer Stolz, im Gegensatz zu Jens. Peter war ein sehr talentierter Junge, der aber nicht das Abitur machen durfte, weil ihn seine Eltern sehr christlich erzogen haben. Margaretes Vater war Pastor in Hoyerswerda, es kam für sie nicht infrage, die Söhne nicht in diesem Geist zu erziehen. Peter und Jens gingen nicht zur Jugendweihe, sondern wurden konfirmiert. Das reichte damals, um sie von der höheren Bildung auszuschließen. Außerdem war Hartmut selbstständig als Steinmetz, er kam also nicht aus der Arbeiterklasse. Peter war auch ein guter Steinmetz, aber eigentlich hatte er das Zeug zum Bildhauer. Verstehen Sie? Er konnte dem Stein einen eigenen Charakter, eine Persönlichkeit geben.«

Isabell nickte aufmerksam.

»Hartmut hat ihn damals mitgenommen zur Wartburg, weil er intelligent und wissbegierig war – und wohl auch, weil er mit ihm angeben wollte.«

Gernot Friebel wischte sich mit seiner knochigen Hand über das Gesicht.

»Er hatte damals gerade einen Engel für ein Grabmal gestaltet, der zu schweben schien. Wunderschön! Er war wirklich gut.« Er warf einen Blick zu seiner Frau und fuhr fort: »Damals war noch alles in Ordnung. Aber eineinhalb Jahre später ist Peter verschwunden. Danach brach alles zusammen. Hartmut wurde aus der Innung ausgeschlossen und musste seinen Betrieb schließen. Hartmut und Jens fanden Arbeit beim Dresdner Wohnungsbaukombinat. Zwei Jahre danach war die Ehe hinüber, Hartmut und Margarete ließen sich scheiden. Keiner wusste was Genaues, aber wenn Leute in der damaligen DDR verschwanden, dann meist deshalb, weil sie im Gefängnis landeten. Später sickerte durch, dass Peter wegen Landesverrats und Spionage im ›Gelben Elend‹ in Bautzen gesessen hat.«

»Oh. Sie meinen, dass er von einem der westdeutschen Besucher zur Spionage verführt worden war?« Isabell spürte, dass sie angebissen hatte. Für eine Historikerin war es immer aufregend, gelebte Geschichte zu erforschen.

»Keene Ahnung.« Gernot Friebel schüttelte den Kopf.

»War denn Ihre Frau Mutter eine Spionin?«, fragte Hilde Friebel und sah Isabell an.

»Wie bitte?!«

Isabell war völlig vor den Kopf gestoßen. Eine Gänsehaut rieselte über ihren Rücken.

»Meine Mutter? Nie im Leben! Sie war eine unbedarfte Frau, die im Büro der Firma gearbeitet und sich sonst um den Haushalt gekümmert hat.«

»Peter und sie haben sich damals sehr gut verstanden und viel Zeit miteinander verbracht. Wenn er von jemandem angeworben worden ist, dann am ehesten von ihr.«

Diese Idee war ungeheuerlich. Isabell spürte, wie das Adrenalin ihre Kopfhaut zum Prickeln brachte. In Gedanken zerpflückte sie das Bild, das sie von ihrer Mutter hatte. Waren da Anzeichen für eine Tätigkeit als Spionin? War das der Grund, warum sie kurz nach der Wende einfach aus ihrem Leben verschwunden war? Ergab das irgendeinen Sinn?

In ihrem Kopf überschlugen sich die Fakten: Nach der Wende waren DDR-Spione aus dem Westen abgezogen worden, um sie zu schützen. Isabell musste nach Berlin, um Akteneinsicht in der Stasi-Unterlagen-Behörde zu bekommen. War das die Antwort auf ihre brennende Frage, warum ihre Mutter sie einfach verlassen hatte, als sie sechs Jahre alt war?

»Ich, ... ich muss das nachprüfen«, stammelte sie. »Obwohl ich es mir nicht vorstellen kann.«

Hilde Friebel sah sie besorgt an. »Sie sind ja ganz blass. Brauchen Sie einen Schnaps?«

Isabell schüttelte den Kopf.

»Nein, danke. Es ist nur einfach so ungeheuerlich. Wissen Sie, meine Mutter ist kurz nach der Wende spurlos verschwunden. Ich werde das recherchieren. Aber es gibt ja auch andere Erklärungen. Ich muss herausfinden, wie genau die Verbindungen von Peter Zänker zu meiner Mutter waren.«

Noch konnte sie nicht glauben, was die Friebels da eben angedeutet hatten. Sie schloss kurz die Augen, um sich zu konzentrieren.

»Was ist aus Peter Zänker geworden?«, fragte sie.

»Ein paar Monate nach der Wende war er wieder da«, erzählte Gernot Friebel. »Ich habe ihn mal gesehen, er sah schlimm aus. Heruntergekommen, krank, wie ein Alkoholiker. Hartmut hatte da schon mit Jens seine eigene Baufirma gegründet: Zänker und Sohn Bau GmbH. Aber Peter hat da, soweit ich weiß, nicht mitgearbeitet. Das Geschäft lief von Anfang an sehr gut, die haben groß investiert. Damals wollten doch alle neue Fliesen und neue Fenster, neuen Putz an die Hauswand – die Firma ist bestimmt bis heute eine Goldgrube. Ich sehe immer wieder Autos mit dem Firmennamen herumfahren und glaube, denen geht es bestens. Dem Peter hat Hartmut eine Wohnung in Dresden gekauft, glaube ich, jedenfalls hat Margarete das mal erzählt. Oder, Hilde? Wir haben mit Hartmut keinen Kontakt mehr.«

Hilde Friebel nickte: »Ja, Peter wohnt in Dresden in einer modernen Wohnung mit riesigen Fenstern, weil er die Dunkelheit nicht ertragen kann, sagt Margarete.« Sie seufzte. »Seit dem Gefängnis ist er nicht mehr derselbe.«

Isabell wandte sich an sie: »Ich möchte bitte unbedingt mit ihm reden.«

»Dachte ich mir schon.«

Hilde Friebel schob ihr einen Zettel hinüber. Darauf stand die Telefonnummer von Margarete Zänker.

»Herr Reisinger, kommen Sie mal zu mir rein!«

Die massige Gestalt von Frau Fleischhauer hing aus dem Fenster im Hochparterre und riss Leo aus seinen Gedanken, als er gerade sein Fahrrad im Hinterhof abschloss.

»Was gibt's, Frau Fleischhauer?« Er war ein wenig ungeduldig, weil er noch einkaufen gehen musste und vor allem, weil das Telefonat mit Veronika anstand. Er war darauf gefasst, dass sie ihm eine riesige Szene machen würde.

»Wir müssen wegen Ihres Mietvertrags reden! Der ist ja befristet bis zum 31. Dezember. Ich muss langsam wissen, ob Sie ausziehen wollen oder ob Sie bleiben werden.«

Leo seufzte. Die nächste, die eine Entscheidung von ihm brauchte.

»Können wir das nächste Woche besprechen, Frau Fleischhauer? Das hängt von ein paar noch ungeklärten Voraussetzungen ab.«

Aber sie wandte sich schon vom Fenster weg und er war sich nicht sicher, ob sie ihn gehört hatte.

Als er ins Treppenhaus trat und die ersten Stufen nahm, wurde klar, dass sie sich nicht abwimmeln lassen würde. Übermächtig und in pompösem Violett stand seine Vermieterin in der zweiflügeligen Eingangstür ihrer Wohnung und bat ihn mit deutlicher Geste hinein.

Da gab es keine Widerrede.

Als Isabell das Haus der Friebels verließ, war sie so hibbelig, dass sie am liebsten losgerannt wäre. Es gab eine neue Spur! Ihre Mutter hatte es allerdings wieder geschafft, ihr die Rolle der »Blinden Kuh« aufzuzwingen. Nur bruchstückhaft bekam sie ab und zu ein Stückchen Wahrheit zu fassen, aber schon glitt sie ihr wieder aus den Fingern und ließ sie mit tausend Fragen und Ängsten zurück. Warum hatte sie sie damals allein gelassen?

Isabell fühlte wieder die Tränen von damals hochsteigen, den Knoten in der Brust, der so wehtat, dass sie fast nicht mehr atmen konnte. Sie hasste ihre Mutter so sehr, für das, was sie ihr angetan hatte! Sie war ein Spielball ihrer Launen, immer noch, und selbst jetzt, mit über dreißig Jahren, hatte sie diese Sehnsucht und diese Angst nicht im Griff. Schwer atmend stützte sie sich auf die offene Autotür. Ihr Herz schlug, als hätte sie einen Marathon hinter sich, ihre Hände zitterten.

Sie stieg ein und startete den Motor. Das Geräusch der Maschine brachte wieder Ordnung in ihre Gedanken. Sie fühlte sich geschützt, in diesem Kokon aus hartem Metall und Glas. Der satte Klang zuschlagender Autotüren versprach, dass die Welt draußen bliebe. Hier drinnen, festgehalten von Sportgurten und einem Ledersitz, war sie fast unverwundbar.

Sie musste jetzt fahren, sie wollte wieder Kontrolle spüren. Kontrolle über ihr Leben, über die Welt, über sich und ihre Gefühle.

Sie lenkte den Wagen Richtung Pirna und bog dann auf die Brücke über die Elbe ab. Am Ortsausgang hielt sie kurz an. Irgendwo hier musste es sein.

Das Navigationsgerät führte sie bis vor eine Blockhütte, die in der Sächsischen Schweiz ein wenig fehl am Platze wirkte. Der Name verhieß ihr aber genau das, was sie suchte: »Hocksteinschänke«. Das helle Holz leuchtete warm im Schein der untergehenden Sonne. Es war wenig los, nur drei Autos standen vor dem Lokal.

Auch die Strecke schien nicht allzu befahren zu sein. Ihr Freund Patrick hatte ihr den »Deutschlandring« empfohlen. Als Historikerin war sie besonders angetan, hier eine der ältesten Rennstrecken Deutschlands zu finden. Schon 1926 hatten hier die ersten Bergrennen stattgefunden, bevor der zehn Kilometer lange Rundkurs 1939 feierlich eingeweiht worden war. 1951 hatte das letzte Rennen stattgefunden, inzwischen war er Teil von drei sächsischen Staatsstraßen.

Isabell schloss kurz die Augen und konzentrierte sich. Sie konnte es kaum erwarten, loszulegen, aber sie wusste, dass es fahrlässig war, unkonzentriert zu fahren. Ihre Aufmerksamkeit würde ab sofort nur noch ihrem Wagen und dieser Strecke gelten. Sie blendete alles aus, was sie am heutigen Tage so aufgewühlt hatte, alles, was mit ihrer Mutter und ihrer Kindheit zu tun hatte, all die seelischen Wunden, von denen sie heute den Schorf abgekratzt hatte, bis sie wieder brannten und bluteten.

Isabell atmete tief ein und aus, fokussierte sich, machte sich bereit. Dann öffnete sie die Augen, legte den ersten Gang ein und rollte vom Parkplatz. Der Wagen wurde von einem Fortbewegungsmittel zu ihrem verlängerten Körper. Ihre Nerven wuchsen durch das Lenkrad hindurch in den BMW, ertasteten das Getriebe, den Motor, die Karosserie. Sie spürte den Asphalt unter den Rädern, jedes kleine Schlagloch, jeden Stein – und die Energie, die sie gleich beherrschen würde.

Nichts gab ihr so sehr das Gefühl zurück, Herrin der Situation zu sein, wie ein Streetride, ein Ritt auf der Rasierklinge, ein Verschmelzen mit ihrem Auto. Sie gab Gas und jagte die gewundene Straße hinunter ins Tal Richtung Hohnstein.

Die Sinne geschärft wie ein Adler beim Sturzflug auf sein Opfer, legte sie sich in die Kurven, links, rechts, links, diese Bergstrecke hatte es in sich. Die nächste Kurve beschrieb fast einhundertachtzig Grad. Sie wurde langsamer, noch kannte sie die Strecke nicht. Es ging weiter, wie bei einem Slalom, in einem steten Rhythmus wechselten sich die Kurven ab, bis sie endlich im Tal angekommen war. Das Schnurren des Motors streichelte ihre Ohren mehr als jedes Konzert, ihr Wagen war in Topform, sie konnte es hören, sie konnte es fühlen. Sie ließ ihn laufen, drückte nur minimal aufs Gaspedal und schoss am grünen Waldrand vorbei. Auch hier war die Straße kurvig, aber kein Vergleich mit dem Abstieg eben. Auf der Höhe eines Gasthofs am Straßenrand überholte sie einen Kleinwagen, der sich ängstlich an den Straßenrand drückte. Sie beschleunigte, zog vorbei und hatte ihn sofort wieder aus dem Rückspiegel verloren. Im Nu fand sie sich auf der Hochebene im gleißenden Abendlicht der untergehenden Sonne wieder. Kaum Verkehr hier, frohlockte Isabell und fühlte sich sicher genug, jetzt wirklich schnell zu fahren. Als sie die Hocksteinschänke zum zweiten Mal passierte, wusste sie, was sie erwartete.

Jetzt würde sie mit ihrem Wagen tanzen, ein Ballett aus Bremsen, Gas geben, Schalten, Lenken, Bremsen und Beschleunigen, das den Wagen in der Verlängerung ihrer Arme und Beine laufen und zögern, sich neigen und drehen, die Straße abtasten ließ. Als sie wieder aus dem Tal nach oben flog, gab sie ein bisschen Speed dazu, spürte, wie die Sportsitze sie fest umarmten und hob kurz in den nächtlichen Himmel ab. Sie hatte alles im Griff.

3 Dienstagvormittag

Das letzte Kirschwasser mit Frau Fleischhauer hätte er doch lieber sein lassen sollen. Leos Magen rebellierte und sein Kopf fühlte sich an, als wäre er mit Watte ausgestopft. Das kam von der Kopfschmerztablette, die er am Morgen genommen hatte, weil nach dem Aufstehen jemand rhythmisch von innen gegen seine Schädelknochen gehämmert hatte. Langsam und vorsichtig ließ er sich wieder auf seinen Bürostuhl sinken und stellte die Tasse ab. Bloß keine hektischen Bewegungen! Die ließen sofort die Kopfschmerzen wieder aufleben.

Leo bewegte sich in Zeitlupentempo, schaltete den Computer an, überprüfte seine Termine, nippte an seiner Tasse und langsam, ganz langsam fühlte er sich besser.

Frau Fleischhauer war eine Frau wie ein Berg in wallenden Gewändern und mit gezücktem Zeigefinger. Warum er gestern Abend ausgerechnet ihr sein Dilemma gebeichtet hatte, war ihm jetzt, morgens um acht Uhr, völlig schleierhaft. Wahrscheinlich, weil er ihr gegenüber kein schlechtes Gewissen haben musste. Sie hatte von ihm nur wissen wollen, ob er bleiben würde oder nicht.

»Die Neustadt ist ja wieder ziemlich begehrt«, hatte sie ihm erläutert, als er in ihre Wohnung eingetreten war. »Nicht, dass es schwierig wäre, einen Nachmieter zu finden, aber ich möchte doch in Ruhe aussuchen, wer in meinem Haus wohnt. Das verstehen Sie doch, Herr Kommissar Reisinger, nicht wahr?«

Dass sie ihn immer mit seinem Dienstgrad ansprach, erinnerte ihn an das bayerische Volkstheater, das er als Junge mit seiner Oma geschaut hatte. Da waren auch immer alle mit Herr Bürgermeister, Frau Lehrerin oder Herr Schaffner angesprochen worden. Bei der Fleischhauer lag es daran, dass sie Krimis liebte. Sie kannte jede Serie, verpasste keinen »Tatort« und in ihrem Flur hing, gerahmt und hinter Glas, ein Autogramm von Horst Tappert als »Derrick«. Leo war sich sicher, dass sie wieder jemanden aus dem Polizeidienst als Nachmieter suchen würde, falls er die Wohnung Ende des Jahres verließ.

Allerdings hatte Frau Fleischhauer ihm nach dem dritten Kirschwasser dringend geraten, in Dresden zu bleiben. Sie hatte sich schwerfällig aus ihrem Stuhl gestemmt und gemeint:

»Nu brauchen wir was Kräftiges!«

Kurz danach servierte sie Fettbemmen, frisches Brot mit Griebenschmalz drauf. Leo fand, dass das die ideale Ergänzung sei, und fühlte sich nach zwei Scheiben fit für ein viertes Kirschwasser.

»Geh'n Se nich zurück nach Bayern, Sie machen sich nur unglücklich!«

Seine Vermieterin hob das Glas und prostete ihm zu. Ihre speckig gepolsterten Augen waren da zwar schon ein bisschen glasig, aber sie artikulierte immer noch klar und deutlich.

»Die Liebe ist nichts, was man verhandeln kann. Entweder Sie wissen, dass sie die Eine ist, oder Sie probieren noch herum.« Sie ließ ihre Hand schwer auf ihren mächtigen Busen fallen und klopfte so heftig auf dieses Mittelgebirge, dass sich vor Leos Augen ein Erdbeben ausbreitete.

»Hier drin müssen Se das spüren!«

Leo folgte fasziniert der Wellenbewegung, die sich von ihrem Busen über den linken Arm bis zum Schnapsglas in ihrer Hand fortsetzte und das Kirschwasser auf die geblümte Tischdecke schwappen ließ.

»Ich schätze mal, Sie haben die Rischtsche noch nich gefunden. Prost!«

Das hatte gestern in seinen Ohren sehr vernünftig geklungen, soweit erinnerte er sich noch.

Ob er aber die Verlängerung seines Mietvertrags noch unterschrieben hatte oder nicht, daran konnte er sich nicht mehr entsinnen. Kein Wunder, nach mindestens sechs nicht zu knapp eingeschenkten Kirschwassern.

Leo legte seinen müden Kopf in die aufgestützten Hände und stellte fest, dass er vergessen hatte, sich zu rasieren.

»Mist!« Heute würde er keinen guten Eindruck machen. Und Veronika ging seit gestern Nachmittag nicht an ihr Telefon.

Warum war ihr das früher nie in den Sinn gekommen? Isabell studierte seit einer halben Stunde den Antrag auf Akteneinsicht bei der Bundesstelle für Stasi-Unterlagen. Sofort nach dem Frühstück hatte sie sich den zweiseitigen Antrag in deren Dresdner Außenstelle in der Riesaer Straße besorgt.

Ihr Problem war die Vermisstenanzeige, die sie dem Antrag zwingend beifügen musste. Hatte ihr Vater ihre Mutter jemals bei der Polizei als vermisst gemeldet? Bisher war Isabell davon ausgegangen, dass sie irgendwo in Amerika untergetaucht war. Die Postkarte war damals aus Florida gekommen.

»Sucht mich nicht. Ich komme nicht wieder. Adieu, Marie«

So lautete der Text. Ihr Vater hatte die Postkarte damals in seiner grenzenlosen Wut und Enttäuschung in kleine Schnipsel zerrissen und in den Mülleimer geworfen. Sie hatte sie zwar am nächsten Tag wieder zusammengesucht, aber alle hatte sie nicht mehr retten können.

Die löchrige, nur mit Klebestreifen zusammengehaltene Postkarte hatte lange Zeit wie ein vergifteter Schatz in ihrem Nachtkästchen gelegen. Fast jeden Abend hatte sie die markante Handschrift und das Foto des Disney-Schlosses auf der Vorderseite studiert. Dort also war Mama hingegangen, ohne sie. Sie hatte sie angelogen, als sie gegangen war. Sie war nicht wiedergekommen.

Anfangs hatte Isabell jede Nacht weinen müssen, dann war sie wütend geworden und hatte alles Mögliche kaputtgemacht, bis sie mit zwölf Jahren angefangen hatte, die Erinnerungen ganz weit weg zu packen und zu vergessen, dass sie mal eine Mutter gehabt hatte. Erst mit siebzehn hatte sie den fleckigen Papierlappen in eine Klarsichthülle gesteckt und in den Ordner mit ihren persönlichen Unterlagen wie der Geburtsurkunde und ihren Zeugnissen abgeheftet.

»Obermann.«

Ihr Vater klang wie immer etwas unfreundlich am Telefon.

»Hallo Papa!« Isabell war klar, dass sie sich lange nicht bei ihm gemeldet hatte. Sie war keine sehr anhängliche Tochter. »Wie geht es euch?«

»Ach, du erinnerst dich mal wieder an uns?« Der Sarkasmus in seiner Stimme war nicht zu überhören.

»Natürlich, viel öfter als du denkst. Danke der Nachfrage, mir geht es auch gut.«

Er knurrte etwas Unverständliches, dann sagte er: »Schön, dass du dich meldest. Was machst du zurzeit? Sind nicht Semesterferien?«

Immerhin, er machte sich tatsächlich Gedanken, wo sie sein könnte.

»Ich bin auf einem Historiker-Kongress in Dresden. Wir haben mehrere Arbeitsgruppen und jeder von uns wird einen Vortrag aus seinem Fachgebiet halten.«

»So, so, in Dresden. Da war ich 2005, als die Frauenkirche eingeweiht wurde. Schöne Stadt. Gefällt es dir?«

»Ja, aber leider habe ich noch nicht so viel von ihr gesehen, ich bin den ganzen Tag an der Universität. Aber mir kam heute Morgen der Gedanke, dass wir doch mal über die Zukunft sprechen müssen, vor allem über Leonhards und meine.«

Nun hatte sie die volle Aufmerksamkeit ihres Vaters.

»Wie meinst du das? Was hat Leonhard damit zu tun?«

»Ich habe mich gefragt, wie du ihm die Firma übertragen kannst, wenn doch Mama immer noch nicht offiziell für tot erklärt wurde. Oder hast du da inzwischen Unterlagen?«

Es folgte eine lange Pause, die sie fürchten ließ, dass ihr Vater aufgelegt hatte.

»Papa?«

»So, so. Darüber machst du dir also Gedanken. Was genau willst du wissen?«

Hätte sie sich gleich denken können, dass er ihr das Interesse an Leonhards Wohlergehen nicht abnehmen würde. Leonhard war über zwölf Jahre jünger als sie und ein Idiot. Ihr Vater allerdings hielt große Stücke auf seinen Sohn und bereitete ihn auf seine Rolle als zukünftigen Geschäftsführer der Obermann Steinmetz GmbH vor.

»Ich wüsste gerne, ob jemals eine Vermisstenanzeige wegen Mama aufgegeben wurde und ob es inzwischen von den Behörden eine Erklärung zu ihrem Verschwinden oder zu ihrem Tod gibt.«

»Nein. Weder noch.«

Ein leises Klicken in der Leitung verriet ihr, dass er das Gespräch beendet hatte.

Sie atmete laut aus. Es war jedes Mal das Gleiche. Ihr Vater hielt sie für verrückt, weil sie immer wieder Versuche startete, nach ihrer Mutter zu suchen. Er weigerte sich schlicht, irgendetwas in dieser Richtung zu unternehmen.

»Sie hat uns verlassen. Basta. Ich weine ihr keine Träne hinterher.«

Er hatte Isabell das einmal so klar gesagt und danach nie wieder ein Wort darüber verloren.

Sie drückte auf die Taste für die Wahlwiederholung.

»Obermann.«

»Könnte Mama eine Spionin für die Stasi gewesen sein?«

»Isabell!«

An seiner Stimme konnte sie hören, dass sie ihn aus dem Konzept gebracht hatte. Sie durfte ihm jetzt keine Zeit zum Nachdenken lassen.

»Ich habe gestern mit einem Ehepaar gesprochen, das Mama 1982 auf der Wartburg kennengelernt hat. Die beiden haben mich genau das gefragt.«

Ihr Vater stöhnte laut.

»Du verbeißt dich immer wieder in diese Sache, wie ein Köter in einen vergammelten Knochen. Lass doch endlich gut sein! Marie eine Spionin – dass ich nicht lache! Deine Mutter war ein naives, dummes Ding, aber bestimmt keine Agentin. Die Idee ist absolut lächerlich.« Er atmete hörbar aus und ein. Dann meinte er: »Du könntest dich mal nach Gabriele erkundigen, die hat sich wie eine Mutter um dich gekümmert, aber die ist dir egal!«

Isabell verdrehte die Augen. Gabriele war die Mutter ihres Halbbruders Leonhard. Isabell konnte sie nicht leiden, obwohl sie eigentlich immer nett zu ihr gewesen war. Sie war bei ihnen als neue Frau ihres Vaters eingezogen, als sie elf Jahre alt war. Nicht ein einziges Mal hatte sie sie als »Mama« angesprochen, obwohl Gabriele das so gern gehört hätte.

»Oh, entschuldige, wie geht es Gabriele?«

»Danke, gut«, knurrte ihr Vater.

»Dann wünsche ich euch dreien noch einen schönen Tag, Papa!«

Sie legte auf.

Ihre Mutter als naives Dummchen – das war die Lieblingsvorstellung ihres Vaters, doch die ließ sie nicht gelten. Sie hatte sie zwar nur während ihrer ersten sechs Lebensjahre erlebt, aber von Kerstin, der besten Freundin ihrer Mutter, wusste sie, dass sie sich durchaus für aktuelle Themen interessiert hatte. Sie hatte regelmäßig politische Magazine gelesen. Anfang der Achtziger war das Wettrüsten in vollem Gange gewesen und Präsident Reagan hatte die Stationierung von Pershing-Raketen in Deutschland angekündigt. Das hatte sie sicher nicht kaltgelassen. Und sie war eine Künstlerin gewesen. Isabell hatte mehrere Notizbücher voll mit Zeichnungen dreidimensionaler Figuren gesehen. Vielleicht war sie damals auch eine Idealistin, die die Welt retten wollte, egal wie. Auch wenn es unwahrscheinlich war, dass ihre Mutter in eine Spionagegeschichte involviert war, sie würde dieser Spur nachgehen.

Das bedeutete, dass sie diese Vermisstenanzeige nach fast dreißig Jahren endlich aufgeben musste. Wo, war ja wohl egal. Hauptsache, sie bekam eine entsprechende Bescheinigung. Denn ohne dieses Dokument würde die Stasi-Unterlagen-Behörde ihren Antrag nicht bearbeiten. Und selbst wenn sie für den Antrag alles zusammenbekam, würde es noch mindestens drei Monate dauern, bis sie Auskunft erhalten würde. Aber was waren schon drei Monate im Vergleich zu den vielen Jahren, die sie nun schon wartete?

Außerdem gab es ja noch eine zweite neue Spur, die Familie Zänker.

Isabell legte den Antrag auf den kleinen Schreibtisch ihres Hotelzimmers in der Prager Straße und machte sich auf den Weg zur Universität.

»Wir brauchen ein Abschiedsgeschenk für Richter. Hast du eine Idee? Und ein Hochzeitsgeschenk für Sascha. Das wird noch schwieriger.«

Sandra ließ sich mit der rechten Pobacke auf eine Ecke von Leos Schreibtisch sinken und sah ihn erstaunt an.

»Kurze Nacht gehabt, was? Du siehst furchtbar aus.«

Er nickte langsam.

»Ein Bierchen zu viel gestern Abend?«, fragte sie.

»Viel schlimmer. Kirschwasser mit meiner Vermieterin«, murmelte Leo hinter seinem Schreibtisch.

»Ah, die grazile Frau Fleischhauer. Welche Farbe hatte ihr Zirkuszelt?«

Sandra musste grinsen beim Gedanken an Leos Vermieterin. Sie kannte sie von einem Notfall vor einem Jahr, als Leo verschollen gewesen war. Damals hatte ihr die Dame tatsächlich die Tür in seine Wohnung geöffnet, aber nur, weil sie so krimisüchtig war und einen spannenden Fall gewittert hatte. Dabei hatte die Fleischhauer ein Kleid um ihre üppige Körperfülle gewickelt, das ausgesehen hatte, als könne man einen Kleinwagen darunter verstecken.

Er fuhr sich über das Gesicht.

»Ich glaube, es war lila.«

»Lila – der letzte Versuch!«, kicherte Sandra, bevor ihr klar wurde, was Leo gestern mit Frau Fleischhauer besprochen hatte.

»Ziehst du nun aus oder nicht?«

»Ich muss erst mit Veronika reden, aber die geht nicht ans Telefon. Sie ist gerade auf einer Fortbildung in Frankfurt. Wahrscheinlich haben die da ein straffes Programm.«

»Es ist ja nur ein Vierteljahr Verlängerung, sag ihr das. Danach kannst du heim zu Mutti und Veronika, einen Biobauernhof betreiben und niedliche Babys machen.«

Sie wusste auch nicht, wieso sie das so sarkastisch sagen musste, wahrscheinlich war sie neidisch auf diese Zukunftsaussichten. Die Männer in ihrem Alter bewegten sich mehr oder weniger zügig in den Hafen der Ehe, während sie immer noch vergeblich nach dem Richtigen fahndete. Wobei sie momentan eher weniger suchte. Sie hatte beschlossen, für eine Weile einfach die Füße stillzuhalten und sich gegebenenfalls finden zu lassen.

»Ja, genau. Es sei denn, ich bekomme das geregelt.«

Er klang matt.

»Also, hast du eine Idee?«, fragte Sandra.

»Für sowas braucht man Fingerspitzengefühl.«

»Naja, es muss eben passen. Man will ja niemanden brüskieren. Und der Aufwand sollte nicht zu hoch sein.

»Das sagst du so einfach.«

»Wie wäre es mit einem schönen Abendessen?«, schlug Sandra vor.

Leo nickte. »Ja, sowas wäre sicher nicht schlecht.«

»Oder eine gemeinsamen Ballonfahrt?«, spann Sandra den Faden weiter.

»Wozu das denn? Das lenkt doch nur vom Gespräch ab.« Leo sah sie erstaunt an. Unter seinen Augen hingen tiefe Schatten.

»Oder ein Abo fürs Theater oder Kino? Aber die beiden brauchen wohl noch keine Ablenkung.«

»Wovon redest du eigentlich?«, fragte Leo.

»Und du, wovon redest du?«

Sandra wandte sich zum Gehen: »Überleg dir was!«

Isabell hastete ins Institut und suchte Answald Aurich. Sie war spät dran und sie wusste nicht, wo der Raum war, in dem ihr Workshop stattfand. Aurich wartete bereits ungeduldig auf sie.

Schon als er sie um die Ecke biegen sah, setzte er sich in Bewegung und bedeutete ihr, ihm zu folgen. Er führte sie in den Seminarraum, in dem die Teilnehmer, allesamt angehende Historiker, ihr schon erwartungsvoll entgegensahen.

Sie biss die Zähne zusammen. Sowas hasste sie. Normalerweise war sie die Pünktlichkeit in Person. Sie wollte zu jeder Zeit Kontrolle über die Situation haben, alles andere war nicht akzeptabel.

Ihr Vater hatte recht. Wenn es ihr in den Sinn kam, verbiss sie sich ohne Sinn und Verstand in die Suche nach ihrer Mutter. Diese Suche war ihre Achillesferse, die einzige Sache, bei der sie immer wieder die Kontrolle verlor, bei der sie so aus der Reserve gelockt wurde, dass sie berufliche Termine gefährdete. Sie atmete kurz durch und schloss die Augen. Das musste aufhören!

Sie nickte dem Auditorium freundlich zu und versuchte, sich auf ihren Job hier zu konzentrieren. Das war jetzt das einzig Wichtige. Laptop gestartet, Unterlagen auf den Tisch.

Noch während sie in ihrer Laptop-Tasche nach den Verbindungskabeln kramte, nahm Answald Aurich sie ihr aus der Hand.

»Immer mit der Ruhe«, sagte er ganz entspannt. »Wir sind hier nicht beim Militär. Ich kümmere mich um die Technik, Sie um den Workshop.«

Heute prangte von seiner Brust der Spruch: »Das Leben ist ein Wunschkonzert«. Hatte er eine ganze Kollektion davon im Schrank? Von wegen Wunschkonzert!

Aber immerhin hatte er sich wohl vorgenommen, einige ihrer Wünsche zu erfüllen, denn im Nu hatte er die richtigen Stecker im Laptop. Isabell wurde langsam ruhiger. Sie wiederum hatte das Thema im Griff.

Noch bevor sie beginnen konnte, hob ihr Assistent die Hand und brachte ihre Zuhörer damit zum Verstummen.

»Meine Damen und Herren, freuen Sie sich auf den nun folgenden Workshop mit der Historikerin Dr. Isabell Obermann. Sie ist Dozentin für Neuere Geschichte an der Universität Göttingen und eine anerkannte Expertin auf dem Gebiet der filmischen Quellen.« Er langweilte die Zuhörer noch kurz mit der Liste ihrer Veröffentlichungen, doch das gab ihr genügend Zeit, einen aufmerksamen Blick in die Runde zu werfen.

Bevor sie die erste Folie aufrief, nahm sie Answald Aurichs Arm und dankte ihm, vielleicht ein wenig zu überschwänglich vor allen Anwesenden. Dann war sie ganz bei sich und bei ihrer Arbeit.

»Machen Sie sich auf einige schreckliche Bilder gefasst. Obwohl wir es hier mit Propaganda-Material zu tun haben, sind einige Szenen nur schwer verdaulich. Machen Sie sich bitte klar, was das Motiv hinter diesen Dokumenten ist. Schauen Sie hinter die Kulissen!«

Dieses Lächeln war ihm durch und durch gegangen und noch immer spürte er ihre Hand auf seinem Oberarm. Answald Aurich fühlte sich großartig, als er sich in die letzte Reihe des Hörsaals setzte. Eigentlich waren Mädchen ja nicht so sein Ding, redete er sich immer ein, aber Isabell Obermann war auch kein Mädchen mehr. Sie war zehn Jahre älter als er und damit eine völlig andere Kategorie als alle Studentinnen um ihn herum.

Er sah sie vorn gestikulieren und im Licht des Beamers auf wechselnde Dokumente deuten, aber er hörte nicht zu. Seine Gedanken kreisten um Isabell Obermann und wie es wohl wäre, sie näher kennenzulernen. Er würde ihr alle Wünsche von den Augen ablesen, ihr sämtliche Hindernisse aus dem Weg räumen und nach dem Kongress einen Anlass finden, um weiter mit ihr in Kontakt zu bleiben. Schließlich waren sie Kollegen. Er könnte sie um Rat für seine Doktorarbeit fragen oder gemeinsam mit ihr einen Beitrag für ein Fachmagazin erarbeiten … Die Welt war für ihn plötzlich voller Möglichkeiten.

»Besteht Gefahr für Leib und Leben?«, fragte Julia Köhler gerade eine ungeduldig wirkende Frau am Schalter. Auf Sandra machte sie einen völlig unscheinbaren Eindruck, bis die Dame kurz in ihre Richtung schaute. Sie hatte intensiv strahlende, türkisblaue Augen. Und im Moment blitzten sie vor Ärger.

Sandra hatte sich mit Bereitschaftspolizistin Julia Köhler zum Mittagessen verabredet. Aber das Gespräch mit dieser Frau würde wohl noch eine Weile dauern.

Vielleicht konnte sie Julia unterstützen. Sandra kam noch einen Schritt näher, um zu hören, worum es ging.

»Nein, nicht, dass ich wüsste. Meine Mutter ist ja auch schon seit 1989 verschwunden. Aber hören Sie, ich brauche diese Vermisstenanzeige, damit ich bei der Stasi-Unterlagen-Behörde einen Antrag auf Einsicht in ihre Akten bekomme.«

»Erwachsene haben das Recht, ihren Aufenthaltsort frei zu bestimmen. Die Polizei schaltet sich nur ein, wenn Gefahr besteht.« Julia Köhler leierte das herunter, als ob sie es schon fünfmal zum Besten gegeben hätte.

»Das verstehe ich ja. Also gut, dann sage ich mal, ja, es besteht Gefahr.«

Sandra fiel auf, wie schlicht und doch elegant die Frau gekleidet war, sodass man erst auf den zweiten Blick ihre ungewöhnlichen Augen und das herzförmige Gesicht zur Kenntnis nahm. Mit offenen Haaren und femininer Kleidung hätte sie wahrscheinlich umwerfend ausgesehen.

»Gut. Welche Gefahr?«

»Meine Güte! Gefahr eben! Wenn eine Mutter ihr sechsjähriges Kind verlässt, ist das doch nicht normal, oder? Vielleicht hat jemand sie erpresst?«

Julia Köhler ließ sich nicht aus der Ruhe bringen.

»Wer?«

»Keine Ahnung!« Sie wurde langsam ungehalten.

Sandra beschloss, sich einzumischen.

»Entschuldigung. Kriminalkommissarin Kruse. Ich habe das eben mitverfolgt. Es tut mir leid, aber meine Kollegin hat keine Chance, eine Vermisstenanzeige anzunehmen, wenn wir keine Beweise für eine Notsituation haben. Wenn Sie Ihre Mutter suchen lassen wollen, müssen Sie über private Suchdienste gehen.«

Die Frau wandte sich ihr zu und musterte sie von oben bis unten.

»Das habe ich bereits getan. Aber diese Belege werden von der Stasi-Unterlagen-Behörde nicht anerkannt.«

»Ich kann Ihnen nur empfehlen, nochmals mit der Behörde zu verhandeln und eigene Nachforschungen zu betreiben.«

»Aber ich bitte Sie! Da beißt sich die Katze doch in den Schwanz. Wie soll ich denn Nachforschungen betreiben, wenn mir die eine Behörde nicht gibt, was die nächste als Voraussetzung für die Akteneinsicht fordert? Es muss doch eine Möglichkeit geben, jemanden als vermisst zu melden, von dem man jahrzehntelang nichts gehört hat!«

Nun zuckte auch Sandra mit den Schultern.

»Jeder Mensch darf selbst bestimmen, wo er sich aufhält und ob er Kontakt zu seiner Familie haben will. Ein Verschwinden über Jahre ist also noch kein Grund für eine polizeiliche Fahndung.«

»Aber ...« Die Frau mit dem strengen Haarknoten und dem kantigen Hosenanzug in dezentem Grau hielt kurz inne, dann drehte sie sich grußlos um und ging.

»Na endlich!«

Julia Köhler stand auf und bedeutete ihren Kollegen, dass sie nun zum Mittagessen gehe. Sandra hakte sich bei ihr unter und begleitete sie zur Kantine.

Die Adresse von Hartmut Zänker herauszufinden, war nicht schwer gewesen. Isabell staunte, dass sie am Vortag praktisch an seinem Haus vorbeigefahren war, ohne es zu wissen. Diese Strecke noch mal fahren zu können, war ein guter Grund für sie, ihre Nachforschungen in Hohburkersdorf fortzusetzen. Der Firmensitz lag direkt an der ehemaligen Rennstrecke »Deutschlandring«, über die sie gestern so lange gefahren war, bis sie sich wieder als Herrin der Lage gefühlt hatte.

Sie hatte Answald Aurich Bescheid gesagt, dass sie erst am Abend wieder zur Konferenz und zum gemeinsamen Abendessen mit dem Dekan kommen würde. Natürlich hatte sie auch seine Neugier gespürt, als er nach ihrem Gespräch mit den Friebels fragte, aber das ging ihn nun nichts mehr an.

Auf dem Klingelschild vor dem schmiedeeisernen Tor standen drei Namen: Zänker und Sohn Bau GmbH, Hartmut Zänker, Jens Zänker. Sie klingelte bei Hartmut Zänker, der auf ihre Bitte, mit ihm sprechen zu dürfen, eher unwillig reagierte. Erst, nachdem sie von ihrem Besuch bei den Friebels erzählt hatte, öffnete sich langsam das Tor und sie konnte die kiesbedeckte Auffahrt entlangfahren.

Um einen quadratischen, gepflasterten Vorhof standen mittig eine zweistöckige Villa, rechter Hand ein Bungalow und links Garagen und Wirtschaftsgebäude, gesäumt von grünem Rasen.

Die Eingänge der beiden Wohnhäuser waren mit überdimensionierten Säulen geschmückt. Die kurzen Treppenaufgänge der Gebäude protzten mit aufwendigen Sandsteinbalustraden. Ganz schön hochherrschaftlich, kam es Isabell in den Sinn, als sie die Villa beim Aussteigen betrachtete. Hier hatte jemand keine Scheu, zu zeigen, was er mit seiner Arbeit erreicht hatte. Auch die Terrasse zu Hause an ihrem Elternhaus war mit solch aufwendig gehauenen Balustern geschmückt, das gehörte in einem Steinmetz-Haushalt wohl zum guten Ton.

An der schweren Eingangstür des Bungalows stand ein alter Herr und beäugte sie skeptisch. Das musste Hartmut Zänker sein. Es knirschte laut, als sie auf dem weißen Kiesweg auf ihn zuging. Er war längst nicht so groß wie ihr Vater, aber überragte sie doch um eine ganze Kopflänge, als sie vor ihm stand und ihm die Hand reichte. Die kurzen weißen Stoppeln auf seinem Kopf und die vielen Falten im Gesicht deuteten darauf hin, dass sie es mit einem Mann jenseits der siebzig zu tun hatte. Trotzdem wirkte sein Körper in dem kurzärmeligen Hemd immer noch kräftig und robust.

»Dr. Isabell Obermann«, stellte sie sich vor. »Danke, dass Sie sich Zeit für mich nehmen.« Isabell zog wieder das ausgedruckte Foto aus ihrer Handtasche und zeigte es ihm.

»Ich suche nach dieser Frau.« Sie deutete auf ihre Mutter.

Zänker sog scharf die Luft durch die Nase.

»Wieso?«

»Weil sie meine Mutter ist.«

Sie standen immer noch vor der Haustür, Zänker schien eine Ewigkeit zu überlegen. Seine Kiefer mahlten.

Dann bat er sie nach drinnen und führte sie in ein gemütliches, aber sehr unordentliches Wohnzimmer.

»Wissen Sie, ich habe durch Zufall dieses Bild ...«, setzte Isabell an, aber er fuhr dazwischen.

»Ich mach' uns erst mal Kaffee. Warten Sie einen Moment.« Die Geste, mit der er das sagte, machte klar, dass sie sich nicht vom Fleck rühren sollte.

Damit ließ er sie alleine sitzen und verschwand durch eine Tür in die Küche, während sie das Wohnzimmer auf sich wirken ließ. Die Ledersessel und die braune Couch vor einer modernen Wohnwand mit riesigem Flachbildschirm wie auch die Fensterfront mit weitem Blick auf die Wiesen und Felder der Hochebene erinnerten sie fatal an ihr Zuhause in Steinbach. Diese schweren, dunklen Möbel standen für hart erarbeiteten Wohlstand und Zwänge, denen sie sich nicht mehr unterordnen wollte. Ihre eigene Wohnung in Göttingen war luftig, hell und im Vergleich dazu fast leer.

Endlich kam Hartmut Zänker wieder und balancierte zwei Tassen Kaffee in der Hand. Erstmals, seit sie ihn an diesem Nachmittag überfallen hatte, lächelte er, zumindest mit dem Mund.

Noch während er sich setzte, fragte er: »Was genau wollen Sie von mir wissen?«

»Ich will wissen, ob meine Mutter im Herbst 1989 hierhergekommen ist.« Das Herz schlug ihr bis zum Hals, als sie die Frage formulierte.

Zänker nahm einen Schluck Kaffee, sah sie an und sagte:

»Ja.«

»Ja?«

Isabell sprang auf. »Seit sie uns damals verlassen hat, habe ich nie wieder etwas von ihr gehört, außer ein paar

Zeilen auf einer Postkarte. Was wollte sie hier, was hatte sie vor?«

Endlich hatte sich nach all den Jahren eine Tür geöffnet, die sie der Wahrheit ein Stück näherbringen würde. Sie war so aufgeregt, dass ihre Hände zitterten.

Zänker hob die Hand und bedeutete ihr, sich zu beruhigen und wieder hinzusetzen.

»Ihre Mutter war hier, weil sie Peter, meinen Sohn, besuchen wollte. Ich hatte damit nicht gerechnet, denn ich wusste nicht, dass über meine Ex-Frau immer noch Briefe von ihr gekommen waren. Ich denke, sie fühlte sich schuldig und wollte was gut machen. Peter, mein Ältester, saß da ihretwegen schon seit fünf Jahren im Gefängnis. Sie war kurz hier, aber Peter war noch in Bautzen. Ihre Mutter hatte die verrückte Idee, mit Peter nach Amerika auszuwandern. Ich habe ihr gleich gesagt, dass er auf keinen Fall seine Heimat verlassen, sondern mit mir unseren Familienbetrieb wiedereröffnen würde. Das hat ihr nicht gefallen und sie ist ohne ihn gefahren, ob nach Amerika oder nach Hause, das weiß ich nicht.«

So, wie er das sagte, war Isabell klar, dass Hartmut Zänker wenig Sympathien für ihre Mutter hegte.

»Das verstehe ich nicht. Warum war meine Mutter schuld daran, dass Ihr Sohn ins Gefängnis musste?«

Ein bitteres Lächeln huschte über sein Gesicht.

»Weil sie der Grund für alles war.«

Er wischte sich mit seinen kräftigen Händen über die Augen.

»Sie hat ihm den Kopf verdreht. Ich hätte ihn damals nicht mitnehmen sollen, dann wäre das nicht passiert. Aber ich konnte das wirklich nicht vorhersehen. Sie hat ihn verhext, bis er versucht hat, in den Westen abzuhauen. Der dumme Junge! Die DDR war damals nicht zimperlich, wenn es um Kontakt mit dem Klassenfeind, Agitation gegen Staat und Gesellschaft oder gar Republikflucht ging.«

Er seufzte tief.

»Aber es war natürlich nicht nur die Schuld Ihrer Mutter. Peter war der Idiot, der diesen Flirt viel zu ernst genommen hat.«

Isabell zuckte zusammen. Das Bild ihrer Mutter bekam einen neuen Riss.

»Meine Mutter war also hier bei Ihnen, um sich zu erkundigen, wie es Peter ging, und hat sich dann einfach wieder aus dem Staub gemacht, ohne ihn gesehen oder gesprochen zu haben?«

Zänker nickte. Sein Versuch, zu lächeln, verunglückte völlig.

»Sie machte den Eindruck, nur auf der Durchreise zu sein. Sie wollte weit weg.«

»Weit weg ...«, wiederholte Isabell und konnte keinen klaren Gedanken fassen. Sie fühlte sich wieder wie ein sechsjähriges Mädchen, das bis oben hin voll mit Tränen war.

»Hat sie irgendwas über mich gesagt?« Die Frage war dumm, aber sie rutschte heraus, bevor sie ihre Trauer wieder im Griff hatte.

»Nein. Sie hat nicht gesagt, dass sie eine Tochter hat. Sonst hätte ich sie auf jeden Fall dazu überredet, nach Hause zurückzukehren.«

Isabell schluckte schwer. Das war kaum auszuhalten. Warum hatte ihre Mutter ihr das angetan? Sie brauchte ein paar tiefe Atemzüge, bis sie sich wieder aus dem Tränensumpf herausgearbeitet hatte. Sie schluckte den Knoten hinunter, obwohl er immer größer wurde. Sie musste kämpfen.

»Und Ihr Sohn Peter? Wie geht es ihm?«

Hartmut Zänker, der sie mit vorgebeugtem Oberkörper beobachtet hatte, entspannte sich und lehnte sich nach hinten ins Sofa.

»Leider geht es ihm nicht so gut. Aber das ist seine eigene Schuld.«

Er räusperte sich.

»Ich hatte große Pläne mit Peter. Er hat so viel Talent. Aber Bautzen hat einen Krüppel aus ihm gemacht. Ich wollte mich nach der Wende gemeinsam mit ihm selbstständig machen und unsere alte Steinmetz-Firma neu gründen, aber er war nicht in der Lage dazu. Er hätte beim Wiederaufbau der Frauenkirche mitarbeiten können, seine Handschrift in dieses Bauwerk einfließen lassen können. Verstehen Sie? Das ist das Größte für einen Steinmetz aus der Gegend hier, eine Flammenvase für die Frauenkirche zu schaffen oder eine Heiligenfigur, egal was, um sich zu verewigen in so einem Bauwerk, für jetzt und alle Zeiten. Aber er war nur am Jammern, konnte keinen Hammer mehr halten.«

Er atmete schwer ein und aus.

»Jetzt legen wir Fliesen und dämmen Hausdächer. Nun gut, es bringt Geld.«

Isabell fasste sich langsam wieder, während Zänker fortfuhr:

»Bestimmt sind die Wärter in Bautzen nicht zimperlich mit Peter umgegangen. Aber nach einer Weile muss man sich auch mal wieder im Griff haben und sein Leben in die Hand nehmen. Peter allerdings ...«

Er beendete den Satz nicht, aber es war klar, dass er von Grund auf enttäuscht war.

»Das hört sich an, als wäre er schwer traumatisiert«, versuchte Isabell wieder ins Gespräch zu kommen.

Zänker ging nicht darauf ein.

»Gott sei Dank habe ich Jens, auf den ist Verlass.« Er sah kurz auf. »Jens ist mein zweiter Sohn.«

»Aber meine Mutter?«, fragte Isabell. »Was hat sie erzählt, was hatte sie vor?«

»Woher soll ich das wissen?«, knurrte Zänker. »Sie ist hier aufgetaucht mit ihrem schicken roten Flitzer, aber Peter war noch im Gefängnis, also war sie auch schnell wieder weg. Was sie dann getan hat, weiß ich nicht. Sie hat was von Amerika erzählt, aber ich weiß wirklich nicht, ob sie tatsächlich hingeflogen ist. Mehr kann ich Ihnen dazu nicht sagen.«

Isabell hatte das Gefühl, in den Ledersessel einzusinken wie in ein Loch mit Treibsand. Das rote Auto, das Zänker erwähnt hatte, war der heißgeliebte VW Karmann Ghia ihrer Mutter gewesen. Und ja, Amerika war die letzte Spur, die Marie Fürst-Obermann hinterlassen hatte. Zänker schrieb ihr die Schuld am Unglück seines Sohnes zu. Was, um Himmels willen, hatte ihre Mutter damals bewegt, diesen jungen Mann zur gefährlichen Flucht zu überreden? Sie hatte ihn doch nur von diesem einen Wochenende auf der Wartburg gekannt, oder?

»Meine Mutter und Ihr Sohn Peter haben sich damals auf der Wartburg kennengelernt. Haben sie sich danach je wiedergesehen?« Isabell sah Zänker bittend an, sie musste herausfinden, was damals passiert war.

Zänker schüttelte den Kopf.

»Nein. Fragen Sie Peter, aber soweit ich weiß, hat er sie nicht wiedergesehen. Dass sie verschwunden ist, tut mir leid für Sie, aber das hat mit Peter nichts zu tun. Glauben Sie mir. Auch wenn er immer noch denkt, dass da mehr gewesen wäre.«

Er stand auf und es war klar, dass das Gespräch damit beendet war. Isabell warf einen Blick auf die Tasse, die sie noch nicht angerührt hatte. Sie raffte sich auf.

»Sie wollen wahrscheinlich auch mit meinem Sohn sprechen?«, fragte er.

»Natürlich.«

»Falls er mit Ihnen reden sollte, dann richten Sie ihm aus, dass ich immer auf seiner Seite war. Immer!«

Er versperrte ihr mit seinem massigen Körper den Weg zum Flur und kam ihr dabei so nah, dass sie seinen Geruch wahrnehmen konnte. Sie machte einen Schritt zurück.

»Bringen Sie Peter dazu, endlich sein Leben in die Hand zu nehmen. Noch ist er nicht zu alt, um sich was aufzubauen. Ich leihe ihm das Geld dafür, sagen Sie ihm das!

Sein Talent so zu vergeuden, das ist sträflich. Er soll endlich die alten Zeiten ruhen lassen und nach vorne schauen! Mit fünfundfünfzig kann man sich noch nicht zur Ruhe setzen! Es ist lächerlich, was er da abzieht.«

»Warum sagen Sie ihm das nicht selbst?«, fragte Isabell. »Weiß er das denn nicht? Ist er Ihnen böse?«

Hartmut Zänker machte eine wegwerfende Handbewegung.

»Der Junge ist viel zu empfindlich – immer gewesen. Keine Ahnung, von wem er das hat. Von mir nicht. Wahrscheinlich von seiner Mutter. Die hatte ja immer für jeden Blödsinn Verständnis.«

Er fuhr sich mit den großen, schwieligen Händen über den Nacken. Isabell dachte an ihren Vater, und dass der, obwohl er kaum noch auf die Baustellen ging, auch immer noch so derbe Steinmetzhände hatte.

»Was meinen Sie denn mit Blödsinn?«, hakte Isabell nach.

Er schüttelte unwillig den Kopf.

»Sie fahren jetzt zu ihm und sagen ihm, dass Ihre Mutter nach Amerika gegangen ist und dass er sie endlich vergessen soll. Haben Sie das verstanden?« Er sah sie mit seinen wasserblauen Augen an und es war klar, dass er keinen Widerspruch duldete.

Das ging ihr nun doch zu weit. Was bildete sich dieser Mann eigentlich ein?

»Wenn Sie Ihrem Sohn etwas mitteilen wollen, dann besuchen Sie ihn gefälligst selbst!«

Sie konnte zusehen, wie sein Gesicht sich veränderte, von Erstaunen über Ärger zu einem Ausdruck von neutraler Höflichkeit, bei der nur noch die leicht mahlenden Kiefer verrieten, dass er sie am liebsten beschimpft hätte.

»Danke, ich finde selbst zur Tür.«

Isabell quetschte sich an ihm vorbei in den Flur, dessen Wände gepflastert waren mit Fotos, die sie beim Vorbeigehen wiedererkannte. Einige der Motive hatte sie auch bei den Friebels gesehen. Sie zeigten die Frauenkirche in den verschiedenen Stufen ihres Wiederaufbaus.

Sie war schon dabei, die Haustür hinter sich zuzuziehen, als sie Hartmut Zänkers Stimme hörte.

»Warten Sie!«

Sie stieg die drei Stufen vor dem Eingang hinunter und drehte sich erst danach nochmals um. Die Sonne ließ den weißen Kies in der Auffahrt glitzern, im Gebüsch neben dem Zufahrtsweg schlug eine Amsel. Ihr Wagen stand in diesem gleißenden Weiß wie eine schwarze Rettungsinsel.

»Ich habe mich eben etwas ungeschickt ausgedrückt. Ich wollte sagen: Wenn er einwilligt, mit Ihnen zu reden, dann legen Sie bitte ein gutes Wort für mich ein.«

Sie nickte. Sollte sie das als Entschuldigung durchgehen lassen? Und was ging es sie an, wieso sein Sohn ihn nicht sehen wollte? Sie würde noch nicht mal erwähnen, dass sie mit seinem Vater gesprochen hatte.

Als sie einsteigen wollte, tauchte wie ein plötzlicher Schatten die jüngere Version von Hartmut Zänker vor ihrem Wagen auf.

»Geiles Auto«, sagte er und grinste sie an.

Sie brauchte eine Sekunde, um zu verstehen, dass das Jens Zänker war. Er hatte die gleiche Ringerstatur wie sein Vater, aber er sah sie nicht direkt an.

In der halboffenen Tür der Villa stand eine dunkelhaarige Frau und beobachtete die Szene.

»Jens, komm rüber zu mir!«, tönte Hartmut Zänkers Stimme befehlsgewohnt.

Der Mann löste sich sofort von Isabells BMW und ging auf den Bungalow zu. Die Frau im Nachbargebäude beeilte sich, die Tür zu schließen.

4 Dienstagnachmittag

Dreizehn Uhr dreißig. Warum hob sie nicht ab? Leo versuchte es zum dritten Mal seit dem Mittagessen, aber Veronika ging nicht ans Telefon.

Vor drei Tagen hatte sie ihm den Namen des Hotels kurz genannt, er fand es schnell im Internet. Die Hotelrezeption war freundlich, bestätigte ihm, dass Veronika im Hotel wohnte, und stellte sein Gespräch auf ihr Zimmer durch. Doch wieder erreichte er sie nicht.

Er sandte ihr eine Nachricht mit der Bitte um Rückruf. Das war zwar taktisch nicht so günstig, weil sie ihn so einfach würde überraschen können, aber er hatte seine Argumente für dieses Gespräch notiert. Er würde sie bitten, ihm drei Monate länger in Dresden zu gewähren, damit er seine Kollegen nicht im Stich lassen müsste. Dann könnten sie den geplanten Termin Ende Juni immer noch locker halten. Veronika würde zwar den Löwenanteil der Vorbereitung zu schultern haben, aber das wollte sie ja ohnehin so organisieren, wie sie es sich wünschte. Von seiner Seite würden nur Mama, Oma, Onkel Josef und Tante Elli kommen. Das war sehr überschaubar. Der große Brocken, das war Veronikas Familie mit fünf Onkeln und Tanten, Kindern und Enkelkindern und dazu ihr gemeinsamer Freundeskreis. Sie würde das schon verstehen.

Aber im Grunde war das eine halbgare Lösung. Seine Zweifel blieben. War es wirklich der richtige Schritt für ihn? Warum gerade diese eine, wenn es doch knapp vier Milliarden Frauen auf der Welt gab?

Er fühlte sich mies. Möglicherweise hatte das mit seiner Kindheit zu tun. Eine funktionierende Ehe hatte er weder bei seiner Oma noch bei seiner Mutter erlebt. Wahrscheinlich hatte er die Gene seines Opas geerbt, der es mit der Treue nicht so genau genommen hatte. Und seine Mutter hatte sich gleich gar nicht verheiratet, sie hatte ihre Selbstständigkeit bewahrt und ihn lieber allein großgezogen. Musste er sich jetzt beweisen, dass er besser als sein Opa war? Oder sollte er lieber den Spuren seiner Mutter folgen und akzeptieren, dass jeder Mensch ein eigener Planet war, Lichtjahre von den anderen entfernt?

Er kehrte zurück zu seinen Akten. Es fiel ihm schwer, sich zu konzentrieren.

Als sich die Wohnungstür öffnete und sie sich vorstellte, fürchtete Isabell, dass die alte Dame jeden Moment umkippen würde. Margarete Zänker riss Augen und Mund auf, starrte sie an wie eine Erscheinung und rang nach Worten. Damit hatte sie nach der eher frostigen Begrüßung durch Hartmut Zänker nicht gerechnet.

»Frau Zänker?«, fragte sie vorsichtig. »Geht es Ihnen gut?«

»Isabell Obermann!«

Bevor Isabell sich richtig versah, fiel ihr die Frau um den Hals. Du liebe Zeit, der heutige Tag würde ihr mit Sicherheit als emotionale Achterbahnfahrt im Gedächtnis bleiben. Mensch, Mama, grollte sie im Stillen, du schickst mich hier durch ein Wechselbad der Gefühle mit lauter Fremden, aber du selbst hältst dich fein raus.

Margarete Zänker fing sich wieder, bat sie in die Wohnung und setzte sich ihr gegenüber aufs Sofa. Dann strich sie ihr zart über die Wange.

»Entschuldige. Aber genau so habe ich mir dich immer vorgestellt. Auf dem Foto war ich mir nicht sicher, aber jetzt, wo ich dich leibhaftig vor mir habe, da gibt es keinen Zweifel. Du bist eine perfekte Mischung aus meinem Peter und Marie. Wo ist Marie denn? Warum kommt sie nicht selbst?«

»Bitte, was?!?« In Isabells Kopf ging es drunter und drüber. Sie war die Mischung aus wem?

»Dieses Gesicht! Du siehst deiner Mutter sehr ähnlich.«

Aufmerksam studierte Margarete Zänker ihre Züge.

»Aber der grüne Einschlag in deinen Augen, der kommt von Peter. Und die Haare natürlich, diese wunderschönen Locken!«

Sie rückte ein wenig von Isabell ab, um sie im Ganzen zu betrachten.

»Ich bin so froh, dass du endlich gekommen bist!« In ihren Augen glitzerten Tränen und ihr ganzes faltiges Gesicht, das von widerspenstigen grauen Kräusellocken eingerahmt war, strahlte vor Dankbarkeit und Rührung.

»Ich verstehe Sie nicht ganz, Frau Zänker. Ich bin hier …«

Margarete Zänker hob den Zeigefinger: »… um endlich deinen Vater kennenzulernen.«

Isabell schüttelte entschieden den Kopf.

»Nein. Ganz und gar nicht. Meinen Vater kenne ich. Ich bin auf der Suche nach meiner Mutter. Sie ist 1989 verschwunden. Ich war heute bei Ihrem früheren Ehemann, Hartmut Zänker, und der hat mir bestätigt, dass meine Mutter kurz nach der Maueröffnung hier war. Ich möchte mehr darüber erfahren.«

Mit einem lauten Seufzen schaute Frau Zänker in Richtung Fenster, dann nahm sie Isabells Hände.

»Über deine Mutter kann ich dir nicht viel erzählen. Aber über deinen Vater dafür umso mehr.«

Isabell schüttelte den Kopf. Diese alte Frau war offenbar nicht ganz richtig im Kopf. Sie spürte den Impuls, den Rückzug anzutreten, aber eine laute Stimme in ihrem Inneren forderte, Margarete Zänker zuzuhören. Nachdem die ihre Geschichte erzählt hatte, würde sie sich immer noch ein Urteil bilden können.

Sie sah sich um. Dieses Wohnzimmer gefiel ihr deutlich besser als das von Hartmut Zänker. Es war nur halb so groß, aber sparsam möbliert mit weiß gebeizten Holzmöbeln und einem blauen Sofa. Alles wirkte skandinavisch und luftig leicht, trotzdem gemütlich. An der Wand entdeckte sie ein Kruzifix und erinnerte sich an Gernot

Friebels Bemerkung, dass Margarete Zänker aus einem Pastorenhaus stamme. Das wirkte alles sehr normal und sogar sympathisch auf Isabell.

»Bitte erzählen Sie mir, was Sie über meine Mutter wissen«, sagte sie mit Nachdruck.

Etwas mühsam stemmte sich Margarete Zänker aus dem Sofa und ging zum Wohnzimmerschrank.

»Ich sehe schon, du hast keine Ahnung, Kind.«

Isabell sagte nichts dazu, auch nicht zu dieser merkwürdigen Art, sie so plump vertraut wie ein Familienmitglied zu duzen. Sie würde das »Sie« in jedem Falle beibehalten.

Margarete Zänker kam mit einem Karton wieder, aus dem Isabell ein Geruch nach altem Papier entgegenschlug, staubig und für eine Historikerin sehr vertraut. Als die zittrige Hand ihrer Gastgeberin einen Brief aus dem dicht gedrängten Briefen und Postkarten im Karton holte, schwappte eine Welle von Hitze durch Isabells Körper. Die Schrift war unverkennbar die ihrer Mutter.

Aus dem Kuvert zog sie ein Foto, das sie, Isabell, als Dreijährige im Sandkasten zeigte.

»Damals war ich mir nicht sicher. Marie hat nie behauptet, dass Peter der Vater ist, aber ich bin sicher, sie wusste es. Wenn ich dich heute ansehe, bin ich überzeugt davon, dass mein Peter in deinen Adern steckt.«

Eine Stunde später weigerte sich Isabells Verstand immer noch zu glauben, was diese Briefe bezeugten: Dass ihre Mutter sich unsterblich in Peter Zänker verliebt hatte und sie selbst möglicherweise das Ergebnis dieser Liebe war. Aber sie fühlte, dass sie innerlich weich und zufrieden wurde. Obwohl ihr Herz vor Aufregung heftig klopfte, waren ihre Schultern und ihr Kiefer mit einem Mal so locker, dass sie glaubte, aus der Form zu geraten. Was sie hier erfuhr, fiel wie sanfter Regen auf ausgetrocknete Erde.

Ihre Mutter hatte in all den Jahren versucht, den Kontakt zu Peter aufrechtzuerhalten. Sie hatte Briefe an Peters Mutter geschrieben und sogar Verbindungen zu Amnesty International und zu anderen Gruppen geknüpft, die sich um politische Gefangene in der damaligen DDR kümmerten. Margarete Zänker war ihre Anlaufstelle gewesen.

»Das Foto stammt von 1986. Im selben Jahr habe ich mich von Hartmut getrennt. Es ging einfach nicht mehr. Er war so voller Groll und Bitterkeit, nachdem Peter ins Gefängnis musste. Er hat alles niedergewalzt, was ihm nicht nach dem Mund geredet hat. Ich konnte das nicht mehr ertragen.«

Margarete Zänker schüttelte leicht den Kopf bei dieser Erinnerung und wischte sich eine Träne aus dem Augenwinkel.

»Ich habe zuerst bei meiner Schwester in Strehlen auf der Couch geschlafen, dann bekam ich endlich eine eigene kleine Wohnung und eine Arbeit in der Kirchenverwaltung. Meine Post wurde natürlich kontrolliert, ich bin sicher, dass viele von Maries Briefen gar nicht angekommen sind.«

Isabell war immer noch völlig erschlagen von der Tatsache, dass sich hier nicht nur eine Tür, sondern ein ganzes Scheunentor in ihre Vergangenheit aufgetan hatte. Wusste ihr Vater in Steinbach, dass sie wahrscheinlich nicht seine, sondern die Tochter eines anderen war? Hatte ihre Mutter ihm das jemals gebeichtet? Und ihr Großvater, welche Rolle spielte er bei alldem?

»Du bist meine Großmutter!«, wurde ihr schlagartig klar. Sie umarmte Margarete Zänker.

Die nickte, drückte sie an ihr Herz und sagte: »Willkommen, Isabell!«

Nach einer Weile lösten sie sich voneinander.

»Nun aber zu deiner Mutter. Warum ist Marie nie wieder hergekommen? Warum hat sie die Annahme von Peters

Briefen verweigert? Warum hat dein Opa ihn damals weggeschickt? Ich habe nie verstanden, woher dieser plötzliche Sinneswandel kam. Irgendwas muss vorgefallen sein.«

»Sie ist weg, Margarete«, flüsterte Isabell. »Sie hat uns 1989 verlassen und seither habe ich sie nicht mehr gesehen.«

Leo war irritiert. Als er aus dem Gespräch mit Frau Müller von der Personalabteilung gekommen war, war auf seinem Telefon endlich eine Antwort von Veronika eingetroffen.

»Bin beschäftigt, alles o.k. Melde mich demnächst.«

»Demnächst»? Er hatte ihr inzwischen sieben Mal eine Nachricht hinterlassen, dass er unbedingt mit ihr reden müsse. Was sollte denn diese Antwort bedeuten? Dass es nicht wichtig sein konnte, was er so dringend mit ihr besprechen wollte? Dass sie Wichtigeres zu tun hatte? Dass er sie gefälligst nicht stören sollte, weil sie ein ach so bedeutsames Fortbildungsseminar hatte?

Aus seiner Irritation wurde Ärger.

Bisher war es eher er gewesen, der Veronika – mit ihrem ständigen Bedürfnis, engen Kontakt zu halten – mit genau solchen Floskeln abgespeist hatte: »Bin beschäftigt.« Von ihr kannte er das überhaupt nicht. Jetzt hatte sie ihn eindeutig abgewimmelt, es war ihr gerade lästig, sich mit ihm zu beschäftigen. Als ob es so schwer wäre, sich während einer Fortbildung fünf Minuten Zeit für ihn zu nehmen! Wenn das eine Retourkutsche auf sein eigenes Verhalten sein sollte, war der Zeitpunkt denkbar schlecht gewählt. Genervt schob er sein Kinn vor. Er machte sich so viele Gedanken um diese Beziehung und sie hatte noch nicht mal fünf Minuten Zeit, um mit ihm zu telefonieren.

Er wählte nochmals ihre Nummer und hörte zum wiederholten Male die Ansage ihrer Mailbox.

»Ruf mich doch bitte an, ich muss was mit dir besprechen!«

Seine Stimme klang ungeduldig, das hörte er selbst. Sie musste doch langsam merken, dass er nicht länger warten wollte.

Leo schaute immer noch auf sein Smartphone, als er Sandras Stimme hörte:

»Ah, du kommst mir gerade recht!«

Sie lächelte verschmitzt und Leo fragte sich kurz, wieso sie so gute Laute hatte. Das war fast ansteckend.

»Bist du trotz Kater fit für ein kleines Bier heute nach Dienstschluss? Ich frage auch Sascha und Julia, kommst du mit?«

»Ja, warum nicht?« Er hatte nichts vor, das würde ihn ein wenig ablenken.

»Das Wetter ist so schön, das muss man doch nutzen, um draußen zu sitzen. Wie wäre es oben am Lingner-Schloss? Die haben nicht nur eine traumhafte Aussicht, sondern auch einen Biergarten.«

Leo war mit seinen Gedanken noch bei Veronika. Aber das klang gut, er nickte. Den Biergarten kannte er noch nicht.

»Wir fahren in einer Stunde los.«

Damit drehte sich Sandra um und verschwand in ihrem Büro.

Unschlüssig kritzelte Leo seine Schreibtischunterlage voll. Der Abend war geplant, aber seine Zukunft war ungewiss. Sollte er gleich zu Richter gehen und ihm sagen, dass die Personalabteilung gar nicht glücklich auf seinen Vorschlag reagiert hatte, seinen Aufenthalt nur um drei Monate zu verlängern? Dass die wenigstens ein halbes Jahr von ihm forderten, um vernünftig planen zu können? Aber Richter war ab Februar weg und es war ihm wahrscheinlich ziemlich egal, wie Leos Zukunft bei der Kripo Dresden aussehen würde.

Am liebsten hätte er Frau Müller das halbe Jahr zugesagt. Auch wenn ihm klar war, dass er damit die endgültige Entscheidung nur aufschieben würde.

»Dein Auto hört sich aber merkwürdig an, Isabell«, sagte Margarete Zänker, als sie auf der Bautzener Straße ein wenig Gas gab.

»Nein, die Maschine klingt wundervoll«, entgegnete sie lächelnd. »Ich liebe diesen Wagen!«

»Jens mag auch so schnelle Autos«, sagte Margarete und prüfte nochmals den Sicherheitsgurt.

Während ihre neue Großmutter sie mit kurzen Kommandos zur Adresse von Peter Zänker lotste, berichtete Isabell vom Verschwinden ihrer Mutter.

»Ich habe immer gedacht, sie wäre zurück zu dir und ihrem Mann gegangen«, warf Margarete Zänker ein. »Peter ist, nachdem er endlich entlassen worden war, sofort zu euch gefahren. Er wusste ja von mir, dass deine Mutter ihn gesucht hatte. Dort wurde er aber von ihrem Vater, also deinem Opa, an der Haustür abgewiesen. Er hat ihm gesagt, er solle verschwinden und sich nicht in eine glückliche Familie drängen.«

Isabell vergaß, Gas zu geben. Der Wagen rollte immer langsamer.

»Er hat ihn weggejagt? Ohne ihm zu sagen, dass Mama da schon weg war?«

Margarete nickte. »So hat es mir Peter berichtet. Er hat danach angefangen, zu trinken. Es war schlimm.«

Wahrscheinlich hatte ihr Opa dieses vermeintliche Familienidyll um jeden Preis beschützen wollen. Er musste angenommen haben, dass ihre Mutter bald zurückkommen würde, nachdem sie offenbar ja nicht mit Peter durchgebrannt war. Er war wahrscheinlich der Einzige, der geahnt hatte, wie es um sie und Peter stand.

»Wenn ich gewusst hätte, dass sie nicht zu Hause angekommen ist, hätte ich sie suchen lassen. Wart ihr bei der Polizei?« Margarete schaute sie besorgt von der Seite an.

Isabell schüttelte den Kopf.

»Wir haben eine Postkarte aus Amerika bekommen. Da stand drauf, dass sie nicht wiederkommt. Später habe ich natürlich versucht, sie ausfindig zu machen, aber ohne Erfolg.«

»Und dein Vater, also, ich meine, ihr Ehemann ...?«

Obwohl Isabell zu lächeln versuchte, konnte sie spüren, dass es nicht glückte. Zu groß war die Resignation um dieses Thema.

»Mein Papa war so wütend auf sie, dass er die Postkarte damals zerrissen hat. Ihre Ehe war wohl nicht so toll gewesen, was mich jetzt, nachdem ich die Geschichte mit Peter kenne, auch nicht wundert. Meine Mutter hatte vorher schon mehrmals angekündigt, ihn zu verlassen. Er war also nicht wirklich überrascht, dass sie weggegangen ist, nur darüber, dass sie mich dagelassen hat.«

Margarete Zänker schüttelte den Kopf.

»Ich kann das kaum glauben, Isabell. Eine Mutter tut sowas nicht.«

»Hat sie aber doch gemacht!«

Obwohl das schon so lange her war, brannte es ihr immer noch in der Brust, das sagen zu müssen. Der Schmerz wühlte sie auf.

»Ja, du hast recht. Ich habe mich geirrt. Als sie bei uns ankam, war ich mir sicher, dass sie nie ohne Peter weggehen würde, aber auch den hat sie zurückgelassen. Hast du dich je gefragt, wieso sie nach Amerika wollte?«

Isabell atmete tief durch. Ja, das hatte sie.

»Mama sprach wohl ziemlich gut Englisch. Sie hatte ein großes Talent für Sprachen und sie pflegte seit ihrer Schulzeit eine Brieffreundschaft mit einem gleichaltrigen Mädchen aus Detroit. Aber dieser Spur bin ich schon nachgegangen. Ich konnte die Frau nicht auftreiben, die Familie lebte schon einige Jahre nicht mehr unter der Adresse und die Freundin hatte geheiratet und inzwischen einen anderen Namen.«

»Da vorne musst du rechts abbiegen, das dritte Haus ist es.«

Isabell setzte den Blinker. Ihre Hände waren schweißnass vor Aufregung. Sie würde gleich einem Mann gegenübertreten, der aller Wahrscheinlichkeit nach ihr biologischer Vater war.

In seinem Glas leuchtete das kühle Bier wie flüssiges Gold, während unterhalb der Terrasse das Wasser der Elbe in der untergehenden Sonne glitzerte. Sowas sollte er viel öfter machen, das Leben einfach genießen, die Gelegenheit beim Schopf packen und sich daran erfreuen, wie gut es ihm ging. Leo schob die Gedanken um Veronika zur Seite und konzentrierte sich darauf, den Augenblick zu genießen. Das war schließlich ein herrlicher Abend an einem der schönsten Plätze in Dresden, er hatte ein kross gegrilltes, duftendes Schweinesteak auf seinem Teller, keine Kopfschmerzen mehr und die warme Sonne auf seinem Rücken. Ihm gegenüber saßen zwei attraktive Frauen und ließen sich ihren Flammkuchen schmecken.

Nachdem sie nun schon seit fast einer Stunde hier oben saßen und sich angeregt unterhalten hatten, verstand Leo besser, was Sandra an Julia Köhler schätzte. Die junge Polizistin war energisch, zielstrebig und unerschrocken. Zaudern schien in ihrem Leben nicht vorzukommen. Die beiden waren eine interessante Kombination. Sandra, groß, blond mit einem Hang zur Perfektion, kannte er nun schon fast zwei Jahre als fleißige Kollegin. Julia Köhler war etwas kleiner und wirkte in ihrem bunt gemusterten Sommerkleid plötzlich sehr feminin. Bisher hatte er sie ja nur in Uniform gesehen. Ihre dunkelbraunen, glatten Haare waren zu einem akkuraten Bob geschnitten, der fast wie ein Helm wirkte. Sie war hübsch und lebhaft, hatte keine Hemmungen, derbe Witze zu machen, und wirkte, als hätte sie vor nichts und niemandem Angst.

Leo war unaufmerksam, wohl weil er so entspannt und auch ein wenig müde war, deshalb traf ihn Julias Frage ganz unvorbereitet:

»Warum bist du bei der Kripo? Was fasziniert dich an den schweren Fällen?«

»Wegen meines Opas.« Das war ihm so herausgerutscht. Sandra wurde sofort aufmerksam. Auch Julia schaute ihn erwartungsvoll an.

Er wollte diese persönliche Geschichte eigentlich nicht erzählen. Nicht dieser jungen, vor Ehrgeiz brennenden Polizistin, die ihm ein wenig zu viel Aufmerksamkeit entgegenbrachte. So sehr ihm das schmeichelte, so sehr warnte ihn sein Instinkt davor, es ernst zu nehmen.

»Naja, er wurde von einem Autofahrer vom Fahrrad gerammt, als er abends auf dem Weg zu uns nach Hause war. Ich habe ihn am Morgen tot gefunden, da habe ich mir geschworen, Polizist zu werden.« Das war die kurze Version, mehr würde er darüber nicht erzählen.

»Hat man den Autofahrer jemals gefunden?«, fragte Julia.

»Nein.« Leo schüttelte den Kopf.

»Ich wollte schon immer die Welt verbessern«, erklärte Sandra ihre Motivation, zur Polizei zu gehen. »Und du, Julia?«

»Bei der Post war es mir eindeutig zu langweilig. Ich will etwas Besonderes tun, mich beweisen. Ich habe keine Angst vor Schwierigkeiten und ich will, dass wir hier sicher leben können.« Sie sah Leo an, der das letzte Stück seines Schweinesteaks aufspießte. »Ich möchte so gern zeigen, was ich kann. Bei der Bereitschaftspolizei fühle ich mich, als hätte ich ständig die Handbremse angezogen.«

»Hallo Peter. Ich habe dir Besuch mitgebracht.« Margarete drückte die angelehnte Tür auf und rief in den Flur.

Isabell stand hinter ihr in der Eingangstür der Wohnung. Sie lag im ersten Stock eines Neubaus am Dresdner Elbhang. Die Fronten nach vorne zum Fluss hin waren voll verglast. Die Aussicht war traumhaft.

»Mutter!«, kam es tadelnd von drinnen. »Du weißt doch, dass ich keine Besucher ertragen kann.«

Die Stimme war ihr sympathisch, ein wenig rau, wie die ihres Herzensfreundes Patrick, aber gleichzeitig klangvoll und tiefer, als sie erwartet hatte.

»Über diesen wirst du dich freuen.«

Margarete schob Isabell vor sich in den Flur, der direkt in das lichtdurchflutete Wohnzimmer überging. Das sah allerdings eher wie eine Werkstatt aus. Auf groben Holztischen lagen Sandsteine in verschiedenen Größen, in der Abendsonne tanzten Millionen Staubkörner durch den lichtdurchfluteten Raum.

Es war so hell, dass Isabell kaum etwas sah, nur eine Gestalt, die langsam auf sie zuging.

Als sich ihre Augen an das Licht gewöhnt hatten, stand vor ihr ein Mann, der ihr sofort bekannt vorkam. Alles an ihm war grau. Seine wilden grauen Locken waren an der Stirn deutlich gelichtet, aber immer noch zu einem buschigen Pferdeschwanz zusammengefasst. Er trug eine große Schürze, die ebenso wie die Jeans und das ehemals schwarze T-Shirt unter einem Grauschleier lag. Auch in jeder Falte seines Gesichts saß der Staub, auf seinen Augenbrauen, auf seiner Haut. Das Einzige, was klar, sauber und lebendig funkelte, waren seine grünen Augen.

In denen konnte sie nun Unglauben lesen, Freude und Angst. Als seine Lippen zu zittern begannen, ging sie zwei Schritte auf ihn zu und sagte:

»Ich bin Isabell.«

Answald Aurich starrte nachdenklich auf den leeren Stuhl am Tisch des Dekans. Dr. Isabell Obermann war immer noch nicht erschienen, dabei wurde gerade der

Nachtisch serviert. Er hatte vorhin zum fünften Mal versucht, sie zu erreichen und er war persönlich tief enttäuscht, dass sie ihn hier alleine ließ. Er hatte sich so darauf gefreut, sie nach dem Workshop am Vormittag wiederzusehen, aber sie erschien einfach nicht, meldete sich nicht, ging nicht ans Telefon.

Dabei musste sie unbedingt erfahren, dass ihre Vorlesung morgen von elf Uhr auf zehn Uhr vorverlegt worden war, weil sich nicht nur linke, sondern auch rechte Gruppen zu Protestaktionen im Hörsaal angekündigt hatten. Ihr Vortrag über die »Mythen der Nationalsozialistischen Propaganda und wie sie bis heute wirken«, war am Vortag von einigen Aktivisten-Gruppen aufgegriffen und im Netz als Unterstützung für die rechte Szene angeprangert worden. Relativ schnell hatte sich ein Forum gebildet, das nun zum Protest gegen Obermanns Vortrag aufrief.

Das Gremium, das den Kongress leitete, hatte daraufhin beschlossen, Isabells öffentlichen Vortrag um eine Stunde vorzuverlegen und darüber nur intern die angereisten Historiker und Studierenden des Instituts für Geschichte zu informieren. Man hoffte, dadurch einen Eklat zu vermeiden. Die Polizei würde trotzdem an den Eingängen zum Hörsaal stehen.

Der Schokoladen-Birnen-Kuchen an Pflaumenkompott schmeckte köstlich. Aurich leckte den letzten Rest vom Löffel.

Eine Hand auf seiner Schulter ließ ihn aufschrecken. Hinter ihm stand Professor Maier:

»Haben Sie sie endlich erreicht?«

Answald Aurich stand auf und schüttelte den Kopf: »Ich habe ihr schon fünf Mal auf die Mailbox gesprochen, aber sie geht nicht ran. Ich versuche es weiter.«

»Tun Sie das!« Der Professor machte ein besorgtes Gesicht. »Das sieht ihr so gar nicht ähnlich. Ich habe sie immer als höchst zuverlässig erlebt.«

Aurich nickte ergeben. Was konnte er schon tun? Vielleicht hatte sie gerade private Probleme? Oder sie war krank geworden? Er wollte diese Verantwortung nicht auf seinen Schultern haben.

Einer Eingebung folgend rief er in ihrem Hotel an und bat, mit Dr. Obermanns Zimmer verbunden zu werden. Aber auch da nahm niemand ab.

Noch einmal versuchte er es auf ihrer Mobilfunk-Nummer. Diesmal hielt er sich nicht mehr mit langen Erklärungen auf. Er sagte:

»Dr. Obermann, hier ist Answald Aurich, melden Sie sich sofort bei mir, egal, um welche Uhrzeit!«

Mehr konnte er wirklich nicht tun.

Ungeduldig schaute er auf seine Uhr. Es wurde langsam Zeit, dass er wegkam, aber als Erster wollte er auch nicht gehen, das machte keinen guten Eindruck. Endlich, um kurz nach zweiundzwanzig Uhr begannen sich die Reihen zu lichten und er konnte verschwinden.

Das Fahren in der Dunkelheit hatte für sie seinen eigenen Reiz. Die Scheinwerfer gaben nur preis, was sich unmittelbar vor dem Wagen befand, tauchten Bäume, Farne, Asphalt für Sekunden in gleißendes Licht, bevor sie wieder in der Schwärze verschwanden. Die Reaktionszeit war wegen der geringen Sichtweite verkürzt, der Kitzel und das Risiko noch höher. Man bewegte sich durch die Nacht wie in einer Raumkapsel durchs All. Immer wieder tauchten neue Meteoriten auf, die man blitzartig umschiffen musste, um nicht zu zerschellen.

Auf Höhe des Parkplatzes an der Heeselichtmühle sah Isabell aus den Augenwinkeln am Straßenrand ein Reh stehen, aber da beschleunigte sie schon wieder und konnte nur hoffen, dass es die Zehntelsekunde noch stehen bleiben würde, bis sie vorbeigeschossen war. Hinauf auf die Hochebene hatte sie für kurze Zeit tatsächlich das

Gefühl, zu fliegen. Sie war glücklich, wie sie es lange nicht gewesen war. Ihre Brust fühlte sich weit und offen an, der Knoten, der all die Jahre ihr Herz fest im Griff gehalten hatte, lockerte sich.

Entspannt ging sie vom Gas und zuckelte jetzt mit gemütlichen achtzig Kilometern pro Stunde an der Hocksteinschänke vorbei. Gleich ging es wieder hinunter ins Tal, aber sie entdeckte mit einer übersprudelnden Freude, dass es nicht mehr nötig war, schnell zu fahren. Ja, vieles war noch nicht geklärt. Sie wusste immer noch nicht, wohin ihre Mutter gegangen war und warum sie sie zurückgelassen hatte. Aber sie hatte diese Frau in den letzten zwei Tagen von einer anderen Seite kennengelernt. Einer Seite, über die weder ihr Opa noch ihr Vater je gesprochen hatten.

Ihre Mutter war nicht nur eine melancholische Hausfrau gewesen, sie hatte sieben Jahre lang an ihrer großen Liebe festgehalten und einiges versucht, um Peter aus dem Gefängnis zu bekommen. Irgendwas musste damals vorgefallen sein, sonst wäre sie nicht einfach in die USA geflohen.

Hatte sie gerade »geflohen« gedacht? Isabell fuhr noch langsamer. Es ging wieder kurvig hinunter ins Tal, Serpentine an Serpentine, plüschig gerahmt von Farnen und Gebüsch. Um sie herum nur dunkle Nacht.

Vielleicht war doch was dran an der Idee der Friebels, dass Mama eine Spionin gewesen war. Sie musste unbedingt an ihre Stasi-Akte kommen und würde gleich morgen nach ihrem Vortrag nochmals bei der Behörde vorbeigehen. Wenn sie zwei und zwei zusammenzählte, dann hatte wohl Hartmut Zänker ihre Mutter zuletzt gesehen, kurz bevor sie sich auf den vergeblichen Weg nach Bautzen machte. Oder auch danach.

Nach allem, was sie bisher wusste, hatte Hartmut Zänker ihr nur die halbe Wahrheit erzählt. Er musste gewusst haben, dass die beiden unsterblich ineinander verliebt waren, dass sie Peters Tochter, seine Enkelin, war. Er hatte das als Schwärmerei abgetan, hatte den Eindruck erwecken wollen, dass ihre Mutter nie ernsthaft an Peter interessiert gewesen war. Dabei hatte sie versucht, Peter in Bautzen zu besuchen, war aber nicht vorgelassen worden, obwohl sich in der DDR bereits alles in Auflösung befunden hatte. Dass sie nicht bei Margarete hatte wohnen können, weil die damals zu zweit mit ihrem neuen Partner in einer winzigen Wohnung lebte, war Pech gewesen. Ein Hotel zu finden, hatte sich in der damaligen Umbruchphase garantiert als schwierig bis unmöglich herausgestellt. Allerdings hatte Hartmut Zänker damals das Haus seiner Eltern am Ortsrand von Lohmen gehört, Peter und Margarete hatten ihr das erzählt. Da wäre genug Platz für Besucher gewesen. Warum war sie nicht zu ihm gegangen? Sie hatte doch damit rechnen können, dass Peter nach Hause kommen würde, sobald er entlassen wurde.

Auch sie würde länger bleiben, beschloss sie. In den letzten beiden Tagen hatte sie mehr erfahren als in all den Jahren zuvor. Wenn ihr Opa noch leben würde, würde sie ihn auf der Stelle anrufen und ihn fragen, was er sich dabei gedacht hatte, Peter Zänker vom Hof zu jagen wie einen räudigen Hund. Wie zynisch das war! Er hatte doch ganz sicher mitbekommen, dass die beiden Gefallen aneinander gefunden hatten. Nach ihrer Vorlesung morgen würde sie sich völlig auf die Nachforschung konzentrieren können. Noch waren Semesterferien. Sie würde sich ein gemütlicheres Hotel am Stadtrand suchen und noch eine Woche in Dresden dranhängen. Nichts drängte sie nach Hause. Außer ihrem besten Freund Patrick, dem sie versprochen hatte, am Wochenende vorbeizukommen.

Sie wählte seine Nummer, erreichte aber nur den Anrufbeantworter.

»Patrick, hier ist deine liebste Kundin. Ich kann leider am Wochenende nicht kommen, tut mir leid. Aber sobald ich hier in Dresden fertig bin, fahre ich nach Frankfurt und berichte dir. Du wirst staunen, was ich hier alles über meine Mutter erfahren habe ... Ach ja, und über meine Väter! Ab sofort habe ich nämlich gleich zwei! Ich melde ...!«

Mit einem Piep brach die Verbindung ab. Das war der Akku, dachte sie bedauernd, sie hätte Patrick gern noch mehr erzählt. Das Ladekabel war in ihrer Handtasche auf dem Rücksitz. Na gut, das konnte warten, beschloss Isabell.

Sie fühlte sich erleichtert und beschwingt, voller Hoffnung, auch noch das letzte Geheimnis zu lüften, das ihre Mutter umgab.

Das Mondlicht erhellte nun die Landschaft.

Es war kurz vor zehn. Siedend heiß fiel ihr ein, dass sie das Abendessen mit dem Dekan und den Kollegen verpasst hatte. Egal. Es war viel wichtiger gewesen, mit Peter Zänker zu sprechen. Sie war unten im Talgrund angekommen und fuhr gemütlich die nur noch leicht gewundene Straße, bis es wieder hinauf ging auf die Ebene und nach Hohburkersdorf, wo in der Zänker-Villa noch Licht brannte.

5 Mittwochvormittag

Seit zehn Minuten redete Answald Aurich nun schon auf die Hausdame im »Ibis Hotel Königstein« ein. Er hatte ihr seinen Ausweis von der Universität gezeigt, das Programm des Kongresses, auf dem Dr. Obermanns Vorlesung vermerkt war, sein Handy mit den vielen vergeblichen Anrufen und dem E-Mail-Verlauf.

»Eigentlich kann ich das nicht machen, wissen Sie«, sagte sie zum wiederholten Male. Aber sie standen schon vor dem Zimmer dreihundertachtzehn, das Dr. Isabell Obermann seit drei Tagen bewohnte. Auch nach ausgiebigem lautem Klopfen hatte sich nichts hinter der Tür geregt.

»Vielleicht ist sie krank oder ohnmächtig und braucht unsere Hilfe! Bitte machen Sie doch auf, ich muss sie finden!«

Die Hausdame schob nochmals ihre Brille hoch und fixierte dabei wieder sein T-Shirt. Wenn er gewusst hätte, dass es heute so viel Aufmerksamkeit bekommen würde, hätte er vielleicht etwas anderes angezogen. Aber er hatte sich am Morgen keine Gedanken gemacht. Als Answald Aurich aufgewacht war, hatte er sofort nach seinem Telefon gegriffen. Aber es war immer noch keine Nachricht von Isabell Obermann angekommen. Also hatte er das nächstbeste T-Shirt aus dem Schrank gezogen und war losgefahren, hierher in ihr Hotel, um nach dem Rechten zu sehen. Jetzt stand »Save the drama for your Lama« auf seiner Brust. Naja, es gab Schlimmeres.

Immerhin zückte sie jetzt endlich den Generalschlüssel und öffnete die Tür. Er brauchte nicht hineinzugehen um zu sehen, dass Isabell Obermann nicht da war. Aber er machte trotzdem ein paar Schritte in das Zimmer, um ihr nahezukommen. Die Tür zum Bad stand offen, das Bett sah unbenutzt aus, einige Kleidungsstücke hingen über der Stuhllehne, der geöffnete Koffer stand auf der Ablage gegenüber dem Bett. Ganz zart hing noch ihr Duft im

Raum. Er hätte gern das graue Oberteil, das über der Stuhllehne hing, berührt, aber er wagte es nicht. Dann wurde ihm klar: Sie hatte die Nacht gar nicht hier verbracht!

Der Schreck fuhr Aurich die Wirbelsäule hinauf bis in die Haarspitzen. Ihm wurde so heiß, dass seine Brille beschlug und er sie abnehmen musste.

»Dr. Obermann?« Obwohl er sah, dass sie nicht da war, konnte er nicht anders, als es trotzdem zu versuchen.

Es musste etwas passiert sein. Was sollte er jetzt tun? Erst die Uni informieren oder gleich zur Polizei? Die Krankenhäuser abklappern?

»Offenbar hat sie nicht in ihrem Zimmer übernachtet. Der Zimmerservice war heute noch nicht hier«, stellte die Chefin der Zimmermädchen fest. Sie warf einen fachmännischen Blick ins Bad und trat wieder auf den Flur. »Vielleicht hat sie sich in ein amouröses Abenteuer gestürzt. Sie wird schon wieder auftauchen.«

Energisch zog sie die Zimmertür zu und verabschiedete sich. Answald Aurich folgte ihr mit hängenden Armen zum Lift.

Eine Zufallsbekanntschaft, mit der sie die Nacht verbrachte und wegen der sie fast vierundzwanzig Stunden nicht an ihr Telefon ging, das traute er Dr. Obermann nicht zu. Das kam überhaupt nicht infrage, entschied er. Obwohl, er kannte sie ja kaum. Aber bisher hatte er den Eindruck gewonnen, dass sie ernsthaft und pflichtbewusst war. Genau wie er selbst, auch wenn er heute hundemüde war und eine Mütze Schlaf brauchte.

Sandra stand vor der offenen Schranktür in ihrem Büro und musterte kritisch ihr Haar im Spiegel. Eine Sekunde später wurde die Tür nach einem angedeuteten Klopfen aufgerissen und Leo stürmte herein. Sie sah im Spiegel, wie er sich vor ihrem Schreibtisch postierte. Interessiert widmete sie sich weiterhin ihren blonden Haarspitzen.

»Hallo Sandra ... sorry, ...«

Sie ignorierte ihn und sagte: »Ich glaube, ich muss mal wieder die Farbe wechseln. Blond ist irgendwie langweilig.« Andererseits passte es so perfekt zu den neuen, blauen Teilen in ihrem Kleiderschrank. Blau war gerade ihre Lieblingsfarbe.

»Nein!« Leo sah sie an, als hätte sie eben angekündigt, ihre Unterlippe piercen zu lassen. Überrascht drehte sie sich um.

»Was?«

»Tu das bloß nicht. Deine Haarfarbe ist wunderbar, passt zu deiner hellen Haut und deinen Augen.«

Erstaunt sah Sandra ihn an. War das ein Kompliment gewesen?

Leo stand ein wenig verlegen vor ihrem Schreibtisch.

»Also, wegen Saschas Hochzeitsgeschenk. Was hältst du davon, den beiden einen Boxsack zu schenken?«

Hatte sie richtig gehört?

»Einen Boxsack zur Hochzeit?«

»Ich weiß, das klingt im ersten Moment merkwürdig, aber auf den zweiten Blick ist das doch sehr sinnvoll. Wenn es Ärger gibt, können sie sich an dem Ding austoben, ohne sich gegenseitig auf die Nerven zu gehen.«

Was ging nur in Leos Kopf vor? Manchmal verstand sie ihn wirklich nicht.

»Warum nicht gleich eine Rechtschutzversicherung?«, fragte sie spitz und schaute ihn an.

Er zog eine ungeduldige Miene: »Nein, das ist wohl doch zu offensichtlich. Den Boxsack hätte ich lustig gefunden.«

»Ich nicht.«

Er zuckte resigniert mit den Schultern.

»Was Besseres ist mir bisher nicht eingefallen. Wieso machen die beiden nicht einfach eine Liste, wie andere Paare auch, und man sucht sich was aus und fertig? Dann bekommt das Brautpaar, was es sich wünscht, und die Gäste haben keinen Stress.«

»Von so einer Liste habe ich bisher nichts gehört. Aber du kannst Sascha ja fragen. Vielleicht tut er dir den Gefallen.«

Sie stand immer noch abwartend hinter ihrem Schreibtisch und fragte sich, wozu er eigentlich gekommen war.

»Was ist denn nun mit der Verlängerung, Leo?«

Draußen vor ihrer Bürotür wurde es laut.

»Herr Reisinger? Einsatz!« Frau Kerschensteiner rief auf dem Flur nach ihm.

Leo steckte den Kopf aus der Tür. »Worum geht's?«

»Verkehrsunfall.«

Sandra kicherte, als er hinauseilte. Das klang nach Beschäftigungstherapie. Die Kripo hatte bei Verkehrsunfällen nichts verloren.

»Ich möchte eine Vermisstenanzeige aufgeben!« Answald Aurich stand in der Polizeidienststelle in der Dresdner Schießgasse einer hübschen Polizistin mit dunkelbraunen, halblangen Haaren gegenüber.

»Seit wann wird die Person vermisst und um wen handelt es sich?«

Aurich spulte die Fakten herunter, er hatte sogar ein Foto von Isabell Obermann dabei, weil er den Flyer des Kongresses eingesteckt hatte.

»Sie müsste in ...«, er schaute auf seine Armbanduhr, »... in fünfzehn Minuten ihre Vorlesung beginnen. Aber sie ist nicht da. Ich versuche seit gestern Nachmittag, sie zu erreichen. Bitte helfen sie mir, Frau Köhler.«

Die Polizistin lächelte ihn an.

»Besteht Gefahr für Leib und Leben?«

»Was?« Answald Aurich war verwirrt. Woher sollte er das wissen?

»Wir als Polizei können nur jemanden suchen, der offenkundig in Gefahr schwebt. Ansonsten hat jeder Erwachsene das Recht, sich aufzuhalten, wo er will. Verstehen Sie?

Wenn eine erwachsene Frau für sechsunddreißig Stunden nicht zu erreichen ist, kann das viele Gründe haben. Vielleicht hat sie einfach keine Lust, sich zu melden.«

»Ich bitte Sie! Sie ist Gastrednerin bei einem Historiker-Kongress der TU Dresden. Dr. Obermann ist sehr professionell. Sie würde nicht einfach verschwinden, ohne sich abzumelden!«

Er schob ihr den Flyer herüber.

»Der Vortrag ist ja aber erst in einer guten Stunde. Vielleicht taucht sie noch auf ... Moment mal, ...« Die Polizistin kniff die Augen zusammen und studierte das Foto von Dr. Obermann.

»Wir haben den Termin vorverlegt, weil wir Tumulte von rechten und linken Gruppen befürchten. Dr. Obermanns Thema ist die Propaganda der Nationalsozialisten und wie sich das bis heute ...«

»Diese Frau war gestern hier und wollte ihre Mutter als vermisst melden«, fiel ihm Polizistin Köhler ins Wort.

Answald Aurich schaute verblüfft auf.

»Und jetzt sagen Sie, dass sie selbst verschwunden ist?«

»Ja. Das ist ja irgendwie verrückt, oder?« Er wusste nicht mehr, was er denken sollte.

»Einen Augenblick, bitte.« Die Polizistin griff zum Telefon.

»Wenn ich nicht jeden Tag um dieselbe Zeit vorbeifahren würde, wäre mir das nicht aufgefallen.«

Der Rentner aus Hohnstein, der die Polizei angerufen hatte, war sichtlich geschockt. Abwechselnd presste er seinen wuscheligen Hund an die Brust und schüttelte den Kopf.

»Bestimmt wieder so ein illegales Autorennen. Die Strecke zieht ja immer wieder solche Idioten an. Dabei ist sie schon zurückgebaut worden.«

Der junge Verkehrspolizist neben dem Rentner hatte einen Schreibblock in der Hand und informierte Leo kurz über die Sachlage, während er ihn hoch zum Wagen führte.

»Dem Mann ist beim Vorbeifahren aufgefallen, dass es eine Reflektion im Gebüsch gab, die er gestern nicht gesehen hatte. Er befürchtete, dass jemand Müll entsorgt hatte, und schaute sich die Stelle genauer an. Er hat sofort den Notruf gewählt und einen Krankenwagen herbestellt.«

»Der Fahrer ist schon abtransportiert?«, fragte Leo. Noch war ihm nicht klar, was er und Sascha hier zu tun hatten. Aber er verschaffte sich erst mal einen Überblick.

»Ja. Schwere Kopfverletzungen, wie es aussah. Wir sind ja schon eine Weile hier zugange.«

Sie begannen, sich im steilen Gelände nach oben zu arbeiten. Der Wagen war wohl aus der Kurve geflogen und den steilen Abhang hinuntergeschossen. Sie befanden sich zwischen zwei Serpentinenkurven auf der Strecke nach Hohnstein, die hier steil hinunter ins Tal führte. Schon nach wenigen Metern wurde es anstrengend.

Der schwarze BMW M4 Coupé war völlig zerbeult. Obwohl er auf den Rädern stand, musste er sich überschlagen haben, denn das Dach war eingedrückt, die Seitenfenster bröselten, die Frontscheibe zeigte das typische Rissmuster einer Verbundglasscheibe.

Es war ein Jammer, dieses wunderschöne Auto so zerstört zu sehen. Eine Zehntelsekunde Unaufmerksamkeit hatten aus einem sündteuren Prachtstück einen Haufen Schrott gemacht. Da war wohl nicht mehr viel zu retten.

Leo kletterte vorsichtig den steilen Hang hinauf, um den Wagen mit Göttinger Kennzeichen näher zu betrachten. Farnkraut, Heidelbeersträucher und Gebüsch krallten sich im steilen Gelände fest und machten es ihm nicht leichter. Keuchend kam er neben dem Auto an.

Das Innere des Wagens war voller Blut, vor allem am Armaturenbrett, am Fahrersitz und an der Innentür. Das sah nicht gut aus für den Fahrer, stellte Leo bedauernd fest. Hoffentlich kam er durch.

»Gucken Sie sich das mal an!«

Der Polizist deutete auf einen Gegenstand hinter dem Fahrersitz.

Leo beugte sich vor, um das Ding genauer anzusehen. Eine gelbe Metallflasche, die da offenbar fest verankert war.

»Was ist das?«, fragte Leo.

»Könnte was zum Tunen des Wagens sein.«

»Das werden wir in Dresden mit den Fachleuten klären müssen.« Leo richtete sich wieder auf und hatte Mühe, in dem steilen Gelände das Gleichgewicht zu halten.

»Wir haben hier immer wieder Probleme mit Möchtegern-Rennfahrern, die sich auf dieser alten Rennstrecke überschätzen oder illegale Rennen fahren«, sagte der junge Verkehrspolizist.

»Was für eine Rennstrecke?« Leo wusste, dass er sich hier auf einem ganz normalen, allerdings enorm kurvigen Stück der Staatsstraße nach Hohnstein befand. Was redete der Mann da?

»Na gut, Sie sind ja nicht von hier und außerdem von der Kripo.« Der Polizist genoss es sichtlich, ihm zu erklären, was hier Sache war.

»Wir befinden uns hier auf dem ehemaligen ›Deutschlandring‹, einer Rennstrecke, die in den 1930er-Jahren fertiggestellt wurde. Der Kurs ist genau zehn Kilometer lang, die Strecke war damals über zehn Meter breit, manche Kurven hatten sogar die doppelte Breite. Sie hat alles, was ein anspruchsvoller Rennkurs braucht: Gefälle, Kurven und lange gerade Strecken. Die haben schon vor dem Zweiten Weltkrieg damit gerechnet, hier Geschwindigkeiten über hundertfünfzig Stundenkilometer zu fahren. Nach dem Krieg wurde die Rennstrecke aber nicht mehr genutzt. Soweit ich weiß, ist zu DDR-Zeiten nur ein einziges Rennen gefahren worden.«

Leo hörte gebannt zu. Das warf ein völlig neues Licht auf den Unfall.

»Wer wollte auch schon mit einem ollen Trabbi ein Autorennen fahren«, witzelte der Polizist. »Mit ihren zwanzig PS sind die hier den Berg rauf wahrscheinlich ausgestiegen und haben geschoben, damit er überhaupt hochkam.«

»Das sah mir beim Herfahren aber nicht wie eine Rennstrecke aus«, wandte Leo ein.

Der junge Beamte namens Schmelter nickte.

»Nach der Wende wurde die Strecke zurückgebaut, weil es zunehmend Probleme mit illegalen Rennen gab. Da waren ja dann auch deutlich schnellere Fahrzeuge unterwegs.«

»Verständlich. Danke für die Erläuterung.«

Leo wandte sich wieder dem Unfallwagen zu.

»Kennen wir die Identität des Fahrers?«

»Eine Frau Dr. Isabell Obermann aus Göttingen«

»Eine Frau? Interessant.« Sandra hätte ihm jetzt einen Rüffel erteilt, dachte er. Warum auch sollte eine Frau kein schnelles Auto fahren? Er dachte wirklich zu sehr in Klischees, wenn es um männliche und weibliche Verhaltensweisen ging.

Leo verfolgte mit den Augen die Spur, die der Wagen von oben kommend hinterlassen hatte. Er sah abgeknickte Äste im Gebüsch, darüber eine Stelle, wo der Boden aufgewühlt war. Wahrscheinlich hatte sich der BMW dort überschlagen.

Noch weiter oben, wo die Straße eine enge Serpentinenkurve machte, stand Sascha und fachsimpelte mit den dort positionierten Polizisten. Die Strecke war eine der kurvigsten, die er in dieser Gegend je kennengelernt hatte. Da konnte man als ortsunkundiger Fahrer schon mal die Gewalt über sein Fahrzeug verlieren. Nachdem es sich hier aber um eine ehemalige Rennstrecke handelte, die immer wieder für illegale Rennen genutzt wurde, mussten sie auch dieser Spur nachgehen.

Damit wechselte der Fall auch in die Zuständigkeit der Kripo, illegale Rennen mit Schwerverletzten oder

Todesfolge gehörten nicht mehr ins Ressort der Verkehrspolizei. Das war eine Ermittlung wie gemacht für Sandra, die sich im Internet viel versierter bewegte als er.

Er griff zum Telefon.

»Sandra, kannst du mal recherchieren, ob es gestern Abend eventuell Absprachen zu einem illegalen Straßenrennen am ehemaligen ›Deutschlandring‹ bei Hohnstein gegeben hat? Das Unfall-Opfer ist eine Frau, Isabell Obermann aus Göttingen. Sie ist schwer verletzt und derzeit nicht vernehmungsfähig. Wir müssen die Angehörigen suchen, unter ihrer Festnetznummer geht niemand ran, das haben die Kollegen schon versucht.«

»Dr. Isabell Obermann?«

»Ja«, bestätigte Leo.

»Die wurde eben bei uns als vermisst gemeldet. Ich rufe dich gleich zurück!«

Leo war erleichtert. Wenn sie schon vermisst wurde, konnten sie sich eine Menge Arbeit mit der Recherche nach Angehörigen sparen.

Sandra legte auf und wandte sich wieder Answald Aurich zu. Der junge Mann sah fast so blass aus wie sein weißes T-Shirt, das er unter einem lässigen Karohemd trug. Er schaute alle drei Sekunden auf sein Telefon, wohl in der Hoffnung, dass sich die Vermisste endlich melden würde. Es tat ihr leid, ihn zu enttäuschen.

»Ich habe leider schlechte Nachrichten, Herr Aurich. Frau Obermann hatte in der Nähe von Hohnstein in der Sächsischen Schweiz einen schweren Verkehrsunfall. Sie ist vor etwa einer Stunde ins Universitätsklinikum gebracht worden.«

»Oh nein!« Der junge Mann schlug erschrocken die Hände vors Gesicht. Seine rotblonden Haare fielen wirr darüber.

Sie hatte ihn zu sich gebeten, nachdem Julia angerufen hatte. Der Zufall, dass gerade die Frau, die gestern schon in der Dienststelle gewesen war, heute selbst vermisst wurde, war ihrer Kollegin zu unwahrscheinlich erschienen.

Nun schien der Fall zwar erledigt, aber ein paar Formalien waren noch abzuklären, die sie gleich übernehmen konnte.

»Können Sie uns sagen, wo Frau Obermann wohnt und wer hier in Dresden ihre Kontaktpersonen sind?«

Aurich sah auf und nickte schwach.

»Klar. Aber vorher muss ich in der Uni anrufen und das Organisationsteam informieren.« Er stand auf und lief telefonierend auf dem Flur vor ihrem Büro hin und her, bis er wieder eintrat.

»Dr. Obermann wohnt im ›Ibis Hotel Königstein‹ in der Prager Straße, Zimmer dreihundertachtzehn. Da sind auch alle ihre Sachen. Ich war vorhin schon da, weil ich gehofft hatte, dass sie vielleicht einfach nur krank ist.«

Sandra machte sich Notizen.

»Kennen Sie ihre Privatadresse oder Familienangehörige?«

»Ihre Adresse in Göttingen kann ich Ihnen geben, die habe ich in unserem Büro in der Universität. Familienangehörige kenne ich nicht. Sie ist ja zum ersten Mal bei uns am Institut. Ihre Kollegen in Göttingen werden das wissen, in jedem Fall aber die Personalabteilung.«

»Wissen Sie, was für ein Auto Dr. Obermann fährt?«, fragte Sandra und beobachtete ihn aus den Augenwinkeln. Vielleicht war er eingeweiht in irgendwelche Autorennspielchen, fragen konnte sie ja mal.

»Ich glaube, ein schwarzes.« Er zuckte mit den Schultern. »Für Autos interessiere ich mich nicht. Ich bin Radfahrer.«

Sie nahm ihm das hundertprozentig ab.

Als er schon gehen wollte, hielt er kurz inne.

»Ich glaube nicht, dass es was mit dem Unfall zu tun hat, aber wir haben Dr. Obermanns Vortrag deshalb um eine Stunde vorverschoben, weil es mehrere Protestaufrufe sowohl von einer linken als auch von einer rechten

Gruppierung gab. Die Polizei ist darüber informiert worden.« Er sah sie zweifelnd an.

»Ich notiere mir das, Danke. Man weiß ja nie.«

Sandra ließ sich seine Mobilfunknummer und seine Adresse geben. Ganz unten auf ihre Liste schrieb sie »Politische Proteste«. Dann machte sie sich auf die Suche nach aktuellen Meldungen, die mit der Rennstrecke zu tun hatten.

Leo hangelte sich mit dem Polizisten in Uniform hinüber zur Straße. Unten stand bereits ein Abschleppfahrzeug, aber der Unfallwagen musste erst vorsichtig mit der Winde bis zur Straße gezogen werden, um abtransportiert werden zu können.

»Schwieriges Gelände hier.«

»Ja. Und eigentlich ist die Strecke fast überall gut mit Leitplanken geschützt«, keuchte Polizeimeister Schmelter neben ihm.

»Aber das ist voll im statistischen Mittel. Es geschehen zwar nur fünfundzwanzig Prozent aller Verkehrsunfälle auf Landstraßen, aber dafür passieren da neununddreißig Prozent aller schweren und achtundfünfzig Prozent aller tödlichen Unfälle.« Leo liebte Statistiken.

Schmelter warf ihm einen verwunderten Blick zu.

Sie gingen die Serpentine hoch zu der Gruppe von Polizisten, die oben die Stelle analysierten, an der der Wagen von der Fahrbahn abgekommen war.

Sascha stand bei ihnen, mitten auf der abgesperrten Straße, und zog die Stirn in Falten.

»Was ist?« Leo trat zu ihm.

»Es gibt keine Bremsspur.«

Leo suchte den Asphalt vor sich ab. Die Straße neigte sich hier in eine extreme Linkskurve, kurz oberhalb des Scheitelpunkts der Kurve gewährte eine Lücke in der Leitplanke den einzigen freien Durchlass.

Das war heftig. Leo schüttelte den Kopf, er konnte das nicht glauben.

»Die ist also ungebremst hier durch die Lücke den Hang hinuntergeschossen?«

»Komm mal mit! Da vorne arbeiten zwei Spezialisten von der Verkehrspolizei.«

Sascha führte ihn zu zwei Männern, die im steilen Gelände neben der Straße Fotos machten.

»Fällt dir was auf?«

Leo sah sich um. Der Wagen war ziemlich sicher genau durch die Lücke in den Leitplanken gefahren, denn das Gras am Rand war niedergedrückt, an manchen Stellen konnte man sogar das Reifenprofil im weichen Waldboden erkennen. Es war erstaunlich, dass der Wagen tatsächlich so weit gekommen und nicht an einem der Fichtenstämme hängen geblieben war.

Die beiden Polizisten mühten sich den Hang hoch zu ihnen.

»Hat sich die Vermutung erhärtet?«, fragte Sascha die beiden, als sie fast wieder auf der Straße standen.

»Henning, Verkehrsunfalldienst«, stellte sich der größere von beiden vor. »Wir müssen unsere Daten und Fotos noch auswerten, dazu das Fahrzeug inspizieren, aber dieser Unfall ist ungewöhnlich. Hier passt einiges nicht zusammen. Es sieht nicht danach aus, als ob der Unfallwagen sehr schnell gewesen wäre.«

Der zerbeulte BMW wurde gerade unten auf die Straße gezogen.

Leo nickte und sah Henning an.

»Ein Rennen ist hier also nicht gefahren worden, meinen Sie?«

»Naja. Bei dieser Haarnadelkurve wären sechzig Kilometer pro Stunde ja schon zu viel. Ich kann noch nichts sagen, bevor wir das Auto nicht untersucht haben. Aber in jedem Fall haben wir keinerlei Bremsweg feststellen können.«

»Wieso fährt jemand ungebremst in so eine Kurve hinein?«, fragte Sascha und zog beide Augenbrauen hoch.

»Das ist nicht die Frage. Das passiert durchaus. Aber wenn es ungebremst aus der Kurve geflogen wäre, müsste das Auto viel weiter in dieser Richtung liegen, anstatt hier unten.«

Henning stand da wie ein Wegweiser: Der rechte Arm verlängerte die Straße, der linke deutete im fast rechten Winkel nach unten, wo der Unfallwagen hängen geblieben war.

Henning zuckte mit den Schultern. »Deshalb haben wir euch angerufen, Kollegen.«

Sie wandten sich zum Gehen, aber Henning drehte sich nochmals um:

»Bericht kommt so schnell wie möglich.« Er wandte sich zum uniformierten Kollegen Schmelter.

»Ihr könnt die Straßensperre aufheben, wir sind fertig.«

Als der Abschleppwagen an Sascha und Leo vorbeifuhr, machten sie sich gemeinsam auf den Weg zum Auto.

»Hoffentlich kommt die Fahrerin wieder zu Bewusstsein, dann kann sie uns ja erklären, was sie da im Wald wollte«, sagte Sascha.

»Das hört sich an, als wollte sie ganz gezielt von der Straße ins steile Gelände fahren. Wenn man so ein Geschoss unter dem Hintern hat, plant man einen Selbstmord doch anders, oder?« Leos Neugier war geweckt.

»Vielleicht wollte sie Pilze suchen gehen, aber das klappt nicht, ohne auszusteigen. Hier, ich habe einen Braunheidel gefunden.« Grinsend präsentierte Sascha einen Pilz mit dunkelbrauner Kappe und einem gelblichen, dicken Stil.

»Was?!« Leo schaute irritiert.

»Er riecht wunderbar und erinnert mich sehr an meinen leeren Magen. Lass uns fahren!«

6 Mittwochnachmittag

Recherche war ihr Thema und sie war gut darin. Schon nach zehn Minuten hatte Sandra ein paar sehr interessante Fakten zu Dr. Isabell Obermann gesammelt.

Als Leo das Gespräch annahm, hörte sie Motorengeräusch im Hintergrund.

»Ah, ihr seid schon auf dem Heimweg?«, fragte sie, bekam aber nur ein Grunzgeräusch als Antwort. Wahrscheinlich kauten beide an etwas Essbarem. Wenn Sascha dabei war, wurde im Auto immer gegessen.

»Hört zu. Die Unfallfahrerin wurde bereits mehrfach wegen Geschwindigkeitsüberschreitungen belangt und hatte ein beachtliches Punktekonto in Flensburg. Sie hat in ihren wilden Zwanzigern einige Crashs hingelegt und musste mit zweiundzwanzig erstmals den Führerschein abgeben und zur Verkehrserziehung. Das ist inzwischen verjährt. In den letzten sieben Jahren war es eher ruhig um sie, sie hat einige Punkte abgebaut. Das einzige Verkehrsdelikt in diesem Zeitraum hatte sie vor zwei Jahren auf der A7 bei Göttingen.« Sandra machte eine Kunstpause.

»Da wurde sie mit hundertsiebenundneunzig Kilometern pro Stunde geblitzt, leider in einer Hundertdreißiger-Zone. Macht zwei Punkte, vierhundertvierzig Euro Bußgeld und zwei Monate Fahrverbot. Die Frau fährt einen ganz schön heißen Stiefel.«

»Allerdings«, bestätigte Leo. »Sie fährt einen BMW M4 Coupé, das ist ein Wahnsinnsschlitten! Turbo, sieben Gänge, von null auf hundert in vier Sekunden. Jetzt ist er nur noch ein Haufen verbeultes Blech. Ewig schade drum.«

Sandra konnte sich bestens vorstellen, wie alle Männer vor Ort um dieses Geschoss gestanden und seine Beulen beweint hatten.

»Ja, das ist kein Wagen für Weicheier«, bestätigte sie. »Wie es der Blechkiste geht, interessiert mich allerdings nicht. Die Frau ist Historikerin und wegen eines Kongresses in Dresden. Ich bekomme gleich von ihrem studentischen Assistenten alle persönlichen Daten, die ihm vorliegen. Habt ihr das Mobiltelefon von Isabell Obermann gefunden?«

»Habe ich vor Ort bekommen, allerdings ist es tot. Ich bringe es gleich zu den Technikern, die können versuchen, es wieder zum Leben zu erwecken.«

»Wieso kümmern wir uns eigentlich um diesen Unfall?«, fragte Sandra. »Das ist doch Sache der Verkehrspolizei. Ist bei denen die kollektive Darmgrippe ausgebrochen, oder was ist los?«

»Bei dem Unfall stimmt was nicht. Der Wagen ist nicht da, wo er bei überhöhter Geschwindigkeit hätte landen müssen«, erklärte Leo. »Die Spezialisten vom Unfalldienst können sich auch noch keinen Reim drauf machen. Wir bekommen morgen einen Bericht und ihre Schlussfolgerungen zum Unfallhergang.«

»Interessant. Na gut. Ich forsche nach, ob ich was zu illegalen Rennen finde. Julia Köhler holt die Sachen von Frau Obermann aus dem Hotel. Bis später.«

»Hier, sehen Sie diesen Hebel?«

Der Sachverständige deutete auf das Armaturenbrett und den kleinen Hebel, der neben dem Lenkrad angebracht war. Zurück in Dresden, war Sascha sofort in die Werkstatt der Verkehrspolizei geeilt, wo der zerbeulte BMW von Spezialisten untersucht wurde.

»Gas geben und gleichzeitig eine Portion Lachgas einspritzen – da geht der Wagen ab wie eine Rakete!«

»Wow!« Sascha war kein großer Autoliebhaber, er lieh sich den alten Opel seiner Mutter, wenn er tatsächlich mal ein Auto brauchte.

»Ist das legal?«

»Dieses eine System hat tatsächlich eine allgemeine Betriebserlaubnis, die meisten dieser Systeme sind aber nur nach gesonderten Prüfverfahren erlaubt. Die Karosserie, die Bremsen, die gesamte Wagenumgebung muss zur Mehrleistung passen. Diese hier ist ein wenig über dem erlaubten Maß, aber noch im Rahmen. Wollen Sie wissen, wie es funktioniert?«

Die Kollegen würden Sascha sowieso danach fragen, also nickte er.

»Chemisch gesehen, handelt es sich bei Lachgas um ein Distickstoffmonoxid, es besteht also aus zwei Atomen Stickstoff und einem Atom Sauerstoff. Ab einer Temperatur von fünfhundertfünfundsiebzig Grad zerfällt es und gibt den Sauerstoff frei. Je mehr Sauerstoff bei der Verbrennung des Kraftstoffs, desto höher die Leistung. So weit klar?«

Der Typ ging ihm langsam ein wenig auf die Nerven, stellte Sascha fest.

»Aber sicher doch«, antwortete er. »Warum nicht gleich Sauerstoff, warum der Umweg über Lachgas?«

Er hatte mit der Frage genau ins Schwarze getroffen. Der kraftfahrzeugingenieur setzte eine anerkennende Miene auf.

»Das Problem ist die Temperatur. Bei Zugabe von Sauerstoff werden schnell viel zu hohe Temperaturen erreicht. Aber Lachgas ist im flüssigen Zustand minus achtundachtzig Grad kalt. Wenn es in den Verbrennungsraum eingespritzt wird, senkt es die Temperatur, schont somit den Motor und kann die Dichte der Sauerstoffmoleküle zusätzlich erhöhen. Die Leistungssteigerung kann je nach System bis zu einhundert Prozent betragen.«

»Das ist enorm. Aber der Wagen braucht dann auch entsprechend mehr Sprit, oder?«

»Klar. Aber Tankstellenrechnungen halten einen Geschwindigkeitsjunkie sicher nicht ab. Wir haben es hier mit einem Wet-System zu tun. Lachgas und Kraftstoff werden gemischt, bevor sie durch die Einspritzdüsen rauschen. Das ist schon ein aufwendiges, aber ein sehr effektives

System. Sowas kann nicht jede Wald- und Wiesen-Werkstatt einbauen. Dafür gibt es Tuning-Spezialisten.«

»Verruckt, wie viel Geld manche Leute in ihre Autos stecken«, sagte Sascha und klopfte auf die verbeulte Motorhaube des BMW.

»Für die Besitzer solcher Wagen ist das Auto kein Fortbewegungsmittel, es ist viel mehr. In den Händen von jungen, halbgaren Männern wird das Auto zur Waffe. Die älteren Autofreaks haben meist ein fast erotisches Verhältnis zu ihrem Gefährt. Filme wie ›The Fast and the Furious‹ tun das ihre, um den Mythos Auto zu beleben.«

Sascha umrundete das Fahrzeug. Er konnte diese Leidenschaft für schnelles Fahren nicht nachvollziehen, obwohl er die Faszination gut kannte, die von Filmen und erdachten Welten ausgehen konnte. Er und Melanie waren eben Hobbit-Fans und würden im Januar in Neuseeland Hobbiton und das Auenland erkunden. Wenn die Fahrerin des BMW eine Schwäche für schnelle Autos hatte, war das eben ihre Leidenschaft.

»Aber sie ist nicht mit Lachgasschub den Abhang heruntergefegt?«, fragte er.

»Nein. Definitiv nicht.«

Um fünfzehn Uhr rief Richter sein Ermittlerteam zusammen. Er wollte wissen, was sich bei dem Unfall ergeben hatte und ob weitere Ermittlungen ihrer Abteilung nötig seien.

Leo hatte es übernommen, in der Klink anzurufen, Sandra hatte sich um die Adressen der Angehörigen und des Arbeitgebers gekümmert und weitere Informationen über Isabell Obermann zusammengetragen. Sascha kam atemlos als Letzter von der Verkehrspolizei und ließ sich schwer auf den Stuhl fallen.

»Also, was haben wir?«, fragte Richter und schaute in die Runde.

Sandra begann: »Ich habe die Adresse der Familie des Unfallopfers Dr. Isabell Obermann in Steinbach bei Frankfurt. In Göttingen lebt sie allein, da habe ich die Personalabteilung der Universität informiert. Sollen wir eine Polizeistreife aus Frankfurt zur Familie schicken? Aber besser fände ich es, wenn einer von uns mit den Angehörigen spricht.«

Leo zuckte bei der Nennung von Frankfurt zusammen. Das wäre die Gelegenheit für ihn, bei Veronika vorbeizuschauen. Wenn sich die Möglichkeit bot, würde er sie ergreifen.

»Ihr müsst außerdem wissen, dass es angekündigte Proteste gegen Frau Obermanns für heute Vormittag geplanten Vortrag gegeben hat. Sowohl eine linke Gruppierung hatte sich angekündigt als auch ein Bündnis rechter Studenten, die sich gegen die Theorie wehren, dass die Propaganda-Taktik der Nazis heute wieder auflebt.«

Leo konnte mit dieser Information nichts anfangen, er sah, dass Sascha und Richter ebenso ratlos waren wie er selbst.

»Bedeutet?«, fragte er Sandra.

»Obermann ist Historikerin und beschäftigt sich seit einigen Jahren mit Propaganda-Filmen der Nazis. Sie hat gestern einen Workshop geleitet und wollte heute eine Vorlesung zum Thema halten.« Sie kramte in ihren Unterlagen und legte einen Flyer der Technischen Universität auf den Tisch.

»Hier! Es geht um Nazi-Propaganda und inwieweit die Mechanismen noch heute funktionieren. Answald Aurich, ihr Assistent für den Kongress, hat mich darauf hingewiesen, dass die Universität Polizei angefordert hat, um die Vorlesung zu schützen, weil sie Angst vor Tumulten hatte. Aber der Vortrag ist ja nun ausgefallen.«

»Das ist interessant. Ich meine, dass eine extreme Gruppe protestiert, kann man nachvollziehen. Aber beide Lager?« Richter schüttelte den Kopf und studierte das Kongressprogramm.

»Es steckt immer noch jede Menge Sprengstoff in dem Nazi-Thema«, erwiderte Sandra.

Für Leo sah der Unfall nun wirklich nicht nach einem politischen Anschlag aus, diese Spur konnte man seiner Meinung nach vernachlässigen. Das sagte er auch.

»Zu Isabell Obermann gibt es noch ein paar interessante Details, was ihre Beziehung zu schnellen Autos angeht.« Sandra sah in die Runde und legte zwei ausgedruckte Fotos auf den Tisch. Die zeigten eine junge Frau in einem Leder-Overall vor einem Audi TT. Ihre langen Haare flossen über die Schultern ihres hautengen Einteilers, die Augen waren dunkel geschminkt.

»Heißes Teil«, murmelte Sascha und ließ offen, ob er die Frau oder den Sportwagen meinte.

»Die Fotos sind zehn Jahre alt. Sie stammen von einem Treffen von Autofreaks am Nürburgring. Man muss schon zweimal hinschauen, um Dr. Isabell Obermann zu erkennen. Ich habe sie gestern kurz gesehen, als sie unten bei Julia Köhler eine Vermisstenanzeige aufgeben wollte. Da trug sie die Haare straff zusammengebunden und eine Hose und ein Oberteil, die ein bisschen an die chinesische Einheitskleidung unter Mao erinnerten. Sie wirkte fast androgyn.« Sandra schaute in die Runde. »Dr. Obermann hat definitiv zwei Seiten. Eine interessante Frau!«

»Es ist also durchaus denkbar, dass sie die alte Rennstrecke entlanggebrettert ist und die Kontrolle über das Fahrzeug verloren hat«, schlussfolgerte Richter. »Dann soll sich die Verkehrspolizei darum kümmern.«

»Ja und nein«, antwortete Sascha. »Ich habe mit den Kollegen der Technischen Abteilung auch ein paar interessante Fakten zusammengetragen. Zum einen hat Frau Obermann gestern zweimal die Nummer ihrer Familie in Steinbach angerufen und danach die einer Autowerkstatt eines Patrick Henzels. Der ist Tuning-Spezialist und hat vermutlich ihren Wagen umgebaut. Unter dem Rücksitz des BMW befindet sich eine Metallflasche mit Lachgas.«

Sascha schaute auf und prüfte, ob alle verstanden hatten, was das bedeutete.

»Lachgaseinspritzung zum Tuning?«, fragte Leo erstaunt. Der Wagen war doch so schon eine Rakete. Was trieb diese Frau an? Er wurde langsam sehr neugierig auf diese Isabell Obermann. Zumal sie offenbar Feinde hatte.

Richter räusperte sich: »Können Sie das mal erklären, Herr Pröve?«

Sascha nickte: »Um die Leistung eines Motors kurzfristig zu erhöhen, wird ein Gemisch aus Lachgas und Benzin eingespritzt. Dadurch wird mehr Verbrennung ermöglicht, ohne den Motor zu überhitzen. Die PS eines Wagens verdoppeln sich damit.«

»Wow!« Sandra war beeindruckt. »Weiß man, ob sie es benutzt hat, bevor sie aus der Kurve geflogen ist?«

Sascha lächelte sie an. »Jetzt wird es interessant, Leute! Sie hatte den Hahn nicht aufgedreht, das Lachgas also nicht benutzt. Im Gegenteil. Die Auswertung der Spuren im Gelände und am Wagen legen den Schluss nah, dass das Fahrzeug im Schritttempo von der Straße gerollt und den Hang hinuntergeschlingert ist, bis es über den Felsen gekippt ist und sich überschlagen hat.«

Jetzt konnte Leo nicht mehr mit seiner Botschaft warten: »Das deckt sich mit den Informationen, die ich vom Oberarzt der Uniklinik bekommen habe. Die Verletzungen von Isabell Obermann passen nicht zum Unfallgeschehen. Sie hat höchstwahrscheinlich noch vor Mitternacht eine heftige Verletzung mit mehreren Brüchen an der rechten Kopfseite erlitten. In dieser Kopfwunde fanden sich Spuren von Sand. Sie muss sich also verletzt haben, bevor sie in den Wagen stieg und von der Straße abkam, oder aber ...«

Drei Augenpaare schauten ihn entgeistert an.

»Entweder ist sie gestürzt und mit dieser Verletzung in den Wagen gestiegen, oder ...«, er sah in die Runde, »... jemand hat sie angegriffen und sie versuchte zu flüchten.«

Das mussten erst mal alle verdauen. Leo war es genauso gegangen. Er hatte darum gebeten, dass Dr. Gräber, der Rechtsmediziner, sich sofort mit dem behandelnden Oberarzt in Verbindung setzte und sich Isabell Obermann ansah. Dieser Unfall war kein Unfall, wie er auf der alten Rennstrecke zu erwarten gewesen wäre.

Richter klopfte dreimal mit dem Kugelschreiber auf den Tisch, als sich ein allgemeines Raunen erhob.

»Wer fährt nach Frankfurt?«

Leo hob den Arm und sah in die Runde: »Das würde ich gern machen.«

Es gab keine Einwände.

»Frau Kruse, Herr Pröve, Sie setzen Minute für Minute zusammen, wo sich diese Frau in den letzten Tagen aufgehalten hat, mit wem sie gesprochen hat, was sie vorhatte.«

Sandra nickte – und nutzte die Gelegenheit.

»Ich möchte Julia Köhler als Verstärkung ins Team holen. Sie hatte bereits Kontakt mit Dr. Obermann und ist schon in den Vorgang involviert.«

Richter nickte. »Von mir aus.«

Alle schauten ihn gebannt an. Es war klar, dass Richter noch nicht fertig war. Er strich seine goldgelbe Seidenkrawatte glatt. Die war neu, stellte Leo zerstreut fest. In Gedanken war er schon auf dem Weg nach Frankfurt und überlegte, ob er seine Freundin vorwarnen oder überraschen sollte.

»Worum geht es eigentlich bei dieser Vermisstenanzeige?«, fragte Richter.

Sandra, die schon halb aufgestanden war, setzte sich wieder hin und breitete ihre Notizen aus.

»Isabell Obermann war gestern bei uns hier in der Schießgasse, um eine Vermisstenanzeige für ihre Mutter aufzugeben. Julia Köhler hat das abgelehnt, weil die Frau seit 1989 in Frankfurt vermisst wird und sie nicht glaubhaft machen konnte, dass eine Gefahr für ihre

Mutter besteht oder bestand. Also, dafür sind wir nicht zuständig und außerdem liegt es viel zu lange zurück. Dr. Obermann wollte diese Anzeige formell einreichen, um mit dem entsprechenden Nachweis bei der Stasi-Unterlagen-Behörde Einsicht in die Akten ihrer Mutter zu bekommen. Ich habe das eher zufällig mitbekommen und Julia Köhler darin bestärkt, diese Anzeige nicht aufzunehmen.«

»Aber wenn ich das richtig verstehe«, warf Richter ein, »ging es wohl eher um die Bestätigung, damit sie an die Stasi-Akte kommt.«

»Ja, schon, aber wir machen das trotzdem nur, wenn Gefahr für Leib und Leben besteht, oder? Wie sollte das nach dieser langen Zeit sonst gerechtfertigt werden?« Sie sah Richter fragend an.

»Wir haben die Sachen von Frau Dr. Obermann aus dem Hotel holen lassen, da war auch ein Antrag auf Akteneinsicht dabei, den sie schon zur Hälfte ausgefüllt hatte«, ergänzte Sandra.

Leo, der gedanklich schon unterwegs war, stutzte und hakte nach.

»Aber wäre das nicht interessant für den Fall? Kaum versucht die Frau, etwas über die eventuelle Stasi-Vergangenheit ihrer Mutter zu erfahren, hat sie einen fingierten Autounfall, der sie fast das Leben kostet?«

Sandra kaute auf ihrer Oberlippe: »Du meinst, wir sollten dem Thema nachgehen?«

Was konnte nach so langer Zeit noch hinter so einer alten Geschichte stecken? Sie glaubte nicht an alte Räuberpostillen von Spionen und Agenten, die immer noch durch die Lande zogen und Leute verschwinden ließen. Aber Leo war offenbar anderer Ansicht.

»Ja, das denke ich. Es muss einen Grund geben, warum sie gerade jetzt und hier diese Anfrage gestartet hat.«

Richter stand auf: »Gut. Ich kümmere mich um die Stasi-Unterlagen-Behörde.« Er deutete auf Leo. »Sie machen sich sofort auf den Weg nach Hause, packen Ihre Sachen und setzen sich in den nächsten Zug nach Frankfurt!«

Sandra konnte sich ein Grinsen nicht verkneifen. Falls Leo geglaubt hatte, dafür einen Dienstwagen nutzen zu können, hatte er sich geschnitten.

Bevor Richter auch ihr eine Order erteilen konnte, sagte sie: »Ich kümmere mich mit Julia Köhler darum, die letzten zwei Tage unseres Opfers zu rekonstruieren. Wir haben ihren Laptop, befragen den Assistenten Aurich und beantragen ein Bewegungsprofil ihres Handys.«

Achtzehn Uhr zehn ab Dresden-Neustadt, das hatte er gerade noch so geschafft. Leo ließ sich in die Polster sinken und entspannte sich. Er warf einen Blick auf sein Telefon.

Nein, Veronika hatte sich immer noch nicht gemeldet. Wahrscheinlich wollte sie ihm beweisen, wie unangenehm es war, am anderen Ende zu sitzen und zu warten, bis der Partner sich endlich meldete. Er musste sich eingestehen, dass er sie oft genug genauso hatte warten lassen. Nun ja, sie würde Augen machen, wenn er heute kurz vor elf in ihrem Hotel auftauchte.

Sollte er zur Abwechslung mal seine Mutter anrufen? Er entschied sich dagegen. Er hasste es, wenn Mitreisende ihre privaten Geschichten vor aller Welt ausbreiteten und jeden an ihren banalen Problemen teilhaben ließen. Stattdessen prüfte er nochmals seine Agenda.

Die wichtigsten Informationen hatte er im Telefon gespeichert: Nummern und Adressen von Familie Obermann in Steinbach und Patrick Henzel in Frankfurt. Ob Veronika mit dem Auto nach Frankfurt gefahren war? Dann könnte er sie morgen fragen, ob er es ausleihen dürfte, das wäre sicher einfacher, als mit öffentlichen Verkehrsmitteln in Frankfurts Vororte zu fahren.

In jedem Falle würde er zuerst zu Isabell Obermanns Familie fahren und sie über den Unfall, ihr Umfeld und ihre Alibis befragen. Patrick Henzel würde er auf den Zahn fühlen, was sie ihm kurz vor ihrem Unfall am Telefon erzählt hatte und ob er Kontakte zur Autorenn-Szene pflegte. Vielleicht hatte der fingierte Unfall ja doch etwas mit Obermanns Auto-Leidenschaft zu tun.

Als der Zug eine gute Stunde später aus dem prächtigen Leipziger Kopfbahnhof herausrollte, wurde Leo langsam müde. Er steckte sein Notizbuch ein, checkte nochmals vergeblich sein Mobiltelefon und knautschte sich so in die Ecke, dass er nicht umkippen würde, falls er tatsächlich einschlief. Draußen wurde das Licht warm und rot, die Sonne hing wie ein schwammiger Kürbis über dem Horizont. Er nickte ein.

»Aurich.«

Das kam so nuschelig, dass Sandra sicher war, ihn aus dem Tiefschlaf gerissen zu haben.

»Sandra Kruse von der Kripo Dresden. Könnten Sie morgen gegen zwölf Uhr noch mal zu uns ins Präsidium kommen, um uns zu helfen, Frau Obermanns Tagesablauf zu rekonstruieren, Herr Aurich?«

»Ja, gut, ich komme.« Er gähnte herzhaft.

»Herr Aurich, wo haben Sie sich gestern Abend aufgehalten? Ich meine, nach dem offiziellen Essen, von dem aus Sie Dr. Obermann ständig anzurufen versuchten?«

»In Ostrau, Sterne gucken. Kann ich Ihnen das morgen erzählen? Ich bin so müde.«

»Na, gut. Wir klären das morgen.«

Sie verabschiedete sich und legte auf. Dann hielt sie einen Moment inne. Der junge Mann war am späten Abend nicht nach Hause gegangen, sondern hinaus in die Sächsische Schweiz gefahren. Ostrau war eine Hochebene direkt am Elbufer bei Bad Schandau. Somit hatte er sich in der fraglichen Nacht nicht allzu weit von der Unfallstelle entfernt aufgehalten.

Möglicherweise war das völlig harmlos, aber Sandra wollte dem nachgehen.

Julia Köhler steckte den Kopf zu ihrer Bürotür hinein: »Ich habe alles zusammengesammelt, was ich zu dieser Dr. Obermann finden konnte, von ihrer Geburtsurkunde bis zur Meldebescheinigung aus Göttingen. Aber Mann, das ist vielleicht mühsamer Papierkram! Kann ich nicht mal zwischendurch was Spannenderes machen?«

Sie ließ sich auf den Stuhl vor Sandras Schreibtisch fallen und pustete sich eine dunkle Haarsträhne aus der Stirn.

»Du kannst morgen mit Sascha an die TU fahren und Zeugenaussagen zu Frau Obermann einsammeln. Sascha ist sehr geschickt bei diesen Gesprächen, er findet so gut wie zu jedem einen Draht und kommt auf angenehme Art und Weise ins Gespräch. Die Leute fühlen sich nicht angegriffen, wenn er mit ihnen redet. Da kannst du dir was abschauen. Vorher fahre ich zu Dr. Gräber in die Rechtsmedizin, da kannst du mitkommen.«

Julias Mundwinkel wanderten nach oben: »Danke!«

Sandra wandte sich wieder ihrem Computer zu. »Ich versuche, noch etwas zu Answald Aurich herauszubekommen. Der hat in der Nacht auf Mittwoch nicht brav in seinem Bett gelegen, sondern in Ostrau Sterne geguckt, wenige Kilometer vom Unfallort entfernt.«

»Der Typ ist wirklich schräg«, sagte Julia und stand auf.

»Nein, Frau Brandlhuber ist noch nicht in ihrem Zimmer. Ich muss Sie bitten, hier auf sie zu warten.«

Leo ließ sich auf einem der hellblauen Lobby-Sessel seitlich der Rezeption nieder und hoffte, dass es nicht allzu lange dauern würde. Er war müde und hätte sich gern schon mal in Veronikas Zimmer ausgestreckt, aber die Rezeptionistin ließ ihn nicht rein. Das verstand er. Da könnte ja jeder kommen.

Er prüfte sein Telefon, aber weder von Veronika noch von Sandra oder Sascha gab es Nachrichten. Er beschloss, den Fall Obermann für die nächsten Stunden auszublenden und sich auf Veronika zu freuen. Sie würde Augen machen, wenn er plötzlich hier auftauchte. Aber sie hätte ja auch einfach mal zurückrufen können.

Er rutschte noch ein wenig tiefer in den Sessel und spürte, wie seine Lider schwer wurden. Kein Wunder, es war schon kurz nach dreiundzwanzig Uhr.

Als er wieder hochschreckte, brauchte er einige Sekunden, um sich zu orientieren. Blauer, gemusterter Teppich zu seinen Füßen. Ah, ja, er war im Foyer von Veronikas Hotel. Er schaute auf und sah sie mit drei anderen Leuten neben der Rezeption am Lift stehen. Sofort war er hellwach und stand auf.

Als er allerdings sah, dass der Mann neben Veronika seine Hand um ihre Taille gelegt hatte, ließ er sich wieder in den Sessel sinken. Was war da los?

Die Schmalzlocke flüsterte ihr irgendwas ins Ohr, das Veronika mit einem gurrenden Lächeln quittierte. Die ganze Zeit nahm er dabei seine Hand nicht von ihrer Hüfte. Als der Lift kam, zog sie ihn am Hemdkragen hinter sich her in die Kabine und küsste ihn. Die Aufzugtür schloss sich und Leo fiel in die Tiefe.

Wären die Augen der Rezeptionistin nicht gewesen, die ihm einen wissenden Blick zuwarf, wäre er in seinem schwarzen Loch versunken. Aber nun stand er langsam auf und ging auf die Dame an der Rezeption zu.

»Ich brauche ein Zimmer«, sagte er und war selbst verwundert, wie fremd seine Stimme klang.

Sie nickte: »Gleich gegenüber ist ein ›Motel One‹.«

7 Donnerstagvormittag

Am Morgen schaute ihm aus dem Spiegel ein alter Mann entgegen. Nach dem Rasieren konnte er zehn Jahre wieder abziehen, aber es war nicht zu übersehen, dass er so gut wie nicht geschlafen hatte. Die ganze Nacht hatte Leo sich in Gedanken wie in kantigen Glassplittern gewälzt. Er versuchte ein letztes Mal, Veronika anzurufen, aber sie ging wieder nicht ran. Er sprach ihr auf den Anrufbeantworter, dass er sie gestern mit dem anderen Mann gesehen hatte und dass sich damit das Problem, das er so dringend mit ihr hatte besprechen wollen, von alleine erledigt habe. Statt dem sonst üblichen »Bis bald« verabschiedete er sich mit einem »Adieu«. Ab sofort würde er nicht mehr rangehen, wenn sie versuchen würde, ihn zu erreichen. Es war albern, aber es fühlte sich gut an.

Eine Stunde später stand er vor dem Wohn- und Geschäftshaus der Steinmetz GmbH Obermann in Steinbach. Eine resolute, hochgewachsene Frau um die fünfzig empfing ihn in einem Büro mit zwei Schreibtischen.

Sie stellte sich als Gabriele Obermann vor und fragte, womit sie ihm helfen könne.

»Reisinger, Kriminalpolizei Dresden.« Die Frau machte große Augen. »Ich muss Sie leider darüber informieren, dass Isabell Obermann in der Nähe von Dresden einen schweren Autounfall hatte. Sie liegt mit einer Schädelfraktur in der Universitätsklinik.«

»Oh mein Gott!« Sie ließ sich in den Stuhl sinken und suchte in den Papierbergen nach dem Telefon. »Das muss ich sofort Eberhard sagen.«

Zwei Minuten später stand ihr Ehemann im Büro und plötzlich war der Raum viel zu klein für drei Leute. Eberhard Obermann wirkte groß und massig in seiner beigen Arbeitshose. Leo schätzte ihn auf etwa fünfundsechzig, jedenfalls deutlich älter als seine Frau.

»Das ist nicht ihr erster Unfall«, seufzte er, nachdem Leo die Diagnose der Ärzte wiedergegeben hatte. »Das letzte Mal ist aber schon eine Weile her, da hat sie sich das Schlüsselbein gebrochen. Aber ein Schädelbruch! Mein Gott, hoffentlich wird sie wieder gesund.«

Er lief erregt auf und ab, dann wechselte seine Stimmung: »Sie fordert es aber geradezu heraus. Ich habe gedacht, sie würde mit dem Alter endlich vernünftig werden, sie ist ja nun kein Teenager mehr!«

»Sie haben am Dienstagvormittag noch mit ihr telefoniert«, half Leo ihm auf die Sprünge.

Obermann erzählte von dem letzten Telefongespräch mit Isabell und dass er verärgert auf ihren neuerlichen Versuch reagiert hatte, ihre Mutter zu finden.

»Völliger Blödsinn, sage ich Ihnen. Nach dreißig Jahren, was soll das jetzt noch bringen? Sie ist abgehauen, hat uns einfach sitzen lassen. Sie wird ihre Gründe gehabt haben. Ich weine ihr keine Träne mehr nach!«

Gabriele Obermann streichelte zaghaft die Hand ihres Mannes, aber er zog sie weg.

»Jedes Mal, wenn Isa sich wegen ihrer leiblichen Mutter aufregt, fährt sie hinterher wie eine Bekloppte durch die Gegend. Sie sagt, das Fahren beruhige sie. Ich habe ihr immer wieder gesagt, sie soll es sein lassen. Aber da ist sie so dickköpfig wie damals Marie!«

»Hat sie genau gesagt, was sie plante?«

Obermann überlegte kurz.

»Sie wollte wissen, ob ich damals eine Vermisstenanzeige aufgegeben habe, weil sie Einsicht in Maries Stasi-Akte beantragen wollte. Sie dachte, ihre Mutter könne möglicherweise eine Spionin gewesen sein.« Er lachte verächtlich. »Die Idee ist einfach lächerlich. Aber wenn Isabell sich was in den Kopf setzt, zieht sie es auch durch. War schon immer so. Ohne Rücksicht auf Verluste.«

»Können wir sie besuchen?«, fragte Gabriele Obermann schüchtern.

Leo gab ihr die Nummer des Klinikums und den Namen des Arztes, mit dem er am Vortag gesprochen hatte.

Obermann schüttelte die ganze Zeit nur den Kopf. Dann sagte er: »Du fährst da nicht hin. Isa war im Sommer auch nicht hier, als du wegen dieser Frauengeschichte im Krankenhaus warst. Das wäre ja noch schöner. Außerdem haben wir jede Menge Arbeit, das Geschäft geht vor!«

Er hielt kurz inne und fixierte Leo: »Wieso kommen da eigentlich Sie aus Dresden, um uns zu informieren? Wieso ruft nicht das Krankenhaus an? Was hat die Kripo mit Isabell zu schaffen?«

»Bei dem Unfall gibt es ein paar Ungereimtheiten«, erklärte Leo. »Ihre Tochter war nach Aussage des Arztes schon verletzt, bevor sie ins Auto stieg und verunglückte. Wissen Sie, was sie an diesem Abend vorhatte?«

Das Ehepaar sah ihn verblüfft an. Mit dieser Information konnten sie nicht umgehen.

»Heilscher Heinz ...!«

»Hat Ihre Tochter Feinde? Leute, die ihr mal gedroht haben?«

»Also ...!« Gabriele Obermann setzte sich. »Das ist ja nicht zu glauben!«

Sie war sichtlich erschüttert. Ihr Mann weniger.

»Jedenfalls keine, von denen wir wüssten. Wenn überhaupt, müssen sie in dieser Autoraser-Szene suchen. Reden Sie mit Patrick Henzel, der hat sie mit diesen Bleifuß-Hirnis bekannt gemacht, der alte Blechschrauber. Da treiben sich ja jede Menge Spinner herum. Ansonsten müssen Sie sich an ihre Kollegen in Göttingen wenden. Isabell hat uns in den letzten Jahren kaum noch mit ihrer Anwesenheit beehrt. Von ihrem Leben wissen wir so gut wie nichts. Ihr Bruder Leonhard interessiert sie auch nicht. Wir sind zwar ihre Familie, aber sie hat sich im Grunde genauso davongemacht wie ihre Mutter damals.«

Er hob die Hand kurz hoch, wie zum Gruß, und verließ das Büro wieder.

Gabriele Obermann biss sich auf die Lippen, ihr war der Abgang ihres Mannes sichtlich peinlich.

»Wissen Sie, er empfindet es als ständigen Vorwurf an sich, dass Isabell in Bezug auf ihre Mutter keine Ruhe gibt. Er fühlt sich permanent schuldig deswegen.«

»Verstehe«, sagte Leo. Aber eigentlich verstand er überhaupt nicht, was hier los war.

Kaum saß er im Taxi, klingelte sein Telefon. Bevor er abhob, kontrollierte er die Nummer. Für Veronika würde er jetzt nicht rangehen.

Doch es war Sandra. Wenn er nicht abhob, würde sie sich Sorgen machen.

»Hallo Sandra.«

»Na, wie war dein Abend gestern?«, fragte sie leichthin. Sie wusste ja, dass er in Frankfurt Veronika hatte treffen wollen.

»Ich bin gerade auf dem Weg zu Patrick Henzel. Die Eltern von Dr. Obermann waren nur mäßig erschüttert von den Neuigkeiten. Ihr Vater sagte, es sei nicht ihr erster Unfall gewesen und dass sich in der Szene der Geschwindigkeitsjunkies einige merkwürdige Typen herumtreiben würden.«

»Wo waren die beiden zum Unfallzeitpunkt?«

»Äh, habe ich vergessen zu fragen.« Er nuschelte.

Sandras Stimme bekam etwas Alarmiertes.

»Was ist los bei dir? Du redest Bockmist und hörst dich fürchterlich an.«

Er machte einen lauten Atemzug, dann wurde ihm klar, dass sie recht hatte. Er hatte sich völlig unprofessionell verhalten.

»Scheiße. Ja. Ich hätte nichts von dem fingierten Unfall sagen sollen. Sorry, bin nicht ganz auf der Höhe.«

»Leo, was ist passiert? Ich kann hören, dass es dir nicht gut geht. Rede mit mir!«

»Schlecht geschlafen. Ich reiß mich zusammen und mache es bei Henzel richtig. Wenn ich bei ihm raus bin, melde ich mich.«

Er merkte selbst, dass er jämmerlich klang.

»Was zur Hölle ist los, hast du dir in der Nacht das Gehirn amputieren lassen?« Sandra wurde laut.

Das Gehirn? Nein, es fühlte sich eher so an, als habe Veronika ihm das Herz herausgerissen und seinen Stolz dazu. Er schloss die Augen, antwortete nicht. Nach einer kurzen Pause fragte sie:

»Hattest du Zoff mit Veronika?«

»Ja. Nein. Nicht richtig.«

Er hatte keine Lust, das jetzt mit Sandra zu bereden. Sie hatte ein Talent, den Finger immer direkt in die Wunde zu legen. Das brauchte er jetzt wirklich nicht.

»Ich muss jetzt auflegen. Bin bei Henzel.«

Er steckte das Telefon weg und versuchte, sich auf das nächste Gespräch zu konzentrieren.

Sollte er einen der herbstbunten Dahliensträuße mitnehmen oder eher nicht? Answald Aurich war sich unsicher. Würde sie es für übertrieben halten, wenn er mit Blumen käme? Oder wurde es einfach erwartet, einer Genesenden eine Aufmerksamkeit mitzubringen? Solche Fragen überforderten ihn. Echte soziale Kontakte waren nicht so sein Ding, er fand Menschen immer anstrengend. Aber Isabell, wie er sie in Gedanken nannte, würde sich bestimmt freuen, ihn zu sehen, schließlich waren sie in den letzten Tagen gut miteinander ausgekommen. Er entschied sich für ein Gebinde in sonnigen Gold- und Gelbtönen und stieg in die Straßenbahn zur Uniklinik.

Diese Frau hütete einige Geheimnisse, das war ihm ziemlich schnell klar geworden, als er im Netz nach ihr geforscht hatte. Er war kein Autofreak, aber das Foto von dem nachtschwarzen Bugatti Type 57, vor dem Isabell in einem unglaublichen Kleid im Fünfzigerjahre-Look posierte, hatte ihn elektrisiert. Er hatte zweimal hinschauen müssen, bevor er sie erkannte, und hatte nun das Gefühl, dass er der Einzige war, der Isabell Obermann wirklich durchschaute. Ihre verborgenen Facetten beflügelten seine Fantasie.

Seine Gedanken trugen ihn davon, bis er am Klinikum angekommen war.

Nach einigem Herumirren stand er vor ihrer Zimmertür und klopfte. Krankenhäuser waren ihm zuwider, schon der Gedanke an Krankheit ließ ihn sich schlecht fühlen. Aber für Isabell nahm er sich zusammen und drückte beherzt die Klinke herunter. Enttäuscht stellte er fest, dass schon ein Besucher da war, und trat ein.

Im Zimmer herrschte gedämpftes Licht. Vor dem Bett stand ein Mann, der sich hektisch umdrehte und mit vor dem Gesicht verschränkten Armen an ihm vorbei in den Flur rannte. Answald Aurich war erschrocken und verwirrt. Er sah dem Mann nach und überlegte, ihm zu folgen, aber alarmierende Geräusche vom Bett forderten seine Aufmerksamkeit.

Isabell Obermann lag blass und mit einem Kopfverband, der ihre dunklen, lockigen Haare komplett verbarg, auf dem Rücken. Vom Gesicht, den Armen und der Brust liefen Schläuche zu Apparaten, die hinter und neben dem Bett standen. Es piepte bedenklich, rote Lichter blinkten.

Hier stimmte eindeutig etwas nicht. Was sollte das eben?! Er ging einen Schritt auf das Bett zu und bekam augenblicklich Panik. Ein sich ausbreitender roter Fleck neben Isabells Kopf schrie ihn förmlich an. Im Puls ihres Herzschlags quoll dunkles Blut aus ihrem Hals und versickerte im Laken. Das Rubinrot jagte seinen Blutdruck durch die Decke und überschwemmte sein Denken. Dann versank er in diesem roten See.

»Ich habe mit allen behandelnden Ärzten gesprochen, mir die Befunde und Röntgenbilder angesehen und die Wunden in Augenschein genommen, soweit das möglich war.« Dr. Gräber saß hinter seinem Schreibtisch und hatte eine Menge Papiere vor sich liegen.

»Üblicherweise gehen wir davon aus, dass Verletzungen des Schädels oberhalb der Hutlinie fremdverschuldet und unterhalb dieser Linie eher auf Unfälle zurückzuführen sind. Diese Regel hilft uns in diesem Fall nicht weiter, denn die Verletzung von Frau Obermann zieht sich von der Schläfe aus ziemlich genau an dieser gedachten Linie entlang nach hinten, und zwar absolut gerade. Die Wunde war mit Sandkörnern verunreinigt. Der Gegenstand, der sie getroffen hat oder auf den sie gefallen ist, in diesem Fall ist es tatsächlich nicht eindeutig zu sagen, muss ein kantiger Sandstein gewesen sein. Das passt zur Analyse ihrer Kleidung. Die Spurensicherung hat sowohl auf ihrem Oberteil als auch auf der Hose relativ viele Sandpartikel gefunden.«

»Moment.« Sandra versuchte, sich das vorzustellen. »Sie müsste dann also irgendwo, wo es sandig ist, gestürzt sein und sich den Kopf an einer geraden Sandsteinkante angeschlagen haben?«

Dr. Gräber ließ seine dunklen Augen flink von ihr zu Julia und zurück wandern.

»Das wäre ein mögliches Szenario. Aber ich habe es bereits verworfen.« Er sah sie aufmerksam an.

»Warum, Dr. Gräber?«

Je höher die Stirn des Rechtsmediziners wurde, desto mehr ähnelte er einem Raubvogel, dachte sich Sandra, als sie ihm aufmerksam zuhörte. Als gebogener Schnabel ragte seine Nase aus dem kleinen Gesicht und die Haarbüschel, die aus seinen Ohren wuchsen, erinnerten sie sehr an eine Eule.

»Weil die Patientin keinen Sand unter den Fingernägeln oder an den Händen hatte, wie ich dem Bericht der Kollegen entnehmen konnte. Wenn sie sich aus dem Sand hochgestemmt hätte, hätte sie sich schon gründlich die Hände waschen müssen, um alle Spuren zu beseitigen. Sie hätte die Hände gereinigt, die Kopfwunde aber nicht. Das ist doch eher unwahrscheinlich.«

»Und wenn ihr jemand einen Stein an den Kopf geschlagen hat?«, fragte Julia.

Dr. Gräber nickte mehrmals.

»Durchaus möglich. Dafür spricht, dass auch die Verletzung an der linken Hand nicht zum Unfallgeschehen passt. Da kam eindeutig ein Messer zum Einsatz. Es sieht aus wie ein stümperhafter Versuch, sich die Pulsader aufzuschneiden. Das kriegen sie weder mit einer Glasscherbe noch mit einer möglicherweise hervorstehenden Metallkante im Fahrzeuginneren so sauber hin. Ich bin der Meinung, dass die Patientin schon verletzt war, als sie ins Fahrzeug gesetzt wurde.«

»Sie gehen also nicht davon aus, dass sie sich selbst verletzt und dann in den Wagen gesetzt hat?«

Dr. Gräber verzog den Mund, was seine Nase noch spitzer erscheinen ließ.

»Nein, ich bin mir mit dem behandelnden Arzt Dr. Weise einig, dass sie mit dieser Kopfverletzung keinesfalls fahrtauglich war. Dafür sprechen auch Blutspuren auf dem Beifahrersitz. Ich habe mich in diesem Fall auch sehr eng mit Herrn Tannhauser von der Spurensicherung abgestimmt.«

Dieser Fall schien den Rechtsmediziner wirklich zu interessieren, bemerkte Sandra. Normalerweise war es nicht seine Sache, zusätzliche Analysen von den verschiedenen Abteilungen der Polizei anzufordern.

»Wir sind der Meinung, dass die Patientin zuerst auf dem Beifahrersitz saß und dann umgesetzt wurde, bevor der Wagen den Abhang hinunterrollte.«

»Lassen Sie mich das Szenario rekonstruieren«, fasste Sandra zusammen. »Frau Dr. Obermann versucht also, sich am linken Arm die Pulsadern aufzuschneiden, wird möglicherweise ohnmächtig und fällt dabei so unglücklich, dass sie mit dem Kopf ausgerechnet auf eine Sandsteinkante schlägt. Dann setzt sie jemand auf den Beifahrersitz ihres eigenen Wagens und bringt sie an die Straße nach Hohnstein. Dort rückt er sie auf den Fahrersitz und der Wagen rollt von der Straße den Abhang hinunter.«

Dr. Gräber nickte bedächtig, während sie sprach. Dann beugte er sich so weit über den Schreibtisch, dass Sandra die einzelnen Haare seiner Augenbrauen zählen konnte:

»Finden Sie das plausibel?«

»Ganz und gar nicht!«

Sandra rieselte eine Gänsehaut über den Rücken.

Dr. Gräber ließ wieder seine Augen hin und her huschen.

»Zumal sie sich die Kopfverletzung zuerst zugezogen hat. Der Schnitt am Handgelenk wurde ihr später zugefügt.«

»Du meine Güte«, folgerte sie, »das bedeutet, dass wir es hier nicht mit einem Unfall, sondern mit einem Mordversuch zu tun haben.«

Sie sah Julia an, um sicherzugehen, dass diese Nachricht die junge Polizistin nicht überforderte, aber sie sah weniger Erschrecken als vielmehr Begeisterung in ihren Augen blitzen. Sie konnte es offenbar gar nicht erwarten, endlich an der Aufklärung eines Mordversuchs mitzuarbeiten.

Gerade, als Sandra Dr. Gräber nach dem genauen zeitlichen Ablauf der Verletzungen fragen wollte, klingelte ihr Telefon. Sie warf einen Blick auf das Display und erkannte die Nummer der Uniklinik.

»Entschuldigung, aber das könnte wichtig sein«, sagte sie mit einem kleinen Lächeln für Dr. Gräber und ging ran.

»Die Patientin Frau Obermann wurde eben angegriffen und verletzt. Wir haben hier einen jungen Mann sitzen, den wir an ihrem Bett angetroffen haben. Kommen Sie bitte so schnell es geht!«

Mit dem Telefon am Ohr sprang Sandra auf.

»Los, sofort zu Isabell Obermann. Sie wurde verletzt und der Täter ist noch in der Klinik!«

Dr. Gräber reagierte geistesgegenwärtig: »Ich bringe Sie auf kürzestem Weg auf die Station!«

»Sie?!?«

Diese dunkelhaarige Polizistin sagte das, als hätte sie ihn in einer üblen Räuberhöhle aufgegriffen, obwohl es doch das Normalste der Welt war, einen Krankenbesuch zu machen. Allerdings saß er auf dem Boden im Klinikflur und kämpfte darum, sein Frühstück drinnen zu behalten. Links neben ihm drangen diverse Geräusche aus der offenen Tür, die ihm versicherten, dass sich fachkundige Menschen um Isabell kümmerten.

»Herr Aurich!«

Auch diese Stimme kannte er. Die blonde Kommissarin ging vor ihm in die Knie, um ihm in die Augen zu schauen. Ihre dunkelhaarige Kollegin bewegte sich hinter ihrer Chefin wie ein nervöser Rehpinscher.

»Hallo, Frau Kruse«, sagte Answald Aurich matt und tastete nach seiner Brille. »Ich habe den Mann gesehen.«

»Welchen Mann?« Kommissarin Kruse hatte verdammt blaue Augen und tackerte ihn damit an die Wand.

Wenn ihm doch bloß nicht so schlecht wäre! Es war so peinlich, wie ein Häufchen Elend vor diesen beiden Frauen auf dem Boden zu sitzen und mit wellenartigem Würgereiz zu kämpfen. Er stemmte sich mühsam vom Boden hoch und setzte sich in den Rollstuhl, den eine Krankenschwester neben ihm platziert hatte. Die beiden Beamtinnen fixierten ihn mit Blicken, die ihn wie Nadelstiche trafen. Irgendwas lief hier total schief. Ihm war übel und er machte sich Sorgen.

»Wie geht es Dr. Obermann?«, fragte er matt.

»Welcher Mann?«, herrschte ihn Kommissarin Kruse an. Er zuckte zusammen.

»Geht es Ihnen langsam besser?« Plötzlich stand eine weitere Frau, diese allerdings im Arztkittel, neben ihm und hob sein Kinn hoch, um ihm in die Augen zu sehen.

»Wenn Sie Blutphobiker sind, sollten Sie keine zentralen Venenkatheter anfassen. Wollten Sie die Patientin umbringen?«

Der Ton der Ärztin war nicht scherzhaft. Ihm dämmerte, dass alle glaubten, er habe dieses Blutbad angerichtet.

»Ich war das nicht! Ich kann kein Blut sehen! Für wie blöd halten Sie mich denn?«, protestierte er. »Da war ein Mann im Zimmer, den ich überrascht habe. Ich habe ihn nur von hinten gesehen, aber es war eindeutig ein Mann, kräftige Statur, nicht mehr jung. Er ist sofort an mir vorbeigerannt, als ich reinkam, mit den Händen vor dem Gesicht.«

»Sie haben ihn einfach weglaufen lassen?«

Jetzt kläffte die Dunkelhaarige auch noch wie ein aufgeregter Rehpinscher. Ihre Chefin hob die Hand und brachte sie zum Schweigen. Er sackte zusammen.

Oh ja, stimmt. Er hätte den Mann festhalten und am besten niederschlagen sollen, sich draufwerfen und den Arm nach hinten drehen – solche Sachen machen, die harte Jungs eben machten, wenn es nötig war.

»Tut mir leid«, sagte er gedämpft und schämte sich. »Aber da war so viel Blut auf dem Bett. Ich ...«

Oh je, allein der Gedanke an den Anblick ließ ihm schwummrig werden, es kam wieder. Er schluckte hart und presste die Hand auf seine Lippen.

»Sie haben keinerlei Blutspuren an Ihren Händen oder Ihrer Kleidung, das spricht für Ihre Version. Aber wir nehmen Fingerabdrücke von dem Katheter und von Ihnen. Parallel werden wir nach einem Unbekannten suchen.«

Answald Aurich lächelte Kommissarin Kruse dankbar an. Endlich hörte ihm jemand zu.

»Oder er tut nur so, als ob er ohnmächtig geworden wäre, und hat es rechtzeitig weggewischt!«

Die dunkelhaarige Polizistin gab nicht auf.

Doch Kruse ging nicht darauf ein. Sie wandte sich an die Ärztin und ging mit ihr drei Schritte den Flur hinauf, während der Rehpinscher ihn nicht aus den Augen ließ.

»Wie hat die Patientin diesen Anschlag überstanden?«

»Sie ist wieder stabil, aber dieser erneute Blutverlust schwächt sie zusätzlich. Wir müssen die nächsten Stunden abwarten. Außerdem verlegen wir sie in einen Bereich der Intensivstation, in den keine Besucher eingelassen werden.«

Jedes Mal, wenn das Wort »Blut« fiel, schwappte eine Welle von Übelkeit durch Answald Aurichs Körper.

Er hörte Kommissarin Kruse sagen: »Gut, wir müssen davon ausgehen, dass der Täter wiederkommt, um sein Vorhaben zu Ende zu bringen. Ich werde zusätzlich jemanden zur Bewachung abstellen. Ob Herr Aurich der Täter ist, werden wir prüfen, aber seiner Version des Vorfalls gehen wir in jedem Fall nach.«

Langsam wurde Aurich klar, wo er hineingeraten war. Dieser Mann hatte versucht, Isabell umzubringen! Und man hielt ihn für den Täter!

Sein Blutdruck stieg vor Aufregung und damit ließ wenigstens die Übelkeit nach.

Aber dann kam ein Krankenpfleger mit einem Arm voll blutgetränkter Bettwäsche aus dem Krankenzimmer. Vor Answald Aurichs Augen stopfte er das rote Gewölle in den Putzwagen, der sich inzwischen eingefunden hatte. Das war eindeutig zu viel, er musste weg. Was für ein Desaster!

»He! Hiergeblieben!« Versuchte diese wild gewordene Polizistin ihn tatsächlich festzuhalten? Er kippte vom Stuhl.

Den weiten Blick vom Hochtaunus hinunter nach Frankfurt auf die markanten Hochhäuser und den Messeturm hatte Leo kaum wahrgenommen. Er war zu beschäftigt damit gewesen, seine Gefühle zu einem handlichen kleinen Stein zusammenzupressen. Das Taxi hatte ihn nach Rödelheim in einen gepflegten Hinterhof gebracht. Grauer Asphalt, Wellblech, zwei Werkstatt-Tore, daneben der Eingang in ein Büro mit großem Fenster. Leo fand den Auftritt eher unscheinbar, immerhin ging es hier um eine Tuning-Werkstatt, die aus teuren Sportwagen noch teurere Rennmaschinen machte. Aber an der Glastür zum Büro fand er nur dezent das Logo von »PH Motorsport« und darunter »Mitglied im Verband der Automobil Tuner«. Eine Klingel suchte er vergebens.

In der Werkstatt schauten zwei ehemals weiße Tennisschuhe unter der Schnauze eines olivgrünen Audi R8 Coupés heraus. Die Luft war geschwängert von Öldunst, Fett und dem Geruch nach heißem Metall. Das passte. Nicht aber die Klänge eines klassischen Klavierkonzerts, die über den Audi perlten.

»Patrick Henzel?«

»Wer will das wissen?«, kam es dumpf unter dem Auto hervor.

»Reisinger, Kriminalpolizei Dresden.«

»Echt jetzt? Ein Sachse mit bayerischem Zungenschlag, das muss ich mir ansehen.«

Während er das sagte, wurden die Beine länger und ein Mann in Leos Alter kam unter dem Auto zum Vorschein. Patrick Henzel war etwas kleiner als Leo und durchtrainiert. Seine Jeans war ölverschmiert, das dunkle T-Shirt fleckig und auf dem Kopf trug er eine Wollmütze. Er stand auf, zog den gestrickten Helm vom Kopf und reichte Leo die Hand:

»Patrick.«

Das Licht fiel durch die Fenster des Rolltores und ließ Henzels kahlen Schädel wie eine Murmel glänzen.

Wenn er nicht so erschöpft gewesen wäre, hätte Leo gemerkt, dass er Henzel auf Anhieb mochte. Doch er war zu sehr damit beschäftigt, sich selbst zu sortieren.

»Wir haben Ihre Visitenkarte von Isabell Obermann. Haben Sie die Lachgaseinspritzung in ihr Auto eingebaut?«

Henzel lächelte ihn an, fuhr sich mit dem rechten Ärmel über die feuchte Stirn und hinterließ eine schwarze Ölspur.

»Aber sicher. Die ist vom Feinsten. Wollen Sie Ihr Dienstfahrzeug auf Touren bringen? Haben Sie im Osten keine guten Werkstätten?«

»Frau Obermann hatte vorgestern Nacht einen schweren Unfall. Sie liegt in der Uniklinik in Dresden und schwebt nach wie vor in Lebensgefahr. Ich bin hier, weil wir die Unfallursache ermitteln. Außerdem wissen wir, dass sie Sie kurz vor dem Unfall angerufen hat.«

Augenblicklich verschwand das Lächeln aus Henzels Gesicht und machte Entsetzen Platz. Er schlug die Hände vors Gesicht, dann begann er, nervös hin und her zu laufen.

»Oh mein Gott! Isa! Was genau ist passiert? Kann ich zu ihr? Ich fahre sofort hin!«

Dieser Gefühlsausbruch überraschte Leo noch mehr als die kühle Reaktion von Isabell Obermanns Vater.

»Ihr Wagen hat sich überschlagen. Sie hat sich eine schwere Kopfverletzung zugezogen, außerdem viel Blut verloren. Die Ärzte hoffen aber, dass sie es ohne Folgen übersteht. Aber bei solch schweren Verletzungen weiß man nie ...«

Henzel sah ihn mit angstvoll aufgerissenen Augen an. Sein Kinn zitterte.

»Haben Sie Isabells Familie schon informiert?«

»Natürlich. Ich bin hier, weil ich Ihnen dringend ein paar Fragen zu Frau Obermanns Fahrweise und zu ihren Aktivitäten in der Autoszene stellen muss. Außerdem bitte ich Sie, mir zu sagen, worüber Sie am Dienstagabend am Telefon mit ihr gesprochen haben.«

Das Gespräch mit Sandra kam ihm wieder in den Sinn. »Und ich möchte wissen, wo sie den Abend und die Nacht vom Dienstag auf Mittwoch verbracht haben.«

Henzel kämpfte mit den Tränen und tigerte unruhig durch seine Werkstatt.

»Sind Sie mit dem Auto hier?«

Leo überging diese Frage: »Was war der Inhalt Ihres Gesprächs mit Isabell Obermann, Herr Henzel? Hat sie Ihnen gesagt, was sie an dem Abend vorhatte?«

»Müssen Sie hier in Frankfurt noch jemanden befragen oder fahren Sie nach diesem Gespräch gleich zurück?«

Patrick Henzel lief immer noch in großen Schritten auf und ab.

»Bis jetzt geht es nur um Frau Obermanns Familie und Sie. Können wir uns jetzt vielleicht mal unterhalten?« Leo klang ungehaltener als er wollte. Er räusperte sich.

»Ich werde hier keine Minute Zeit verlieren. Wenn Sie ohnehin wieder zurückfahren, dann kann ich Ihnen das alles auf der Fahrt erzählen. Ist das Ihr ganzes Gepäck?«

Henzel deutete auf die kleine Reisetasche, die Leo am Büro der Werkstatt hatte stehen lassen.

»Wie jetzt? Wohin wollen Sie denn fahren? Wenn Sie meine Fragen beantworten, sind wir in einer halben Stunde fertig.«

Henzel blieb direkt vor ihm stehen.

»Wir beide fahren jetzt auf der Stelle nach Dresden. Dann haben Sie drei Stunden, um mich auszuquetschen – und ich verliere keine Zeit. Warten Sie einen Moment, ich brauche noch drei Minuten, um mich umzuziehen.«

Damit ließ er Leo in der Werkstatt stehen und verschwand im Waschraum.

Leo blies die Backen auf und ließ die Luft entweichen. In drei Stunden von Frankfurt nach Dresden, kein schlechter Deal und genügend Zeit für die Recherche hatte er dann auch. Er wollte ohnehin nichts wie weg aus dieser Scheißstadt.

8 Donnerstagnachmittag

»Normale Leute machen mir Angst.« Answald Aurich hatte schon wieder so ein Spruch-Shirt an, sein ganzer Kleiderschrank bestand anscheinend aus weißen, mit sinnigen Bonmots bedruckten Oberteilen. Und offenbar beunruhigte ihn einiges mehr als normale Leute. Sandra und Julia hatten ihn mit ins Präsidium genommen, wo sie ja ohnehin für Mittag verabredet waren, und nun saß Answald Aurich vor ihnen in einem neutralen Besprechungsraum und war sichtlich erleichtert, dass er die Klinik hatte verlassen dürfen. Als Folge seines letzten Ohnmachtsanfalls klebte ein Pflaster an seiner linken Schläfe. Er hatte seine Fingerabdrücke abgeben müssen und seine Hände waren vergeblich auf Blutspuren untersucht worden. Auch am Katheter hatten sich keine Hinweise auf ihn gefunden. Damit war er zunächst vom Tatverdacht entlastet.

Mit seiner Personenbeschreibung war Sandra allerdings nicht zufrieden. Er habe einen stämmigen Mann mit einer hellen Kopfbedeckung, wahrscheinlich ein Baseball-Cap, gesehen.

»Größe?«

»Etwa so wie ich, mittel.«

»Kleidung?«

»Helle Hose. Oben? Keine Ahnung. Ich habe nur seine Augen gesehen und dass er sich kurz erschrocken zu mir umdrehte, als ich reinkam.«

»Konzentrieren Sie sich!«, bat Sandra ihn mehrmals.

»Hatte er ein rundes Gesicht oder ein schmales? Eher einen dunklen Teint oder war er blass? Wie sahen seine Augen aus? Irgendwas ist Ihnen bestimmt noch aufgefallen.«

Aber Aurich schüttelte nur den Kopf. Mehr war nicht aus ihm herauszubringen.

»Sie sind unser einziger Zeuge, Herr Aurich. Niemand sonst hat diesen Mann gesehen«, versuchte Sandra es noch mal.

Aber Aurich schüttelte resigniert den Kopf.

»Ich kann mich an die letzten Sekunden vor der Ohnmacht nicht erinnern, tut mir leid. Aber das ist gar nicht so selten. Über zehn Prozent der Deutschen kippen beim Anblick von Blut oder Spritzen aus den Schuhen. Ich bekomme Panik, mir wird übel und ich verliere manchmal das Bewusstsein.«

Julia neben ihr schnaubte unwillig. Sandra warf ihr einen warnenden Blick zu.

»Ja, davon habe ich gehört. Trotzdem ärgerlich, Herr Aurich, es würde uns so helfen, diesen ominösen Mann zu finden, wenn wir eine aussagekräftige Personenbeschreibung hätten.« Es war zu schade, dass er umgekippt war. Das Gehirn brauchte ein paar Sekunden, um Erlebtes abzuspeichern. Das waren genau die Sekunden, die nun fehlten.

Aurich machte ein betroffenes Gesicht, aber er konnte nichts für sie tun. Sie ging zum nächsten Punkt.

»Sie sagten mir gestern, dass Sie nach dem offiziellen Abendessen nicht nach Hause gefahren sind, Herr Aurich?«

»Richtig. Ich bin nach Ostrau gefahren.«

Sandra schaute von ihrem Notizblock auf.

»Nachts um elf sind Sie in die Sächsische Schweiz gefahren?«

Aurich nickte. In seinem Jungengesicht konnte sie lesen wie in einem Buch. Sie war gespannt.

»Ja. Mit der letzten S-Bahn. Am Dienstag war doch Sekundaräquinoktikum.«

Er sagte das so, als redete er vom Sächsischen Wandertag.

Sandras Sympathie für den leicht verklemmten Blutphobiker sank rapide. Was sollte das denn sein? Sie zog die rechte Augenbraue hoch und sah ihn auffordernd an. Er merkte sofort, dass sie damit nichts anfangen konnte, und beeilte sich, es zu erklären.

»Das ist die Tag- und Nachtgleiche im Herbst. Wir hatten außerdem Maismond, also zwei astronomische Phänomene gleichzeitig. Das war ein Fest für die Augen.«

»Wieso Ostrau?«, fragte Sandra verblüfft.

Answald Aurich zog die Schultern hoch: »Naja, es liegt hoch, es gibt wenig Lichtquellen und es fährt ein Bus.«

»Aha. Wie lange waren Sie dort und wer kann das bestätigen?«

Aurich rutschte unruhig auf seinem Stuhl hin und her.

»Ich war dort bis morgens um vier. Vier Uhr sechsunddreißig fährt die erste S-Bahn zurück, ich bin in meine Wohnung gefahren, habe geduscht, gefrühstückt und mich auf die Suche nach Dr. Obermann gemacht.«

»Wer kann bestätigen, dass Sie fünf Stunden lang oben in Ostrau in die Nacht geschaut haben?«, wiederholte sie.

Er kratzte sich verlegen am Bart, das Geräusch ließ Sandra eine Gänsehaut über den Rücken laufen.

»Eigentlich niemand. Da waren zwar ein paar andere Beobachter, aber keiner, den ich kenne. Aber ich kann Ihnen ja meine Fotos zeigen.«

Er holte sein Smartphone aus der Tasche und zeigte ihr eine Fotostrecke, in der ein satter gelber Vollmond vor einem sternenübersäten Nachthimmel zu sehen war.

»Das ist mein Hobby. Ich liebe es, nachts die Sterne zu beobachten und Fotos zu machen.«

Sie bewunderte die Fotos, die selbst auf dem Handy noch eine unglaubliche Tiefenschärfe hatten.

Julia warf einen Blick darauf und knurrte: »Von solchen Fotos gibt es Millionen im Internet!«

Sandra ignorierte den Einwand und schnitt Aurich, der sich wohl verteidigen wollte, das Wort ab: »Es wundert mich jetzt nicht mehr, dass sie gestern Nachmittag so müde waren, wenn Sie sich die ganze Nacht um die Ohren geschlagen haben.«

Danach rekonstruierte Sandra mit ihm den zeitlichen Ablauf des kompletten Dienstags, von Isabell Obermanns verspätetem Eintreffen in der Uni über ihren Workshop bis zu ihrem Fehlen beim Abendessen mit dem Dekan.

»Ich habe im Stundentakt angerufen, aber immer erfolglos. Dabei hatte sie da noch gar keinen Unfall gehabt, oder?«

Er sah sie fragend an. Aber natürlich würde sie ihm nicht verraten, dass Dr. Gräber während des eiligen Weges zur Intensivstation den Unfallzeitpunkt auf etwa Mitternacht und die Schädelverletzung auf circa eine Stunde vorher datiert hatte.

»Ist Ihnen denn noch irgendwas zu Dr. Obermann eingefallen, das wichtig sein könnte?«

Aurich nickte: »Ich glaube, ich weiß, was sie nach dem Workshop gemacht hat. Ich habe gestern Abend noch mit meinem Großonkel telefoniert und ihm von ihrem Unfall erzählt. Er ist sich sicher, dass Dr. Obermann Kontakt mit einer Frau namens Margarete Zänker aufgenommen hat, weil sie doch nach ihrer Mutter gesucht hat.«

»Das hätten Sie auch gleich sagen können!«, protestierte Julia Köhler genervt. Aurich zuckte schuldbewusst zusammen.

Sandra beugte sich vor. Das war interessant.

»Wir wissen nur, dass sie einen Antrag auf Akteneinsicht bei der Stasi-Unterlagen-Behörde stellen und ihre Mutter als vermisst melden wollte.«

»Ja, aber das hat doch am Montag in der Uni angefangen«, sagte Aurich ungeduldig.

»Was hat angefangen?«

Die Sitze im BMW i8 lagen so tief, dass Leo das Gefühl hatte, auf der Straße zu sitzen. Patrick Henzel hatte sich kurz frisch gemacht, Hose und Hemd gewechselt und sah nun aus wie ein smarter Agenturchef. Nur die dunklen Ränder unter seinen Fingernägeln zeugten davon, dass er vor einer halben Stunde noch unter einem Auto gelegen und am Vergaser herumgeschraubt hatte.

Die Beschleunigung sorgte für Verwirrung in Leos Magen, jedes Mal, wenn Henzel nach links zog, um eine freie Lücke zu nutzen.

Isabell Obermann und Patrick Henzel teilten nicht nur die Vorliebe für eine Automarke, sie kannten sich auch schon seit der zehnten Klasse.

»Eigentlich war sie es, die mich auf den Trip mit den Autos gebracht hat«, sagte Henzel. »Sie wollte mit achtzehn unbedingt einen Wagen und ihr Vater hat ihr damals tatsächlich zum Abitur einen gebrauchten Opel Corsa gekauft. Das war natürlich eine lahme Rübe und wir haben ziemlich bald angefangen, zu tüfteln, wie man ihrem ›Rocky‹, so nannte sie das Auto, ein bisschen mehr Power verpassen konnte.«

»Ein Opel Corsa?« Obwohl er niedergeschlagen war, musste er doch lächeln. »Das war auch mein erstes Auto, also eigentlich das meiner Mutter, aber ich durfte es fahren und fühlte mich wie Michael Schumacher.«

In seiner Erinnerung sah er sich schnittig vor der Maisacher Brauerei einparken und die Schlüssel auf den Tisch knallen, damit ja auch alle mitbekamen, dass er mit dem Auto da war.

»Dem Sie übrigens ähnlich sehen«, sagte Patrick Henzel. »Können wir uns vielleicht duzen? Ist ein bisschen anstrengend, immer das ›Sie‹ und ›Herr Soundso‹.«

»Mir ist heute alles recht.« Leo bereute es sofort, dass er aus der Rolle gefallen war. Henzel warf ihm einen interessierten Blick zu, sagte aber nichts.

Nach einer Weile fragte Leo nach dem Gespräch, das Isabell Obermann am Dienstagabend mit Henzel geführt hatte. »Hat sie da gesagt, wohin sie unterwegs war? Wen sie treffen wollte?«

Statt einer Antwort fummelte Henzel sein Mobiltelefon aus der Hosentasche und reichte es ihm: »Ist nicht gesperrt. Geh in die Mailbox auf den Anruf von …«, er zögerte einen Moment.

Leo hatte das Telefon schon in der Hand und scrollte durch die Mailbox-Liste: »... von ›Traumfrau‹?«

Henzel nickte und schaute starr nach vorn auf die A4 Richtung Eisenach. Die Straße war trocken, die Tachonadel pendelte sich bei zweihundertzehn ein und seit einiger Zeit war die linke Leitplanke ihr ständiger Begleiter.

Leo spielte die Aufnahme ab. Zum ersten Mal hörte er Isabell Obermanns Stimme, die deutlich tiefer war, als er bei einer so zierlichen Frau erwartet hätte.

»Patrick, hier ist deine liebste Kundin. Ich kann leider am Wochenende nicht kommen, tut mir leid. Aber sobald ich hier in Dresden fertig bin, fahre ich nach Frankfurt und berichte dir. Du wirst staunen, was ich hier alles über meine Mutter erfahren habe ... Ach ja, und über meine Väter! Ab sofort habe ich nämlich gleich zwei! Ich melde ...!«

Die Stimme brach ab.

Leo schaute überrascht auf.

»Was meint sie mit zwei Vätern?«

»Ich habe nicht die geringste Ahnung.«

»Diese Suche nach ihrer Mutter, was ist das für ein Thema bei Isabell Obermann? Ich war vorhin bei ihrem Vater, der hat unwirsch reagiert, als ihre Nachforschungen zur Sprache kamen. Isabell hatte ihn von Dresden aus angerufen und ihm gesagt, dass sie bei der Stasi-Unterlagen-Behörde Antrag auf Einsicht in die Akten ihrer Mutter beantragen wollte.«

»Wozu das denn?«

»Sag du es mir!«

Patrick Henzel sah keinen Grund, warum Isabell das hätte tun sollen, aber er berichtete freimütig über ihre Familiengeschichte: »Der alte Obermann rückt sicher nicht damit raus. Das war damals eine herbe Niederlage für ihn und er hat das bis heute nicht weggesteckt.«

Leo erfuhr also, dass Isabells Mutter sie als Sechsjährige und ihren Vater im Herbst 1989 einfach verlassen hatte. Wie mühsam und schmerzvoll das Mädchen hatte lernen müssen, damit umzugehen, weil die beiden Männer im Haus, ihr Vater und ihr Großvater, das Thema totgeschwiegen hatten.

»Ihre Mutter hat ihr zwar gesagt, dass sie wiederkommt und sie holt. Aber dann schickte sie eine Postkarte, auf der stand, dass sie nicht zurückkehrt. Sie können sich vorstellen, was das mit einem Kind macht, oder?«

Leo nickte. Er konnte sich gut in Isabell Obermann hineinversetzen. Auch er hatte seinen Vater verloren, aber nachdem er ihn nie kennengelernt hatte, fühlte er sich nicht von ihm betrogen. Er wusste ja nur vage, was ihm fehlte.

»Wenn es ihr ganz schlecht ging, hat sie sich hinters Lenkrad gesetzt und ist losgefahren. Das hat ihr das Gefühl gegeben, alles im Griff zu haben. Sie ist auf der Rasierklinge geritten, um sich zu beweisen, dass sie es überlebt. Verstehst du?«

Henzel schaute ihn kurz an, dann konzentrierte er sich wieder auf die Straße. Die Tachonadel stand bei einhundertfünfundfünfzig.

Leo fühlte sich so wund, dass es ihm egal war. Er war gedemütigt, verraten, an die Wand genagelt. Er selbst hatte gar nichts mehr im Griff und die Geschwindigkeit gab ihm nicht den Hauch eines Kicks. Er würde jetzt lieber an der Elbe entlanglaufen, bis ihm vor Anstrengung schwindlig würde. Dann würde er sich lebendig fühlen. Doch er musste jetzt versuchen, sich auf seine Aufgabe zu konzentrieren.

»Würde sie sich bewusst mit ihrem Auto umbringen, wenn sie keine Hoffnung mehr hätte?«, fragte er.

Henzel ließ sich lange Zeit für die Antwort.

»Möglicherweise. Aber du hast ja ihre Stimme auf dem Band gehört. Sie klang total euphorisch. Sie war einer Sache auf der Spur und du kannst sicher sein, dass sie sich da hineinverbissen hat wie ein Köter in einen Knochen.

Isa hatte am Dienstagabend so viel Hoffnung wie schon lange nicht mehr, das habe ich gespürt.«

Ja, den Eindruck hatte ihre Mailbox-Nachricht auch auf Leo gemacht. Aber wieso war sie dann ein paar Stunden später auf diesem Steilhang gelandet?

»Zum Schluss bricht die Nachricht einfach ab. Dabei schien sie noch mehr erzählen zu wollen ...«

»Na, das ist typisch Isa. Die hat zwar ihren Wagen voll im Griff, nicht aber den Akku ihres Telefons.«

Ja, das war ein Grund, den Leo akzeptieren konnte.

»Sie ist bei Hohnstein in der Sächsischen Schweiz aus einer Kurve geflogen«, sagte er.

»Ist das an der ehemaligen Rennstrecke am ›Deutschlandring‹? Das habe ich ihr noch empfohlen, als sie mir erzählte, dass sie nach Dresden zum Kongress fahren würde. Den kannte sie noch nicht. Muss ein interessanter Kurs sein.«

»Ziemlich kurvig, die Serpentinen haben es in sich.«

»Isabell ist eine hervorragende Autofahrerin und sie kann mit ihrem Auto umgehen. Aber wieso hast du gefragt, ob sie sich in ihrem Wagen umbringen würde?«

Leos Telefon klingelte. Er sah aufs Display, zuckte zusammen und steckte es sofort wieder weg.

»Privat«, versuchte er eine lahme Erklärung.

»Sie hatte ein altes Foto ausgedruckt, das eine Gruppe von Leuten auf der Wartburg zeigte. Es kam mir irgendwie bekannt vor und ich habe sie darauf angesprochen. Dann habe ich meinen Großonkel Gernot darauf entdeckt und wusste damit auch gleich, dass es um ein Treffen von Steinmetzen aus BRD und DDR ging. Dr. Obermann hat auf dem Foto ihre Mutter wiedererkannt. Die war damals – das Foto war aus dem Jahr 1982 – ziemlich jung. Es hat sie elektrisiert, weil es für sie neu war, dass ihre Mutter an diesem Treffen in der damaligen DDR teilgenommen hat.«

Sandra ließ ihn nicht aus den Augen. Er schien sich unwohl zu fühlen. Wahrscheinlich dämmerte ihm, dass er diese ganze Steinmetz-Wartburg-Geschichte schon gestern hätte erzählen sollen.

»Jedenfalls hat sie am Montagnachmittag mit meinem Onkel und meiner Tante über dieses Treffen gesprochen. Sie war bei ihnen in Königstein und hat die Nummer von einer anderen Teilnehmerin dieses Treffens bekommen, von Margarete Zänker. Die kenne ich nicht, aber sie wohnt hier in Dresden und macht Führungen in der Frauenkirche, sagte mir mein Onkel. Diese Margarete Zänker ist jedenfalls die Mutter von dem jungen Mann, der auf dem Foto neben Isabell Obermanns Mutter zu sehen ist.«

»Können Sie mir das Foto besorgen? Und was war mit dem Mann auf dem Foto?« Das klang alles ein wenig wirr für Sandra.

»Das Foto ist auf ihrem Laptop.« Er sah sie einen Moment an und überlegte. »Wo ist der überhaupt? Sind ihre Sachen noch im Hotel?«

»Nein, die haben wir abgeholt. Kennen Sie ihr Passwort?«, fragte Sandra.

Aurich schüttelte den Kopf.

»Was ist an dem Foto so wichtig?«, versuchte Sandra es noch mal.

»Keine Ahnung. Vielleicht versuchte sie, den jungen Mann neben ihrer Mutter zu finden. Der hat sie auf dem Foto ziemlich angehimmelt.«

Aurich hob die Hände und versuchte klarzumachen, dass er nicht mehr berichten konnte.

»Reden Sie mit meinem Onkel Gernot, der wird Ihnen das alles bestätigen. Und rufen Sie Frau Zänker an, ich kann mir gut vorstellen, dass Dr. Obermann auch mit ihr gesprochen hat, vielleicht haben sie sich sogar getroffen.«

»Gut. Geben Sie mir alle Telefonnummern und Namen, von denen Sie annehmen, dass mir die weiterhelfen könnten.«

Sandra schob ihm einen Schreibblock und einen Kugelschreiber rüber.

Während er die Telefonnummern von seinem Handy abschrieb, ließ sie sich nochmals bestätigen:

»Dr. Obermann war also am Dienstagmorgen nervös vor dem Workshop?«

»Ja. Sie hatte sich schnell wieder im Griff. Aber als sie kam, war sie nervös und fahrig.«

»Sie hat sich dann verabschiedet und zugesichert, dass sie zum Abendessen kommen würde?«

Aurich war fertig mit dem Aufschreiben und schob ihr den Block rüber.

»Definitiv. Sie hat gesagt, dass sie dabei sein wird, ich sollte ihr einen Platz freihalten. Ab dem Beschluss des Organisationsteams, ihren Vortrag wegen der angekündigten Proteste vorzuverlegen, also ab etwa sechzehn Uhr, habe ich versucht, sie anzurufen. Während des Abendessens habe ich dauernd bei ihr angeklingelt.«

»Haben Sie sich nicht langsam Sorgen gemacht?«

»Ne, ich war enttäuscht«, knurrte Aurich. »Sie hätte sich tagsüber ja wirklich mal zurückmelden können.«

»Eigentlich esse ich sowas nicht«, sagte Henzel. Dann bestellte er sich ein großes Menü und balancierte sein Tablett zu einem der Stehtische. Sie hatten an der Raststätte Eichelborn-Nord angehalten, Pinkelpause, Essenspause, das übliche.

Leo spürte, wie erschöpft er war. Er hatte sich nur mühsam aus dem Auto schleppen können und stocherte jetzt in seinem Essen herum. Ob es daran lag, dass er kaum geschlafen hatte, oder daran, dass es so anstrengend war, nicht einfach herumzuschreien und alles kurz und klein zu schlagen, wusste er nicht. Patrick Henzel ließ ihn schweigen und holte nach dem Hamburger mit Pommes noch Kaffee für beide.

Als sie sich wieder auf den Weg zum Wagen machten, bat er um ein paar Minuten, um ein paar Anrufe zu erledigen. Leo drehte dankbar eine Runde auf der von Müll übersäten Grünfläche hinter den Parkplätzen. Die Bewegung tat ihm gut.

Sein Telefon klingelte und zeigte eine Nummer mit Frankfurter Vorwahl an. Möglicherweise war den Obermanns noch etwas zu Isabell eingefallen.

»Reisinger.«

Es war Veronika.

»Leo, es tut mir leid, dass ich mich so lange nicht gemeldet habe. Ich musste mir erst sicher sein. Du hast uns ja gesehen ... Also, ich hätte dir das natürlich gern selbst gesagt. Es tut mir so leid, dass du es nicht von mir erfahren hast. Es tut mir wirklich alles furchtbar leid.«

»Was?«, knurrte er. »Dass du nebenbei mal eben mit anderen Männern ins Bett gehst?«

Veronika atmete laut ein und aus. Er wusste, dass sie dabei die Augen schloss und überlegte.

»Nicht nebenbei. Ich habe mich total verliebt. Markus ist der Mann meines Lebens. Verstehst du? Ich werde nächsten Monat zu ihm nach Nürnberg ziehen. Es tut mir sehr leid für uns. Aber ich bin so glücklich wie noch nie. Ich habe immer gedacht, du müsstest es sein, aber erst jetzt weiß ich, wie es sich anfühlt, wenn man sich mit Haut und Haaren, wirklich hundertprozentig komplett in jemanden verliebt.«

Leo fühlte sich wie einer dieser Ballons, die der Wind einem Kind aus der Hand reißt und die davontreiben, irgendwohin, hoch hinauf, bis sie platzen und als Müll in einer dreckigen Ecke landen.

»Scheiße, Veronika ...« Leo wusste nicht, was er sagen sollte. Das tat einerseits so weh, andererseits löste es auch sein Problem. Veronika schubste ihn einfach aus dem Boot, als dessen Kapitän er sich bisher gesehen hatte.

»Lass es erst mal sacken, Leo«, sagte Veronika. »Das ist alles ein bisschen viel, ich weiß. Wir können später noch mal in Ruhe reden. Wünsche mir Glück, bitte!«

Er hasste sie dafür, dass sie wie eine Paartherapeutin mit ihm sprach. Er drückte wütend die rote Taste und warf sein Telefon mit einem lauten »Uhaaarrh« in hohem Bogen in das Gebüsch hinter dem Grünstreifen.

Auf dem Whiteboard im Besprechungsraum versuchte Sandra, alle Fakten, die sie bisher kannten, zu ordnen.

In der Mitte stand Isabell Obermanns Name. Über den Namen schrieb sie »Klinik Mordversuch«. Rechts davon stand »Unfall«, darüber »getunter BMW«, »Führerscheinentzug« und »Tuning-Szene«.

Auf die linke Seite hatte Sandra die Begriffe »Mutter«, »Stasi« und »Vermisstenanzeige« geschrieben. Unter ihrem Namen notierte sie die Daten des Historikerkongresses in Dresden, ihres Workshops am Dienstag und des ausgefallenen Vortrags am Mittwochvormittag.

Sandra studierte den Flyer der Uni: »Leider sind die Teilnehmer des Kongresses gestern abgereist. Am frühen Nachmittag war die letzte Vorlesung und zum Abschluss um fünfzehn Uhr eine Podiumsdiskussion. Die anderen Gäste können wir also nicht mehr vor Ort befragen.«

Julia Köhler nickte. »Aber wir können uns von der Universität die komplette Teilnehmerliste geben lassen und mit den Leuten aus der Fakultät sprechen, mit den Organisatoren und Teilnehmern.«

»Genau«, stimmte Sascha zu. »Das sind immer noch eine ganze Menge Leute.«

Sandra lief vor dem Board auf und ab, während Julia und Sascha sie von ihren Plätzen aus beobachteten.

»Dann kümmere ich mich um das Klinikpersonal«, sagte Kai Nolde, den sie zu den Ermittlungen dazu geholt hatten.

»Derjenige, der am nächsten an Obermann dran war, ist wohl Answald Aurich. Wir haben einige Kontakte von ihm bekommen. Aber seine Zeugenaussage zu der Person in der Klinik, die Obermann die Kanüle aus der Halsvene gerissen hat, war mehr als vage.«

Sie schaute ihre Kollegen an.

»Findest du es nicht merkwürdig, dass er sie erst als vermisst meldet und in der Klinik ausgerechnet in dem Moment erscheint, in dem ein dubioser Mann versucht, die Frau endgültig kaltzumachen? Er kommt mir vor wie einer dieser Feuerwehrmänner, die selbst einen Brand legen, damit sie sich als Helden präsentieren können.«

Julia machte keinen Hehl aus ihrer Abneigung für Aurich.

»Hm.« Sandra probierte den Gedanken aus. »Der Typ dafür wäre er ja. Eher unscheinbar und alles andere als ein Held. Aber was wäre denn sein Motiv? Ein Feuer kann man löschen und sich dann großartig fühlen. Aber Mord? Außerdem sah er wirklich aus, als wäre ihm kotzübel. Jemand mit einer Blutphobie denkt sich doch wohl eine andere Methode aus, als ausgerechnet ein Blutbad anzurichten.«

Julia Köhler biss gedankenverloren auf ihrem Kugelschreiber herum und fixierte das Whiteboard.

»Oder er macht es gerade deswegen, weil er weiß, dass er dann das Mitleid auf seiner Seite hat und man es ihm nicht zutraut. Ich gebe zu, ich sehe auch noch kein Motiv. Aber wir wissen ja auch noch nicht viel über ihn. Kann ich da mal nachforschen?«

»Sicher, solange du deine anderen Aufgaben nicht vernachlässigst. Ich brauche von euch beiden die Teilnehmerliste des Kongresses und die Aussagen der Personen, die mit Isabell zu tun hatten. Wer war wann wo? Wer hat mit ihr gesprochen? Wer weiß, was sie außerhalb der Uni getrieben hat?«

»Kein Problem.« Julia Köhler sprühte geradezu vor Arbeitseifer und forderte Sascha auf, ihr zu folgen.

Bevor er den Raum verließ, schickte er Sandra einen waidwunden Blick, mit dem er wohl sagen wollte: »Wenn ich wirklich mit diesem hyperaktiven Frettchen los muss, habe ich nächstes Mal was gut.« Sandra zwinkerte ihm aufmunternd zu und wandte sich an Kai Nolde: »Vielleicht gibt es doch noch jemanden in der Klinik, der den Täter gesehen hat. Eine bessere Personenbeschreibung würde uns schon sehr viel weiterhelfen.«

»Na klar.« Nolde klappte seine Unterlagen zu und stand auf. Seit sein enger Kollege Uwe Kröger im Krankenhaus lag, waren seine Laune im Keller und seine üblichen Frotzeleien gänzlich versiegt.

»Die SIM-Karte kann man sicher noch retten.«

Patrick Henzel drückte Leo das gesplitterte Telefon in die Hand und schob ihn zum Wagen.

»Ich ...« Leo wollte sich entschuldigen, aber er wusste nicht, was sagen. Das Bild von Veronika und diesem Mann im Aufzug flammte immer wieder auf und ließ seinen Ärger, seine Wut und seinen Schmerz hochpeitschen.

Patrick Henzel gab Gas und die Raststätte lag schon bald weit hinter ihnen. Der Wald und die Laster rechts, die Wolken und die Leitplanke links flogen vorbei, aber Leo bekam nichts davon mit. Er war so verspannt, dass er sich kaum bewegen konnte.

Nach einer Weile drückte sein Fahrer ein paar Knöpfe auf dem Display und das Wageninnere wurde mit Klaviermusik geflutet, langsame, perlende Läufe, die wie sanfter Regen den Brand in seiner Seele eindämmten. Erst wollte er Patrick Henzel anschnauzen, aber dann merkte er, dass ihm die Musik guttat. Sein Herzschlag beruhigte sich und er konnte ein bisschen lockerlassen. Als Leo spürte, dass sein Kinn zu zittern begann, spannte er wieder an. Die Muskeln taten ihm langsam weh.

Patrick Henzel ließ ihn in Ruhe, das war wohltuend. Die Autobahn wurde leerer, je weiter sie nach Osten kamen. Die Musik sortierte ihn, er wünschte Veronika inzwischen nicht mehr die Pest an den Hals. In seinem Hals saß ein Kloß, den er auch mit mehrfachem Räuspern nicht loswurde.

»Was hören wir?«, fragte er.

»Mendelssohn Bartholdy. Lieder ohne Worte.« Henzel warf ihm einen prüfenden Blick zu, bevor er sich wieder auf die Straße konzentrierte.

Leo war nicht nach Small Talk zumute. Sein Hals war wie zugeschnürt. In einem Moment der Unaufmerksamkeit holten seine Lungen allerdings so tief Luft, dass er sie als lauten Seufzer wieder ausstieß.

»Meine Freundin hat den Mann ihres Lebens kennengelernt«, sagte er zu seiner eigenen Verwunderung. Henzel nickte zur Antwort.

Und dann erzählte Leo, den Blick starr auf das Handschuhfach gerichtet, die ganze vertrackte Geschichte dieser Beziehung, die jetzt damit endete, dass Veronika plötzlich so liebte, wie sie ihn nie geliebt hatte.

Patrick Henzel hörte schweigend zu, fragte nicht, kommentierte nicht.

Als Leo geendet hatte, fühlte er sich erleichtert, aber auch beschämt. Auch er war nicht wirklich fair zu Veronika gewesen.

»Der Philosoph Niklas Luhmann sagt: Wir fordern der Liebe viel zu viel ab, denn ausgerechnet der zerbrechlichste Code in einer Gesellschaft, die Liebe, soll uns das höchste Maß an Stabilität bieten. Die romantische Idee der Liebe ist immer eine Überforderung. Aber wenn ich dich recht verstanden habe, ist es für dich beides: Enttäuschung und verletzter Stolz, aber auch ein Quäntchen Erleichterung, oder?«

»Es tut trotzdem weh«, presste Leo heraus, »auch wenn man es philosophisch erklären kann.«

»Glaube ich sofort.«

Nach einer Weile fühlte er sich etwas besser, er orientierte sich erstmals an den Autobahnschildern. Nur noch achtzig Kilometer bis Dresden, bis zu seinem neuen Zuhause. Der Verkehr wurde dichter. Patrick räusperte sich.

»Ich liebe Isabell, seit ich sechzehn bin. Aber solange sie so unglaubliche Angst davor hat, wieder verlassen zu werden, wird sie sich nicht voll und ganz auf mich einlassen.«

Die Tachonadel machte einen Satz nach rechts und Leo fragte sich, ob er vielleicht doch mal darauf hinweisen sollte, dass er Polizist war und die empfohlene Richtgeschwindigkeit in Deutschland bei einhundertdreißig lag.

Ihm dämmerte allmählich, dass er von der spannenden Seite der Zeugen in den ungemütlichen Raum der Tatverdächtigen gewandert war. Answald Aurich nagte an seiner Unterlippe, als er in beunruhigenden Gedanken Richtung Universität schlenderte. Diese dunkelhaarige Polizistin hatte ihn auf dem Kieker, keine Frage.

Und das alles nur, weil er sich selbst einen Schubs gegeben hatte und aktiv geworden war. Er hatte darum gekämpft, Dr. Obermann zu betreuen, weil sie ihm mit ihrer Arbeit mächtig imponierte. Er hatte sie an Onkel Gernot vermittelt und er hatte sie morgens bei der Polizei als vermisst gemeldet. Das war eindeutig zu viel Initiative gewesen. Es war ihm nicht gut bekommen. Energie erzeugte immer auch eine Gegenbewegung. Hätte er das alles doch einfach sein lassen!

Er beschloss, nichts, aber auch gar nichts mehr zu unternehmen, was die Polizei falsch verstehen könnte. Dann zögerte er. Noch besser: Er würde einfach gar nichts mehr tun. Bis zum Ende des Monats waren Semesterferien. Er musste nicht zurück an seinen Arbeitsplatz an der Uni.

Er drehte sich um und entschied, sich bis auf Weiteres nicht mehr aus seiner Studentenbude in der Fritz-Löffler-Straße herauszubewegen.

Je näher sie der Intensivstation kamen, desto schneller lief Patrick Henzel.

Leo konnte es nicht länger aufschieben. Nach allem, was Henzel ihm inzwischen über Isabell Obermann erzählt hatte, war sie eine hervorragende Autofahrerin und alles andere als lebensmüde. Er hielt ihn am Arm fest und blieb stehen.

»Bevor wir reingehen, muss ich dir was sagen.«

Henzel wollte ihn ungeduldig abschütteln, aber Leo ließ nicht los.

»Der Unfall war höchstwahrscheinlich manipuliert.«

In Henzels Augen sah Leo zunächst Verwirrung, dann Unglauben und schließlich Entsetzen.

»Du meinst, jemand hat versucht, sie umzubringen?«

»Das wissen wir noch nicht.«

»Und das sagst du mir erst jetzt?«

»Ich bin Polizist, Patrick.«

»Du bist ein Mistkerl!«

Henzel stürmte um die Ecke, doch die Glastür zur Intensivstation war verschlossen. Patrick hämmerte auf die Klingel ein, nach kurzer Zeit erschien eine Krankenschwester.

»Ja, bitte?«

»Patrick Henzel. Ich muss zu Isabell Obermann. Ich bin ihr bester Freund!«

»Frau Obermann?« Die Stimme der Krankenschwester klang alarmiert. »Nach dem Vorfall heute Vormittag darf niemand mehr zu ihr. Wenden Sie sich bitte an die Polizei.«

Damit schloss sie die Tür und ließ die beiden auf der anderen Seite stehen.

»Du bist doch die verdammte Polizei! Was meint sie denn mit dem Vorfall? Was hast du mir noch verschwiegen?«

Henzel hatte Leo am Hemd gepackt, so frustriert war er davon, nach fünfhundert Kilometern kurz vor dem Ziel ausgesperrt zu sein.

Leo war selbst verblüfft. Was für ein Vorfall? Warum hatte ihm Sandra nicht Bescheid gesagt?

Aber im gleichen Moment fiel ihm ein, dass es sein Fehler war: »Oh verdammt! Kann ich kurz dein Telefon benutzen?«

Was Sandra ihm eben über den Angriff berichtet hatte, beunruhigte Leo sehr. Was zunächst nur ein Verdacht gewesen war, bestätigte sich: Jemand versuchte mit aller Gewalt, Isabell Obermann zu töten. Durch Patrick Henzel wusste er inzwischen über deren Leben mehr als bei manchen seiner langjährigen Freunde – er fühlte sich verantwortlich für ihre Sicherheit. Ihn selbst beruhigten die Sicherheitsvorkehrungen, aber Henzel war von seiner kurzen Erklärung und der Erkenntnis, dass Isabell vor einem weiteren Mordversuch geschützt werden musste, völlig überwältigt.

Leo führt ihn wie seine Oma am Ellenbogen über die Station bis zu ihrem Zimmer, nachdem sein Kripo-Ausweis ihnen die verriegelte Glastür geöffnet hatte. Die resolute Krankenschwester Marion von vorhin wich ihnen dabei nicht von der Seite.

Isabell Obermann lag bewusstlos im Bett, Kabel und Schläuche verbanden sie mit diversen Geräten. Ihr Gesicht war von einem dicken Kopfverband halb verdeckt, auch die linke Hand war verbunden. Ihre Haut schimmerte blass, fast violett, sie sah so klein und zart aus, wie ein aus dem Nest gefallenes Küken.

»Isabell!« Patrick stöhnte es leise, und trotzdem klang es in Leos Ohren wie ein Schrei. Noch bevor er sich zu ihr setzen konnte, war auch eine Ärztin da.

Sie ließ sich Leos Dienstausweis zeigen und musterte Patrick kritisch. Dann wandte sie sich wieder an Leo:

»Wenn Sie die Verantwortung übernehmen, ist es in Ordnung.«

Sie winkte Patrick Henzel weg vom Bett.

»Die Patientin liegt im künstlichen Koma. Das bedeutet nicht, dass sie nichts mitbekommt von dem, was Sie hier tun und sagen. Also vermeiden Sie alles, was die Patientin beunruhigen könnte. Ich gestatte ihnen maximal zehn Minuten. Haben wir uns verstanden?«

Die Krankenschwester blieb am Fußende des Bettes stehen und überwachte sie.

Henzel holte sich einen Stuhl und schob ihn ans Bett, um Isabells unverletzte Hand zu streicheln. Leo lehnte sich so weit wie möglich entfernt von ihm an die Wand. Obwohl Henzel leise sprach, hörte er jedes Wort, und es ging ihm nahe, wie innig er diese Frau beschwor, wieder gesund zu werden. Er versicherte ihr seine Liebe und dass er bis ans Ende seiner Tage bei ihr am Bett sitzen würde, wenn sie nicht bald wieder aufwachen und sein Leben durcheinanderschütteln würde, so, wie sie es immer getan hatte.

Viel zu schnell war die Zeit um und Krankenschwester Marion winkte sie unmissverständlich zur Tür.

Nur mühsam riss sich Patrick Henzel los, wankte aus dem Zimmer und lehnte sich im Flur mit der Stirn an die Wand. Leo ließ ihm Zeit, sich zu sammeln, aber schnell wurde ihm klar, dass Henzel weinte. Für einen Moment war er überfordert. Dann besann er sich und legte sanft seine Hand auf den zuckenden Rücken. Es war ihm völlig egal, dass er professionelle Grenzen überschritt und dass Schwester Marion unruhig wurde und sie zum Gehen drängte.

Als Henzel sich langsam beruhigte, nahm er ihn sanft am Arm und führte ihn hinaus.

»Wir suchen jetzt ein Hotel ganz in der Nähe für dich, okay?«

»Na dann! Ich gehe jetzt. Melanie wartet auf mich und Engel soll man nicht warten lassen.«

Sascha hatte schon wieder dieses selige Lächeln im Gesicht, das ihr und auch Leo so auf den Geist ging.

Bei dem kurzen Telefonat hatte Sandra nur die wichtigsten Fakten mit Leo ausgetauscht. Wie das Treffen mit Veronika abgelaufen war, wusste sie immer noch nicht. Sie packte ihre Siebensachen in die Handtasche und verließ ihr Büro. Auf ihrer To-do-Liste stand noch: Hochzeitsgeschenk für Sascha und Melanie, Abschiedsgeschenk für Richter.

Eine Stunde später stand sie in der Umkleidekabine und kämpfte mit den gekreuzten Trägern eines sensationell im Preis reduzierten Sommerkleides, als ihr Handy klingelte. Sandra versuchte, den Arm unter den Trägern herauszustecken, blieb aber hängen und musste nun, halb verschnürt, in ihrer Handtasche nach dem Telefon suchen.

»Kruse!«, keuchte sie atemlos.

»Ich bin's.« Leos Stimme klang müde, aber sie war froh, dass er sich meldete.

»Bin jetzt in meiner Wohnung. Morgen früh bringe ich Patrick Henzel mit ins Präsidium, damit wir ihn weiter befragen können. Ich kenne jetzt eine ganze Menge Details zur Familiengeschichte der Obermanns und ich weiß auch, warum sie nach ihrer Mutter sucht.«

»Ich habe heute auch schon einiges erfahren, wir können das morgen früh abgleichen«, entgegnete Sandra. Ihre Haare klemmten ebenfalls unter dem Kleiderträger, es war absolut unbequem, so zu telefonieren.

»Irgendwelche Verdachtsmomente? Ist dieser Patrick Henzel sauber? Wie sieht es mit der Familie aus?«

»Henzel ist absolut in Ordnung, der würde Isabell nie was antun. Sie ist seine große Liebe. Bei der Familie sehe ich auch kein Motiv, aber da habe ich schlampig gearbeitet. Entschuldige bitte, ich brauche dringend eine Mütze Schlaf. Morgen früh können wir alles besprechen.«

Bei der Erwähnung der großen Liebe dachte Sandra für einen Moment daran, ihn nach seinem Gespräch mit Veronika zu fragen. Aber sie ließ es sein.

»Gut, bis morgen!«

Sandra schälte sich mühsam aus dem Gewirr von Kleid, fädelte den Kleiderbügel in den unförmigen Lappen und ließ ihn in der Umkleidekabine hängen. Sie hasste es, sowas zu hinterlassen, aber hier war sie chancenlos.

Duschen, essen, schlafen. Genau so stellte sich Leo die nächsten Stunden vor. Er holte seinen Kulturbeutel aus der Reisetasche, stopfte sein Hemd in den Wäschepuff, schob eine Tiefkühlpizza in den Ofen und ließ das warme Wasser auf seinen Rücken prasseln. Hoffentlich spülte es all die unguten Momente des Tages weg.

Ohne Patrick Henzel, von dem er inzwischen wusste, dass er Philosophie studiert hatte, würde er Veronika wahrscheinlich hassen und ihr Pest und Cholera an den Hals wünschen. Aber das lange Gespräch mit ihm hatte ihm geholfen, etwas Abstand zu gewinnen.

Der emotionale Spielstand hatte sich komplett geändert. Während vor zwei Tagen das schlechte Gewissen und die Unsicherheit ihn noch geplagt hatten, war all das nun zu Veronika hinübergewandert. Trotzdem hatte sie wohl das bessere Los gezogen. Sie war glücklich, er war es nicht. Momentan fühlte er sich noch nicht mal erleichtert, obwohl er durchaus Grund dazu gehabt hätte. Seine Gefühlslage war vielschichtig, alle möglichen Emotionen stapelten sich wie ein Blätterteig aufeinander. Doch die Basis war Enttäuschung. Wer enttäuscht wurde, folgerte er zum wiederholten Male, hat sich vorher in der Beurteilung der Lage getäuscht.

Aber das Karussell drehte sich weiter, auch eine zweite Kopfwäsche half nicht.

Schließlich stieg er aus der Dusche und trocknete sich ab. Mit dem Handtuch um die Hüften holte er die »Quattro Stagioni« aus dem Backofen und ließ sich auf sein Sofa fallen.

Er sah sich um. Seine Reisetasche lag noch unausgepackt im Flur, die Pizza krümelte auf die Couch. Als er fertig gegessen hatte, war er zwar satt, doch gleichzeitig war er so aufgewühlt, dass er sicher noch nicht würde schlafen können.

Eins von Frau Fleischhauers Kirschwassern wäre jetzt angebracht gewesen, aber er hatte nichts Hochprozentiges in seiner Wohnung. Nur Bier war noch da.

Er schlurfte in seine Küche und holte die zwei Dosen Bier aus dem Gemüsefach. Das musste reichen.

Kaum zurück im Wohnzimmer, klingelte sein Festnetz-Telefon. Leo zögerte. Die Nummer kannte er nicht.

Dann ging er doch ran.

»Ich bin's, Patrick. Ich gehe hier die Wände hoch. Ich brauche einen Whisky, aber allein trinken macht dumm.«

»Bring den Whisky mit, Eis habe ich im Kühlschrank«, sagte Leo und gab seine Adresse durch.

9 Freitagvormittag

Nachdem Sandra bei Frau Kerschensteiner das Bewegungsprofil von Isabell Obermanns Mobiltelefon abgeholt hatte, begegnete sie im Flur Leo und einem etwa gleichaltrigen Mann. Leos Begleiter wirkte einerseits zerknittert und übernächtigt, andererseits trotz seines absolut kahlgeschorenen Schädels attraktiv. Leo sah halbwegs frisch und aufgeräumt aus, stellte sie beim Näherkommen fest.

»Meine Kollegin, Kommissarin Sandra Kruse.« Sie nickte dem Mann zu.

»Das ist Patrick Henzel. Er ist schon seit der Schulzeit eng mit Isabell Obermann befreundet und hat auch ihr Auto getunt.«

»Freut mich.« Sandra sah dunkelbraune, wache Augen, muskelbepackte Oberarme und ein intelligentes Gesicht. Hatte sie sich nach Leos Bericht am Vorabend noch sehr darüber gewundert, dass Dr. Obermann mit einem Automechaniker liiert war, konnte sie es jetzt nachvollziehen.

Aber er war viel zu früh hier, sie hatte jetzt noch keine Zeit für die Vernehmung.

»Leo, wir müssen uns erst mal unterhalten, bevor wir hier ein offizielles Gesprächsprotokoll machen.«

Patrick lächelte sie an: »Keine Sorge, ich komme zur vereinbarten Zeit. Jetzt gehe ich erst mal ordentlich frühstücken.« Er wandte sich zu Leo und klopfte dem aufmunternd auf den Rücken, bevor er ging.

Sandra zog die Augenbraue hoch.

Leo verabschiedete Patrick lächelnd mit einem »Bitte pünktlich um elf Uhr.«

Als er außer Hörweite war, wunderte sich Sandra: »Was soll das denn? Seid ihr jetzt Blutsbrüder?«

Leo atmete tief durch: »Lange Geschichte.« Er überlegte kurz, ob er mehr sagen sollte. »Wir haben ein oder zwei Gläser Whisky zusammen getrunken, dann bin ich eingeschlafen. Patrick hat sich den Rest der Flasche vorgenommen und die Nacht auf meinem Sofa verbracht. Ich konnte ihn morgens kaum aufwecken, aber er hat darauf bestanden, mich hierher zu fahren. Netter Kerl, oder?«

»Mag sein. Aber du solltest deine Arbeit und dein Privatleben auseinanderhalten.«

Sandra war nicht nur gespannt darauf, was seine Ermittlungen bei Familie Obermann ergeben hatten, sie wollte auch unbedingt wissen, wie das Treffen mit Veronika abgelaufen war. Aber leider kam in diesem Moment Sascha angeschlendert.

Na gut, ihre Neugier musste warten.

»Holt Julia, wir setzen uns zusammen und besprechen, was wir haben.«

Über seinen Besuch bei Familie Obermann in Steinbach gab es nicht sehr viel zu erzählen, aber die Informationen, die Leo von Patrick bekommen hatte, waren neu für das Team.

»Patrick sagt, dass Isabell Obermanns Mutter eine Postkarte aus Florida geschickt und danach nie wieder etwas von sich hören lassen hat. Sie ist im Dezember 1989 mit PanAm von Berlin nach Miami geflogen, das hat Frau Obermann später recherchiert«, erklärte Leo. »Patrick kennt sie seit der gemeinsamen Schulzeit und die beiden sind irgendwie auch ein Paar, obwohl sie sich nicht so häufig sehen«, wandte er sich an Sascha und Julia.

Er sah, dass Sandra die Augenbraue hochzog. Aber diese komplizierte Beziehung tat hier nichts zur Sache, das würde er nicht erklären. Wichtiger war Isabell Obermanns Anruf auf Patricks Telefon.

»Hier in Dresden hat sie am Dienstagnachmittag erfahren, dass sie einen ›zweiten Vater‹ habe berichtete Leo weiter und deutete mit beiden Händen Anführungszeichen an. »Das hat sie Patrick auf den Anrufbeantworter gesprochen, was auch immer sie damit meinte. Und sie hat angekündigt, dass sie ihm das alles später näher erklären würde. Ich habe die Aufnahme selbst gehört.«

Sandra riss die Augen auf.

»Sie hat hier einen weiteren Vater gefunden?«

»Scheint so.«

»Ich hoffe, Frau Zänker kann das aufklären.«

»Wer ist das?«

»Answald Aurich, der ihr während des Kongresses assistiert hat, hat Verwandte auf einem alten Foto entdeckt, auf dem Isabell Obermann ihre Mutter erkannte.«

Sandra holte aus ihren Unterlagen den Ausdruck eines Schwarz-Weiß-Fotos vor und pinnte ihn an die Wand.

»Dieses Bild aus dem Jahr 1982 zeigt die Teilnehmer eines informellen Treffens von Steinmetzen aus Ost und West auf der Wartburg. Es war, nach Aurichs Schilderung, der Auslöser für Isabell Obermanns Recherchen. Er hat sie zu seinem Großonkel Gernot Friebel geschickt, mit dem ich gestern schon telefoniert habe. Der wiederum hat mir gesagt, dass er Isabell Obermann die Telefonnummer von Margarete Zänker gegeben hat. Deren Sohn steht auf dem Foto neben Marie Fürst-Obermann, der Mutter von Isabell Obermann.«

Sie deutete auf das junge Pärchen, das in der zweiten Reihe zwischen den anderen, eher mittelalten Paaren stand.

»Und dieser junge Mann könnte …«

Leo beendete den Satz nicht. Was für verrückte Zufälle das Leben der Menschen manchmal durcheinanderwirbelten. Man hatte das Gefühl, alles im Griff zu haben, und plötzlich kam ein neuer Spieler auf das Brett und alles veränderte sich.

Alle schauten ihn an.

»Isabell Obermann wurde 1983 geboren, richtig? Von der Zeit her würde es passen, oder?«

Sandra zog die Nase kraus.

»Genau! Das könnte er sein. Wir werden das gleich mit Margarete Zänker klären. Ich treffe sie um elf an der

Frauenkirche, wenn ihre Führung vorbei ist. Sie hatte es heute Morgen sehr eilig, sie weiß nur vage, worum es geht. Aber sie wusste bereits, dass Isabell Obermann einen Unfall hatte.«

»Wer hat ihr das erzählt?«, fragte Leo.

Sie zuckte mit den Schultern. »Ich nehme an, Aurich hat es seinem Großonkel erzählt und der hat es an sie weitergetragen.«

»Das ist ja alles ganz interessant«, warf Julia Köhler in gedehntem Ton ein, »aber bringt uns bei den Ermittlungen doch kein Stück weiter. Wenn Isabell Obermann hier ihren leiblichen Vater gefunden hat, dann wird der sie doch wohl nicht umbringen, oder?«

Leo sah sie erstaunt an.

»Das wissen wir erst, wenn wir mit ihm gesprochen haben. Du argumentierst, als hätten wir den Täter bereits.«

Sie sagte nichts darauf, aber ihr Seitenblick zu Sandra sprach Bände. Zwischen den beiden gab es offenbar Meinungsverschiedenheiten.

Danach erläuterte Sandra für Leo und Sascha, was am Vortag in der Uniklinik vorgefallen war und was Dr. Gräber zuvor zu den Verletzungen von Isabell Obermann festgestellt hatte.

»Wir haben es also definitiv mit dem Versuch zu tun, das verletzte Unfallopfer zu töten«, schloss Sandra ihren Bericht.

»Aber es gibt keine vernünftige Personenbeschreibung des Täters?« Leo konnte nicht glauben, dass sich Answald Aurich an so gut wie nichts erinnerte.

»Er ist ohnmächtig geworden, weil er kein Blut sehen kann.«

Julia konnte nicht mehr an sich halten: »Er könnte es genauso gut selbst getan haben!«

Leo sah Sandra an, die ihm signalisierte, dass sie das für wenig wahrscheinlich hielt.

»Dafür, dass er ohnmächtig geworden ist, konnte er sich aber noch an erstaunlich vieles erinnern«, widersprach Leo. »Das Gehirn braucht einige Sekunden, um Erlebnisse dauerhaft abzuspeichern. Das nennt man retrograde Amnesie.«

Sandra rollte die Augen, sie konnte es nicht leiden, wenn er wie ein Schulmeister dozierte, aber Julia sprang sofort darauf an.

»Das ist doch nur ein Argument mehr, dass es da gar keinen anderen Täter gab! Er erzählt uns Lügen!«

»Ich sehe bei ihm kein Motiv, nicht das geringste! Wir haben das schon mal geklärt«, ging Sandra dazwischen.

Leo hatte keine Lust, sich in diesen Streit einzumischen: »Wir gehen allen Spuren nach, und zwar gründlich.« Er hoffte, dass die Diskussion damit beendet war.

Tatsächlich tippte Sascha auf seine Uhr: »Ich mache mich auf den Weg in die Universität und befrage weiter die Leute, die mit Obermann zu tun hatten. Einverstanden?«

»Ja, aber Moment, ich habe noch was.«

Sandra hielt ein weiteres Blatt hoch. »Das ist das Bewegungsprofil von Isabell Obermanns Mobiltelefon. Leider hilft es uns kaum weiter, weil es sich etwa eine Stunde vor dem Unfall ausgeschaltet hat. Der Akku war leer. Zuvor deckt sich das Profil genau mit den Ortswechseln, die wir bereits ermittelt haben.«

Sie schaute in die Runde und blieb bei Sascha hängen: »Nimm Julia wieder mit, vier Ohren hören mehr als zwei und die Schreibarbeit könnt ihr euch auch teilen.«

Beide machten sich auf den Weg.

Sandra wandte sich Leo zu: »Ich hole dich ab, wenn es Zeit ist, Frau Zänker zu treffen. Du hast sicher noch einiges aufzuschreiben.«

Sie sah ihm aufmerksam in die Augen, als er aufstand. Er konnte es geradezu spüren, dass sie ihn noch etwas fragen wollte.

»Was hat Veronika gesagt? Kannst du verlängern?«

Er zögerte. Sollte er ihr sagen, was in Frankfurt passiert war? Nein. Nicht hier, im Büro, mitten in einer Ermittlung.

»Ja, ich bleibe euch noch ein wenig länger erhalten«, sagte er. Eigentlich sollte er das sofort in der Personalabteilung kundtun. Leo machte, dass er aus dem Zimmer kam. Er war nicht zum Reden aufgelegt.

Kurz vor elf Uhr machten sich Leo und Sandra auf den Weg zur Frauenkirche. Vom Präsidium waren das nur wenige hundert Meter.

»Julia ist ein wenig voreilig mit ihrer Theorie um Answald Aurich, da bin ich deiner Meinung. Ich finde, du musst sie da mehr an die Hand nehmen«, meinte Leo, als sie die Rampische Straße entlanggingen.

»Ach, Leo, wir waren doch alle mal jung und voreilig. Das lernt sie schon noch.«

»Wenn du meinst.«

»Erzähl mal, was hat Veronika gesagt und wie viel länger bleibst du?«

Leo räusperte sich und ließ sich Zeit mit der Antwort. Sie waren fast da.

»Eine komplizierte Geschichte. Erzähle ich dir ein andermal. Willst du Julia wirklich mit aller Gewalt in die Abteilung schleusen? Sie ist verdammt emotional.«

Sandra stand jetzt mit Leo am Ausgang D der Frauenkirche und blinzelte am Luther-Denkmal vorbei über den Neumarkt. Sie setzten sich auf die Sandsteinstufen und genossen die September-Sonne, die über die Dächer schielte. Sandra reckte ihre nackten Beine unter dem sandfarbenen Rock ins Licht und schloss die Augen. Leo hoffte, dass sie ihn nicht weiter mit Fragen belästigen würde. Er würde es ihr irgendwann einmal erzählen. Dann, wenn es nicht mehr so wehtat.

Sie wartete ab, aber als er nicht weitersprach, tat sie, als wäre sie nicht neugierig.

»Julia wird es schon noch lernen.«

»Aber etwas mehr professionelle Distanz würde ihr guttun«, sagte Leo und reckte das Gesicht noch etwas höher ins Sonnenlicht. »Ich habe Patricks Termin übrigens auf vierzehn Uhr verschoben.«

»Hm, hm«, machte Sandra. Dann öffnete sie die Augen. »Der sieht aus wie der junge Bruce Willis in einem dieser ›Stirb-langsam‹-Filme. Aber gleichzeitig wirkt er intelligent und sympathisch. Was ist das für ein Typ?«

»Oh, Frau Kruse hat angebissen«, frotzelte er. Aber insgeheim verstand er sie. Patrick sah aus wie ein Leistungssportler, redete aber wie ein Schöngeist. Er hoffte, dass er ein paar Fehler an ihm entdecken würde, sonst war das einfach zu viel des Guten.

»Blödmann!«

»Patrick hat ein abgebrochenes Philosophie-Studium hinter sich und heute eine Tuning-Werkstatt für schnelle Autos. Er sagt, er sei durch Isabell Obermann auf die Idee gekommen, Autos zu tunen. Sie hatte als Erste in der Klasse einen alten Opel Corsa und weil der so eine lahme Ente war, haben sie zusammen getüftelt, wie man noch ein paar PS mehr rausholen könnte. Er hat neben dem Studium eine Lehre als Automechaniker gemacht. Weil das Geschäft mit dem Tuning schon damals so gut lief, hat er die Philosophie als Hobby und die schnellen Autos als Beruf gewählt.«

»So lange kennt er sie schon?«

»So lange liebt er sie schon.«

»Aber die beiden leben nicht mal in der gleichen Stadt!«

»Ach, das ist auch eine komplizierte Geschichte und hat viel mit Isabells Suche nach ihrer Mutter zu tun.«

Kurz darauf kam eine ganze Gruppe von Menschen aus dem Kirchenportal und Sandra konnte aus den Gesprächsfetzen entnehmen, dass sie eine Führung hinter sich hatten.

»Gehen wir rein!«

Leo nahm die Sonnenbrille ab und ging voran.

»Frau Zänker?«

Eine Frau um die siebzig, klein, weißhaarig, in einem geblümten Kleid, drehte sich um. Sie war noch im Gespräch mit zwei Damen, von denen sie sich nun verabschiedete.

»Haben wir heute Morgen telefoniert?«, wandte sie sich an Sandra und schaute skeptisch. »Ich habe in der Eile nicht ganz verstanden, warum Sie mit mir sprechen wollen. Aber ich mache mir Sorgen um Isabell. Können Sie mir sagen, wie es ihr geht? In der Klinik sagen sie, man könnte sie momentan noch nicht besuchen.«

Sandra stellte sich und Leo vor, den Mordversuch in der Klinik und den manipulierten Unfall ließ sie unerwähnt.

»Wir möchten mit Ihnen sprechen, weil Isabell Obermann in der Nacht von Dienstag auf Mittwoch einen schweren Autounfall hatte. Es war aber ein Unfall, bei dem unklar ist, wie genau er passiert ist. Wir versuchen das mit Ihrer Hilfe aufzuklären.«

»Oh mein Gott!« Margarete Zänker suchte nach Halt an der Kirchenwand. »Wie schrecklich. Wir waren alle so glücklich, als wir uns endlich gefunden hatten. Was wollen Sie wissen?«

»Können wir uns irgendwo hinsetzen?«, fragte Sandra.

»Gehen wir hoch, da ist Platz.«

Sie stiegen gemeinsam die Treppe hinter dem Ticketschalter hoch und Frau Zänker öffnete einen der Räume auf der Empore, von denen man durch eine Fensterfront in den Kircheninnenraum sehen konnte. Sie bot ihnen die Bankplätze in der ersten Reihe an und setzte sich ihnen gegenüber. Nur aus den Augenwinkeln konnte

Sandra die hellgelben Wände und eine Ecke der Orgel hinter dem Altar sehen.

»Frau Zänker, wir versuchen, zu rekonstruieren, was Isabell Obermann vor dem Unfall getan, mit wem sie gesprochen hat.«

Margarete Zänkers Hände auf ihrem Schoß zitterten. Sie hatte sie wie zum Gebet gefaltet und die Augen halb geschlossen.

Leo und Sandra warteten.

»Isabell war am Dienstagnachmittag bei mir. Ich habe mich so gefreut, sie endlich kennenzulernen. Sie müssen wissen, Isabell ist meine Enkeltochter. Aber das war ihr bis Dienstag nicht bewusst, erst, als ich es ihr gesagt habe. Mein Sohn Peter und ihre Mutter Marie haben sich in den Achtzigern in Thüringen auf der Wartburg kennengelernt. Solange Hartmut, mein Mann, selbstständig war, sind wir immer hingefahren. Aber jenes Treffen war das letzte Mal, weil Peter ...«

Sie ließ den Satz unvollendet im leeren Raum hängen. Hinter ihr erklangen ein paar Orgeltöne aus dem Kirchenschiff.

»Ach, das ist so lange her, die beiden hätten so ein schönes Paar werden können. Was genau ist denn mit Isabell passiert?«

»Sie ist von der Straße abgekommen und ihr Wagen hat sich überschlagen«, sagte Leo.

Margarete Zänker kniff die Augen zusammen, als würde sie gleich anfangen, zu weinen. Aber sie fasste sich wieder.

»Wir sind am Dienstag zusammen zu meinem Sohn gefahren, damit sie sich endlich kennenlernen. Isabell hat mich danach von Peters Wohnung wieder nach Hause gebracht, dann wollte sie zurück in ihr Hotel. Sicherlich war sie aufgeregt, es waren ja so viele Neuigkeiten auf sie eingestürzt. Die Arme. Ich muss das meinem Sohn sagen. Wissen Sie, er war am Dienstag so aufgewühlt, dass er ganz stark zu zittern anfing. Das ist nicht gut.

Deshalb sind wir dann auch wieder gefahren, damit er sich beruhigen konnte. Aber sie hat versprochen, sich zu melden und Peter wartet seit gestern darauf, dass sie wiederkommt. Ich habe ihm noch nichts von dem Unfall erzählt.«

In ihren Augen glitzerten Tränen. Sandra konnte diese rätselhafte Familiengeschichte noch nicht erfassen, aber sie hatte ein paar zeitliche Angaben bekommen.

»Wann kam Frau Obermann am Dienstag bei Ihnen vorbei, Frau Zänker?«

»So gegen halb zwei Uhr nachmittags. Ich war völlig überrascht, aber ich habe sie gleich erkannt. Wissen Sie, sie sieht ihrer Mutter sehr ähnlich. Bis auf die Haare, die hat sie von meinem Peter und von mir.« Sie griff sich in die dichten, weißen Locken.

»Und wo wohnt Ihr Sohn Peter?«

Sie schniefte in ein Taschentuch und putzte sich umständlich die Nase.

»Peter wohnt am Elbhang. Wir sind so gegen fünf Uhr zu ihm gefahren, in Isabells Auto. Es wurde ja nun mal Zeit, dass sie und ihr Vater sich begegnen.«

Sandra warf Leo einen Blick zu. Der nickte. Ja, das passte genau zu Isabells Anruf bei Patrick.

»Ihr Sohn ist also Isabell Obermanns Vater und sie hat das am Dienstag von Ihnen erfahren?«

Margarete Zänker nickte heftig.

»Ja! Können Sie sich vorstellen, wie herrlich das war? Nach all der Zeit, in der wir auf Marie gewartet haben, kam nun wenigstens ihre Tochter Isabell vorbei.«

»Das war emotional sicher ziemlich aufwühlend«, sagte Sandra. Sie fragte sich, wer eigentlich noch alles nach dieser Marie Fürst-Obermann suchte.

»Ich konnte die ganze Nacht nicht schlafen«, bestätigte ihr die Seniorin.

»Wieso haben Sie denn auf Isabells Mutter gewartet? Ich meine, da gab es wohl den einen Ausrutscher bei diesem Treffen, aber Marie Fürst-Obermann war doch im Westen verheiratet und kam unserer Kenntnis nach auch nicht mehr wieder.«

Die alte Dame schüttelte vehement den Kopf.

»Nein, das war kein Ausrutscher! Wie soll ich das erklären?« Sie war sichtlich ergriffen. »Die beiden waren füreinander bestimmt. Das sagt mein Peter heute noch und er wartet immer noch auf seine Marie.«

Sie zögerte und seufzte tief.

»Ich weiß, es klingt verrückt, aber diese beiden jungen Leute damals, das war wie ein Blitzschlag aus heiterem Himmel, wie eine göttliche Fügung ...« Sie verflocht ihre Hände ineinander. »Wie, wenn man ein Schloss hat und in einem Berg von Schlüsseln plötzlich den einen richtigen findet.«

In Sandras Ohren klang das wie eine seichte Liebesschmonzette. Aber gut, wenn die Beteiligten sich diese Affäre so verklärt hatten, war das ihre Sache. Zu ihrem Erstaunen war Leo allerdings zusammengezuckt.

Offenbar hatte Margarete Zänker ihren Blick richtig gedeutet.

»Hartmut, mein Ex-Mann, hat das damals auch nicht begriffen. Er tat es als Liebelei ab und warf Marie vor, unserem Peter nur den Kopf verdreht zu haben. Ich kann ihn verstehen, denn von da an ging alles in die Brüche. Peter hat Kontakt zu mehreren Fluchthelfern aufgenommen und einen Fluchtversuch unternommen. Dabei haben sie ihn erwischt und er kam als politischer Häftling nach Bautzen.«

»Ihr Sohn wollte in den Westen zu Marie Fürst-Obermann?«

Die alte Dame nickte.

»Das war keine Liebelei, das war eine große Liebe. Er wollte unbedingt zu ihr und hat alles Mögliche versucht. Er war verliebt und viel zu leichtgläubig. Dafür hat er einen unglaublich hohen Preis bezahlt. Wir alle haben bezahlt.

Mein Mann wurde aus der Innung ausgeschlossen, dann mussten wir den Betrieb schließen. Seit der Wende hat Hartmut mit meinem zweiten Sohn Jens ein Baugeschäft. Aber Peter hat besonders gelitten.«

Ihre Stimme zitterte. Sie wischte sich mit einem Taschentuch über das Gesicht und atmete mehrmals ein und aus, bis sie weitersprach.

»Marie hat an ihm festgehalten. Sie lebte ihr Leben mit ihrem Ehemann, aber sie gab die Hoffnung nicht auf, dass sie und Peter sich wiedersehen würden. Ich hatte gelegentlich Briefkontakt mit ihr. Sie wusste, dass Peter im Gefängnis war, und sie kam zu uns, sobald die Grenze offen war.«

Leo sprang von seinem Stuhl auf.

»Marie Fürst-Obermann war damals hier, bei Ihnen?«

Margarete Zänker bejahte.

»Sie kam am 12. November 1989. Ich werde das nie vergessen. Dieses knallrote Auto, wie sie plötzlich vor mir stand, gleich, nachdem die Mauer offen war. Zuvor hatten die Grenzsoldaten sie nicht mehr in die DDR gelassen, wegen Peter. Marie kam damals ohne Isabell, sie sagte, sie wollte erst Peter sehen und dann mit ihm und Isabell ein neues Leben anfangen. Gott, das waren so aufregende Zeiten damals, alles ging drunter und drüber! Alles schien möglich!«

Sie wischte sich ein paar Tränen aus den Augen.

»Ich wohnte damals mit meinem neuen Partner in einer kleinen Einraumwohnung. Jedenfalls konnte ich sie nicht unterbringen, aber Hartmut und Jens hatten Platz. Die lebten damals ja noch in unserem Haus in Lohmen und da habe ich Marie hingeschickt.«

Leo hatte sich wieder gesetzt, beobachtete aber jede Regung von Margarete Zänker.

Auch Sandra war alarmiert. Isabell Obermann hatte innerhalb kürzester Zeit so viele Informationen und Emotionen verarbeiten müssen. Aber wo war der springende

Punkt, bei dem diese Reise in die Vergangenheit aus dem Ruder gelaufen war?

»Hat Frau Fürst-Obermann damals Ihren Sohn Peter getroffen?«

Margarete Zänker schüttelte betrübt den weißlockigen Kopf.

»Nein, die Gefängnisse waren noch abgeriegelt. Sie ist zwar nach Bautzen gefahren, wurde aber nicht zu ihm vorgelassen. Es dauerte noch über zwei Monate, bis dort alle Gefangenen gehen durften. Als er endlich rauskam, war Marie schon wieder zurück nach Frankfurt gefahren. Hartmut sagte uns, sie habe es sich anders überlegt und doch zurück zu ihrem Mann und ihrem schönen Haus in Frankfurt gewollt. Das war ein Schlag für mich und Peter, das können Sie sich sicherlich vorstellen.«

»Was hat Ihr Sohn damals gemacht? Hat er es einfach hingenommen?« Diesmal fragte Leo.

Margarete Zänker seufzte wieder und fuhr sich nervös durch ihr weißes Haar.

»Ach Gott. Das ist so lange her, aber es geht mir immer noch so nahe.«

Sie brauchte eine kurze Pause, bis ihre Stimme wieder fest war.

»Er ist damals sofort zu ihrer Adresse bei Frankfurt gefahren, aber Maries Vater hat ihn an der Haustür weggeschickt. Er sagte ihm, er solle sich nicht in eine glückliche Familie drängen. Das hat Peter endgültig den Boden unter den Füßen weggerissen. Er kam erst nach Wochen zurück und hatte begonnen, zu trinken. Hartmut hat ihm auch zugesetzt, weil er mit ihm einen Steinmetzbetrieb aufmachen wollte. Aber Peter konnte keinen Hammer mehr halten. Seine Hände zitterten ununterbrochen. Er war krank vom Gefängnis und Maries Verrat hat ihm den Rest gegeben. Es hat Jahre gedauert, bis er wieder halbwegs ansprechbar war.«

Die Geschichte legte sich schwer auf Sandras Brustkorb. Das Schweigen tat gut und ihre Augen hielten sich an der vergoldeten Stuckverzierung des Altares fest.

Aber sie waren hier, um den Unfall aufzurollen. Sie konzentrierte sich auf die Gegenwart.

»Hat Isabell Obermann auch Kontakt zu Ihrem Ex-Mann gesucht?«, frage Leo.

Die alte Dame nickte. »Ja, Isabell hat mir gesagt, dass sie am Dienstagvormittag bei ihm war.« Sandra ließ sich seine Adresse geben. Eine Frage hatte sie noch:

»Um welche Uhrzeit haben Sie beide denn Ihren Sohn am Dienstagabend verlassen?«

»Das war so gegen halb zehn am Abend. Ich war kurz nach den Abendnachrichten zu Hause und dachte, ich müsste umfallen vor Müdigkeit, aber dann habe ich die ganze Nacht wachgelegen, weil ich so aufgeregt war. Isabell ist mein einziges Enkelkind, müssen Sie wissen. Jens hat keine Kinder.«

Margarete Zänker schaute Sandra in die Augen:

»Sie wird doch wieder gesund, oder?«

»Ich bin keine Ärztin, Frau Zänker. Aber ich bin sicher, sie ist in den besten Händen.«

»Was für eine Familiengeschichte«, murmelte Sandra, als sie wieder auf dem Weg ins Präsidium waren. Sie waren beide bedrückt nach diesem Gespräch mit Margarete Zänker.

»Ich wette, Maries Ehemann hatte keine Ahnung, was damals passiert ist und dass seine Frau einen Mann liebte, den sie genau drei Tage lang gesehen hat und der danach ihretwegen jahrelang im Gefängnis saß.«

»Aber die Tatsache, dass sie dann ohne ihre angeblich große Liebe in die USA gegangen ist, zeigt doch, dass sie sich all die Jahre über etwas vorgemacht hat. Dieses ganze Liebe-auf den-ersten-Blick-Gerede halte ich für romantischen Blödsinn. Sowas gibt es nur in seichten Filmen und

Schlagern. Ich habe ja auch immer gedacht, man müsste ganz schnell wissen, ob jemand zu einem passt. Aber inzwischen denke ich, dass es eine Zeit dauert, bis man weiß, ob man mit jemandem klarkommt.«

»Wenn du meinst ...« Der Gedanke an Veronika schnürte Leo den Hals zu. War sie auch nur einem romantischen Blackout ihres Gehirns zum Opfer gefallen? Das musste er abwarten.

Er konzentrierte sich wieder auf die Arbeit.

»Du den Sohn Peter, ich die beiden Herren von der Baufirma?«, fragte er, als er die schwere Tür des Polizeipräsidiums aufstemmte.

»Ja. Gute Idee.«

Als sie in ihrer Abteilung ankamen, wartete Richter auf sie.

»Wie gehen die Ermittlungen bezüglich dieser Historikerin voran? Haben Sie schon Ergebnisse? Die Presse giert nach Neuigkeiten.«

»Wir sprechen heute mit allen wichtigen Kontaktpersonen, die sie vor dem Unfall getroffen hat. Eben waren wir bei einer Frau Zänker, gleich kommt der letzte Telefonpartner von Isabell Obermann und danach besuchen wir einen Mann, der offenbar ihr biologischer Vater ist. Aber wir haben bisher niemanden ausgemacht, der einen Grund haben könnte, sie zu töten. Also noch eine sehr dünne Motivlage.«

Richter sah sie mit hochgezogenen Augenbrauen an und hielt sich an seiner Krawatte fest.

»Das mit dem biologischen Vater muss ich jetzt nicht verstehen, aber ich sehe, Sie sind dran. Herr Reisinger, war die Fahrt nach Frankfurt erfolgreich?«

Leo schluckte.

»Äh, durchaus.«

Richter hatte gar nicht richtig zugehört, er war auf Sandra fixiert.

»Wo ist Herr Pröve?«

»Ist mit Julia Köhler unterwegs, um Zeugen an der Universität zu befragen.«

Sandra war voll im Bilde. Leo stellte neidlos fest, dass sie den Laden im Griff hatte, als ob sie die neue Leiterin der Abteilung wäre. Er staunte über den Gedanken, aber er kam ihm ganz und gar nicht absurd vor.

Richter wandte sich nun doch an ihn.

»Reisinger, kommen Sie mal kurz mit in mein Büro.«

Die Formalitäten hatte Sandra schon erledigt, als Leo ins Vernehmungszimmer kam. Die beiden Männer begrüßten sich mit einem lässigen Heben der Hand, als ob sie sich schon seit dem Sandkasten ohne Worte verständigen konnten.

»Herr Henzel, wir wissen dank des Berichts meines Kollegen Reisinger ja schon einiges. Sie kennen Isabell Obermann bereits seit vielen Jahren, sind gut befreundet, haben ihren Wagen getunt und den letzten Anruf von ihr bekommen, bevor sie den Unfall hatte.«

Sandra blickte Patrick direkt in die Augen.

»Wo waren Sie am Dienstagabend zwischen zwanzig und vierundzwanzig Uhr?«

»Jeden zweiten Dienstag im Monat habe ich meinen Philosophen-Stammtisch in der Luna-Bar in Frankfurt. Wir sind acht bis zehn Leute, die sich regelmäßig treffen. Letzen Dienstag waren wir zu sechst. Hier sind die Namen und Telefonnummern der anderen Teilnehmer. Ich habe mir schon gedacht, dass Sie danach fragen werden.« Sandra warf Leo einen Blick zu. Hatte er Patrick für dieses Gespräch präpariert?

Leo studierte interessiert die Liste und sagte: »Ich lasse das gleich überprüfen.«

Sie nickte. Leo stand auf und verließ den Raum.

»Würden Sie mir bitte die Mailbox-Nachricht von Frau Obermann vorspielen?«

Patrick holte bereitwillig sein Telefon aus der Tasche. Nach wenigen Handgriffen ertönte Isabell Obermanns Stimme:

»Patrick, hier ist deine liebste Kundin. Ich kann leider am Wochenende nicht kommen, tut mir leid. Aber sobald ich hier in Dresden fertig bin, fahre ich nach Frankfurt und berichte dir. Du wirst staunen, was ich hier alles über meine Mutter erfahren habe ... Ach ja, und über meine Väter! Ab sofort habe ich nämlich gleich zwei! Ich melde ...!«

»Wie würden Sie ihre Stimmung beschreiben?«, fragte Sandra.

»Sie ist glücklich! Ich sehe sie lächeln, wenn ich das höre. Wissen Sie, sie war besessen von dieser Suche und nun hatte sie offenbar eine Menge Neues erfahren. Sie klingt absolut fröhlich und zufrieden.«

Sandra nickte. Sie hatte auch den Eindruck, dass nichts die gute Laune dieser wenigen Sätze trübte.

»Sitzt sie in ihrem eigenen Wagen? Können Sie das hören?«

Patrick sah sie verblüfft an. Darüber hatte er sich offenbar noch keine Gedanken gemacht. Er spielte die Aufnahme nochmals ab, während Leo zurückkehrte und sich wortlos wieder setzte.

Das Motorengeräusch im Hintergrund war sehr leise, kaum wahrnehmbar. Nur einmal wurde das Brummen der Maschine lauter.

»Da, das ist Isabells BMW, der klingt genauso. Also ja, ich würde behaupten, sie sitzt in ihrem eigenen Auto.« Patrick sah sie interessiert an. »War das jemals fraglich? Ich dachte, sie hatte den Unfall in ihrem eigenen Wagen?«

»Ja, hatte sie.«

Sandra sah ihm lange ins Gesicht, dann warf sie einen Seitenblick zu Leo.

»Sie wissen, dass der Unfall manipuliert war und dass jemand in der Klinik nochmals versucht hat, sie umzubringen, indem er ihr den Katheter aus der Halsvene gezogen hat?«

Er nickte und ballte die Hände zu Fäusten.

»Fällt Ihnen irgendeine Person ein, die eine offene Rechnung mit Isabell Obermann hat? Jemand, mit dem sie Streit hatte, jemand, der ihr Stress gemacht hat?«

Patrick schüttelte den Kopf: »Ich habe mir diese Frage die halbe Nacht lang gestellt, mit und ohne Whisky, aber ich habe nicht die leiseste Vermutung. Soweit ich von Isabell weiß, hat sie sich mit ihren Kollegen in Göttingen gut verstanden. Sie hat da einen kleinen Freundeskreis außerhalb der Uni, aber ich habe nie von ihr gehört, dass sie dort mit jemandem Stress hätte.«

»Wie häufig sprechen Sie miteinander, wie vertraut sind Sie?«

Er lehnte sich zurück und warf einen kurzen Blick auf Leo neben ihr.

»Ich habe Ihrem Kollegen schon erzählt, dass Isabell und ich ... wie soll ich das sagen, wir kennen uns schon seit der zehnten Klasse. Unsere Beziehung ist eng, sehr eng. Ich weiß alles über sie und umgekehrt genauso.«

Sandra war in Versuchung, zu lächeln. Dieser sanftmütige Muskelprotz versuchte, ihr hier einen dicken Bären aufzubinden.

»Sie leben und arbeiten aber ein paar hundert Kilometer voneinander entfernt. Das kann man wohl kaum eine enge Beziehung nennen.«

»Ich finde schon. Es kommt schließlich auf die Qualität an, nicht auf die Zahl der Stunden, die man miteinander verbringt.«

Ach ja? Sandra fühlte sich von seinem lässigen Charme angezogen, gleichzeitig hatte sie das Gefühl, mit pseudophilosophischen Floskeln abgefertigt zu werden.

»Wie viel Zeit haben Sie denn in diesem Jahr miteinander verbracht?«, fragte Sandra.

»Vier Wochenenden. Zweimal habe ich sie in Göttingen besucht, zweimal war sie bei mir in Frankfurt.«

Jetzt schaltete sich Leo ein.

»War sie bei diesen Besuchen auch bei ihrer Familie?«

Patrick schüttelte den Kopf: »Nein, da fährt sie nur an Weihnachten und zum Geburtstag ihres Vaters hin. Sie hält es da nicht gut aus. Vor allem ihr Halbbruder geht ihr ziemlich auf die Nerven.«

Sandra warf Leo einen bösen Blick zu. Von diesem Bruder hätte Leo wissen müssen, aber er war bei seinem Besuch in Steinbach nicht bei der Sache gewesen. Leo verstand und verzog das Gesicht.

»Was macht dieser Bruder und warum nervt er Frau Obermann?«

»Hm, es wäre wirklich besser, wenn Isabell Ihnen diese Fragen selbst beantworten könnte«, brummte er. »Es fühlt sich nicht gut an, für sie zu sprechen.«

»Versuchen Sie es trotzdem!«, forderte Sandra ihn auf.

»Leonhard ist zwölf Jahre jünger als Isabell und der Kronprinz der Familie. Isabells Vater hat immer darauf gepocht, dass die Firma weiterlaufen muss. Ihr Opa war genauso. Manche Menschen glauben, dass sich alles dem Geschäft unterordnen muss. Isabell hat früh dagegen rebelliert. Seit sie fünfzehn war, hat sie klipp und klar gesagt, dass sie weder einen Steinmetz heiraten noch selbst den Betrieb führen möchte. Leonhard war also von Beginn an als Erbe auserkoren und er hat schnell mitbekommen, dass er sich alles erlauben kann, solange er nur zustimmt, den Betrieb weiterzuführen. Er und Isabell fangen nach kürzester Zeit an, sich zu streiten, wenn sie zusammen in einem Raum sind. Deshalb ist Isabell mit achtzehn Jahren ausgezogen und kommt nur selten zu Hause vorbei.«

»Mit ihrem Bruder hat sie also durchaus Streit?«

Patrick winkte entschieden ab.

»Leonhard ist großspurig und eingebildet, aber er würde Isabell nie was antun. Wozu? Die Firma läuft jetzt schon zum Teil auf ihn, es ist genug Geld da, um Isabell ihren Erbanteil auszuzahlen. Es gäbe keinen Grund dafür. Die beiden haben sich seit dem fünfundsechzigsten Geburtstag ihres Vaters im Januar nicht mehr gesehen.«

Na gut. Sandra war zufrieden. Eine Frage musste sie noch stellen:

»Wie oft sprechen Sie und Isabell Obermann denn miteinander, jede Woche, jeden Tag?«

»Mindestens einmal die Woche, meist öfter.«

»Danke, Herr Henzel. Das war es vorerst. Sie sind noch ein paar Tage hier in Dresden?«

Patrick stand auf.

»Ja. Ich bleibe, bis sie wieder aufwacht. Könnten Sie bitte für mich in der Uniklinik anrufen, damit die mich zu Isabell reinlassen?«

Leo bot sich an, das zu übernehmen.

Sandra sah auf die Uhr. In einer halben Stunde musste sie Margarete Zänker abholen. Von der Begegnung mit Peter Zänker versprach sie sich viel.

10 Freitagnachmittag

Die Zigarette war noch nicht zu Ende geraucht, aber Olaf Röpke drehte schon mal den Schlüssel um, damit die Maschine warmlaufen konnte. Der Radlader war sein Baby, gut gepflegt und geschmiert.

Die Sonne schickte mächtig warme Strahlen in den Steinbruch hinunter und Röpke krempelte die Ärmel seines Arbeitshemdes hoch. Das Wetter war trocken und mild, eigentlich zu warm für September, aber der Sommer wollte wohl noch eine Ehrenrunde drehen.

Langsam gab Olaf Röpke Gas und das Gefährt zuckelte mit dem satten Brummen eines PS-starken Diesels über die weiche Sandpiste hinüber in die linke Ecke der riesigen Grube in Lohmen. Da war er schon lange nicht mehr zugange gewesen. Er konnte sich gar nicht daran erinnern, wann hier zuletzt gearbeitet worden war. Die Abbruchwand war schon vor Jahrzehnten verfüllt worden, aber jetzt sollten da noch ein paar Meter Sandstein mehr abgebaut werden.

Was vor Jahrmillionen schon alt und bröselig angeschwemmt und vom Gewicht des Wassers und der Jahrtausende zusammengepresst worden war, holten die Menschen aus den Archiven der Erde wieder ans Tageslicht. Stufenweise erhoben sich die einzelnen Sandsteinbänke bis hinauf zur Oberfläche. Oben an den Wundrändern der Grube suchten schmale Birken und Eschen nur mühsam zu umkränzen, dass hier eine ordentliche Menge an Sandstein fehlte, die nun anderswo von der Kunstfertigkeit des Menschen kündete.

Die Order war klar: Abraum wegbringen, runter, ins tiefe Loch am Eingang des Steinbruchs, da, wo sie schon unter dem Niveau der Wesenitz angelangt waren. Das würde ein paar Tage dauern. Röpke wusste, dass er höllisch aufpassen musste, wenn er keine Beulen in seinem Gefährt riskieren wollte. Die Sandsteine waren über die

Jahre verkeilt, er würde mit Fingerspitzengefühl Schicht um Schicht abtragen, bis die blanke Wand wieder zum Vorschein kam.

Auf der Zunge hatte er noch den Geschmack vom Nachmittagskaffee mit seinen Kollegen. Auch Mirko kam jetzt aus dem kleinen Gebäude am Eingang des Steinbruchs. Möbius hinterher. Die letzte Schicht der Woche konnte beginnen.

»Er weiß, dass wir kommen?«, fragte Sandra Margarete Zänker, als die in ihren Wagen stieg.

»Ja. Und glauben Sie mir, er würde Sie nicht reinlassen, wenn ich nicht dabei wäre.«

»Haben Sie ihm von dem Autounfall erzählt?«

Die alte Dame schüttelte den Kopf.

»Nein. Ich fürchte, es wird ihn sehr erschüttern. Müssen Sie es ihm sagen?«

»Frau Zänker, er wird wissen wollen, warum ich ihn zu Isabells Besuch befrage.«

»Hoffentlich geht das gut.« Ihre Beifahrerin machte ein besorgtes Gesicht. »Er bekommt nie Besuch, außer von mir und Herrn Möbius, der seine Skulpturen abholt. Und dann auch noch mit einer so schlechten Nachricht.«

Sandra war gespannt auf diesen Mann, der offenbar wie ein Einsiedler lebte.

Die erste Überraschung war das moderne, kubische Gebäude am Elbhang, zu dem Margarete Zänker sie lotste. »Das ist eine noble Wohngegend«, stellte Sandra fest, als sie auf dem ausgewiesenen Besucherparkplatz parkte.

»Wunderschön, nicht wahr? Mein Ex-Mann Hartmut hat die Wohnung für Peter gekauft. Ich bin so froh darüber, denn vorher wohnte er in einer Art betreutem Wohnheim. Sein Zimmer war klein und duster, es war immer laut und, naja, wie soll man gesund werden, wenn man ständig zwischen kranken Menschen lebt? So ist es viel besser. Es geht ihm gut, er hat Licht und Platz und seine Ruhe. Sie werden sehen.«

Die Wohnung lag im ersten Stock und öffnete sich mit einer kompletten Fensterfront zur Elbe hin. Der Ausblick war sensationell. Sandra war zunächst geblendet, dann sah sie sich um. Hinter ihr eine offene Küche, vor ihr eine Werkstatt. Das hatte sie nicht erwartet.

Der schlanke Mann, der zwischen zwei großen Holztischen stand, sah sie unruhig an. Seine Haare waren lockig, wie die seiner Mutter, aber nur an den Schläfen weiß, ansonsten grau. Aber seine ganze Erscheinung war irgendwie grau und staubig, sein dunkelgrünes Hemd genauso wie die graue Arbeitshose. Auf den Tischen neben ihm standen Sandsteinskulpturen. Kleine Figuren, Engel, abstrakte Formen. Eine schien geradezu zu schweben, es waren zwei luftig ineinander verschlungene Herzen, es war kaum zu glauben, dass sie aus Stein gehauen waren.

»Hallo Mutter, ich dachte, du bringst Isabell mit. Wer ist das?«, fragte er.

»Guten Tag, Herr Zänker. Ich bin Sandra Kruse, Kripo Dresden«, stellte sie sich vor.

Peter Zänker kam nur zögerlich auf sie zu. Er musterte sie von oben bis unten, bis es ihr wirklich unangenehm wurde.

»Herr Zänker, bitte beantworten Sie mir ein paar Fragen zum Besuch von Isabell Obermann am Dienstag.«

»Warum?«

Er warf seiner Mutter einen vorwurfsvollen Blick zu und verschränkte die Arme.

»Weil sie einen Unfall hatte.«

Sofort zuckte Peter Zänker zusammen, als hätte man ihm eine Faust in den Magen gerammt. Er stützte sich an einem der Tische ab.

»Wie geht es ihr? Wie geht es meiner Tochter?«

»Sie hat eine Kopfverletzung, aber die Ärzte meinen, dass sie wieder völlig gesund wird.«

Sandra beobachtete ihn genau und ging langsam auf ihn zu.

»Mutter, hast du das gewusst?« Er drehte sich zu Margarete Zänker um.

Sie nickte stumm. »Seit gestern.«

Peter Zänker sank auf den Boden und krümmte sich zusammen.

»Ich bin schuld, ich bin an allem schuld, ich habe das nicht verdient!«

Er begann zu zittern.

Ohne zu überlegen, machte Sandra noch einen Schritt zu ihm und legte ihm die Hand auf die Schulter.

»Herr Zänker, beruhigen Sie sich doch. Warum glauben Sie denn, dass Sie schuld sind?«

Aus den Augenwinkeln sah sie Margarete Zänkers aufgerissene Augen, sie stand wie erstarrt an ihrem Platz.

Da explodierte Peter Zänker unter ihrer Hand.

»Fassen Sie mich nicht an!«, brüllte er und stieß sie vehement von sich. Sie landete mit dem Hinterkopf unsanft an einem Tischbein. Zänker war aufgesprungen und räumte den Tisch mit dem Unterarm ab. Eine Engelsskulptur und die beiden schwebenden Herzen knallten neben Sandra auf den staubigen Holzboden und zerbarsten in kleine Stücke. Sie schützte sich mit den Armen gegen die Splitter und versuchte, ihren Puls wieder unter Kontrolle zu bekommen. Mit einem solchen Gewaltausbruch hatte sie nicht gerechnet. Trauma hin oder her, das konnte sie nicht zulassen.

Peter Zänker lief hektisch vor der Fensterfront auf und ab, seine Mutter hielt sich immer noch still im Hintergrund.

Sandra stand auf und stellte sich ihm in den Weg.

»Herr Zänker, beruhigen Sie sich oder ich lasse Sie auf der Stelle wegen dieses Angriffs auf mich festnehmen!«

Hinter sich hörte sie einen erstickten Schrei, vor ihr sackte Peter Zänker wieder zu einem wimmernden Häufchen zusammen. Sein Körper bebte. Diesmal machte sie nicht den Fehler, ihn anzufassen.

Sie wandte sich an die Mutter, die immer noch schreckerstarrt an der Wand stand.

»Hat Ihr Sohn einen psychologischen Betreuer, jemanden, der sich kompetent um ihn kümmern kann?«

Margarete Zänker erwachte aus ihrer Reglosigkeit.

»Mein Gott, was haben Sie getan? So schlimm war es seit Jahren nicht mehr! Wie konnten Sie nur? Gehen Sie!«

Sie lief zu ihrem Sohn, kniete sich neben ihn und begann, leise zu flüstern.

Resigniert zog sich Sandra zurück. Das war völlig aus dem Ruder gelaufen, jedes Wort von ihrer Seite würde die Lage nur zusätzlich eskalieren. Heute noch ein vernünftiges Gespräch mit diesem Mann zu führen, war wohl ausgeschlossen.

Sie rieb sich die Beule am Hinterkopf, als sie die Wohnung verließ. Der Mann war offenbar traumatisiert, und er war zu Gewaltausbrüchen fähig. Das hatte er eben unter Beweis gestellt. Und kantige Sandsteine gab es in dieser Werkstattwohnung mehr als genug.

Vorsichtig schob Olaf Röpke die Schaufel des Radladers zum vierten Mal unter die Sandsteinbrocken, bis sie voll war, und transportierte die Fuhre hinunter in die Senke. Mit lautem Klonkern fielen die Brocken in das Loch und ließen das Vogelgezwitscher rund um den Steinbruch verstummen. Eine kleine Staubwolke stieg in die klare Septemberluft. Röpke drehte sein Gefährt um und fuhr wieder an die Stelle von vorhin, als ihm etwas ins Auge sprang.

»Oh nee.« Der Steinbrecher hielt an, ließ die Schultern sinken und blies die Backen auf. »Das ist jetzt aber blöd!«

Nur zögerlich stieg er aus dem Radlader und ging auf dem weichen Sandweg bis kurz vor den Steinhaufen. Zu seinen Füßen lag ein menschlicher Schädel, der ihn aus dunklen Augenhöhlen anstarrte.

Er wandte sich um und winkte seine Kollegen, Mirko Jentzsch und Richard Möbius, herbei. Beide kamen nur unwillig von ihrer Arbeit herübergelaufen, aber Röpke hörte nicht auf zu wedeln, bis der Bohrgeräteführer und der Sprengmeister endlich neben ihm standen.

»Was'n los, Olaf?«, fragte Möbius, aber Jentzsch hatte den Totenkopf schon entdeckt und deutete mit dem Zeigefinger darauf.

»Ni wahr!«

»Leider doch!«

»Du meine Güte, 'ne Schatzkiste hätte ich ja gern mal ausgegraben, aber doch keen Totenschädel«, sagte Möbius kopfschüttelnd. Alle drei bewegten sich nicht vom Fleck, sie konnten die Augen nicht von dem Schädel lösen.

»Na, vielleicht bewacht der Typ ja 'nen Schatz«, meinte Jentzsch nach einem Moment der Stille hoffnungsfroh, aber man sah ihm an, dass ihm der Schädel unangenehm war, wenn nicht sogar unheimlich.

»Das ist schon irgendwie gruselig«, meinte Röpke. »Wie auf dem Friedhof.«

Außer in der Schule, im Biologieunterricht, hatte er bisher noch keinen Totenschädel vor sich gehabt. Obwohl neuerdings ja Totenschädel von T-Shirts, Handtaschen, Halsketten und wer weiß nicht wovon winkten, als wären es Streublümchen. Es war doch was anderes, einen echten Schädel vor sich liegen zu sehen.

Röpke zückte sein Telefon und tat das einzig Richtige: Er rief den Chef an.

»Erich, komm mal rum, wir haben was gefunden, was ni in den Steinbruch gehört.«

Zehn Minuten später war Erich Knappe da und hatte nach dem Gespräch mit Röpke auch schon die Polizei in Pirna verständigt. Röpke sah gleich, dass sein Chef ganz schön durch den Wind war. Obwohl er sonst immer korrekt auf die Einhaltung aller Sicherheitsbestimmungen drängte, hatte er diesmal vergessen, seine Sicherheitsschuhe anzuziehen, und stapfte mit leichten Straßenschuhen die zweihundert Meter quer durch den Steinbruch bis zur Fundstelle.

Röpke deutete mit dem Finger in die Richtung.

»Oh nee!«, sagte Knappe, als er den Schädel entdeckte.

Seine Mitarbeiter brummten zur Bestätigung. Mirko Jentzsch, der ein wenig geschwätzig war, sagte:

»Schöne Scheiße, was, Chef?«

Erich Knappe reagierte nicht darauf und umrundete den Totenkopf.

»Der kommt aus der Verfüllung?«, fragte er Röpke.

»Nu!«

Im Gegensatz zu ihm hatte Knappe keine Hemmungen, näher an die Steinhalde zu treten. Aufmerksam studierte er das aufgeschüttete Gestein, an dem Röpke gearbeitet hatte. Und tatsächlich deutete der Chef nach kurzer Zeit auf eine Stelle etwa drei Meter über dem Boden.

»Da ist noch eener!« Seine Stimme klang resigniert.

Jentzsch japste: »Noch een Schädel?«

Aber Röpke hatte schon entdeckt, was sein Chef da erspäht hatte. Einen Knochen, der ein kleines Stück hinter einem Sandsteinbrocken hervorragte und sich farblich kaum von ihm unterschied. Normalerweise hätte er gesagt, das sei der Rest einer Schweinehaxe. Aber nachdem der Knochen vermutlich zum Schädel gehörte, war es vielleicht ein Oberarmknochen oder ein Schienbein.

»Vielleicht ist da ein komplettes Skelett in der Halde«, sagte Knappe und zog ein Gesicht, das allen klar machte, dass er über diese Neuigkeit nicht glücklich war. »Warten wir mal lieber auf die Polizei.«

Sandra zitterte immer noch, als sie in ihrem Büro ankam. Sie ging sofort zu Richter, um ihm die Situation zu schildern.

»Der Mann ist komplett ausgerastet, als ich ihn berührte! Und seine Wohnung ist voll mit Sandstein. Wir brauchen ein psychologisches Gutachten über seinen Zustand. Ich hätte nicht alleine hingehen sollen, ich weiß. Aber damit konnte ich doch nicht rechnen.« Sie war völlig aufgelöst.

Richter beruhigte sie und rief umgehend Dr. Walter an, einen Psychologen, der seines Wissens nach mit Trauma-Patienten arbeitete. Der ließ sich die Situation schildern.

»Ohne den Patienten zu kennen, ist es sehr schwer, sein Verhalten einzuschätzen. Was ich aber über komplexe Störungen bei ehemaligen Gefangenen sagen kann, ist Folgendes: Viele Patienten leiden auch Jahre nach diesem Trauma noch heftig unter dem Erlebten. Sie haben Zwangsstörungen, durchleben Depressionen oder chronische Schmerzen und sind schreckhaft und reizbar. Sogenannte Trigger können zu Kontrollverlust führen. Ein bestimmtes Verhalten löst beim Patienten wie auf Knopfdruck Herzrasen, Zittern, Atemnot oder eben auch eine heftige Abwehrreaktion aus. Ich könnte mir vorstellen, dass das in diesem Fall geschehen ist. Wo genau haben Sie den Mann angefasst?«, fragte Dr. Walter.

Sandra saß mit Richter vor dem laut gestellten Telefon und überlegte.

»Im Nacken. Ich wollte ihn eigentlich an der Schulter berühren, aber weil er sich in dem Moment drehte, habe ich ihn am Nacken erwischt.«

»Eine sensible Stelle bei Menschen, die gefoltert wurden. Möglicherweise war das ein Trigger. Hat der Patient psychologische Unterstützung?«

»Ich weiß es nicht.«

»Hm.«

»Dr. Walter, nur hypothetisch: Wenn jemand von jahrelanger Gefängnishaft traumatisiert ist und noch heute auf solche Trigger reagiert, kann es dann auch sein, dass er von sich aus gewalttätig wird?«

Sandra konnte sich nach diesem Nachmittag durchaus vorstellen, dass Peter Zänker zu mehr als nur einem Aufbäumen fähig war, wenn man ihn falsch anfasste.

»Sehr unwahrscheinlich. Mir ist bisher kein Fall bekannt. Diese Menschen haben erst als Erwachsene Gewalt erfahren. Das ist nicht wie bei Kindern, die das Erlebte später bei anderen wiederholen. In der Regel sind diese Menschen eher ängstlich und unsicher, kapseln sich ab und sind sehr vorsichtig im Umgang mit anderen.«

»Das trifft auf diesen Mann absolut zu«, bestätigte Sandra.

Sie beruhigte sich zunehmend, aber sie ärgerte sich, dass sie sich so von ihren Gefühlen hatte leiten lassen. Hätte sie nicht versucht, Peter Zänker anzufassen, wäre wahrscheinlich nichts passiert.

Sie bedankte sich bei Dr. Walter und bei Richter.

»Keine Ursache, Frau Kruse, Sie machen hier eine sehr gute Arbeit.« Richter klopfte ihr aufmunternd auf die Schulter.

Auf dem weiß gekiesten Platz vor der Villa stand bereits ein kleiner Fiat mit Sebnitzer Kennzeichen. Als Leo aus dem Wagen ausstieg, kam aus dem Bungalow rechter Hand eine Frau in schwarzer Jogginghose und knallgelbem T-Shirt. Sie zog die Tür hinter sich zu.

»Frau Zänker?«, fragte Leo.

»Nein, ich Olga.« Sie schüttelte den Kopf so heftig, dass ihr dunkler Pferdeschwanz umherschlackerte, als wolle sie Fliegen abwehren.

»Können Sie mir sagen, wo ich Herrn Zänker finde?«

Sie streckte die Hand aus und deutete auf die flachen Gebäude gegenüber. In der Reihe sah er dort vier Garagentore, dann zwei Fenster und einen Eingang, an dem ein Firmenschild mit dem Namen »Zänker und Sohn Bau GmbH« hing. Weiter vorn war er schon an einem Bauhof mit Lagerhalle und verschiedenen Baugeräten vorbeigekommen, aber da waren alle Türen verschlossen gewesen. Kein Wunder, an einem Freitagnachmittag.

Er bedankte sich und wandte sich nach links, drehte sich dann aber noch mal um, als die Frau schon die Fahrertür ihres Fiats in der Hand hatte.

»Ich heiße Leo Reisinger. Und wer sind Sie?«

»Ich Olga Mihalic, nicht wohne hier, ich mache sauber.« Sie schenkte ihm ein freudloses Lächeln, winkte kurz und stieg ein.

Er ging zur Tür zum Nebengebäude und drückte, da es keine Klingel gab, die Klinke.

Von dem nüchternen Flur gingen vier Türen ab.

»Herr Zänker?« Er rief es laut und begann, an die Türen zu klopfen. Sofort öffnete sich die links von ihm gelegene und ein bulliger Mann in den Siebzigern füllte den Türrahmen aus.

»Wie sind Sie hier reingekommen?« knurrte er Leo an.

Der zeigte seinen Ausweis und stellte sich vor.

»Das Tor unten war offen«, sagte er, weil ihm einfiel, dass er da nicht geklingelt hatte.

Die aggressive Abwehrhaltung wich aus Zänkers Gesicht und machte gespannter Aufmerksamkeit Platz. Hinter Zänker sah Leo ein Büro mit Schreibtisch, Schränken und jeder Menge beschrifteter Ordner.

»Sie sind Hartmut Zänker?«

Er nickte.

»Ich möchte mit Ihnen und Ihrem Sohn über Dr. Isabell Obermann sprechen.«

»Jens ist noch auf der Baustelle«, knurrte Zänker, »der ist vor sechs Uhr abends nicht zurück. Worum geht's denn?«, fragte er und trat einen Schritt zurück. Er wies auf einen einsamen Stuhl neben der Tür und schob sich wieder hinter den großen Schreibtisch.

Leo zog sich den Stuhl so nah wie möglich an den Tisch und setzte sich.

»Sie kennen Isabell Obermann?«

Zänker nickte leicht und Leo konnte sehen, dass seine Kiefer beständig mahlten. Trotz seines Alters wirkte er kräftig und muskulös. In seinen besten Jahren musste er die Statur eines Bulldozers gehabt haben.

»Seit wann kennen Sie sie?«

»Seit letztem Dienstag. Aber wieso fragen Sie mich das?«

»Isabell Obermann hatte am Dienstagabend einen schweren Autounfall.«

»Oh, das tut mir leid. Aber sie fährt auch ein ziemlich schnelles Auto. Was genau ist passiert?«

Zänker wirkte angespannt, er schob planlos Papiere auf dem Tisch hin und her.

»Sie ist von der Straße abgekommen, der Wagen hat sich überschlagen.«

»Bedauerlich. Ich verstehe trotzdem nicht, wieso ...«

Leo unterbrach ihn. »Es gibt ein paar Ungereimtheiten bei diesem Unfall, deshalb versuchen wir nachzuvollziehen, wie, wo und mit wem Isabell Obermann die Zeit davor verbracht hat. Da Sie einer derjenigen sind, mit denen sie an diesem fraglichen Tag gesprochen hat, wäre es hilfreich, wenn Sie mir darüber berichten.«

Zänker lehnte sich zurück und atmete laut ein. Dann zog er die Mundwinkel zu einem Lächeln hoch.

»Mir scheint, dieses Gespräch dauert länger. Möchten Sie einen Kaffee? Ich brauche jetzt unbedingt einen Kaffee. Ich bin gleich wieder bei Ihnen.«

Damit verließ er seinen Schreibtisch und verschwand auf dem Flur.

Leo probierte den Kaffee, den Zänker kurz darauf hereinbalancierte, und fand ihn köstlich, Zänker ließ sich wieder hinter seinem Schreibtisch nieder und war nun deutlich freundlicher als zuvor.

»Also, Isabell Obermann kam am Dienstagvormittag hier vorbei, weil sie etwas über ihre Mutter wissen wollte. Sie hatte ein Foto von unserem Steinmetz-Treffen 1982 auf der Wartburg dabei und von einem früheren Kollegen meinen Namen erfahren. Auf dem Foto war auch ihre Mutter zu erkennen und sie wollte von mir wissen, wann ich die zuletzt gesehen habe. Ich warne Sie, das ist eine komplizierte Geschichte.«

»Ich habe Zeit, Herr Zänker, erzählen Sie sie mir!«, forderte ihn Leo auf. Was Zänker dann berichtete, ähnelte dem, was er von dessen Ex-Frau Margarete wusste. Außer der Tatsache, dass Zänker keinen Hehl daraus machte, dass er seinen Sohn Peter als Opfer einer gelangweilten westdeutschen Tussi sah, der es nie um echte Liebe gegangen war.

»Ihre Mutter ist nach der Wende hier kurz aufgetaucht, aber da war Peter noch in Bautzen. Dann hat sie sich aus dem Staub gemacht. Sie hatte sich wohl bei meinem Sohn entschuldigen wollen, aber sie mochte nicht warten, bis er aus dem ›Gelben Elend‹ entlassen war. Sie ist weg und kam nie wieder. Sie wollte nach Amerika, sagte sie. Es tat mir leid, dass ich Frau Obermann das am Dienstag so sagen musste, aber es ist die Wahrheit.«

»Wie hat sie das aufgenommen? Das Bild, das sie von ihrer verschwundenen Mutter hatte, wurde durch ihre Schilderung ja nicht unbedingt positiv verändert.«

Zänker hob die Schultern und zeigte seine Handflächen, als wolle er sich ergeben.

»Frau Obermann war hier, weil sie etwas über diese Frau erfahren wollte. Ich habe ihr gesagt, wie es war. Frau Obermanns Mutter hat nicht nur das Leben von Peter, sondern auch das ihrer Tochter kaputtgemacht. Für die war das sicherlich nicht leicht, und sie war verständlicherweise sehr betroffen, als sie ging.«

»Wie sehr hat sie das Gesagte mitgenommen?«

Zänker blies die Wangen auf. Die Frage gefiel ihm nicht, das war deutlich zu merken.

»Mit so Gefühlskram kenne ich mich nicht gut aus. Doch ich würde sagen, sie war enttäuscht, aber gefasst.«

Leo beugte sich über seinen Schreibblock und kritzelte ein paar Worte. Enttäuscht und gefasst, diese Beschreibung traf auch auf ihn perfekt zu. Aber um ihn ging es hier nicht.

»Wie lange war Frau Obermann am Dienstag bei Ihnen?«, fragte er.

Zänker kniff die Augen zusammen.

»Sie war hier gegen Mittag und nicht länger als eine Stunde. Sie wollte sicher noch zu Peter.«

Leo machte sich Notizen und sah dann auf.

»Haben Sie sie danach noch einmal gesehen oder gesprochen?«

Zänker schüttelte vehement den Kopf.

»Nein! Ich habe ihr alles erzählt, was ich wusste, wozu hätte sie auch noch mal hierherkommen sollen?«

»Ihren Sohn Jens, hat sie den an diesem Tag auch getroffen?«

»Nein, sie war bei mir drüben im Haus.« Zänker nahm noch einen Schluck Kaffee, dann fügte er hinzu: »Obwohl, der Jens war mittags zum Essen da und hat sie beim Wegfahren kurz gesehen. Aber die beiden haben nicht miteinander gesprochen.«

»Was ist mit der Frau Ihres Sohnes? Oder gibt es sonst noch jemanden, der mit Frau Obermann Kontakt hatte, als sie hier bei Ihnen war?«

»Niemand. Sie hat sich nur mit mir unterhalten.«

»Ist Ihre Schwiegertochter zu sprechen?«

»Nein«, knurrte Zänker, »die ist in Dresden unterwegs.«

»Können Sie mir bitte ihre mobile Telefonnummer geben?« Leo zückte den Stift, um die Zahlen zu notieren.

»Sie hat kein Handy.«

»Tatsächlich?« Leo zog die Augenbraue hoch. Das war ungewöhnlich, aber schließlich nicht verboten.

»Gut. Danke.«

Leo schob seine Visitenkarte über den Schreibtisch und bat Hartmut Zänker anzurufen, falls er noch etwas zu

Isabell Obermanns Besuch mitzuteilen habe. Dabei fiel ihm ein, dass er sich dringend um ein neues Handy kümmern musste.

Kurz vor achtzehn Uhr waren alle wieder im Präsidium versammelt. Sandra hatte sich beruhigt.

Während Julia die Protokolle der Gespräche mit den Uni-Mitarbeitern und Studenten auf den Tisch legte, verputzte Sascha noch eben eine Eierschecke und leckte sich die Finger dabei.

Es war Sandra ein Rätsel, wie er es geschafft hatte, in den letzten zwei Monaten fünf Kilo abzunehmen, obwohl sie ihn dauernd essen sah. Als er ihren Blick auffing, sagte er:

»Wenn ich freitags schon Überstunden machen muss, will ich dabei wenigstens nicht verhungern.«

Leo verkniff sich ein Lächeln und machte per Geste klar, dass er endlich fertig werden wollte.

»Irgendwas Interessantes bei euch?«, fragte er Sascha.

Julia nickte, Sascha schüttelte den Kopf.

»Was?«

Sandra schaute Julia an, aber ihr entging nicht, dass Sascha die Augen rollte.

»Ein Student, der ebenso wie Answald Aurich einem auswärtigen Kongress-Gast zugeteilt war, hat uns gesagt, dass er sich vorstellen könne, dass Aurich selbst hinter der Kampagne gegen den Vortrag von Isabell Obermann stecken könnte. Denn er wäre Mitglied bei der Identitären Bewegung. Das sind ...«

»Ich weiß, wer die sind«, unterbrach Sandra sie. »Ich dachte, die Protestaktion war von einer linken Studentengruppe angekündigt worden?«

Julia hatte rote Flecken auf den Wangen.

»Ja, aber dann gab es auch einen Gegenaufruf von einer Gruppe, die sich dem rechten Spektrum zuordnen lässt.«

Sascha mischte sich ein.

»Keiner der Kongress-Teilnehmer, die wir heute sprechen konnten, hat sonst irgendwas Sachdienliches beitragen können. Alle kannten Frau Obermann vom Namen oder von ihren Veröffentlichungen, aber keiner hatte privat oder beruflich mehr mit ihr zu tun oder konnte uns sagen, was sie vor oder nach dem Workshop getan hat. Sie scheint auf keiner der anderen Veranstaltungen gewesen zu sein, jedenfalls hat niemand sie gesehen.«

»Ich habe bei diesem Aurich trotzdem einen Verdacht«, mischte sich Julia wieder ein. »Sollte es uns nicht stutzig machen, dass der immer dann ins Scheinwerferlicht gerät, wenn etwas mit Isabell Obermann passiert? Die Sache mit Ostrau: Das ist ziemlich nah an der alten Rennstrecke und er hat kein Alibi für die Zeit des Unfalls. Der Anschlag in der Klinik. Jetzt dieses politische Engagement. Und er war heute nicht an der Universität.«

Sandras Instinkt sagte ihr, dass nichts an Julias Verdacht solide war. Aber Leo griff ihn auf.

»Das klingt schon sehr merkwürdig. Ich finde, wir können ihn als möglichen Täter nicht ausschließen.«

Julia warf ihm ein dankbares Lächeln zu.

»Na gut, du kannst dich ja weiter darum kümmern«, meinte Sandra, obwohl sie der Meinung war, dass Answald Aurich als Täter nicht infrage kam. Sie deutete auf ihre Notizen.

»Leo und ich haben mit Margarete Zänker gesprochen. Um es kurz zu machen: Isabell Obermann hat sie am Dienstagnachmittag besucht und von ihr einiges über ihre verschwundene Mutter erfahren, unter anderem, dass einer der beiden Söhne von Margarete Zänker, ein Peter Zänker, ihr biologischer Vater ist.«

»Ups!« Sascha schaute wie ein Auto.

»Sie ist dann mit ihrer neuen Großmutter zu ihrem ›neuen‹ Vater gefahren und ich wollte heute Nachmittag mit ihm sprechen, aber …«

Sandra spürte, wie ihr die Stimme versagte und ein dicker Kloß in ihren Hals stieg.

»... der Mann ist völlig ausgerastet. Ich habe eine Beule am Hinterkopf und dann haben die mich rausgeworfen!«

Sie spürte, wie ihr nun doch die Tränen in die Augen stiegen. Sowas sollte einer erfahrenen Kriminalbeamtin wie ihr nicht passieren.

»Was?!« Leo legte ihr sofort seine Hand auf den Arm und sah sie besorgt an. »Hat er dich angegriffen?«

Julia und Sascha hörten ihr genau wie Leo mit offenem Mund zu.

»Nicht so richtig. Er hat mich weggestoßen, als ich ihn beruhigen wollte. Ich hatte ihm ja sagen müssen, dass Isabell Obermann im Krankenhaus liegt. Das ging ihm sehr nahe. Aber dann hat er mich weggeschlagen ...«

Sandra räusperte sich und fand wieder zu ihrer festen Stimme.

»Als ich zurück war, hat Richter einen Psychologen angerufen, um sich dieses Verhalten erklären zu lassen. Dr. Walter meinte, es gäbe bei Trauma-Geschädigten sogenannte Trigger, also Auslöser, für bestimmte Handlungen. Er vermutete, dass es sowas gewesen sein könnte. Aber das wirklich Erschreckende für mich war, dass seine Wohnung voll mit Sandsteinen ist.«

Sie schaute in die Runde.

»Isabell Obermann wurde vor ihrem Unfall mit einem kantigen Sandstein am Kopf verletzt.«

Stille legte sich schwer auf die Gruppe.

Erst nach einer Weile wagte Leo, wieder zu sprechen.

»Noch reicht das kaum für einen Haftbefehl aus. Und das nächste Gespräch führen besser Sascha und ich mit ihm. Du solltest dich von ihm fernhalten, Sandra.«

Sie nickte. Das war wohl die beste Lösung. Bisher hatten sie ja keine Aussage von Peter Zänker zum fraglichen Dienstagabend.

»Wir haben sowohl der Mutter als auch dem Sohn eine Aufforderung geschickt, sich am Montag hier im Präsidium zu einem Gespräch einzufinden.«

Sie sah zu ihm rüber.

»Wie war es bei den beiden Baulöwen?«

Leo berichtete von seinem Gespräch mit Hartmut Zänker und dessen Aussagen. »Bisher klingt das logisch und wahrheitsgemäß. Aber mit Jens und seiner Frau muss noch jemand sprechen.«

»Gut, das übernehme ich dann nächste Woche. Jetzt brauche ich was zu trinken«, schloss Sandra diese späte Versammlung.

Sandra kippte sich den vierten Gin Tonic viel zu schnell hinunter, sie hatte eindeutig genug für heute.

»Was für ein Scheißtag«, murmelte sie und hob ihr Glas, um Leo und Julia zuzuprosten. Die beiden waren erst bei ihrem zweiten Glas. Als Sandra dem Barkeeper ein Zeichen gab, dass sie noch einen wolle, ging Leo dazwischen.

»Sandra, es reicht, glaub mir. War ein harter Tag für dich.«

Er bat den Mann hinter dem Tresen, ein Taxi zu rufen. Sandra protestierte, konnte aber schon nicht mehr sauber artikulieren.

»Brauch keinen Babysitter!«, nuschelte sie, aber sie ergab sich.

»Na gut, fahre ich eben nach Hause. Was 'n Alptraum!«, wiederholte sie immer wieder und sowohl Leo als auch Julia konnten ihr kaum widersprechen. Ihr Besuch bei Peter Zänker war ein echtes Desaster gewesen.

Als der Taxifahrer an die Theke kam, führte Leo Sandra hinaus zum Wagen, drückte sie sanft auf die Rückbank und tätschelte ihr die Wange.

»Schlaf dich ordentlich aus, Sandra. Sowas kann jedem passieren.«

Er gab dem Fahrer zwanzig Euro, weil er nicht wusste, ob Sandra noch fähig sein würde, zu zahlen, und sah dem Wagen hinterher.

Drinnen an der Bar verlangte er die Rechnung. Er fand, dass es auch für ihn langsam Zeit war, nach Hause zu gehen. Julia war auf Sandras Hocker gerückt und atmete tief durch.

»Puh, die hat's ja völlig aus der Bahn geworfen.«

»Sandra ist Perfektionistin. Wenn ihr sowas passiert, sieht sie es als persönliche Niederlage«, verteidigte Leo seine Kollegin. »Wollen wir auch langsam gehen?«, fragte er und legte einen Fünfzig-Euro-Schein auf die Rechnung.

Julia drehte sich zu ihm, und war plötzlich mit ihrem Gesicht so nah, dass er beinahe ihre Nasenspitze berührte. Ihre Lippen waren leicht geöffnet und ihr Blick so eindeutig, dass er sofort kapierte.

»Gern«, sagte sie. »Zu mir oder zu dir?«

11 Samstag

Als er aufwachte, hörte Leo ein Atemgeräusch, das nicht seines war, und wusste sofort, dass er einen Fehler gemacht hatte. Julia lag neben ihm. Immer noch. Warum war sie nicht gegangen? Wie wurde er sie jetzt los?

Leo hielt die Augen geschlossen und überlegte. Draußen hörte er Regen und das Licht, das durch die Vorhänge sickerte, war grau und trübe. Seine Stimmung sank in den Keller. Den gleichmäßigen Atemzügen nach, schlief sie noch tief und fest.

Am liebsten hätte er sich auf und davon gemacht, aber das kam nicht infrage. Das hier war schließlich seine Wohnung Was hatte er sich gestern Abend bloß gedacht?

Ein bisschen Ablenkung wäre ja noch in Ordnung gewesen, aber seine Kollegin? Julia, die möglicherweise demnächst fest in der Abteilung arbeiten würde? Er musste zugeben, dass er überhaupt nicht gedacht hatte. Der Gin hatte ihm ein völliges Gehirnblackout beschert, anders konnte er das nicht formulieren. Seine Erinnerung an diese Nacht war die an einen sportlichen Wettkampf. Julia war fordernd gewesen, er hätte das abbrechen sollen. Aber nun war es zu spät.

Leo musste an Sandra denken und dass es sie verletzen würde, wenn sie es rausbekäme. Komischer Gedanke, aber er war da. Wegen Veronika machte er sich dahingehend keine Sorgen, diese Fronten waren klar.

Vorsichtig schälte er sich aus seiner Decke und schlich ins Badezimmer.

Nach der Dusche setzte er Kaffee auf und wartete. Es dauerte nicht lange, bis Julia im Flur erschien, auf nackten Füßen, verwuschelt und zerknautscht, aber offenbar bester Laune. Sie trug eines seiner Polohemden, was er durchaus nicht in Ordnung fand. Es hing ihr fast bis zu den Knien. Sie kam strahlend zu ihm in die Küche und er hielt ihr eine Kaffeetasse entgegen.

»Guten Morgen, Leo!« Für sie schien die Welt in bester Ordnung zu sein.

Er schaffte nur ein kleines Lächeln.

»Wusste ich doch, dass wir ein super Team sind!«

Das fühlte sich für ihn an wie Himbeereis auf einem Schnitzel.

»Also, ich gehe davon aus, dass diese Sache hier unter uns bleibt, Julia, ja? Es ist nicht gut für unser Arbeitsklima, wenn die anderen mitbekommen, was da ...«

Sie ließ ihn nicht ausreden.

»Natürlich bleibt das unter uns. Es würde ansonsten einen schlechten Eindruck machen, wenn du dich für meine Versetzung in die Abteilung stark machst.«

Sie lächelte vielsagend und ihm blieb plötzlich die Luft weg. Daher wehte der Wind! Er musste kurz die Augen schließen, weil es kaum auszuhalten war, dass er sich in so eine Situation manövriert hatte.

»Dafür gibt es vorgegebene Dienstwege. Ich kann keinen Einfluss nehmen.«

»Blödsinn!«

Julia knipste ihr Lächeln aus und stellte ihren Kaffeepott auf den Tisch.

»Natürlich hat es Gewicht, wenn sich alle im Team für mich stark machen.«

Er hätte ihr am liebsten eine Ohrfeige verpasst. Seine Hände krallten sich so fest um seine Tasse, dass es ihn nicht gewundert hätte, wenn sie zersprungen wäre. Er versuchte, ganz ruhig und gelassen zu bleiben, obwohl sein Puls hochgeschnellt war.

»Du glaubst doch nicht im Ernst, dass ich und meine Kollegen sich für dich einsetzen, wenn du versuchst, mich auf so plumpe Weise zu erpressen. Bitte geh und lass mich in Ruhe.«

Er hatte wirklich keine Lust mehr, mit dieser Frau zu reden. Es war, als hätte sie über Nacht die Persönlichkeit gewechselt, als wäre sie zu einer völlig Fremden geworden.

Auch so funktionierte also Enttäuschung. Erst Veronika, nun Julia. Was hatte er den Frauen dieser Welt angetan, dass er zweimal so kurz hintereinander von ihnen verraten wurde?

Julia setzte wieder ihren neckischen Blick auf. Sie konnte den offenbar übergangslos ein- und ausschalten.

»Leo, halte mich nicht für dumm. Sandra und Sascha würden dir das notfalls verzeihen. Aber deine Freundin Veronika wäre wohl nicht so erfreut, wenn ich ihr kurz vor eurer Hochzeit Fotos von dieser Nacht schicke.«

Sandra wachte mit Kopfschmerzen auf und rollte sich sofort wieder in ihre Bettdecke, als die Bilder vom Gespräch mit Peter Zänker in ihr aufstiegen. Der Mann hatte erst so zerbrechlich gewirkt und dann war die Situation so aus dem Ruder gelaufen. Auch nach der Erklärung durch den Psychologen war die Situation für sie noch immer nicht greifbar. Dieser Mann, der für seine große Liebe ins Gefängnis gegangen war, würde doch nicht seine eigene Tochter verletzen, oder? Aber seine Werkstatt war voll mit möglichen Tatwaffen, die zu Isabell Obermanns Kopfwunde passten, und ihre Kleidung war voller Sandsteinstaub gewesen.

Unruhig wälzte sie sich hin und her. An Schlafen war nicht mehr zu denken. Hinter ihrer Stirn pochte konstant der Schmerz.

Sie würden nicht nur noch einmal mit Peter Zänker sprechen müssen, sondern auch mit seinen Nachbarn. Das Auto von Isabell Obermann war markant genug, dass es Anwohnern hätte auffallen können, auch nachts. Ein psychologisches Gutachten war ebenfalls angebracht, sofern sich der Verdacht erhärten würde.

Sie wollte nicht mehr an den Fall denken, andererseits half es ihr, wieder Kontrolle über ihre Gefühle zu bekommen. Peter Zänker hatte sie eigentlich nur heftig mit dem

Arm von sich gestoßen, aber sie empfand das immer noch als Angriff. Dass sie so unglücklich gegen das Tischbein gefallen war, konnte sie ihm nicht ankreiden. Hätte sie fester gestanden und nicht so weit vornübergebeugt, hätte er wahrscheinlich nur ihre Hand weggeschlagen.

Vorsichtig tastete sie nach der Beule an ihrem Hinterkopf. Die schmerzte bei der Berührung ihrer Fingerspitzen und sie zuckte zurück. Dabei waren die Kater-Kopfschmerzen schon übel genug.

Möglicherweise war Isabell Obermann auch in so eine Trigger-Falle geraten, hatte eine heftige Reaktion bei ihrem Vater ausgelöst und schon war es passiert. Aber ohne Hilfe hätte er Isabell wohl kaum aus seiner Wohnung und an die Straße nach Hohnstein bringen können. Und seine Mutter hatte noch nicht mal ein eigenes Auto. Angeblich ließ er niemanden ohne sie in die Wohnung. Aber wenn er doch Komplizen hatte?

Es hatte keinen Zweck, vage Hypothesen zu spinnen, es ging um Fakten. Sie stand auf und schlurfte ins Badezimmer.

Nach dem Frühstück und einer Tablette gegen die Kopfschmerzen fühlte sie sich besser. Unschlüssig wanderte sie in ihrem Wohnzimmer vor der Balkontür auf und ab. Das Wetter war trüb und regnerisch, der ideale Tag, um die Wohnung zu putzen, die Wäsche zu waschen und Vorräte einzukaufen.

Aber noch konnte sie die Sache nicht ruhen lassen. Sie rief Richter an und holte sich sein Einverständnis, dann veranlasste sie bei der Wochenend-Bereitschaft, dass zwei Beamte in Uniform die Nachbarn – sowohl von Margarete als auch von Peter Zänker – zum Ablauf des Abends und der Nacht vom Dienstag auf Mittwoch befragten.

Als Julia endlich verschwunden war, hielt es Leo nicht mehr in seiner Wohnung aus. Er zog sich Sportschuhe an und joggte die Elbe entlang flussaufwärts, bis ihm übel wurde. Schwer atmend blieb er hinter Blasewitz ein paar Minuten stehen und trottete dann in langsamerem Tempo zurück. Er war nass bis auf die Haut, aber solange er sich bewegte, war es in Ordnung.

Erst gegen Mittag kam er wieder in seiner Wohnung an, duschte und machte sich sofort auf den Weg in sein Lieblings-Döner-Lokal in der Alaunstraße. Danach war er wieder einigermaßen mit der Welt versöhnt. Er würde sich wegen Julia etwas überlegen, so ungeschoren würde er sie nicht davonkommen lassen.

Mit seiner Mutter konnte er darüber nicht sprechen, Sandra und Sascha fielen ebenfalls aus. Seine Dresdner Stammtischjungs wollte er nicht in interne Details seiner Polizeiarbeit einweihen. Als er an sein kaputtes Handy dachte, wurde ihm klar, dass er gern Patricks Meinung zu Julias Verhalten hören würde.

Er machte sich auf den Weg in den großen Elektronikmarkt hinter dem Hauptbahnhof und sah zu, dass er ein neues Telefon bekam.

Zwei Stunden später, die er damit verbracht hatte, sein neues Telefon zu konfigurieren, war Leo endlich startbereit. Er tippte Patricks Nummer ein und hoffte, dass er abnehmen würde.

»Henzel.« Er hatte Glück.

»Leo hier, wie geht es dir und wie geht es Isabell?«

»Die Ärzte sagen, sie macht gute Fortschritte. Ich bin optimistisch. Immerhin haben sie mich heute schon zweimal eine halbe Stunde zu ihr gelassen. Die Ärztin, die vorgestern so ruppig war, hat festgestellt, dass Isa auf meine Anwesenheit positiv reagiert. Ist das nicht ein sagenhafter Befund?«

»Hört sich gut an. Was machst du jetzt?«

»Durch die Stadt laufen und mir einen Schnupfen holen.«

»Wie wäre es mit einem Kaffee?«, fragte Leo. »Ich brauche deinen Rat.«

Sie verabredeten sich im ›Café Milchmädchen‹.

»Hallo Answald!«

Answald Aurich richtete sich auf und drehte sich um. Hinter ihm stand Wakanabe und hatte ebenfalls einen Korb mit schmutziger Wäsche in der Hand.

»Samstag ist Waschtag«, kicherte der magere Japaner und verzog seinen Mund zu einem Lächeln. Seine Zähne waren viel zu groß für seinen schmalen Körper, fand Aurich.

Beim letzten Treffen hatte Wakanabe lang und breit über die polychromen Marmor-Dekorationen im neapolitanischen Barock referiert, während er ihm im Gegenzug voller Vorfreude auf den Historiker-Kongress die Themen der einzelnen Vortragenden heruntergebetet hatte. Irgendwie hatten sie sich nie besonders viel Interessantes zu sagen, obwohl sie sich mochten.

Heute allerdings hatte Aurich eine echte Geschichte zu erzählen, die ihn als Held dastehen lassen würde.

»Du glaubst nicht, was mir in den letzten drei Tagen passiert ist«, sagte er triumphierend und stopfte den Rest seiner weißen T-Shirts in die Trommel.

»Habt ihr die Schuhgröße von Karl dem Großen herausbekommen?«, frotzelte Wakanabe und nahm die Waschmaschine neben Aurich in Beschlag.

Der knallte die Tür zu und warf das Bunt-Programm an.

»Ich habe dir doch von dem Historiker-Kongress an der Uni erzählt, bei dem ich mich freiwillig für die Betreuung eines auswärtigen Wissenschaftlers gemeldet habe. Ich habe tatsächlich meine Wunschkandidatin, Dr. Isabell Obermann, zugeteilt bekommen. Und eine Einladung zum Festessen mit dem Dekan war auch dabei«, begann er, aber Wakanabes Aufmerksamkeit ließ schon bedenklich nach.

»Also, erst hatte sie einen Autounfall. Und danach ist sie in der Uniklinik beinahe umgebracht worden und ich habe den Täter gesehen!«

Wakanabe starrte ihn lange mit seinen schmalen Augen an.

»Das ist wirklich passiert?!?«

Nach dem samstäglichen Großeinkauf versuchte Sandra, Leo zu erreichen. Sie hatte das Bedürfnis, sich zum einen für seine Fürsorge mit dem Taxi zu bedanken, zum anderen wollte sie mit einem Kollegen über Peter Zänker sprechen. Sascha war an diesem Wochenende mit seiner Melanie bei ihren Eltern in Rostock, den würde sie keinesfalls mit ihren Sorgen belästigen. Und Julia war zu unerfahren und ihr zu wenig vertraut.

Außerdem hatte ihr Leo immer noch nichts Näheres über sein Gespräch mit seiner Freundin erzählt. Sie versuchte es mit seiner Festnetznummer, sein Handy war ja aus bisher nicht erläuterten Gründen in Frankfurt kaputt gegangen. Doch in seiner Wohnung ging er nicht ans Telefon.

Enttäuscht gab sie auf. Dann eben nicht. Auf ihrer Wochenend-To-do-Liste standen genügend Punkte.

Sie holte den Staubsauger aus der Abstellkammer und legte los. Als Kind hatte sie nie verstanden, wieso ihre Mutter immer Putzlappen, Schrubber und Eimer aus dem Schrank holte, wenn sie Sorgen hatte. Damals, als ihr Bruder Tobias sich bei der Klassenfahrt das Bein gebrochen hatte, und später, als Opa mit dem Schlaganfall in die Klinik kam, war sie als Kind nachts davon aufgewacht, dass ihre Mutter jeden Topf in ihrer Küche polierte, die Ecken schrubbte und die Fenster wienerte, obwohl es dunkel war – bis sie am Morgen endlich die Nachricht bekam, dass alles gut gegangen war. Für ihre Mutter war das Putzen eine Art Mantra, das ihr half, die Zeit des Wartens zu überbrücken, und das, wenn sie es gründlich machte, das Schicksal auf die gute Seite wendete.

Erst, als sie längst ausgezogen war, hatte sie den Mechanismus verstanden. Wenn alles in Ordnung war, konnte ihre Mutter durchaus mit Staub auf der Kommode und Flusen unter dem Bett leben. Aber wenn jemandem aus der Familie etwas zustieß, wienerte sie die Wohnung auf Hochglanz.

Sandra glaubte nicht daran, dass man das Schicksal gnädig stimmen konnte. Putzen fand sie meistens nervig, aber ab und zu sehnte sie sich fast danach, einfach nur sauber zu machen und bei dieser stumpfsinnigen Arbeit ihre Gedanken dahinsegeln zu lassen. Das war ein fast meditativer Zustand, in dem sie sich selbst spürte und die Zeit vergaß.

»Es ist wunderbar, dass Isabell auf dem Weg der Besserung ist«, begann Leo, nachdem sie sich an einem gemütlichen Tisch in der Ecke niedergelassen hatten. »Ich weiß, dass du genug Sorgen hast, aber würdest du mir bitte noch einmal zuhören und deine Meinung sagen, so, wie du es vorgestern auf der Fahrt hierher getan hast?«

Patrick zog eine Augenbraue hoch.

»Falls das zur Gewohnheit wird, verlange ich in Zukunft Schweigegeld.«

Er grinste Leo an, aber dem war nicht zum Scherzen zumute.

»Genau darum geht es, Patrick, ich werde erpresst. War meine eigene Dummheit, aber nun sitze ich in der Klemme. Ich rede nicht gern über mein Privatleben. Aber nachdem du schon die Geschichte mit Veronika kennst ...«

Das Lächeln verschwand sofort aus Patricks Gesicht. Er schob die Ärmel seines schwarzen Baumwollpullis hoch und entblößte dabei seine muskulösen Unterarme. Ein paar Leute schauten von den Nebentischen zu ihnen herüber.

Patrick dämpfte seine sonore Stimme: »Mir ist klar, dass du nicht der Typ bist, der sein Innerstes gern nach außen krempelt. Aber ich bin froh um Ablenkung und höre dir gern zu. Mehr kann ich nicht versprechen. Dann schieß mal los!«

»Junge, Junge«, murmelte er, als Leo mit seiner Geschichte fertig war. »Nach zwei Gin Tonic verlierst du schon den Kopf? Du solltest entweder die Finger von harten Sachen lassen oder mehr üben.«

»War auf leeren Magen. Deshalb hat es Sandra ja auch so aus den Schuhen gehauen.« Mehr konnte Leo nicht zur Entschuldigung anführen.

»So, wie ich das sehe, hast du zwei Möglichkeiten, Leo. Aber du musst auf jeden Fall über deinen Schatten springen. Der Mensch ist ein soziales Wesen, auch wenn der alte Rousseau etwas anderes glauben wollte.«

Sandra wischte die Tastatur ihres Computers ab und stutzte. Hatte sie die nicht schon vor einer Stunde gereinigt? Ganz offensichtlich war sie fertig. Die Wohnung glänzte, dafür war sie verschwitzt und die Haare hingen ihr wirr ins Gesicht.

Sie legte den Lappen weg und schaltete den Rechner ein. Nachdem sie kurz ihre E-Mails überflogen hatte, tippte sie »DDR Gefängnis Bautzen« in die Suchmaske ein. Schnell landete sie auf der Seite über die Gedenkstätte, wo sie Peter Zänker in einer Liste mit Namen der Gefangenen und Links zu Erlebnisberichten der Insassen fand.

Drei Stunden später war sie erschüttert. Rund ein Drittel der politischen Gefangenen der damaligen DDR waren bis heute depressiv, viele litten an sogenannten Angsterkrankungen, waren verbittert oder anhaltend traumatisiert. Mehrere Studien belegten die besonders belastenden Bedingungen und Folgen der Gefangenschaft für politisch Inhaftierte. Dass Peter Zänker damals als junger, künstlerisch veranlagter Mann in diese Mühlen geraten war, weil er unbedingt bei seiner geliebten Marie sein wollte, hatte ihn möglicherweise noch mehr aus der Bahn geworfen, als wenn er voller politischer Überzeugung die Flucht versucht hätte. Er hatte kein seelisches Rüstzeug gehabt, um sich gegen die Vorwürfe von Landesverrat und Republikflucht zu verteidigen, war er doch nur seinen romantischen Gefühlen gefolgt.

Sandra klappte ihren Laptop zu und schaute hinaus auf die Baumwipfel, von denen Wind und Regen die ersten Blätter zupften.

Was war einem Mann wie Peter Zänker zuzutrauen? War er fähig, nach dieser Leidenszeit im Gefängnis und nach der unglaublichen Enttäuschung, dass Marie ihn kurz vor seiner Entlassung plötzlich und unerwartet doch im Stich gelassen hatte, seiner Tochter etwas anzutun?

Ein lautes Klingeln riss Sandra aus ihren Gedanken. Zögerlich ging sie an die Freisprechanlage neben der Wohnungstür.

»Ja, bitte?«

»Leo hier, kann ich bitte mit dir reden?«

Eine Hitzewelle rollte durch ihren Körper. Sie war in Jogginghose und ausgeleiertem T-Shirt, verschwitzt von der Putzarbeit und absolut nicht präsentabel. Hektisch fuhr sie mit den Händen durch ihre Haare und versuchte, wenigstens eine Andeutung von Ordnung hineinzubringen.

Sie drückte auf den Knopf mit dem Schlüssel und rief ins Mikrofon:

»Nimm bitte die Treppe, ich brauche ein paar Minuten, um mich umzuziehen!«

12 Sonntag

Mit einer Brötchentüte unter dem Arm und der Kapuze seiner Regenjacke tief ins Gesicht gezogen, schlurfte Answald Aurich nach Hause. Die uralte Jogginghose schlabberte um seine Waden. Die halbe Nacht lang hatte er seine neuen Fotos vom Vollmond sortiert und danach an seiner Doktorarbeit geschrieben, aber alles war so mühsam gewesen. Trotzdem hatte er danach nicht schlafen können. Die Sache mit Isabell Obermann machte ihn fertig. Dauernd fragte er sich, was er hätte tun können, um dieses Desaster zu verhindern, wo er sich lieber hätte raushalten sollen und wo er einfach zu viel Initiative gezeigt hatte.

Der Regen machte ihn etwas munterer, die Kühle auch, aber innen drin war er völlig erschöpft. Vielleicht würde er nach dem Frühstück endlich eine Runde schlafen können. Er hoffte es.

Vor der Eingangstür zum Wohnheim standen ein Mann und eine Frau. Beide sahen nicht wie Studenten aus, obwohl die Frau sicher nicht viel älter war als er selbst. Sie trug teuer aussehende Lederstiefeletten und einen elegant glänzenden Regenmantel. Der Mann neben ihr war älter. Seine Jeans war speckig, die vielen Taschen seiner schwarzen Jacke waren ausgebeult. Trotzdem hing auch noch eine mächtige Umhängetasche an seiner Schulter. Aurich fragte sich kurz, was der wohl alles mit sich herumschleppte, aber eigentlich interessierte es ihn nicht. Beide studierten das Klingelschild.

»Kann ich Ihnen helfen?«, sagte er ohne große Motivation und holte seinen Schlüssel aus der Jackentasche.

»Guten Morgen! Wir suchen einen Answald Aurich. Kennen Sie den?« Die junge Frau war ziemlich stark geschminkt für den frühen Sonntagmorgen. Aurich war irritiert, aber zu müde, um sich Gedanken zu machen.

»Das bin ich. Worum geht's?«

»Was für ein Glück!«

Bevor er protestieren konnte, hatte der Mann eine Kamera in der Hand und knipste Fotos von ihm, während die Frau ihm ihr Smartphone wie ein Mikrophon vors Gesicht hielt.

»Ich bin Susan. Herr Aurich, was haben Sie mit der verunglückten Historikerin Dr. Isabell Obermann zu tun?«

Answald Aurich fühlte sich völlig überrumpelt. Sein Gehirn funktionierte noch nicht in der gewohnten Geschwindigkeit. Er presste die Brötchentüte vor seine Brust und stammelte:

»Moment, Sie können mich doch nicht einfach fotografieren. Wer sind Sie überhaupt?«

Die junge Frau betete ungeduldig noch mal herunter, was sie schon erwähnt hatte.

»Ich bin Susan Nikus von der Lokalredaktion der Dresdner Nachrichten. Ich habe ein paar Fragen an Sie: Zum Beispiel, wie Sie zu diesem merkwürdigen Vornamen gekommen sind? Oder seit wann Sie Mitglied der Identitären Bewegung sind? Wie war Ihr Verhältnis zu Dr. Obermann und wieso haben Sie kein Alibi für die Zeit ihres fingierten Unfalls?«

Atemlos schob Aurich das Handy der jungen Frau weg.

»Was?! Das geht Sie überhaupt nichts an! Ich habe mit dem Unfall von Dr. Obermann nichts zu tun. Darum kümmert sich die Polizei. Ich verbiete Ihnen, Fotos von mir zu benutzen!«

»Herr Aurich, ...«

Er öffnete die Haustür und rannte los, um die beiden Eindringlinge hinter sich zu lassen.

»Herr Aurich, wir wollen doch nur mit Ihnen reden! Warum waren Sie bei Frau Obermann in der Klinik? Haben Sie versucht, sie umzubringen?«, hörte er sie hinter sich rufen. Als er in seiner Wohnung war und die Tür hinter sich verriegelte, war er schweißnass und panisch. Das war ja die reinste Hexenjagd. Wie kam diese Journalistin an seinen Namen, seine Adresse und die Informationen?

Er fühlte sich wie Freiwild, auf das jeder losgehen durfte, der Lust dazu hatte. Was war da passiert?

Die aufgeweichte Papiertüte gab ihren Dienst auf und seine drei Brötchen kullerten durch den engen Flur.

Es regnete immer noch. Als Sandra aufwachte, wünschte sie sich, dass dies ein total langweiliger, ereignisloser Sonntag werden möge. Ohne schwere Gedanken, ohne unerwünschte Geständnisse, ohne Zweifel und Sorgen.

An Leos Besuch hatte sie ziemlich zu knabbern. Sie war am Vorabend tatsächlich ausfallend geworden und hatte ihn beschimpft, weil er sich nicht unter Kontrolle gehabt hatte. Aber natürlich hatte sie ihren Anteil an dieser Entgleisung, und auch ihr Zustand war am Freitag alles andere als kontrolliert gewesen. Sie hasste es so, Fehler zu machen! Aber sie hatte Fehler gemacht, vor allem mit Julia, und sie würde das wieder ausbügeln. Ohne Leo, der ihr erst mal eine Weile gestohlen bleiben konnte. Er hatte ja seinen neuen Freund, diesen philosophischen Muskelprotz, bei dem er sich ausweinen konnte.

Sie wollte heute einfach nur für sich sein, ihre Selbstvorwürfe langsam begraben und ihr Selbstvertrauen wiederaufbauen. Sie brauchte Zeit für sich selbst und für ihre Gedanken. Abends vielleicht mit einer Freundin ins Kino, davor in einem netten Lokal zu Abend essen – der Sonntag sollte bitte so belanglos wie möglich werden.

Nach dem Frühstück stellte Sandra ihren kompletten Kleiderschrank auf den Kopf. Sortiert wurde nach »Sommer«, »Winter« und »Übergang«, dazu jeweils nach »noch gut« und »kann weg«. Das Ergebnis würde eine Einkaufsliste sein, denn sie hatte beschlossen, ihren Klamottenbedarf genauso zu optimieren, wie den Rest ihres Lebens. Überflüssiges wollte sie in Zukunft komplett vermeiden.

Nach einer Stunde saß sie im Schneidersitz auf ihrem Bett vor den offenen Türen ihrer vier Meter langen Kleiderschrankfront. Die Farbabstufung ihrer Hosen, Röcke und Blusen war noch nicht perfekt, aber es fehlte nicht viel. Sie hatte ihre Klamotten umgeschichtet und reichlich aussortiert. Zu ihren Füßen lagen vor allem bunte Sommersachen auf dem »Kann-weg«-Stapel.

Das Klingeln ihres Telefons riss sie aus ihrer Betrachtung. Eine Kollegin vom Wochenenddienst war dran, die ihr mitteilte, dass ein völlig aufgelöster Herr Aurich nach ihr gefragt habe. Wochenende hin oder her, es sei dringend und er wollte unbedingt nur mit ihr sprechen. Ob sie ihr seine Nummer geben dürfe?

Und schon war auch der Sonntag versaut.

Zwei Minuten später ging Aurich ans Telefon.

»Was haben Sie gemacht?!? Sie schicken mir die Presse auf die Fersen, die stehen jetzt vor meiner Tür und wollen Fotos von mir machen!«

Sandra stand auf und begann in ihrem Wohnzimmer hin und her zu laufen.

»Moment mal, Herr Aurich, ich habe gar nichts gemacht. Erzählen Sie der Reihe nach. Was ist passiert?«

»Von wegen. Die wissen alles. Das können die nur von Ihnen haben! Sie haben mich sowas von reingelegt, dabei dachte ich, ich helfe der Polizei.« Sandra konnte hören, dass er bei allem Ärger den Tränen nahe war.

»Was wissen die? Wer sind die? Bitte erzählen Sie mir, was bei Ihnen los ist«, bat Sandra in sanftem Ton.

Tatsächlich beruhigte er sich daraufhin etwas und erzählte ihr von der Begegnung mit der Reporterin und dem Fotografen und vor allem von den Fragen, die sie gestellt hatte.

»Wenn das in die Zeitung kommt, kann ich meine Karriere hier am Institut an den Nagel hängen. Können Sie sich vorstellen, was es bedeutet, wenn auch nur der leiseste Verdacht im Raum steht, ich hätte was mit dem Mordversuch an einer Historikerin zu tun? Da kann ich mir gleich einen Job als Busfahrer suchen!«

Natürlich konnte Sandra sich die Konsequenzen vorstellen.

»Die Reporterin wusste also davon, dass Sie in der Klinik bei Dr. Obermann waren und dass Sie für den Unfallzeitpunkt kein solides Alibi haben?«

»Genau! Woher haben die das? Niemand außer Ihnen weiß, dass ich Dienstagnacht in Ostrau war. Und noch nicht mal meiner Mutter habe ich erzählt, dass ich in der Klinik war und den Mann bei Isabell Obermann gesehen habe. Ich war so fertig danach, ich habe mit überhaupt niemandem mehr geredet, seit ich von der Polizei nach Hause gekommen bin. Solche Fragen können die doch nur stellen, wenn die Hintergrundinformation von Ihnen kommt.«

Sandra fand es bedenklich, was sie von Aurich hörte, aber sie versuchte, ihn zu beruhigen.

»Dass Sie Frau Obermann während des Kongresses zugeordnet waren, das konnten die leicht herausbekommen. Das mit dem Alibi könnte einfach ein Versuch gewesen sein, Sie aus der Reserve zu locken. Hat ja auch funktioniert, Herr Aurich.«

»Also, das ist nicht fair, Frau Kruse. Wenn Ihnen morgens auf dem Weg zum Bäcker jemand eine Kamera vor die Nase hält und solche Fragen stellt, dann würden Sie sich auch verfolgt fühlen. Das ist wie eine Anklage. Ich habe Isabell nichts angetan, glauben Sie mir!«

»Sind Sie Mitglied der Identitären Bewegung?«, fragte Sandra.

»Nein, ich war zweimal bei deren Veranstaltungen, um es mir anzusehen, aber ich habe keine Zeit für diese Art von politischem Engagement. Ich war wegen einem Mädchen da, aber gegen die Jungs von dieser Truppe habe ich schlechte Karten.«

»Diese Behauptung stimmt also schon mal nicht«, stelle Sandra fest. »Haben Sie wirklich mit niemand anderem gesprochen?«, insistierte sie. Hier ging es um viel.

»Oh.« Er klang plötzlich nicht mehr so überzeugt.

»Ja?«

»Ich habe es Wakanabe erzählt, das ist ein Kommilitone. Aber der kennt hier keinen, außer ein paar anderen Japanern und mir.«

»Trotzdem. Rufen Sie ihn an und fragen Sie ihn, ob er es weitererzählt hat. Ich prüfe das in unserer Abteilung nach, aber Sie können davon ausgehen, dass wir keine unautorisierten Informationen an die Presse geben.«

»Ihre Kollegin hat mich auf dem Kieker, das habe ich am Donnerstag sehr wohl mitbekommen!«

Sandra kaute an ihrer Unterlippe. Sie musste dem Verdacht tatsächlich nachgehen. Nach dem Vorfall mit Leo und Julia jetzt auch noch das. Sie begann langsam, an ihrer Menschenkenntnis zu zweifeln.

»Sind die Journalisten immer noch vor Ihrer Haustür?«, fragte Sandra.

»Keine Ahnung. Ich werde bestimmt nicht hinausgehen und nachsehen. Ich mache keinen Schritt mehr aus meiner Wohnung, da können Sie sicher sein.«

»Gut. Bleiben Sie da, ich melde mich wieder. Reden Sie mit niemandem, außer mit diesem japanischen Freund.« Sie legte auf.

Alle Informationen an die Öffentlichkeit liefen über die Presseabteilung. Ob Dagmar heute Dienst hatte?

»Bortenlänger, Pressestelle«, meldete sich ihre Kollegin.

Sandra erklärte ihr das Problem. »Dagmar, habt ihr gestern von wem auch immer Informationen zum Fall der verunglückten Isabell Obermann bekommen und weitergegeben?«

»Moment, ich sehe nach!«

Nach kurzer Zeit meldete sie sich wieder.

»Wir haben hier nichts rausgegeben zu der Sache. Außer der Unfallmeldung vom Mittwoch gibt es dazu bisher keine Erklärung von uns.«

»Danke, Dagmar. Das bedeutet, wir haben vielleicht eine undichte Stelle in der Abteilung. Das ist übel.«

Dagmar Bortenlänger, eine erfahrene Beamtin, die schon lange in der Pressestelle arbeitete, sah das nicht so dramatisch.

»Alle Journalisten betreiben eigene Nachforschungen, wenn sie ein Fall interessiert. Die kommen oft schneller hinter Sachverhalte als wir, das weißt du selbst, Sandra. Ich rate dir, sei bloß vorsichtig, bevor du eine Lawine lostrittst!«

»Danke, Dagi! Schönen Sonntag noch!«

Unschlüssig stakste Sandra durch die Kleiderberge in ihrem Schlafzimmer. Sie musste ihren Chef informieren und sich eine Lösung für Answald Aurich überlegen.

Ein wenig Unterstützung könnte sie jetzt brauchen, dachte sie sich, aber von Leo hatte sie erst mal genug. Außerdem konnte sie nicht wissen, wer geplaudert hatte. Vielleicht Leo, um Julia eins auszuwischen? Der Verdacht würde natürlich zuerst auf die neue Kollegin fallen. Und nach allem, was Leo ihr gestern berichtet hatte, könnte dies auch eine Retourkutsche gegen seine Erpresserin sein.

Na gut, sie würde das schon stemmen.

»Ich habe es Midori erzählt, das ist das einzige Mädchen, das ich hier kenne. Du weißt ja, Mädchen sind ein schwieriges Thema für mich. Ich war froh, dass ich endlich mal etwas Interessantes zu erzählen hatte. Sie studiert Kommunikationswissenschaften. Hätte ich das nicht tun sollen? Du hast nicht gesagt, dass es geheim ist.«

Wakanabe klang noch bestürzter als er ohnehin immer wirkte. Er schlich meist herum, als hätte er etwas ausgefressen, dabei war er nur extrem schüchtern und vorsichtig. Answald Aurich und er hatten lange gebraucht, bis sie einen lockeren Umgang miteinander gefunden hatten. Seitdem ihm das Pressepärchen heute Morgen aufgelauert hatte, war er nicht mehr vor die Tür getreten, obwohl Wakanabe nur ein Stockwerk über ihm wohnte.

Und jetzt das!

»Ich habe nicht wirklich darüber nachgedacht. Mein Fehler, Wakanabe. Aber sag ihr bitte, sie soll es niemandem weitererzählen. Ich hatte heute Morgen zwei Leute von der Presse vor der Tür, die mir Fragen stellten.«

»Aber du hast doch nichts angestellt, oder? Warum machst du dir Sorgen?«

Der magere Wakanabe mit dem schwarzen Bürstenhaarschnitt hatte noch nicht verstanden, wie kritisch die Situation für Aurich war. Aber gut, ein Japaner, der europäische Kunstgeschichte studierte, war wohl nicht wirklich von dieser Welt. Aurich seufzte.

»Die machen mich fertig, Wakanabe! Die werden es so darstellen, als ob ich es gewesen wäre und dann bin ich meine Assistentenstelle und meinen guten Ruf los.«

»Oh«, sagte sein japanischer Freund am Telefon. »So schlimm? Dann sage ich Midori, dass sie den Facebook-Eintrag löschen muss.«

Aurich hatte das Gefühl, jemand hätte einen Kübel eiskaltes Wasser über ihn gegossen.

»Sie hat es auf Facebook gepostet?!?«

Er musste sich erst an den neuen Klingelton seines Telefons gewöhnen. Leo legte die Sonntagszeitung weg und suchte den Störenfried. Draußen regnete es in Strömen und er saß mittags immer noch im Schlafanzug am krümelübersäten Küchentisch und versuchte, sich mit der Zeitungslektüre abzulenken.

»Sie ist aufgewacht!«, jubelte Patrick ihm ins Ohr.

»Das freut mich sehr, Patrick!« Leo fühlte mit seinem neuen Freund und spürte Erleichterung, dass sich Isabell Obermanns Gesundheitszustand verbesserte.

»Leo, sie hat was gesagt. Keine Ahnung, ob ihr damit was anfangen könnt, aber sie sagte mehrmals: Schloss.«

»Schloss? Wie ein Türschloss?«

»Keine Ahnung. Ich nehme schon an, dass sie eines zum Verriegeln meint, aber sicher bin ich nicht.«

»Naja«, wandte Leo ein. »Es könnte auch ein Schloss im Sinne eines prächtigen Hauses sein.«

»Ach, egal, ich wollte nur sagen, dass sie nicht mehr im künstlichen Koma liegt, sondern langsam wieder zu Bewusstsein kommt. Ich darf länger bei ihr bleiben und ich bin so froh, dass sie es schaffen wird.«

»Ganz sicher wird sie das. Viel Glück euch beiden.«

»Und, wie hat deine Kollegin reagiert?«, fragte Patrick.

»Du kannst dir vorstellen, dass Sandra nicht erfreut war. Es hat sie wirklich mitgenommen und sie nimmt mir übel, dass ich mich auf Julia eingelassen habe. Das mit Veronika habe ich ihr auch erzählt, ach, es war ein riesiger Gefühls-Wirrwarr und wir sind am Ende auseinandergegangen und konnten uns nicht mehr gut in die Augen schauen. Aber sie glaubt mir und damit ist Julia für die Abteilung nicht mehr tragbar. Danke, dass du mir zugehört und zu diesem Gespräch geraten hast. Es war die beste Lösung. Besser, als Julia vor versammelter Mannschaft mit den Fakten zu konfrontieren.«

»Gut. Teams müssen zusammenhalten, sonst lösen sie sich auf.« Patrick verabschiedete sich.

Leo nahm sich wieder die Zeitung vor. Das Gespräch mit Sandra gestern war ihm wirklich unter die Haut gegangen. Ihren Blick, als er die Nacht mit Julia gebeichtet hatte, würde er so schnell nicht vergessen. Dass er der Personalabteilung weitere zwei Jahre in Dresden zugesagt hatte, wusste nun auch Sandra, nicht aber, dass er sie als Richters Nachfolgerin vorgeschlagen hatte.

Nachdem er einen Artikel über eine bayerische Rap-Band zweimal gelesen hatte und immer noch nicht erfasst hatte, wo deren Konzert in Dresden stattfinden würde, legte er die Zeitung weg. Zu viele Gedanken wirbelten in seinem Kopf herum. Was könnte Isabell Obermann mit »Schloss« meinen und hatte es überhaupt etwas mit ihrem

Unfall zu tun? Wer könnte Interesse an ihrem Tod haben und warum? Hartmut Zänker kam ihm in den Sinn und seine pragmatische Art, die Interessen der Firma über die der Familie zu stellen. Hatte Patrick nicht in etwa das Gleiche über Isabell Obermanns Vater Eberhard gesagt? Dass ihm das Geschäft über alles gehe?

Er beschloss, am Montag genauere Nachforschungen zur Zänker und Sohn Bau GmbH anzustellen.

Answald Aurich folgte seinem ersten Impuls und packte das Nötigste zusammen. Der schwarze Rollkoffer war schnell gefüllt. T-Shirts, Wäsche, zwei Ersatzhosen, ein paar Sweatshirts, dazu die Fotoausrüstung und sein Laptop, damit konnte er gut und gerne eine Woche bei seinen Eltern auskommen. Die Kommissarin hatte ihm gesagt, er solle am besten ein paar Tage verreisen. Also verreiste er. Nach einem spontanen Kurzurlaub war ihm allerdings nicht. Jetzt in Italien durch Kirchen und Paläste zu wandern, das hätte er nicht genießen können. Er fühlte sich schutzlos und wollte in ein sicheres Nest.

Der Regen gab ihm einen guten Grund dafür, die Kapuze seiner Jacke tief ins Gesicht zu ziehen, außerdem verließ er das Wohnheim durch den Hinterausgang. Die Strecke bis zum Hauptbahnhof ging er zu Fuß, obwohl ihm das Rumpeln des Rollkoffers auf dem Asphalt unglaublich laut vorkam. Immer wieder spähte er unter der Kapuze nach dem Pärchen vom Vormittag oder anderen Verdächtigen. Aber da war natürlich niemand, er sah nur ein paar Leute eilig mit dem Schirm ihren Hund ausführen, in der Bushaltestelle sitzen oder zu ihren Autos eilen.

Langsam beruhigte er sich wieder. Er würde verschwinden und die Kommissarin würde sich um alles kümmern. Seine Mutter würde ihm »Schlesisches Himmelreich« kochen und den ganzen Trubel um Dr. Obermann würde er einfach vergessen.

Der nächste Bus nach Görlitz ging um kurz vor vierzehn Uhr, das Ticket holte er im Verkaufsbüro an der Bayrischen Straße. Die junge Frau hinter dem Ticketschalter ließ sich seine Daten geben und druckte ihm ein Ticket aus. Ihr Blick blieb an seinem T-Shirt hängen, das heute den Spruch ›Augen zu und tanzen‹ trug. Sie lächelte amüsiert:

»Wie heißt du? Answald?«

Er zuckte mit den Schultern.

»Das habe ich noch nie gehört.«, kommentierte sie seinen Vornamen.

»Ich werde es meinen Eltern ausrichten«, sagte Aurich resigniert. Die Scherze um seinen Vornamen waren nichts Neues für ihn. Mit diesem Erbe konnte er nur Historiker oder Exzentriker oder eben beides werden.

Er suchte sich einen Platz im Bus und versuchte, sich zu entspannen. Dass man so schnell vom unbescholtenen Bürger zu Freiwild werden konnte, erschütterte ihn zutiefst.

Richter war ziemlich schnell auf ihren Vorschlag eingegangen. Es war erstaunlich, wie gut die Zusammenarbeit mit ihm klappte, seit klar war, dass er in ein paar Monaten seinen Posten räumen und neue Aufgaben übernehmen würde.

Sandra hatte gemeinsam mit ihm einen Plan geschmiedet, wie sie die undichte Stelle in der Abteilung finden würden.

Für sie fühlte es sich merkwürdig an, nun plötzlich an Richters Seite gegen ihre Kollegen eine Intrige zu spinnen, aber in diesem Falle war es notwendig. Sie hoffte nach wie vor, dass diese unautorisierte Information nicht auf Julias Kosten ging, denn das würde ein Disziplinarverfahren nach sich ziehen. Ihr privater Erpressungsversuch bei Leo war mies, aber es lag an Leo, ob er es offiziell machen wollte.

Am späten Nachmittag hatte sie ihren Kleiderschrank fertig organisiert. Sie ließ sich aufs Bett fallen und bewunderte die Ordnung in den Fächern und auf den Kleiderstangen. Momentan hatte sie zwar jede Menge Arbeit, aber ihr Leben fühlte sich gut und lebendig an. Leo konnte ihr nur leidtun, der watete gerade durch ein tiefes Tal, während sie ihr Leben im Griff hatte.

Sandra wählte die Nummer ihrer Freundin Caro:

»Ich brauche heute eine Action-Komödie, irgendwas Leichtes und Lustiges, und davor ein herzerwärmendes Essen, Caro. Wo gehen wir hin?«

13 Montagvormittag

Bis auf Sascha sahen am Montagmorgen beim gemeinsamen Frühstück alle bedrückt aus. Leo hatte unruhig geträumt und schlecht geschlafen. Sandra gegenüberzutreten, war ihm unangenehm. Auch Julia wäre er am liebsten aus dem Weg gegangen. Doch jetzt saßen sie beide mit ihm am Tisch.

Die Blechdose mit dem Hackepeter stand wie immer schon bereit und verströmte einen Duft nach Schweinefleisch und Zwiebeln. Mit roten Wangen reichte Sascha die Brötchen im Kreis herum, aber außer Frau Kerschensteiner schien niemand Appetit zu haben.

Irritiert schaute er in die Runde, er tat Leo fast leid, denn es war klar, dass Sascha litt, wenn dicke Luft herrschte.

Richter räusperte sich.

»Frau Kruse und ich hatten an diesem Wochenende einiges um die Ohren.« Er sah sich um.

Leo lief es heiß und kalt über den Rücken. Hatte Sandra den Abteilungsleiter schon über seinen Ausrutscher mit Julia informiert? Wozu?

»Bitte!« Richter bedeutete Sandra, zu sprechen.

»Am Sonntagmorgen wurde unser Zeuge Answald Aurich von zwei Pressevertretern zu seiner Rolle im Fall Obermann befragt. Die wussten sowohl von dem Unfall als auch von dem Vorfall in der Klinik. Da wir keine Informationen an die Medien herausgegeben haben, die Aurich mit dem Unfall oder dem Angriff in der Klinik in Verbindung bringen, könnte es sein, dass jemand Interna nach draußen gegeben hat. Allerdings hat Aurich eingeräumt, selbst einem japanischen Studenten davon erzählt zu haben. Der wiederum hat es an eine Freundin weitergegeben, die einige Details am Samstagnachmittag in einem Facebook-Post erwähnt hat.«

»Na, dann ist der Fall doch klar, die Presse hat das aus dem Facebook-Post!« Sascha schien erleichtert. Auch Leo wollte lieber glauben, dass das die Quelle war. Sandra nährte seine Hoffnung.

»Diese Freundin ist ebenfalls Japanerin, sie hat dreihundertachtundneunzig Freunde auf Facebook. Dummerweise ist sie Studentin der Kommunikationswissenschaften und hat einige Bekannte, die bei verschiedenen Medien hier in der Region arbeiten. Die Chance, dass die Information so an die Redakteurin kam, ist also gegeben.«

Julia Köhler machte nicht den Eindruck, als fühle sie sich angesprochen. Sie sortierte seelenruhig ihre Unterlagen.

Richter war noch nicht zufrieden. »Sie haben diesen Herrn Aurich überprüft? Kann er als Täter definitiv ausgeschlossen werden?«

»Ich halte ihn nach wie vor für verdächtig.« Sofort war Julia hellwach.

»Während ich glaube, dass er nichts damit zu tun hat«, erwiderte Sandra.

Richter zog ärgerlich die Augenbrauen hoch. »Sie glauben?«

Sascha sprang ihr bei: »Ich habe sein Umfeld überprüft und mit seinen Kollegen gesprochen. Es gibt keinen Hinweis auf ein Motiv und er ist einfach nicht der Typ dafür.«

Von Sandra kam nur ein kurzes Nicken. Leo spürte Wut in sich aufsteigen. Die Einzige, der er zutraute, Informationen weitergegeben zu haben, war Julia. An einem einzigen Wochenende hatte diese hyperehrgeizige Polizistin so unglaublich viel Vertrauen verspielt, es war nicht zu fassen!

»Warum nicht einfach in der Redaktion nachfragen, wer es war?«, fragte Sascha.

»Weil Journalisten nie ihre Quellen preisgeben«, entgegnete Richter. »Das können wir uns schenken. Aber wir gehen der Sache nach.«

Er ließ seinen Blick von einem zum anderen wandern. Einen Maulwurf in der Abteilung würde er nicht dulden, das war klar.

»Gut.« Richter rückte seine goldgelbe Seidenkrawatte zurecht. »Vom Archiv für die Stasi-Unterlagen habe ich bereits einen vorläufigen Bescheid bekommen. Es gibt bis dato keine Hinweise darauf, dass Marie Fürst-Obermann in irgendeiner Weise aktiv für die Staatssicherheit der DDR oder für einen Nachrichtendienst der BRD gearbeitet hätte. Ich kann mir demnach nicht vorstellen, dass die Nachforschungen der Tochter die wohl bekannten ›schlafenden Hunde‹ geweckt haben. Allerdings gibt es eine ausführliche Dokumentation ihrer Post seit 1984, weil ihre Kontaktperson damals einen Fluchtversuch unternommen hat.«

Er sah von seinen Unterlagen auf. »Das deckt sich mit den Ergebnissen der Zeugenbefragung?«

Sandra und Leo nickten zustimmend.

»Des Weiteren«, fuhr Richter fort, »haben unsere Kollegen in Göttingen im Umfeld von Isabell Obermann ermittelt und dort keinen Hinweis auf eine Bedrohung, einen Streit oder etwas Ähnliches gefunden. Weder an der Universität noch in ihrem Bekanntenkreis lässt sich ein Motiv erkennen und all ihre Kontakte haben, soweit sie bisher überprüft sind, ein intaktes Alibi für die Dienstagnacht. Solange wir nicht einmal den Hauch einer Spur haben, gehen wir damit nicht an die Öffentlichkeit und Isabell Obermann wird weiter in der Klinik bewacht.«

Sie stocherten also völlig im Dunkeln. Es gab keinen einzigen vielversprechenden Hinweis. Leo dachte nicht gern an den Freitagabend, aber die Bedrohung, die Sandra von Peter Zänker gespürt hatte, musste er nochmals ansprechen.

»Wie gehen wir bei Peter Zänker vor? Sollen Sascha und ich übernehmen, wie vereinbart?«

Sandra antwortete, ohne ihn anzusehen.

»Nein, ich habe entschieden, selber dran zu bleiben. Am Freitag war ich aufgewühlt und durcheinander. Aber am Samstag konnte ich wieder klar denken. Ich habe Polizeibeamte bei den Nachbarn von Margarete und Peter Zänker nachfragen lassen, ob sich in der Tatnacht irgendwas Auffälliges bei ihnen getan hat. Das wurde von allen verneint. Die übrigen Bewohner des Hauses, in dem Peter Zänker lebt, haben weder nächtliche Vorgänge noch das auffällige Auto von Isabell Obermann wahrgenommen. Ein Nachbar war gegen Mitternacht noch mit dem Hund draußen. Er hat ausgesagt, dass er Peter Zänker lange am Fenster habe stehen sehen. Das sei ihm aufgefallen, weil er den Mann so selten zu Gesicht bekomme. Er habe einfach nur ruhig am offenen Fenster gelehnt, die Sterne beobachtet und sogar zurück gegrüßt.«

Sie sah auf und fixierte jeden außer Leo.

»Das ist kein Beweis, aber legt doch nahe, dass er mit Isabell Obermanns Verletzungen nichts zu tun hat.«

Richter hatte offenbar von der Aktion gewusst, ihn aber hatte sie nicht informiert. Leo fühlte sich an den Rand gedrängt, aber er nahm es als Quittung für seinen Ausrutscher hin.

»Andere Neuigkeiten?«

»Die Spurensicherung hat den Wagen von Isabell Obermann gründlich auf den Kopf gestellt und auf Fingerabdrücke untersucht. Leider haben wir keine gefunden, die wir zuordnen können, außer ihre eigenen. Diese Fingerabdrücke bestätigen allerdings unsere Vermutung, dass Isabell Obermann nicht selbst gefahren ist. Der Wagen ist voll mit ihrem Blut, aber es sind keine Spuren ihrer Finger darauf. Sie war wahrscheinlich ohnmächtig und hat weder das Lenkrad noch den Kupplungshebel oder Türriegel angefasst. Es wurden einige wenige Fasern Polypropylen gefunden, aber dieser Kunststoff ist extrem verbreitet, der hilft uns bisher auch nicht weiter.« Sascha hatte sein Hackepeter-Brötchen während seines Berichts nicht losgelassen und biss nun freudig zu.

Leo meldete sich und berichtete von Patricks Anruf.

»Er sagt, Isabell Obermann habe deutlich das Wort ›Schloss‹ gesagt. Aber er kann nichts damit anfangen und ich kann mir auch keinen Reim drauf machen. Nach wie vor ist sie nicht vernehmungsfähig, leider.«

Sascha bot sich an, in der Technischen Abteilung nach dem Zustand der Autoschlösser zu fragen, möglicherweise hatte sie die gemeint.

»Gut, wie gehen wir weiter vor? Frau Kruse?« Richter sah Sandra fragend an.

»In einer Stunde kommen Margarete und Peter Zänker zu einem weiteren Gespräch. Ich hoffe, diesmal geht es ohne Probleme vor sich. Könntest du das mit mir gemeinsam übernehmen?« Sie wandte sich an Sascha.

Leo versetzte es einen Stich, normalerweise würde sie ihn zuerst fragen, aber angesichts der Umstände war Sandras Verhalten verständlich. Fehlte nur noch, dass Richter ihm Julia für die Befragung von Jens Zänker mitgab. Er begann zu schwitzen.

»Ich werde mir den anderen Teil der Familie Zänker genauer ansehen«, sagte er.

»Oh, da würde ich gerne mitkommen«, rief Julia und strahlte erst ihn, dann Richter an.

»Nein!« Mehr sagte Leo nicht. Er biss die Zähne zusammen, um seinen Ärger zu kontrollieren.

Julia warf ihm einen warnenden Blick zu, aber Richter tat, als hätte er davon nichts mitbekommen. Er sagte lapidar:

»Frau Köhler, ich habe heute eine besondere Aufgabe für Sie. Herr Reisinger muss leider ohne Ihre Hilfe auskommen.«

Ganz langsam atmete Leo wieder aus.

Peter Zänker war kaum wiederzuerkennen. Er trug ein weißes Hemd, ein Sakko, eine Anzughose und nichts an ihm war staubig. Die wild gelockten grauen Haare verliehen ihm das Flair eines Künstlers, nur das ständige

Umherhuschen seiner Augen verriet, dass er nervös und unsicher war. Sandra nahm peinlich berührt einen Strauß rosa und weißer Dahlien in Empfang, die er ihr zur Entschuldigung mitgebracht hatte.

»Es tut mir aufrichtig leid, Frau Kruse. Sie haben mich an einer sensiblen Stelle und in einer Weise berührt, die mich in allerhöchste Panik versetzt.«

Sie bat ihn in den Besprechungsraum, wo Sascha schon die Aufnahmetechnik vorbereitet hatte. Kurz zuvor hatte sie sich gefragt, ob es tatsächlich eine gute Idee war, Peter Zänker noch einmal selbst zu befragen. Aber nun spürte sie, wie ihre angespannten Muskeln locker ließen. Sie fühlte sich trotz des Vorfalls vom Freitag nicht von ihm bedroht.

»War das ein sogenannter Trigger, Herr Zänker?« Sandra war froh, dass sie ihm ohne Angstgefühle gegenübertreten konnte.

»Ja, die Psychologen haben ein nettes Wort dafür gefunden. Manchmal wache ich nachts auf, wenn ich von diesem Wärter in Bautzen träume und schlage schreiend um mich. Er hat mich immer da hinten im Nacken gepackt und dann wusste ich, es kommt wieder eine besonders üble Schikane …«

Nachdem die Formalitäten erledigt waren, fragte Sandra zunächst nach dem Dienstagabend.

»Wann kam Isabell Obermann am Dienstag zu Ihnen und wie lange blieb sie?«

Seine Aussagen deckten sich vollständig mit dem, was seine Mutter berichtet hatte.

»Hat sie Ihnen mitgeteilt, ob sie noch jemand anderen besuchen wollte, vielleicht auch erst am nächsten Tag?«

»Nein. Sie hat mir versprochen, am nächsten Tag wiederzukommen. Ich war nach ein paar Stunden so aufgewühlt, dass mein ganzer Körper angefangen hatte, zu zittern. Ich brauchte eine Pause.« Er sah Sandra in die Augen. »Das kann jetzt auch passieren. Manchmal wird mir einfach alles zu viel.«

»Wenn das geschehen sollte, hören wir sofort auf, Herr Zänker«, versprach Sandra. »Aber solange es Ihnen gut geht, sagen Sie mir doch bitte, ob Sie sich vorstellen können, dass es Personen gibt, die ein Problem mit Isabell Obermann haben.«

Zänker schien aufstehen zu wollen, so heftig bewegte er sich auf seinem Stuhl.

»Ich bitte Sie, ich habe sie doch gerade erst kennengelernt! Ich weiß doch fast nichts von ihr. Wie soll ich da wissen, ob sie jemanden zum Feind hat? Ich war so glücklich, dass ich sie endlich kennenlernen durfte. Ich sehe ihre Mutter in ihrem Gesicht, ich höre sie in ihrer Stimme und ich fühle mich ihr wieder näher. Dass mir Isabell durch den Unfall fast genauso genommen worden wäre wie ihre Mutter, das hätte mir beinahe das letzte Fünkchen Lebensmut geraubt.«

Er kämpfte mit den Tränen, wischte sich dann aber energisch mit den Händen die Tropfen aus den Augenwinkeln und fasste sich wieder.

»Also nein!«

»Sie wissen, dass Ihre Tochter nach ihrer Mutter gesucht hat? Und dass Marie Fürst-Obermann seit 1989 verschwunden ist?«

Peter Zänker nickte aufgeregt.

»Das weiß ich von Isabell, denn als ich endlich raus aus dem Gefängnis war und zu Maries Adresse in Steinbach gefahren bin, hat mich ihr Vater nicht reingelassen. Ich habe angenommen, dass sie zwar zu Hause ist, mich aber nicht sprechen will. Ich habe alles Mögliche versucht, um an sie ranzukommen, habe drei Tage vor dem Haus gewartet, habe Briefe geschrieben, angerufen, aber immer wieder war der Vater dran und beschimpfte mich, dass sie mich nicht mehr sehen wolle und ich sie endlich in Ruhe lassen soll. Ich habe es irgendwann akzeptiert, aber es war sehr hart für mich. Isabell erzählte mir am Dienstagabend, dass Marie da schon weg war und kurz darauf eine Postkarte aus Florida geschrieben hat. Ich verstehe das alles bis heute nicht.«

»Wo bekommen Sie die Sandsteine für Ihre Arbeit her?«, wechselte Sandra abrupt das Thema.

»Die bringt mir Rudi Möbius einmal die Woche aus dem Steinbruch, in dem er arbeitet. Ich brauche ja nur kleine Steine, das ist eher Abfall dort und kostet nicht viel. Aber Rudi weiß, was ich suche und die fertigen Stücke nimmt er dann mit in die ›Sandsteingalerie‹ seiner Tochter. Dort werden meine Werke an Touristen verkauft. Manchmal mache ich auch Auftragsarbeiten für Kunden, meistens Engel für Gräber.«

Er lächelte sie schief an.

»Ich bekomme eine kleine Rente und mit den Steinmetzarbeiten kann ich die Wohnung bezahlen.«

Sascha schaltete sich ein.

»Hat Ihre Mutter nicht angegeben, dass die Wohnung von Ihrem Vater, Hartmut Zänker, gekauft worden sei?«

»Ja, schon, ich bekomme ja als Selbstständiger mit meinem Einkommen und meiner Geschichte keinen Kredit bei der Bank. Aber mein Vater und mein Bruder haben das Haus vor einigen Jahren gebaut und mir war sofort klar, dass die Wohnung genau das ist, wovon ich geträumt habe. Also habe ich mit ihm einen Vertrag gemacht. Die Wohnung gehört ihm, aber ich zahle monatlich meine Miete.«

»Wie ist Ihr Verhältnis zu Ihrem Vater?«, wollte Sandra wissen.

»Wir reden nicht miteinander. Er ist ein sehr dominanter Mensch. Wenn man nicht das tut, was er will, hat man ihn zum Feind. Er nimmt mir heute noch übel, dass ich zu Marie wollte. Natürlich habe ich mich damals dumm angestellt, bin gleich bei zwei Fluchthelfern auf Mitarbeiter der Staatssicherheit reingefallen. Ich habe mich an alle möglichen Kontakte gewandt, weil ich hoffte, die würden mir helfen. Ich war einundzwanzig Jahre alt und verliebt bis über beide Ohren!«

Sandra musste an das Foto denken, das ihr Aurich gezeigt hatte. Darauf wirkte der junge Peter Zänker wirklich glücklich und verliebt. Heute war er ein psychisch labiler Mann mit tiefen Furchen im Gesicht, der viel älter wirkte als er war. Doch dank seiner Arbeit hatte er wieder Lebensmut gewonnen. Sie hatte großen Respekt davor, wie versöhnlich er klang. Kein Wort der Klage oder der Rache war bisher über seine Lippen gekommen.

»Als ich endlich raus war, wollte mein Vater unbedingt seinen alten Steinmetzbetrieb mit mir wiedereröffnen. Er selbst kann wegen seiner Silikose, der typischen Berufskrankheit der Steinmetze, nicht mehr in der Werkstatt arbeiten. Aber ich war auch nicht in der Lage dazu. Ich war fertig.«

Er schloss die Augen und ließ den Kopf hängen.

»Nachdem ich Marie nicht finden konnte, habe ich mich ein paar Wochen in Frankfurt herumgetrieben, gesoffen und mit den Pennern in den Heizungsschächten der großen Banken geschlafen – schlimmer als im Gefängnis war es da auch nicht. Erst als ich mir im März eine üble Lungenentzündung einfing und mit viel Glück im Krankenhaus landete, kam ich aus diesem Milieu wieder heraus. Ich ging zurück nach Dresden, versuchte Arbeit zu finden, was sich zu dem Zeitpunkt aber als unmöglich herausstellte, und bekam psychische Probleme. Ach, alles sehr unerfreulich. Jedenfalls war ich dann viele Jahre in einem Pflegeheim, wo ich psychologisch betreut wurde. Die Arbeit mit den Steinen hat mir damals geholfen, wieder auf die Beine zu kommen. Seit über zehn Jahren lebe ich jetzt in meiner Wohnung in Loschwitz und dort geht es mir relativ gut.«

Er lächelte schüchtern.

»Mein Vater ist ein verbitterter Mensch. Ich habe genug Psychotherapie hinter mich gebracht, um das beurteilen zu können. Er tut mir nicht gut. Diese Verbitterung ist wie eine Gedächtnisstörung. Er kann einfach nicht loslassen, weil er immer noch auf Gerechtigkeit oder Rache oder sein Recht pocht. Für ihn war das Geschäft immer das Wichtigste, er wollte unbedingt, dass ich die Familientradition weiterführe. Er sieht nicht, dass ich das auf meine Weise ja tatsächlich tue. Mit Jens zusammen hat er jetzt eine neue Firma und es geht ihnen allen gut. Aber er nimmt mir bis heute übel, dass er meinetwegen seinen Betrieb aufgeben musste, obwohl das für seine Gesundheit ein Segen war. Und er ist enttäuscht, dass unser Zeichen nicht bei denen der anderen Steinmetze oben in der Kuppel der Frauenkirche eingemeißelt steht. Das wäre die Krönung für ihn gewesen.«

Peter Zänkers Hand begann, leicht zu zittern. Sandra und Sascha sahen es gleichzeitig. Aber Zänkers Blick war ganz woanders.

»Es wäre an der Zeit, mir zu vergeben. Ich habe das auch getan. Ich liebe Marie bis heute und ich habe ihr verziehen. Ohne sie hätte ich Isabell nicht. Eine Tochter ist doch etwas unbeschreiblich Wunderbares, oder nicht?«

Sandra nickte ihm zu. In seinen Augenwinkeln standen Tränen.

Peter Zänker hatte seiner Tochter sicher nichts angetan, davon war sie jetzt überzeugt.

»Danke für Ihre Offenheit«, sagte sie. »Fahren Sie in die Klinik, um Ihre Tochter zu besuchen?«

»Ja. Ich hoffe, man lässt mich zu ihr.«

»Ich sage in der Klinik Bescheid. Haben Sie einen Ausweis dabei?«

Sascha schaltete sich ein: »Wenn Sie einverstanden sind, schauen Sie vorher bei Dr. Gräber im Institut für Rechtsmedizin vorbei und lassen ihn eine Speichelprobe nehmen. Ich denke, es ist in Ihrem Sinne, ihre Vaterschaft genetisch prüfen und bestätigen zu lassen, wenn auch Isabell Obermann zustimmt.«

Die Baustelle, die ihm die Sekretärin am Telefon genannt hatte, fand Leo schnell. Das Haus stand in Pirna-Pratzschwitz unweit der Elbe. Vor der Sandsteinvilla parkten zwei Lieferwagen der Zänker und Sohn Bau GmbH. Der Maschinenlärm tönte bis hinaus auf die Straße.

Leo balancierte über Bretter ins Gebäude und fragte sich durch zu Jens Zänker. Den Chef der Baufirma traf er schließlich oben im Dachstuhl, wo einige Männer riesige Rollen mit Steinwolle verarbeiteten. Sie trugen weiße Overalls und die Tatsache, dass da nur einer in einer teuer wirkenden Lederjacke und blauer Stoffhose herumstand, ließ ihn vermuten, dass das Jens Zänker war.

Er sprach ihn an und stellte sich vor.

»Herrje, Frau Lotsch schickt Sie zu mir auf die Baustelle? Was soll das denn? Ich habe hier keine Zeit, mit Ihnen zu reden.«

Er rief einem seiner Bauarbeiter in einem Kauderwelsch aus Deutsch und vermutlich Polnisch eine Anweisung zu und sagte:

»Warten Sie vor dem Gebäude auf mich, ich muss noch schnell in den ersten Stock und schauen, ob die zurechtkommen und den Plan richtig gelesen haben.«

Ein ohrenbetäubendes Sägegeräusch macht jede weitere Unterhaltung zunichte. Leo nickte und stieg die staubige Treppe hinunter, während Zänker hinter ihm in die erste Etage abbog. Das alte Haus war weitgehend entkernt und nackt, es roch nach Staub, Mörtel und heißem Metall, überall stapelten sich Säcke mit Zement, Paletten mit Ziegelsteinen und Trockenbauplatten. Leo suchte sich vorsichtig seinen Weg unter den Gerüststangen hindurch und balancierte auf dem rohen Brett wieder nach draußen. Hinter den Lieferwagen der Baufirma parkte ein weißer Mercedes. Er nahm an, dass das der Wagen von Jens Zänker war.

Es dauerte eine Weile, bis der endlich herauskam. Er sah seinem Vater ziemlich ähnlich, hatte eine gedrungene

Ringerstatur, seine Haare waren allerdings lockig, wie die seines Bruders, aber kurzgeschoren.

»Mein Vater hat Ihnen doch schon alles erzählt über den Besuch von Frau Obermann. Was wollen Sie denn von mir noch wissen? Ich habe wenig Zeit, die nächste Baustelle wartet.«

Er war nicht erfreut über Leos Besuch und versuchte nicht, es zu verbergen.

»Erzählen Sie mir, wie Sie ihren Besuch am Dienstag erlebt haben«, forderte ihn Leo auf.

»Da gibt es nichts zu erzählen. Sie war bei meinem Vater und als sie ging, habe ich sie kurz gesehen. Sie fuhr ja ein ziemlich auffälliges Auto, da habe ich einen Blick drauf geworfen.«

Jens Zänker zündete sich eine Zigarette an. Er wirkte nervös auf Leo.

»Uhrzeit?«

Zänker bestätigte genau die Zeiten, die ihm schon der Vater genannt hatte.

»Was für einen Eindruck machte Frau Obermann auf Sie?«

Zänker zuckte mit den Schultern. »Keine Ahnung. Ich habe sie nur rauskommen und wegfahren sehen. Habe nicht mit ihr geredet. Ich kann Ihnen zu der Frau nichts sagen.«

»Hat es Sie nicht interessiert, wer sie ist und warum sie bei Ihrem Vater war?«

»Nein.«

Leo fand es mühsam, etwas von Jens Zänker zu erfahren. Wenn der nicht freiwillig Auskunft geben wollte, müsste er ihn eben weiter in die Mangel nehmen.

»Ist Ihnen etwas an ihr aufgefallen?«

»Nein.«

»Wie war sie gekleidet?«

»Keine Ahnung.«

»Was für ein Auto fuhr sie?«

»Einen schwarzen BMW M4 Coupé.« Die Antwort kam wie aus der Pistole geschossen. Das Auto hatte er sich also sehr genau angesehen.

»Ist sie später noch mal wiedergekommen?«

Zänker führte die Zigarette zum Mund, nahm einen tiefen Zug und schüttelte dann vehement den Kopf.

»Nein.«

»Wo haben Sie sich an diesem Abend aufgehalten?«

Jens Zänker zuckte mit den Schultern.

»Na, zu Hause. Ich fange morgens um sechs Uhr an, da bin ich abends platt. Meine Frau und ich haben Abendbrot gegessen, die Nachrichten geschaut und dann sind wir schlafen gegangen.« Er nahm wieder einen tiefen Zug von seiner Zigarette. Wenn er immer in dem Tempo rauchte, würde eine Schachtel pro Tag kaum reichen, dachte sich Leo.

»War Ihr Vater an dem Abend noch unterwegs?«

»Nein, der geht eigentlich nie abends weg. Wir sind alle Frühaufsteher, bei uns gehen abends um zehn die Lichter aus.«

Leo machte sich Notizen, während Jens Zänker ungeduldig von einem Bein aufs andere stieg.

»Sind wir fertig? Ich muss weiter zu unserer nächsten Baustelle in Striesen.«

Leo beschloss, ihn ein wenig aus der Reserve zu locken.

»Haben Sie seither mit Ihrem Bruder Peter Zänker gesprochen? Isabell Obermann hat ihn am frühen Dienstagabend besucht.«

»Nein.«

»Wieso nicht?«

Ungeduldig warf Zänker die Zigarette weg und trat vehement drauf.

»Hören Sie. Ich rede seit Jahrzehnten nicht mehr mit meinem Bruder, warum sollte ich es jetzt tun? Wenn Sie etwas über Peter wissen wollen, sprechen Sie mit ihm selbst!«

»Gut. Wo waren Sie am Donnerstagvormittag?«, wechselte Leo das Thema.

»Ich bin ständig von einer Baustelle zur nächsten unterwegs. Lassen Sie sich von Frau Lotsch den Arbeitsplan geben, dort können Sie nachlesen, wo ich wann nach dem Rechten sehe.«

»Das tun wir. Ich möchte auch mit Ihrer Frau sprechen. Ist sie zu Hause?«, fragte Leo.

»Mit der brauchen Sie nicht zu reden, die hat diese Frau Obermann überhaupt nicht gesehen.«

»Das möchte ich aber gern von ihr selbst hören, Herr Zänker.«

»Was soll der Mist!?« Jens Zänker wurde jetzt laut und stemmte die Hände in die Hüften. Seine Lederjacke blähte sich auf und ließ ihn noch breiter wirken.

»Diese Frau hat mit uns überhaupt nichts zu tun! Es ist purer Zufall, dass sie an dem Tag einen Unfall hatte, an dem sie mit meinem Vater geredet hat. Erst hat ihre Mutter für Ärger gesorgt und jetzt belästigen Sie uns ihretwegen. Sie sind bei uns an der völlig falschen Adresse.«

»Sie irren sich, Herr Zänker. Diese Frau hat sehr viel mit Ihrer Familie zu tun. Wissen Sie nicht, dass sie die Tochter Ihres Bruders Peter ist?«

Jens Zänker taumelte einen Schritt zurück.

»Sie ist was?!?«

»Ihre Nichte.«

Jens Zänker schaute so entsetzt drein, dass Leo ihm das abnahm. Er fasste den Kommissar hart mit beiden Händen an den Oberarmen.

»Bitte reden Sie nicht mit meiner Frau darüber. Sie wird zusammenbrechen, wenn Sie erfährt, dass Peter eine Tochter hat.«

»Lassen Sie das, Herr Zänker!«

Leo schüttelte ihn unwillig ab.

»Warum soll Ihre Frau das nicht erfahren?«

Leo erlebte, dass Zänkers Stimmung völlig kippte. Er trat von einem Fuß auf den anderen und knetete mit der Rechten seinen kurzen Hals.

»Es wird ihr das Herz brechen! Wir haben keine Kinder und das ist ein großer Schmerz für sie. Wenn sie erfährt, dass Peter, dieser egoistische Idiot, ... Halten Sie sich von ihr fern!«

Er ließ Leo stehen und eilte mit zornigen Schritten zu seinem Auto.

Ein wenig hilflos stand Olaf Röpke mit seinem Radlader vor der Westwand des Steinbruchs und beobachtete die drei Mitarbeiter der Spurensicherung, die wie Albino-Ameisen über den Hang krabbelten.

Wollten die den ganzen Haufen tatsächlich per Hand abtragen? Er nahm seine Mütze vom Kopf und kratzte sich unschlüssig.

»Wie lange sind Sie denn da noch zugange?«, fragte er schließlich einen der drei, denn es sah nicht so aus, als könne er seine Aufgabe, den Abraum von der Wand in das Loch unten zu füllen, demnächst angehen. Sein Chef Knappe hatte am Freitag noch gemeint, die Polizei wäre am Montag fertig mit der Analyse des Fundorts, aber das sah nun ganz und gar nicht danach aus.

»Wir drehen hier jeden Stein um, bis wir alle Knochen und möglicherweise andere Fundstücke zusammen haben. Das kann noch dauern.«

»Chef, ich hab was!«, rief einer der weißen Overalls und hielt einen Knochen hoch, der wie ein Stück Wirbelsäule aussah.

Sein Ansprechpartner wandte sich um und legte das Fundstück vorsichtig in einen Plastikbehälter. Röpke warf einen Blick hinein und sah noch fünf Knochen. Na, wenn die drei hier in dem Tempo weitersammelten, würde es noch mindestens eine Woche dauern, bis die das komplette Skelett beieinanderhatten.

Er rief Knappe an und fragte, was er stattdessen tun solle.

»Olaf, das Foto in der Zeitung war eine Wucht! Wahrscheinlich melden sich in Zukunft busladungsweise Leute an, die bei uns im Steinbruch nach alten Knochen buddeln wollen. Was hat dich denn da geritten?«

Röpkes anfänglicher Stolz schwand mit der Erkenntnis, dass die Stimme seines Chefs immer sarkastischer wurde.

»Ich dachte, das wäre ne tolle Werbung für uns!«, verteidigte er sich.

Er hatte für den Fotografen vor seinem Radlader im Steinbruch posiert. Auf der Titelseite der Dresdner Nachrichten waren allerding nicht nur er und sein Radlader, sondern im Vordergrund auch ein Skelett zu sehen gewesen, das ihn weit überragend im Steinbruch stand. »Olaf Röpke: Mein gruseligster Fund!« lautete die Schlagzeile.

»Wenn du die Wand nicht freilegen kannst, kümmere dich mit Rudi um die Blöcke für die Baustelle in Potsdam!«, sagte Knappe und legte auf. Olaf Röpke schwang sich auf sein Gefährt und lenkte es zur anderen Seite des Steinbruchs, wo Rudi gerade die neue Sprengung vorbereitete.

Mirko und Rudi hatten ihn seit dem Morgen schon ausreichend mit dem Zeitungsartikel aufgezogen. »Mein gruseligster Fund«, japste Rudi, »als ob man ständig etwas Gruseliges im Steinbruch finden würde.«

Gut, normalerweise fanden sie gar nichts. Nicht nur, weil sie nach nichts suchten, sondern weil da auch nichts herumlag, was nicht in einen Steinbruch gehörte. Ganz einfach. Dabei hatte er tatsächlich schon einmal etwas Gruseliges gefunden, aber das wollten seine Kollegen Mirko und Rudi nicht noch mal hören. Die Geschichte war ja auch schon so lange her.

Auch Margarete Zänker entschuldigte sich vielmals für den Ausbruch vom Freitag, sie habe nicht damit gerechnet, dass die Frau Kommissarin ihren Sohn nun ausgerechnet an dieser Stelle ...

Sandra konzentrierte sich auf die Befragung, ging nochmals alle Abläufe vom Dienstag durch, hinterfragte jede Regung und jede Aussage von Isabell Obermann, an die sich Margarete Zänker noch erinnern konnte.

Später erfuhr sie, dass der Briefkontakt mit Marie Fürst-Obermann erst drei Jahre nach dem Wartburg-Treffen in Gang gekommen war.

»Zuvor kamen keine Briefe bei uns an. Die wurden alle von der Stasi konfisziert«, erklärte Margarete Zänker. Erst als eine Bekannte von Marie in Ostberlin eine Postkarte mit ihrer eigenen Adresse an mich verschickte, bekam ich Kontakt zu ihr. Wir haben über diese Deckadresse ein paar belanglose Postkarten ausgetauscht, später auch zwei Briefe. In einem war ein Foto von Isabell. Sie schrieb von sich als von ihrer Freundin Monika, ich habe mich nur ganz allgemein über Peter ausgelassen. Es war schwierig und kompliziert, aber sie wusste, was Peter für sie auf sich genommen hatte.«

»Zu der Zeit wohnten Sie schon getrennt von Ihrem Mann?«, fragte Sandra.

Margarete Zänker nickte.

»Wenn Hartmut das mitbekommen hätte, hätte er mir den Kopf abgerissen.«

»Verständlich. Die Frau hat viel Leid über Ihre Familie gebracht«, sagte Sascha.

»Wissen Sie, er hat wegen Peter seine Firma verloren. Jens hat ihm eine Arbeit als Hilfsarbeiter in seiner Bau-Brigade besorgt, aber er hat Peter nie verziehen, dass seine Naivität ihm seinen Betrieb gekostet hat. Er wurde so zornig und so böse, es war nicht mehr mit ihm auszuhalten. Jeden Abend hat er sich betrunken, er wurde immer unbeherrschter. Es war fürchterlich.«

»Deshalb haben Sie Ihren Mann und Ihren Sohn verlassen?«, schlussfolgerte Sandra.

»Ich habe so lange versucht, ihm zu helfen, aber er wollte keine Hilfe. Es ist ein Wunder, dass er Peter nicht rausgeworfen hat, als der wegen der Wohnung am Elbhang zu ihm kam. Ich bin so froh, dass er wenigstens damals mit ihm gesprochen und einen Weg gefunden hat. Mit mir hat er seit Jahrzehnten kein einziges Wort gewechselt.«

Sandra überlegte. Was konnte sie noch von Margarete Zänker erfahren? Sie sah Sascha an.

Der lehnte sich zurück und fragte aus heiterem Himmel: »Könnte Ihr Ex-Mann damals etwas mit dem Verschwinden von Marie Fürst-Obermann zu tun gehabt haben?«

Margarete Zänker winkte entschieden ab.

»Wie können Sie das nur denken? Hartmut hat viele Enttäuschungen einstecken müssen, aber sowas würde er nie tun!«

»Meine Schwiegertochter ist nicht da.« Hartmut Zänkers Stimme durch die Türsprechanlage klang blechern, aber nicht unfreundlich.

»Kann ich trotzdem noch mal reinkommen und mit Ihnen reden?«

Leo stand vor dem verschlossenen Tor zur Auffahrt auf das Zänkersche Grundstück in Hohburkersdorf.

»Wenn es sein muss.«

Ein Summer ertönte und das Tor schwang langsam auf.

Zänker erwartete ihn am Eingang zu seinem Büro. Im Vorzimmer saß eine resolute Dame, die eifrig Zahlen addierte.

»Ich möchte gern auch mit Ilona Zänker sprechen. Können Sie ihr das ausrichten? Sie soll mich bitte anrufen.«

Hartmut Zänker schüttelte den Kopf.

»Ilona hat vom Besuch dieser Frau überhaupt nichts mitbekommen. Sie muss auch nicht mit Ihnen reden, ich habe mich erkundigt. Diese Frau war bei mir. Jens und Ilona haben damit nichts zu tun.«

Zänker stand immer noch in der Tür zu seinem Büro. Er machte nicht den Eindruck, als wollte er Leo hereinbitten. Heute trug er Jeans und ein dunkelblaues Sweatshirt, das seine kräftige Figur betonte. Seine Hände waren ständig in Bewegung, er war ungeduldig.

»Immerhin ermitteln wir hier im Fall eines versuchten Mordes. Isabell Obermann wurde im Krankenhaus angegriffen. Wo waren Sie am Donnerstagvormittag, Herr Zänker?«

Hartmut Zänker schlug mit der Faust gegen den Türstock.

»Also, bitte! Sie verdächtigen mich, ins Krankenhaus zu schleichen und eine Schwerverletzte anzugreifen? Ich kenne die Frau doch kaum und ich habe von Ihnen erst am Freitag erfahren, dass sie einen Unfall hatte. Das ist ja lächerlich!«

Er stemmte die Hände in die Hüften und baute sich vor Leo auf.

»Am Donnerstag war ich hier, im Büro. Frau Lotsch?«

Die Frau hinter dem Schreibtisch hatte längst aufgehört zu tippen und das Gespräch der beiden Männer aufmerksam verfolgt.

Mit großen Augen fragte sie: »Ja, Chef?«

»Wo war ich am Donnerstagvormittag?«

Sie zögerte keinen Moment: »Na hier. Da haben wir das Angebot für das Doppelhaus in Königstein ausgearbeitet.«

Leo ließ sich davon nicht beeindrucken. Er fragte die Dame hinter dem Schreibtisch direkt nach Jens Zänker.

»Der war auf den verschiedenen Baustellen in Dresden und Pirna unterwegs.«

»Und Ilona Zänker, wo war die an diesem Vormittag?«

Diesmal überlegte Frau Lotsch kurz. Dann sagte sie: »Am Donnerstag und Freitag hat Frau Zänker die Lohnbuchhaltung fertig gemacht.«

Leo stützte die Arme auf ihren Schreibtisch auf, beugte sich vor und schaute ihr in die Augen

»Und wo ist Frau Zänker heute?«

Ihr Blick wanderte hektisch oberhalb ihrer Lesebrille zwischen ihm und ihrem Chef hin und her.

»Ich weiß es nicht«, kam es zögerlich von ihr.

Jetzt mischte sich der alte Zänker wieder ein.

»Ich habe Ihnen doch gesagt, dass sie nicht da ist. Jetzt lassen Sie uns doch bitte wieder unsere Arbeit erledigen.«

Draußen auf dem Vorplatz vor der Villa drehte sich Leo um und studierte die Fenster von Jens und Ilona Zänkers Haus. Im Fenster oben rechts meinte er, eine Bewegung gesehen zu haben, aber als er länger dorthin schaute, blieb alles still.

Sollte er es einfach versuchen und klingeln? Als er den ersten Fuß auf die Treppe zum Eingang gesetzt hatte, hörte er Hartmut Zänkers Stimme hinter sich:

»Ich habe gesagt, sie ist nicht da!«

Er stand mit verschränkten Armen im Eingang zum Bürotrakt.

Leo nickte und gab nach. Er konnte auf dem ganzen Weg zum Wagen Zänkers Blick in seinem Rücken spüren.

Das war nicht gut gelaufen. Ärgerlich setzte er sich ins Auto.

Kurz bevor er in Pirna über die Elbe fuhr, rief ihn Frau Kerschensteiner an.

»Herr Reisinger, könnten Sie nicht gleich noch in Lohmen im Steinbruch vorbeischauen? Manni Tannhauser von der Spurensicherung hat angerufen. Er ist dort wegen dieses Skeletts, das am Freitag gefunden wurde. Er meint, einer von unserer Abteilung solle sich das ansehen. Sie sind doch ohnehin in der Nähe, oder nicht?«

Leo ließ sich die Adresse durchgeben und kehrte um. Durch Lohmen war er vor wenigen Minuten gefahren.

Richter hatte Julia ans Telefon gesetzt, um die vielen Anrufe wegen des Skeletts entgegenzunehmen. Seit die Zeitung mit dem Foto aus dem Steinbruch im Umlauf war, riefen permanent Bürger an, die einen Hinweis zur Herkunft des Skeletts geben wollten.

»Na, wie läuft es?«, fragte Sandra leichthin, als Julia aufgelegt hatte.

»Bisher haben drei Personen behauptet, das Skelett sei vor Jahren aus dem Biologiekabinett ihrer Schule gestohlen worden und sie wollten es zurückhaben. Fünf haben mir Namen von Vermissten durchgegeben, die aber alle auf der Homepage der Polizei aufgelistet sind. Eine Frau hat angerufen und meinte, das Skelett sei ihre ehemalige Nachbarin, die vor fünfzehn Jahren einfach verschwunden sei. Das war bis jetzt der einzige Anruf, bei dem es sich lohnt, ihm nachzugehen.«

Sie zog ein missmutiges Gesicht.

»Richter hat mich ausgebootet. Ihr seid am Fall Obermann dran und ich kann mir hier so einen Mist anhören! Leo hätte mich ruhig mitnehmen können. Das ist unfair!«

»Wenn du dir hier Lorbeeren verdienen und in die Abteilung aufgenommen werden willst, tust du lieber, was der Chef dir sagt. Aber meinetwegen kannst du am Nachmittag zu dieser Dame fahren und dir anhören, ob an der Geschichte etwas dran ist.«

»Danke. Immerhin.«

Das Telefon klingelte erneut und Julia ging ran, während Sandra den Raum verließ.

14 Montagnachmittag

Die schmale Kopfsteinpflasterstraße ins Wesenitz-Tal und zum Steinbruch tastete sich Leo im Schritttempo hinunter. Er parkte den Wagen kurz vor dem Sandsteintor und orientierte sich. Vor ihm öffnete sich der Steinbruch wie ein Amphitheater.

Die Felswände ragten gut fünfundzwanzig Meter senkrecht nach oben. Die einzelnen Sandsteinbänke lagen wie Stufen vor ihm, jede um die vier Meter hoch. Im hinteren, linken Bereich des Steinbruchs arbeiteten mehrere Spurensicherer unter Manni Tannhausers Kommando. Ganz oben konnte er Birken erkennen, die im leichten Wind das eine oder andere gelbe Blatt hinunter in die riesige Grube taumeln ließen.

Wie ein dicker Teppich dämpfte der feine Sand seine Schritte auf dem Weg zum Team der Spurensicherung.

Leo hob zur Begrüßung die Hand, Tannhauser nickte ihm zu.

»Bisher haben wir zusätzlich zum Schädel und dem Oberschenkelknochen vom Freitag zweiunddreißig weitere Knochen gefunden.« Er deutete auf einen grauen Behälter. »Ich nehme an, wir haben es mit einem kompletten Skelett zu tun.«

»Irgendetwas außer Knochen?«, fragte Leo.

Tannhauser wiegte seinen Kopf bedächtig hin und her. Er trug wie seine Mitarbeiter auf der Steinhalde einen weißen Ganzkörperoverall.

»Wir haben den Haufen ja noch nicht komplett abgetragen. Das ist wie die Stecknadel im Heuhaufen suchen. Aber wir haben vor einer Stunde das hier gefunden.«

Er deutete auf einen langen dünnen Knochen, an dessen Ende ein Stück schwarzes Gewebe hing.

»Was ist das?«, fragte Leo.

»Ein Stück Plane. Möglicherweise war der Körper darin eingewickelt, als er hier abgelegt wurde.«

Tannhauser studierte Leos Gesichtszüge. Der wusste, dass er jetzt erwartete, dass er seine Gedanken fortführte.

Es dauerte nicht lange, bis ihm klar war, worauf der Chef der Spurensicherung hinauswollte.

»Du meinst, wenn es ein Selbstmörder oder Verunglückter wäre, hätte er sich vorher wohl kaum in Plastikfolie gewickelt?«

Tannhauser reckte den Daumen hoch.

»Muss ich nachprüfen, aber falls wir noch mehr Stücke von der Plane finden, liegt der Verdacht nahe.«

Leo war nicht erfreut über die neue Aufgabe. Der Fall Obermann beschäftigte sie zur Genüge.

»Aber der Körper liegt doch hier schon mindestens zehn Jahre, oder? Das muss jetzt erst mal warten. Wir sind momentan an einer akuten Sache dran. Ich kann mich nicht noch um einen zweiten Fall kümmern.«

»Nun ja, wir sind hier noch ein Weilchen beschäftigt und die genaue Analyse der Knochen wird auch ein paar Tage dauern. Dann macht mal hinne. Ich wollte aber, dass einer von eurer Truppe das wenigstens gesehen hat.«

Er grinste schief.

»Das ist mal eine echte Knochenarbeit.«

Tannhauser wandte sich wieder um zum Steinhaufen, dann drehte er sich nochmals um.

»Ihr habt doch so 'ne hübsche junge Polizistin neu im Team, kann die sich nicht darum kümmern? Geht doch erst mal nur um das Durcharbeiten der Vermisstendatei.«

»Ich werde das so weitergeben«, grummelte Leo und sah sich um, wen er von den Angestellten nach Details zum Steinbruch fragen könnte.

Nach der Mittagspause überflog Sandra alle bisher angefertigten Gesprächsprotokolle. Sie hatte das Gefühl, dass sie bisher etwas übersehen hatten. Es gab irgendwo ein Mosaiksteinchen, das sie an die richtige Stelle legen musste, um ein neues Bild des Falles Obermann zu bekommen. Aber welches?

Sie bat Sascha, sich bei Familie Obermann in Frankfurt nach den genaueren Umständen von Maries Verschwinden zu erkundigen. Der Bericht von Leo dazu war mehr als lückenhaft. Aber gut, nachdem sie inzwischen wusste, in welchem Zustand er bei seinem Besuch gewesen war, konnte sie ihm diese Schlampigkeit verzeihen.

Saschas Frage an Margarete Zänker vorhin hatte sie aufgerüttelt. Sie beschloss, sich näher mit ihrem Ex-Mann zu beschäftigen. Schon bald hatte sie seinen Lebenslauf in großen Teilen recherchiert. Hartmut Zänker stammte aus einer deutschen Familie, die nach dem Zweiten Weltkrieg aus dem Banat im heutigen Ungarn nach Deutschland geflohen war. Sein Vater hatte die Steinmetz-Firma in Lohmen aufgebaut und er war ab 1960 in seine Fußstapfen getreten. Die Zänkers hatten immer nur einen kleinen Betrieb besessen, was sie zu DDR-Zeiten davor bewahrt hatte, von der ersten Verstaatlichungswelle erfasst zu werden. 1984 verlor Hartmut Zänker allerdings seinen Betrieb, angeblich aus steuerlichen Gründen, in Wirklichkeit natürlich, weil Peter in Haft gekommen war. Nach einer Weile bekam Hartmut Zänker eine Stelle als Hilfsarbeiter im Pirnaer Betrieb des VEB Wohnungsbaukombinats Dresden, wo auch sein Sohn Jens als Maurer arbeitete.

Schon vier Monate nach der Wende gründeten Hartmut und Jens Zänker die Zänker und Sohn Bau GmbH. Das Unternehmen florierte bald und übernahm zahlreiche Bauvorhaben im Umland. Die Zänkers erwarben 2007 in Hohburkersdorf ein zweitausend Quadratmeter großes Grundstück. Die Firmenanschrift wechselte von Lohmen dorthin und wenn sie Leos Beschreibung richtig verstand, befanden sich auf dem Gelände nicht nur die Firma, sondern auch zwei Wohnhäuser, eines für Zänker senior und eins für Jens und seine Frau Ilona.

Das war eine schöne Erfolgsgeschichte der Nachwendezeit, fand Sandra, und sie hatte großen Respekt vor dem Mut von Vater und Sohn, direkt nach dem Fall der Mauer eine Firma zu gründen. Andererseits war die Bausubstanz der ehemaligen DDR reichlich marode und wohl keine Dienstleistung gefragter gewesen.

Über Ilona Zänker fand Sandra so gut wie nichts. Die Frau war 1968 als Ilona Nitscher geboren worden und hatte im Pirnaer PGH Chic eine Friseurlehre absolviert, die sie 1988 mit der Meisterprüfung krönte. 1987 hatte sie Jens Zänker geheiratet und ab 1992 für die Firma ihres Mannes gearbeitet. Auf Ilona Zänkers Ausweisfoto schaute ihr eine etwas aus den Fugen geratene Fünfzigjährige entgegen. Einsdreiundsechzig, die Augen grün und groß, ein rundes, gutmütiges Gesicht mit wenigen Falten. Die Haare hatte sie auf dem Foto zu einem dunklen Bob mit aufgebauschtem Hinterkopf und großem runden Pony gekämmt. Fehlte nur noch die Schleife, dann wäre Minnie Maus perfekt, dachte sich Sandra.

Sie konnte keinen Haken an der Geschichte finden. Es war Zeit, sich einen Kaffee zu holen und bei Sascha vorbeizuschauen.

»Die Halde ist schon seit mindestens fünfundzwanzig Jahren dort. Wann da das letzte Mal Steine gebrochen wurden, müssen Sie den Chef fragen. Seit ich hier arbeite, also seit fünfzehn Jahren, haben wir an dieser Seite nichts mehr abgebaut«, erklärte Rudi Möbius.

Leo machte sich Notizen.

»Aber wieso fragen Sie das jetzt alles noch mal? Waren doch am Freitag schon die Polizisten aus Pirna hier.«

»Weil sich jetzt die Kriminalpolizei in Dresden um die Sache kümmert«, erklärte Leo. »Wir brauchen das genaue

Datum, wann diese Steinhalde aufgeschüttet wurde und wer damals im Steinbruch gearbeitet hat. Da kommt man von außen ja sonst nicht ran, oder?«

»Naja, heute ist das oben gut abgeschirmt, damit keiner über die Abbruchkante fällt, aber wie das damals war, kann ich Ihnen nicht sagen. Rufen Sie im Büro an und fragen Sie nach Herrn Knappe, der ist der Chef.«

Ein Mann in Arbeitsklamotten kam mit ausgestreckter Hand auf Leo zu.

»Röpke. Ich hab den Kollegen gefunden!« Er deutete stolz auf die graue Kunststoffkiste, in der Tannhauser und seine Leute die Knochen sammelten. »Dem Möbius hätte das nüscht ausgemacht, der war früher Friedhofsgärtner, aber unsereiner hat ja nicht alle Tage so een Nischel vor sich.«

Leo warf ihm einen fragenden Blick zu, er hatte keine Ahnung, was ein Nischel war, nahm aber an, dass es um den Schädel ging. Olaf Röpke sah ihn erwartungsvoll an.

»Sind Sie von der Presse? Haben Sie das Bild in der Zeitung gesehen? Ich erzähle Ihnen gern noch mal, wie das am Freitag war.« Röpke grinste ihn an und zeigte dabei eine markante Lücke in der oberen Zahnreihe.

»Dann schießen Sie mal los.« Leo zückte seinen Kugelschreiber, während Rudi Möbius die Augen verdrehte und sich davon machte. Offenbar hatte er die Geschichte oft genug gehört.

»Kriminalpolizei Dresden, Leo Reisinger«, stellte Leo klar.

»Sie sind aber ooch nich von hier«, stellte Röpke fest, dann machte er es glücklicherweise kurz. In drei Sätzen hatte er berichtet, wie er den Schädel liegen sah und danach seinen Chef angerufen hatte.

»Wie viele Meter Steine haben Sie abgetragen, bis Sie auf das Skelett gestoßen sind? Einen, zwei?«

»Weniger. Ich habe ja nur die oberste Schicht runtergeholt, bis das Ding mir entgegenkullerte. Da war nicht viel drüber.«

»Interessant. Sie haben Ihre Adresse und alles Weitere schon am Freitag an die Kollegen weitergegeben?«

»Nu!« Röpke nickte heftig. »Hab denen aber vergessen zu erzählen, dass ich schon mal Knochen gefunden hab – in unserem Keller. Das war irgendwie ooch gruselig.«

»Menschenknochen?«, fragte Leo pflichtschuldig nach.

»Keene Ahnung. So kleine Dinger. Der Immobilien-Makler meinte, das wären Hühnerknochen gewesen. Aber ich bin mir da nicht so sicher. Hab ihn aber gleich noch mal heruntergehandelt, weil der Keller ein Saustall war.« Röpke nahm die Mütze vom Kopf und kratzte sich am Nacken.

»Naja, solange es keine Menschenknochen sind, ist das aber nichts Besonderes.« Leo wandte sich zum Gehen.

Bevor er sich jetzt noch anhören musste, was Röpke sonst noch so rund um sein Haus gefunden hatte, verabschiedete er sich lieber. Eigentlich wollte er mit dieser Steinbruch-Geschichte nichts zu tun haben. Isabell Obermann war viel wichtiger.

Er winkte Tannhauser und seinen Leuten zu und machte sich auf den Weg zurück ins Präsidium.

Sascha tippte eifrig auf seiner Tastatur, als Sandra bei ihm anklopfte.

»Und?«, fragte sie neugierig.

Sascha schrieb seinen Satz zu Ende, dann lehnte er sich zurück.

»Wieso hast du das eifrige Frettchen Julia verbannt? Letzte Woche warst du doch noch so begeistert von ihr.«

»Das war Richters Idee«, verteidigte sie sich.

Sascha akzeptierte die Erklärung.

»Ich habe mir von diesem Eberhard Obermann haarklein erklären lassen, wie das damals ablief. Hat mich ganz schön viele Nerven gekostet, der Mann ist nicht gerade erpicht darauf, die Geschichte zu erzählen. Aber hör zu: Marie Fürst-Obermann ist drei Tage nach der Öffnung der Mauer verschwunden. Er hatte keine Ahnung von ihrem Kontakt in die DDR. Aber er meinte, nachdem sich nun ein völlig neues Bild zeige, würde er doch nach Dresden kommen. Er will bei uns vorbeischauen und auch seine Tochter besuchen. Dass sie höchstwahrscheinlich nicht seine leibliche Tochter ist, habe ich ihm nicht gesagt. Das sollten wir erst per Vaterschaftstest abklären, damit es sicher ist. Was denkst du?«

Sandra nickte. Ja, das war besser so.

»Marie Fürst-Obermann hatte einen Koffer voller Kleider, ihren roten VW Karmann Ghia, einen Stapel Traveller-Schecks im Wert von fünftausend Deutschen Mark, zwei Bankkarten und ihre Papiere dabei. Die Schecks, so sagte mir Herr Obermann, wurden drei Monate nach ihrem Verschwinden bei Banken und Hotels in Orlando und Miami eingelöst. Von ihrem eigenen Bankkonto hat sie vor ihrer Abreise ihre gesamten Ersparnisse von gut fünfundzwanzigtausend Mark abgehoben. Mit der Firmenkreditkarte hat sie ihren Flug, einen Mietwagen und mehrere Hotelübernachtungen bezahlt. Eberhard Obermann hat die Karte sofort sperren lassen, nachdem die erste Abrechnung kam, ab Februar 1990 wurde sie nicht mehr benutzt.«

»Sie hat also um die dreißigtausend D-Mark ausgegeben, vor allem in den USA, wie es scheint«, folgerte Sandra. »Das ist ja keine riesige Summe, aber doch ein gutes Startkapital für ein neues Leben.«

Sie nippte an ihrem Kaffee.

»Weißt du, als du Frau Zänker heute Vormittag fragtest, ob ihr Mann etwas mit dem Verschwinden von Marie zu tun haben könnte, da dachte ich kurz, das wäre eine Möglichkeit. Schließlich hatte er eine unglaubliche Wut auf sie. Aber die Belege sind eindeutig.«

Sascha bestätigte ihre Sicht: »Sie ist nach dem Besuch in Dresden definitiv in die USA geflogen und dort verliert sich ihre Spur. Ihre Tochter hat mehrere private Firmen mit der Suche nach ihr beauftragt, immer ohne Ergebnis. Ich denke, Isabell Obermanns Fall hat nichts mit dem Verschwinden ihrer Mutter zu tun.«

»Wir sollten warten, bis wir wenigstens wissen, ob das Skelett männlich oder weiblich ist und wie die Mediziner das Alter veranschlagen. Dr. Gräber hat mir eine erste Einschätzung für morgen versprochen. Ansonsten suchen wir die Stecknadel im Heuhaufen.«

Richter hatte von Leo einen kurzen Bericht über seine Ermittlungen im Steinbruch verlangt. Vor ihm lag die neueste Ausgabe der Dresdner Boulevard-Zeitung. »Mein gruseligster Fund im Steinbruch« schrien große schwarze Lettern. Der Mann, mit dem er vorhin in Lohmen gesprochen hatte, posierte vor dem Radlader im Steinbruch, davor war ein Skelett abgebildet. Das war also der Zeitungsbericht, auf den er ihn angesprochen hatte.

»Von der Firma, der der Steinbruch gehört, habe ich erfahren, dass die Halde in den Jahren 1987 und 1988 aufgeschüttet wurde. Aber das heißt noch nicht, dass genau in der Zeit auch der Körper dort abgelegt wurde. Das Skelett befand sich ziemlich weit oben, es hätte also jemand auch einfach später noch ein paar Steine drauflegen können und niemandem wäre es aufgefallen.«

Leo blätterte durch seine Notizen. »Der Kollege in Pirna, der die Sache am Freitagnachmittag aufgenommen hat, sagte mir, dass dort laut dem Betriebsleiter seit Jahrzehnten nichts mehr verändert wurde. Es handelt sich um einen Bereich des Steinbruchs, der in Richtung des Flüsschens Wesenitz liegt. Dort gibt es nicht mehr sehr viel abzubauen. Aber von dieser Seite des Steinbruchs stammen die Steine, aus denen einst das Schloss Cotta errichtet wurde. Damit die Steine für die derzeit laufende Renovierung der Außentreppen dazu passen, soll dort das nötige Material dafür gewonnen werden. Nur deshalb wurde überhaupt begonnen, die Halde abzutragen.«

»Und Tannhauser denkt, dass wir es nicht mit einem Selbstmörder, sondern mit einem gewaltsamen Tod zu tun haben?«

»Nun ja, er hat Reste einer schwarzen Plastikplane gefunden. Er ist der Meinung, dass sich niemand erst in Folie einwickelt, bevor er sich umbringt.«

»Na gut«, sagte Richter und lächelte. »Zum Ende meiner Amtszeit hier hätte ich gern folgende Schlagzeile: ›Kripo Dresden klärt jahrzehntealten Vermisstenfall auf.‹« Er zeichnete die gewünschte Überschrift mit den Händen in der Luft.

»Machen wir, versprochen! Aber ein paar Tage haben die alten Knochen noch Zeit. Jetzt ist erst mal Dr. Gräber am Zuge.«

»Sie können trotzdem schon mal prüfen, ob es passende Vermisstenfälle gibt.« Richter strich die gelbe Krawatte auf seiner Brust glatt.

Leo schüttelte den Kopf.

»Chef, wir haben elftausend Menschen in der Vermisstendatei, verteilt auf ganz Deutschland! Außerdem sind wir mit dem Fall Obermann beschäftigt. Da stehen wir noch am Anfang und haben jede Menge Ermittlungsarbeit vor uns.«

»Sagen Sie es Frau Köhler, die habe ich ohnehin zum Skelett delegiert. Wenn da nur noch Knochen liegen, braucht sie ja nur die alten Fälle herauszusuchen. Das ist höchstens noch ein Drittel. Wie lange wird es dauern, bis von einem Menschen nur noch die Knochen übrig sind?« Er zog eine Augenbraue hoch.

Wahrscheinlich war das eine rhetorische Frage, aber Leo wollte trotzdem drauf antworten.

»Eine Leiche zersetzt sich unterschiedlich schnell, je nachdem, wie die Bedingungen sind. Ein an der Luft liegender Körper verwest doppelt so schnell wie eine Leiche im Wasser und achtmal so schnell wie ein begrabener Körper. Ich habe von in Lehmböden begrabenen Toten gelesen, die selbst nach Jahren noch vollständig erhalten waren. In luftigem Geröll wie im Lohmener Steinbruch geht der Verwesungsprozess wahrscheinlich fast genauso schnell wie bei einem völlig frei liegenden Körper. Insekten haben da auch Zugang. Wir müssen wahrscheinlich alle Vermisstenfälle der letzten fünf Jahre und älter durchforsten.«

Es entging ihm nicht, dass Richter mit den Augen rollte. War er da wieder zu schulmeisterlich rübergekommen? Egal. Er wusste eben, wovon er sprach.

Sandra sah Leo aus Richters Büro kommen und wollte ihm lieber aus dem Weg gehen, aber er kam direkt auf sie zu.

»Wie lief es mit den Zänkers?«, fragte er.

»Sehr gut. Beide sind voll kooperativ und ich denke, ich habe ihn am Freitag einfach an der falschen Stelle erwischt. Er hat da so ein Gefängnistrauma, auf das er bei Berührung reagiert. Und bei dir?«

Leo klopfte an Saschas Tür, damit auch der auf den neuesten Stand gebracht wurde. Sascha kaute gerade an einem der übrig gebliebenen Hackepeter-Brötchen und forderte sie mit vollem Mund auf, sich zu setzen.

»Ich war zunächst bei Jens Zänker auf der Baustelle. Er behauptet, dass er von nichts wisse und Isabell Obermann am Dienstagmittag nur kurz gesehen habe. Das Gespräch war maximal unergiebig, bis zu dem Moment, an dem ich ihm sagte, dass sein Bruder Peter möglicherweise der Vater von Isabell Obermann ist. Daraufhin ist Jens Zänker regelrecht ausgerastet. Vor allem hat er ein Problem damit, das seiner Frau zu sagen. Er meinte, das würde sie völlig aus der Bahn werfen. Bisher komme ich an diese Ilona Zänker einfach nicht ran. Am Ende ließ er mich auf der Baustelle stehen. Der alte Zänker versucht auch, seine

Schwiegertochter rauszuhalten, und ist unkooperativ. Aber seine Sekretärin hat ihm und Ilona Zänker ein Alibi für den Donnerstagvormittag gegeben.«

Leo verschränkte die Arme vor seinem schwarzen Polohemd und zog die Stirn in Falten.

»Wie es aussieht, wird sie unserer Einladung zum Zeugengespräch nicht folgen. Ich kann also nur versuchen, sie doch noch irgendwo zu erwischen.«

Sascha erläuterte kurz seine Recherchen über die Geldflüsse von Marie Fürst-Obermann. Sandra hörte beiden aufmerksam zu und stellte schließlich fest, dass sie immer noch nicht die leiseste Spur hatten, wer Isabell Obermann hatte aus dem Weg räumen wollen und warum.

»Bleib weiter dran an Ilona Zänker«, forderte sie Leo auf. »Es muss einen Grund geben, warum sie nicht mit uns reden soll.« Sie wandte sich an Sascha: »Die Recherche zu den Geldflüssen ist super, versuche noch weitere Informationen zu Isabell Obermann aus Herrn Obermann herauszubekommen, wenn er in Dresden ist. Noch tappen wir im Dunkeln, aber irgendwo wird das richtige Detail auftauchen, um den Fall zu lösen.«

»Na ja«, fügte Leo resigniert hinzu. »Wir sollen uns jetzt auch noch um ein Skelett im Steinbruch Lohmen kümmern. Manni Tannhauser meint, das wäre ein Fall für uns, weil die Knochen in schwarze Folie oder einen Plastiksack gewickelt waren.«

»Darum wird sich unsere Kollegin Köhler kümmern«, verkündete Sandra lächelnd. Sie sah, dass Leo bei ihrem Namen zusammenzuckte. Langsam tat er ihr fast leid. Aber er sollte ruhig noch ein paar Tage wie ein geprügelter Hund herumlaufen und Kreide fressen. Schließlich hatte er sich das selbst eingebrockt.

Bei der Zänker und Sohn Bau GmbH ging ab sechzehn Uhr nur noch der Anrufbeantworter ran. Leo musste den neuerlichen Versuch, mit Ilona Zänker zu sprechen, auf morgen verschieben. Er holte sich die Protokolle der bisher geführten Gespräche und ging sie noch mal durch, ohne auf etwas zu stoßen, was ihn stutzig gemacht hätte.

Sie würden alle Menschen überprüfen müssen, mit denen Isabell Obermann in der letzten Woche Kontakt gehabt hatte. Möglicherweise würde es neue Erkenntnisse bringen, wenn sie die Anwohner der ehemaligen Rennstrecke befragten, vielleicht war dort jemandem etwas aufgefallen.

Frustriert streckte Leo sich und schaltete dann den Computer aus. Er musste sich bewegen, es war auch längst Zeit für den Feierabend. Alleine zu Hause zu sitzen war allerdings das Letzte, was er tun wollte. Seine Gedanken würden sich dann ganz schnell in diesem Karussell verfangen, das sich um Veronika drehte. Und nun war auch noch Julia hinzugekommen, auch über diese Geschichte wollte er lieber nicht nachdenken.

Sandra wusste, dass er nicht bereit war, in der Abteilung zu bleiben, wenn Julia als Verstärkung hinzukäme. Er würde das auch Richter mitteilen, aber möglichst, ohne genaue Gründe zu nennen.

Sein Leben war momentan wirklich eine einzige Baustelle. Er seufzte. Ein bisschen Ablenkung würde ihm guttun. Er beschloss, sich wieder mit Patrick zu verabreden. Der konnte ja nicht vierundzwanzig Stunden am Bett seiner Isabell sitzen.

Erst als sie zu Hause war, rief Sandra ihre Tante Luise an.

»Bist du gerüstet, falls morgen Reporter bei dir klingeln?«, fragte sie scherzend.

»Ach Kind, das klingt aufregend. Bei mir ist ja immer nüscht los. Also hoffe ich doch, dass morgen mal een bisschen Bambule einkehrt. Habe extra Apfelkuchen gebacken und das Wohnzimmer gewienert.«

Sandra protestierte: »Wehe du verteilst morgen Apfelkuchen, wenn die von der Zeitung bei dir einfallen sollten! Heb' den für mich auf! Ich komme auf jeden Fall spätestens morgen Abend vorbei. Du lässt dir bitte genau sagen, wer da kommt oder anruft. Ich brauche alle Namen und die jeweilige Redaktion. Mach es so, wie wir das besprochen haben. Und vor allem, melde dich sofort danach bei mir, bitte!«

»Mach ich, Kind. Ich hab heute Nachmittag richtig Spaß gehabt. Die junge Frau war sehr nett, aber die ist auch ganz schön zackig, kann ich dir sagen. Mit der würde ich keinen Streit haben wollen, die hat Haare auf den Zähnen!«

»Da hast du absolut recht!«

Sandra dachte an die Geschichte mit Leo und stellte mit Erstaunen fest, dass sie Genugtuung dabei empfand, Julia auf die Probe zu stellen.

»Ich habe mir das Gesprächsprotokoll meiner Kollegin noch durchgelesen, bevor ich nach Hause gegangen bin. Ich muss sagen, Tante Luise, an dir ist eine große Hochstaplerin verloren gegangen. Die Geschichte klingt so dreist, dass sich die Boulevard-Presse sofort darauf stürzen wird, wenn sie Wind davon bekommt.«

Luise kicherte ihr ins Ohr. Sie war die älteste Schwester von Sandras Vater und lebte in Rathen.

»Na, dann warten wir es mal ab. Täte mir zwar leid für deine Kollegin, aber eigentlich hätte ich große Lust, diese Räuberpostille morgen noch mal zu erzählen.«

»Tante Luise!«, mahnte Sandra.

»Ist gut, Kind. Ich vergesse die Geschichte einfach. In meinem Alter soll das ja vorkommen.«

Vor Isabell Obermanns Krankenzimmer saß ein Polizist, der sich Leos Ausweis zeigen ließ, bevor er hineindurfte. Gut so, dachte er, die Verantwortung für ihre Sicherheit konnten sie schließlich nicht den Krankenschwestern überlassen. Er klopfte an und hörte Patrick drinnen »Komm rein!« rufen.

Leo holte sich den zweiten Stuhl ans Bett und setzte sich neben ihn. Patrick sah aus wie ein Edelrocker, er hatte eine silberne Kette um den Hals hängen und unter seinem schwarzen Hemd zeichnete sich sein muskulöser Oberkörper ab.

»Wie geht es ihr?«

Er begrüßte Leo mit einem Nicken. Sein blanker Kopf glänzte wie eine Billardkugel im kalten Neonlicht.

»Sie wird wieder. Die Ärztin ist sehr zufrieden.«

»Morgen kommen ihr Vater und ihre Stiefmutter aus Frankfurt zu Besuch.«

»Ach, hat er doch noch sein liebendes Vaterherz entdeckt?«

Patrick hielt Isabell Obermanns Hand in den seinen. Ihr Kopf war immer noch dick bandagiert, nur die Schrammen und blauen Flecke, die ihr Gesicht am Donnerstag zusätzlich entstellt hatten, verblassten langsam. Patrick betupfte ihr die Lippen mit ein paar Tropfen Wasser.

Leo bewunderte ihn für die Hingabe, mit der er sich um seine Freundin kümmerte.

»Hat sie noch mal gesprochen?«, fragte er leise.

Er bekam nur ein Kopfschütteln.

»Wie geht es voran mit euren Ermittlungen? Habt ihr einen Verdacht, wer ihr das angetan hat?« Patrick sah Leo kurz an, bevor er sich wieder in den Anblick der kraftlosen Hand vertiefte.

»Leider nein. Wir dachten erst, es hätte irgendwas mit dem Verschwinden ihrer Mutter zu tun, aber wir finden nichts. Es ist wie verhext.«

»Muss ich mir Sorgen um die Fähigkeiten der Polizei machen?«

Leo seufzte: »Wir tun wirklich, was wir können, Patrick. Aber wir sind keine Zauberer.«

Stille breitete sich aus und Leo fragte sich, ob sie wirklich alles taten, um Isabell Obermanns Beinahe-Mörder zu finden.

»Wir hoffen, dass sie uns weiterhelfen wird, wenn sie aufwacht.«

»Das bedeutet, dass der Mörder nur davonkommt, weil er seine Arbeit nicht ordentlich gemacht hat. Richtig?«

»Bisher richtig. Aber wir sind ja noch am Anfang. So schnell geben wir nicht auf.«

Das Piepen der Kontrollgeräte, die Isabell Obermanns Vitalfunktionen überwachten, tönte überlaut, solange keiner ein Wort sprach.

»Wie läuft es mit deinen Kollegen?«

Leo war froh, dass Patrick das Thema wechselte. Er bemühte sich um einen lockeren Ton und sprach nicht mehr so leise.

»Ich glaube, bisher weiß nur Sandra über die Geschichte mit Julia Bescheid. Jetzt stehen wir zusätzlich noch vor dem Problem, dass die Presse irgendwoher Wind von dem Fall bekommen hat. Ich ducke mich und mache meine Arbeit. Sandra hat Oberwasser, aber das gönne ich ihr.« Er atmete tief ein. »Ich werde in Zukunft einfach die Finger von Frauen lassen. Die machen mir nur Probleme.«

Patrick wandte sich zu ihm um und lächelte.

»Junge, das kannst du dir vornehmen, wenn du siebzig bist. Probleme gehören zum Leben dazu. Außerdem sind immer mindestens zwei beteiligt, wenn es welche gibt. Da tust du dir jetzt bloß selbst leid.«

So ähnlich hatte Sandra es auch formuliert und Leo wusste, dass er seinen Anteil daran hatte. Während er über seine Antwort nachdachte, begann Isabell Obermann, sich zu regen.

Unter ihren geschlossenen Lidern zuckten ihre Augen hektisch. Sie bewegte die Lippen und spannte ihren Oberkörper an. Wurde sie wach?

Patricks Finger schnellte an seine Lippen, um zu signalisieren, dass sie ruhig sein sollten. Dann beugte er sich so weit vor, dass sein Ohr fast an ihrem Mund war. Außer dem Piepen des Überwachungsgeräts war nichts zu hören.

Nach einer Weile forderte er sie zum Sprechen auf.

»Isabell, sprich mit mir. Was willst du mir sagen, Liebes?«

Leo hörte ein kurzes Stöhnen, dann murmelte sie tatsächlich. Mit angehaltenem Atem wartete er, ob Patrick etwas verstehen konnte.

Es schien Isabell Obermann unendlich anzustrengen, denn ihre Herzfrequenz war gestiegen, das konnte er auf dem Gerät erkennen. Kurz darauf sank sie wieder tiefer in ihre Bewusstlosigkeit. Noch bevor Patrick sich wieder richtig hingesetzt hatte, kam ein Arzt ins Zimmer.

»Ist etwas vorgefallen?«, wollte er wissen und überprüfte dabei alle Katheter, die Geräte, den Tropf und ihren Puls. Dann erst schaute er die beiden Besucher an.

Leo hielt sich raus, während Patrick erklärte, dass die Patientin kurz gesprochen hatte.

»Es war wie gestern, Dr. Heine, als sie kurz aufgetaucht ist. Isabell versucht, mir etwas zu sagen.«

»Das ist ein gutes Zeichen, Herr Henzel. Aber jetzt schläft sie wieder. Ich schlage vor, dass Sie es für heute gut sein lassen. Die Patientin braucht Ruhe. Kommen Sie morgen wieder.«

»Was hat sie gesagt? Konntest du etwas verstehen?«

Sie gingen nebeneinander den Flur der Intensivstation entlang und passierten die Glastür in den regulären Bereich.

»Sie hat wieder von einem ›Schloss‹ gesprochen und von einer Frau. Sowas wie ›Frau im Schloss‹, ach, ich weiß auch nicht genau. Das waren ja nur gestammelte Wortfetzen und die zwei Begriffe sind das Einzige, was ich identifizieren konnte.«

»Schloss und Frau«, wiederholte Leo. »Das kann so viel bedeuten. Eine Frau, die eingeschlossen ist, oder eine Frau, die in einem Schloss sitzt, oder eine Frau, die ein Schloss in der Hand hält, ...«

»Gibt es in der Nähe des Unfallorts ein Schloss?«, fragte Patrick hoffnungsfroh.

»Hm, bestimmt. Ich bin jetzt seit fast zwei Jahren in Dresden und was ich gelernt habe, ist, dass hier eigentlich jedes Dorf ein Schloss hat. Oder zumindest eine Schlossruine. Wir in Bayern haben Maibäume, die Sachsen haben Schlösser.«

Sein Begleiter sah ihn skeptisch von der Seite an.

»Im Ernst?«

»Wir brauchen eine Karte, auf dem Smartphone ist das zu mühsam. Gibt es in der Nähe deines Hotels einen Buchladen?«

Patrick nickte. »Nicht nur einen Buchladen, sondern auch ein sehr gutes türkisches Restaurant. Hast du Hunger?«

Eine halbe Stunde später schoben sie die leeren Teller auf die Seite und beugten sich über die Karte.

Leo kreiste ein. »Schloss Lohmen, Schloss Hohnstein, Schloss Cotta, Schloss Radeberg, ...«

Patrick ließ sein Smartphone sinken.

»Kannst aufhören, Leo, allein im Landkreis Sächsische Schweiz – Osterzgebirge gibt es über fünfzig Schlösser und Burgen.« Er scrollte kopfschüttelnd eine lange Liste durch.

»Puhhh, ich sagte ja, jeder Ort hat hier sein eigenes. Und Isabell könnte theoretisch jedes meinen. Dazu gibt es die Schlösser in Dresden und Richtung Meißen noch mal jede Menge. Die Sachsen lieben ihre feudale Geschichte, kann ich dir sagen.«

Er tippte mit dem Finger auf die Karte.

»Am nächsten zum Unfallort sind die Burg Hohnstein und das Schloss Lohmen. Aber sie sagte ›Schloss‹, nicht ›Burg‹. Also lassen wir die Burgen weg.«

»Ich kann morgen ja mal ein paar Schlösser abklappern und fragen, ob Isabell da war und mit einer Frau gesprochen hat. Wer weiß, vielleicht hilft es.« Patrick schien darauf zu brennen, etwas zur Aufklärung beizutragen.

»Quatsch, das ist Polizeiarbeit. Ich kümmere mich darum. Sorg' du dafür, dass es Isabell gut geht und sie schnell wieder zu Bewusstsein kommt.«

Leo stellte irritiert fest, dass er Patricks Freundin wie eine gute alte Bekannte als Isabell bezeichnete, obwohl er sie nur aus Erzählungen und von ihren Ermittlungen kannte.

Patrick hatte die Bedienung erspäht: »Darauf noch zwei Bier, bitte!«

15 Dienstagvormittag

Richter war damit einverstanden, Beamte entlang der alten Rennstrecke des Deutschen Rings zu schicken, um die Anwohner zur Dienstagnacht zu befragen. Leo hatte das veranlasst, nachdem ihre Ermittlungen bisher so wenig Greifbares ergeben hatten. Alle Beteiligten konnten, soweit das bisher nachgeprüft worden war, ein Alibi sowohl für Dienstagnacht als auch für Donnerstagvormittag vorweisen.

»Ein Rennen hat da jedenfalls nicht stattgefunden, das konnten wir sicher ermitteln. Es gab weder Hinweise im Netz noch hat sich irgendeiner der Anwohner gemeldet. Üblicherweise bekommt die Polizei aber immer einen Tipp, wenn mehrere Autos deutlich zu schnell unterwegs sind oder die Runde mehrmals fahren«, sagte Sandra. Sie hatte sich gleich nach der Unfallmeldung um alle Hinweise auf ein Rennen gekümmert.

Leo wusste das.

»Aber vielleicht hat jemand Isabells Auto vorher dort stehen oder fahren sehen, hat einen Streit beobachtet oder etwas in der Art. Ich bin froh, wenn das geklärt wird.«

Es würde eine Weile dauern und nur mit viel Glück eine verwertbare Spur ergeben, aber sie mussten es versuchen.

»Noch ein Vorschlag, wie es weitergehen soll?« Richter blickte in die Runde.

Leos zweite Idee, alle Schlösser im Landkreis abzuklappern, fand bei ihm kein Gehör.

»Das ist wirklich zu vage, Reisinger. Ich kann aufgrund des Gemurmels einer Schwerverletzten doch nicht so viel Arbeitskraft binden. Lassen Sie uns noch ein paar Tage abwarten, bis Frau Obermann hoffentlich aufwacht. Dann wird sich klären, was sie mit dem Schloss meint und ob sie uns den Täter beschreiben oder ihn sogar identifizieren kann.«

Sandra war völlig seiner Meinung. Der Begriff »Schloss« war wirklich zu ungenau, um damit so einen Aufwand zu rechtfertigen.

Es fühlte sich merkwürdig für sie an, plötzlich ein Geheimnis mit Richter zu teilen. Früher war sie eine Mitarbeiterin und er der Chef gewesen. Jetzt saß sie mitten zwischen den beiden Parteien.

Leo schien sich mit Patrick Henzel ausgesprochen gut zu verstehen. Der philosophierende Auto-Schrauber tat ihm gut, stellte sie fest. Er konnte jetzt wirklich einen Freund gebrauchen. Sobald sie ihm die Sache mit Julia verzeihen konnte, würde sie ihm wieder freundlicher begegnen. Aber dafür gab sie sich noch ein paar Tage Zeit.

Richter ließ sich von jedem die Ergebnisse des Vortages erläutern. Nach den einzelnen Berichten war klar, dass ein Teil der Familie Zänker kooperativ war, der andere das genaue Gegenteil.

Alle studierten die inzwischen komplizierte Collage aus Fotos, Verweisen, Pfeilen und eingekringelten Ortsangaben an der Wand.

»Wenn Isabell Obermann von einer Frau gesprochen hat und die Zänkers Ilona Zänker so offenkundig vor uns abschirmen, sollten wir unbedingt versuchen, doch mit ihr zu sprechen.«

Sandra hatte laut nachgedacht.

»Wir senden ihr nochmals eine Aufforderung zum Zeugengespräch«, sagte Richter.

»Der sie sicher nicht Folge leisten wird«, ergänzte Leo den Satz. »Vielleicht könnte jemand mit mir hinaus nach Hohburkersdorf fahren. Mich hat der alte Zänker abgewimmelt, aber vielleicht schafft es jemand anderes, an Ilona Zänker heranzukommen. Ich finde es langsam verdächtig, wie unsichtbar diese Frau ist.«

Sandra überlegte eine Sekunde, dann erklärte sie sich bereit, ihn zu begleiten. Sie konnte in Leos Gesicht lesen, dass er das als Friedensangebot wertete und sich freute.

Richter wandte sich an Sascha.

»Herr Pröve, Sie übernehmen dann erneut die Befragung von Eberhard Obermann, sobald der sich wieder bei uns meldet? Sie haben auch bisher schon Kontakt zu ihm gehalten, nicht wahr?«

»Das mache ich gern.« Sascha lächelte. »Wir kennen uns inzwischen.«

Er stand lässig an der Wand mit der Collage, die er um die Fotos von Eberhard Obermann und den Familienmitgliedern der Familie Zänker ergänzt hatte.

Julia Köhler meldete sich.

»Gibt es etwas Neues zu diesem Answald Aurich und dem Mordversuch im Krankenhaus? Ich finde, wir sollten den Typen im Auge behalten.«

Sandra wechselte kurz einen Blick mit Richter.

»Er ist nach Görlitz zu seinen Eltern gefahren, hat sich vorher aber vorbildlich bei mir abgemeldet.«

Julia Köhler nahm es kommentarlos hin, aber Sandra sah, wie es in der jungen Kollegin brodelte.

»Aurichs Beschreibung des Täters passt auf mehrere Besucher der Klinik, die vom Personal gesehen wurden«, ergänzte Kai Nolde. »Ich bin noch dran, die alle ausfindig zu machen und zu überprüfen. Leider gibt es keine Aufzeichnungen von Überwachungskameras. Bisher habe ich noch keinen konkreten Hinweis auf einen Tatverdächtigen.«

Richter unterbrach die eintretende Stille, indem er zwei Boulevard-Zeitungen auf den Tisch legte.

»Das Skelett schlägt weiter hohe Wellen, Herrschaften. ›Der Knochenmann von Lohmen‹, ›Sachsens Ötzi aus der Steinzeit?‹ – die Journalisten scheinen ziemlich viel Spaß an diesen Gebeinen zu haben. Gibt es inzwischen Erkenntnisse von der Rechtsmedizin, damit wir die Mutmaßungen wenigstens in die richtige Richtung lenken können?«

»Noch nicht«, verneinte Leo.

Julia Köhler meldete sich zu Wort.

»Ich habe gestern Nachmittag einen Anruf von einer Frau namens Luise Bärisch bekommen, der sich auf das Skelett bezog. Die Dame sagte, sie hätte den Verdacht, es handle sich um ihre verschwundene Nachbarin. Sie gab zu Protokoll, dass das Ehepaar nebenan immer unheimlich viel gestritten habe und plötzlich sei die Ehefrau verschwunden. Ich habe sie gestern noch besucht und mir den Sachverhalt genau erläutern lassen. Der Mann ist ein Jahr später ebenfalls weggezogen. Sein Name ist Manfred Eisinger. Die Zeugin sagte, es sei ihr schon damals, das war 2005, merkwürdig vorgekommen, aber sie habe nichts unternommen. Ich kann nur sagen, das klingt verdammt interessant. Sie hat ein schlechtes Gewissen, dass ihr erst jetzt klar geworden ist, dass der Ehemann wahrscheinlich seine Frau verschwinden lassen hat. Ich muss noch ein paar Fakten abklären, denn das Haus neben dem der Dame steht schon lange leer und ich weiß bisher noch nicht, wohin der alte Bewohner gezogen ist, aber darum kümmere ich mich gern.« Sie strahlte siegessicher in die Runde.

»Hier ist mein Bericht«, schob sie hinterher und verteilte kopierte Blätter. »Ich weiß ja, dass ihr alle momentan mit dem Fall Obermann beschäftigt seid.«

Leo runzelte die Stirn, genau wie Sascha, aber Sandra wechselte einen Blick mit Richter und nickte dann anerkennend.

Richter setzte noch eins drauf.

»Das hört sich doch sehr gut an, Frau Köhler. Wenn etwas dran ist, nehme ich Sie mit zur Pressekonferenz. Bleiben Sie am Ball und berichten Sie uns, wie Ihre Ermittlungen laufen. Dann an die Arbeit!«

Mit roten Wangen und hocherhobenen Hauptes eilte Julia aus dem Besprechungszimmer.

Bei Leos nächstem Versuch, Ilona Zänker unter der Privatnummer des Ehepaares zu erreichen, sprang wieder nur der Anrufbeantworter an. Er hinterließ eine Nachricht und bat erneut um Rückruf. Unter der Büronummer hatte er kurz darauf wieder die resolute Frau Lotsch im Ohr, die ihm klipp und klar erklärte, dass niemand von der Firma Zänker für ihn zu sprechen sei. Alle seien außer Haus. Seine Bitte um Rückruf nahm sie nur widerwillig entgegen. Hartmut Zänker hatte sie instruiert, ihn abzuwimmeln, das war klar.

Wie kam er an diese Frau heran? Leo ließ seinen Blick aus dem Fenster schweifen. Regentropfen hingen an der Scheibe und verzerrten die Aussicht. Auf dem Pirnaischen Platz fiel ihm eine Frau auf, die im Regen vornübergebeugt mit dem Schirm gegen den böigen Wind ankämpfte. Sie war spindeldürr, das war trotz des aufgebauschten Sommermantels zu erkennen. Leo sah die mageren Beine der Frau und sie erinnerten ihn an jemanden, den er vor Kurzem gesehen hatte.

Die Reinigungskraft der Zänkers!

Die Freude über diesen Geistesblitz rauschte wie Koffein durch seinen Körper. So gut hatte er sich seit Tagen nicht mehr gefühlt. Fragte sich nur, ob sie bereit war, mit ihm zu reden.

Nach kurzem Blättern in seinen Notizen fand er sowohl ihren Namen als auch das Kennzeichen ihres Wagens. Olga Mihalic aus Hohnstein.

Sie ging in dieser Familie ein und aus, sie würde ein wenig Licht ins Dunkel um Ilona Zänker bringen können. Er versuchte sein Glück und rief ihren Festnetzanschluss an.

Ein krächzendes und hustendes Kind nahm ab: Milan Mihalic.

Auch Leo nannte seinen Namen und fragte, ob Olga Mihalic seine Mutter sei.

»Ja. Aber Mama schläft«, krächzte der Junge. »Sie war die ganze Nacht arbeiten.«

Leo erfuhr, dass Olga Mihalic im Altersheim in Sebnitz arbeitete und erst gegen Mittag aufstehen würde.

»Ich liege auch im Bett«, sagte der Junge. »Ich bin krank.«

»Ja, das höre ich an deiner Stimme und deinem Husten.« Leo lächelte. So vertrauensvoll wie der Junge war, konnte er höchstens sechs oder sieben Jahre alt sein, vielleicht ging er auch noch gar nicht in die Schule. Eine Idee begann, sich in seinem Kopf zu formen.

»Was isst deine Mama denn besonders gern zum Frühstück?«

»Frische Brötchen und Salami«, kam es sofort.

»Und du, magst du das auch?«, fragte Leo.

»Ja!« Milan hustete wieder heftig.

»Weißt du was, lass deine Mama schlafen, ich komme euch in zwei Stunden besuchen.«

»Woher kennst du meine Mama?«, fragte der Kleine wachsam.

Leo überlegte, was er dem Kind sagen sollte.

»Von der Familie Zänker in Hohburkersdorf«, sagte er schließlich.

»Gut. Aber Mama kann nicht noch mehr putzen. Sie hat sonst gar keine Zeit mehr für meinen Bruder und mich.«

»Keine Angst. Ich will nur ein bisschen mit ihr plaudern.«

Der Junge hustete wieder. Leo schickte ihn zurück ins Bett und versprach, ihm etwas Süßes mitzubringen.

Die Wege nach Hohburkersdorf und Hohnstein konnten sie gut miteinander verbinden. Leo war ein wenig befangen, wenn er daran dachte, zum ersten Mal nach seinem Geständnis am Sonntag wieder allein mit Sandra zu sein. Andererseits freute er sich, dass sie wieder mit ihm arbeiten wollte.

Bevor er sie abholen ging, schaute er in seinen Posteingang und nahm erfreut zur Kenntnis, dass Dr. Gräber eben seinen Bericht zum Skelett geschickt hatte. Er überflog ihn und machte sich sofort auf den Weg zu Sandra.

Sandra grinste zufrieden in sich hinein. Es hatte keinerlei Diskussion darüber gegeben, wer fahren würde und Leo hielt sich sogar zurück, als sie die Pillnitzer Landstraße ein wenig zu flott entlangfuhr.

»Warum willst du Dr. Gräbers Bericht nicht an Köhler weitergeben? Ich verstehe das nicht.«

Sie schüttelte kurz den Kopf. Jetzt nannte er sie nur noch »Köhler«, als ob das seinen Ausrutscher ungeschehen machen könnte.

»Lass' sie doch auf eigene Faust ermitteln. Vielleicht kommt was Interessantes dabei heraus.«

Leo dachte, er habe sich verhört.

»Aber die Daten zum Skelett passen doch überhaupt nicht zu der Geschichte, die sie aufgenommen hat. Dr. Gräber schreibt von einer jungen Frau zwischen fünfundzwanzig und fünfunddreißig Jahren. Er kann aus den Hüftknochen sogar ermitteln, dass die Frau blond war, wahrscheinlich blaue Augen hatte und er hat festgestellt, dass sie sich als Kind die linke Elle gebrochen hat. Die angeblich verschwundene Ehefrau, von der Köhler sprach, war um die fünfzig Jahre alt.«

»Worüber ich sehr froh bin.«

»Und überhaupt, das klingt alles, als ob ...«

Sie warf einen Blick zu ihm hinüber. Hatte er es kapiert?

»Du testest sie?« Er schaute sie so verblüfft an, dass sie nun doch lachen musste.

»Richter und Ich. Wir müssen wissen, ob sie die undichte Stelle im Team ist. Heute Abend, spätestens morgen könnte es klar sein.«

»Verrätst du mir, wie das gehen soll?«

»Nein.«

Leo brütete eine Weile vor sich hin. Aber sie hatte schon zu viel verraten und mehr würde er nicht aus ihr herausbekommen.

»Na gut, anderes Thema. Egal, ob wir bei den Zänkers vorgelassen werden oder nicht, ich möchte unbedingt mit ihrer Putzfrau sprechen. Habe ich dir ja schon angekündigt. Am Freitag habe ich sie zufällig dort getroffen. Sie weiß sicher Bescheid über die Familie und über Ilona Zänker. Sie wohnt nur ein paar Kilometer weiter in Hohnstein.«

»Gute Idee!«

Sie hatten das langgezogene Lohmen hinter sich gelassen und Sandra war auf den ehemaligen »Deutschlandring« abgebogen. Nach wenigen Kilometern standen sie in Hohburkersdorf vor dem Anwesen der Zänkers. Wie Leo erwartet hatte, war das Tor verschlossen. Er klingelte, bis Frau Lotsch sich meldete. Aber noch bevor Sandra sich mit Namen und Titel vorgestellt und um ein Gespräch gebeten hatte, schallte es blechern aus dem Lautsprecher:

»Weder Herr noch Frau Zänker sind anwesend und Herr Zänker hat mich angewiesen, Sie nicht hereinzulassen, wenn er nicht hier ist. Einen schönen Tag!«

Damit war die Verbindung wieder unterbrochen.

»Wie freundlich von Ihnen!«, spöttelte Sandra. Woher wusste die Frau, wer vor dem Tor stand? Leo schaute sich um und deutete auf die Kamera unter der Außenleuchte.

»Wahrscheinlich hätte ich mich verstecken sollen«, grinste er schief.

Sie standen vor dem schmiedeeisernen Tor und sahen sich an. Einen weiteren Versuch konnten sie bleiben lassen. Sandra beobachtete die Gebäude, aber sie konnte keine Bewegung erkennen. Ob hinter den Gardinen jemand sie beobachtete, war nicht auszumachen.

»In der Villa in der Mitte wohnt Jens Zänker mit seiner Frau, links in dem flachen Gebäude sind die Büros und gegenüber im Bungalow wohnt der alte Zänker. Der Bauhof mit den Fahrzeugen, dem Gerät und den Materialien ist gleich vorne, an der Einfahrt«, erklärte ihr Leo. Er ging ein paar Schritte am Zaun entlang. »Das Grundstück ist offenbar rundherum eingezäunt.«

Sandra fröstelte im kalten Wind, der seit dem Wochenende den Herbst einläutete. Trotz Jeans, langärmeligem Pulli und Regenjacke rieselte ihr eine Gänsehaut den Rücken hinunter.

»Tja, dann muss wohl dein Plan B ran«, sagte sie und holte den Autoschlüssel aus der Jackentasche.

An Olga Mihalics Adresse mussten sie zwei Treppen bis unter das Dach hinaufklettern. Als sie am Treppenabsatz ankamen, stand ein schmaler Junge im Schlafanzug an der offenen Tür.

»Mama ist gerade aufgewacht«, sagte er und hustete.

Aus dem Inneren der Wohnung war eine raue Frauenstimme zu hören.

»Milan, wer ist da?«

»Ich habe ihr noch nicht gesagt, dass du kommst«, sagte er mit grimmiger Miene, aber die hellte sich auf, als Leo die Tüte vom Bäcker hochhielt. Er nahm sie in Empfang und rannte damit in die Wohnung.

Sandra sah ihn skeptisch an. »Zahlen wir neuerdings Wegzoll?«

»Bei kleinen, kranken Jungen schon.« Er drückte die Tür weiter auf und rief in den Flur.

»Frau Mihalic, ich bin Leo Reisinger von der Kriminalpolizei Dresden und bei mir ist meine Kollegin Sandra Kruse. Wir haben uns letzten Freitag vor dem Haus der Familie Zänker getroffen. Dürfen wir kurz hereinkommen? Wir würden gerne mit Ihnen über die Zänkers sprechen.«

Sie hörten aufgeregtes Getuschel, dann kam Milan wieder nach vorn und führte sie in eine Wohnküche.

»Mama kommt gleich«, sagte er. Dann begann er, Teewasser aufzusetzen und den Tisch zu decken. Leo und Sandra standen ihm eigentlich immer im Weg, bis sie sich einfach an den Tisch setzte und er begann, dem Kleinen beim Vorbereiten des Frühstücks zu helfen.

»Vito kommt auch gleich von der Schule«, meinte der Junge mit besorgtem Blick auf die vier Stühle.

Erstaunt betrat Olga Mihalic ihre Küche und fixierte nervös die zwei Eindringlinge. Es tat Leo leid, sie so zu überrumpeln, es war verständlich, dass sie bestürzt reagierte und nicht verstand, was die Polizei von ihr wollte. Wieder trug sie eine glänzende schwarze Jogginghose und ein großes rosa Sweatshirt, das aber nicht verbergen konnte, wie dünn sie war.

Leo versuchte, sie zu beruhigen und erklärte ihr, warum Sandra und er Nachforschungen anstellten.

»Es geht um eine Frau, die letzte Woche bei den Zänkers zu Besuch war. Wir möchten gerne mit der Familie, vor allem mit Ilona Zänker sprechen, aber der Senior-Chef lässt uns nicht ins Haus. Können Sie uns ein bisschen was über die Familie erzählen?«

Milan stellte Butter und Marmelade auf den Tisch, schob die Brötchentüte zu seiner Mutter und sagte:

»Du musst was essen, Mama!«

»Haben Sie die mitgebracht?« Olga Mihalic schaute irritiert von ihrem Sohn zu Sandra und Leo.

Milan nickte und ließ ganz vorsichtig das erste Ei in das kochende Wasser gleiten. Leo nahm ihm den Löffel ab und besorgte den Rest.

Das schien ihr ein gutes Zeichen zu sein, denn sie entspannte sich.

»Tee?«, fragte sie und begann tatsächlich, sich ein Brötchen zu schmieren.

»Ich erzähle nur, wenn Sie Zänker nichts sagen. Klar?«

Leo sah Sandra gleichzeitig mit ihm heftig nicken.

Sie berichtete, dass sie seit drei Jahren jeden Montag und Freitag bei den Zänkers arbeite. Einmal im großen Haus, wie sie es nannte, einmal im Bungalow und in den Firmenräumen.

»Chef ist Senior Zänker. Alle machen, was er will, dabei ist schon in Rente«, sagte Olga Mihalic zwischen zwei Bissen.

»Und Ilona Zänker, wie ist die so?«, wollte Sandra wissen. Sie ließ sich zwischendurch von Milan Tee einschenken und half ihm beim Aufschneiden seines Brötchens. Leo fand es langsam richtig gemütlich, obwohl ihre Gastgeberin immer noch vorsichtig in ihren Schilderungen war.

»Ist traurig. Sehr traurig. Ilona arbeitet auch in Firma, aber in Büro. Sie ist nett, aber im Kopf nicht ganz richtig.« Dabei tippte sie mit dem Zeigefinger mehrmals gegen ihre Stirn.

»Sie meinen, Ilona Zänker ist ein wenig verrückt?«, fragte Leo nach.

Olga Mihalic nahm sich noch ein Brötchen, Leo griff nun auch zu.

»Ilona Zänker guckt immer so Kinderfilme, Zeichentrick, wie für Milan. Und sie spielt Königin, hat Kleider wie in Film. Ein Zimmer ist voll mit diese amerikanische Figuren, wie heißt noch?« Sie sah ihren Sohn fragend an.

»Walt Disney!«, rief Milan. »Mama erzählt mir immer, wie sie die Eiskönigin Elsa spielt. Kennen Sie den Film?«

Milans Nase tropfte und sein Mund war voll Marmelade.

»Ich glaube nicht«, sagte Leo und kramte ein Papiertaschentuch aus seiner Hose. Er hielt es Milan hin, während er Blicke mit Sandra tauschte.

Das hörte sich nach einer echten Persönlichkeitsstörung an.

»Die Eiskönigin wohnt in einem Schloss aus Eis, bis ihre Schwester sie rettet«, erklärte Milan den Erwachsenen und wischte sich Mund und Nase ab.

»Hat sich bei Zänkers seit letzter Woche die Stimmung verändert?«, fragte Leo und bekam von Milan das verschmierte Taschentuch wieder in die Hand gedrückt. Er sah Sandra grinsen, aber er wusste sich zu helfen. Unter der Spüle stand ein Mülleimer.

»Großer Streit zwischen Vater und Sohn gestern. Am Nachmittag kam junge Zänker, als ich in Büro geputzt, und hat Vater angeschrien. Sie sind rüber in Bungalow, kann nicht sagen, worum es ging.«

»Und Ilona Zänker? Haben Sie die gestern auch gesehen?«

»Nein. War nicht in Büro.«

»Wissen Sie, ob Ilona Zänker Tabletten nimmt oder in Behandlung bei einem Arzt ist?« Die Geschichte ging Sandra nahe, das konnte Leo sehen.

Olga Mihalic schüttelte den Kopf: »Weiß nicht. Aber ist wie zwei Personen. Einmal Ilona Zänker, nette Frau, arbeitet in Büro. Einmal ist in Extrazimmer im ersten Stock Königin. Ich gehe nie in Zimmer putzen, macht Frau Zänker selbst. Aber ich sehen in Winter, wenn Licht an. Da ist großes Foto von Märchenschloss an der Wand.«

Leos Puls schoss augenblicklich in die Höhe.

»Ilona Zänker hat ein Zimmer mit Disney-Motiven und verkleidet sich als Königin?«

»Sie haben nicht von mir gehört!« Olga hob den Zeigefinger, ihre Stimme wurde wieder rau und nervös.

»Dieses Märchenschloss, kann man es vom Innenhof aus sehen, wenn Licht im Zimmer ist?«

»Ja.«

Sascha scrollte sich seufzend durch die inzwischen enorm angewachsene Datenmenge zum Fall Obermann. Ständig kam Neues hinzu, das eingeordnet werden musste, aber nirgends fand er Hinweise auf einen Verdächtigen oder ein Motiv. Ohne ein Motiv zu haben, war es verdammt schwierig, einen Täter einzukreisen. Die meisten Tötungsdelikte wurden von nahen Angehörigen verübt, aber im Fall Obermann war das offenbar eine tote Spur.

Die ersten Anwohner entlang der alten Rennstrecke waren befragt, aber bisher war niemandem etwas Interessantes in Erinnerung geblieben. Die Suche nach dem Täter im Krankenhaus war bisher ebenso ergebnislos verlaufen.

Die Stimmung im Team fand Sascha auch merkwürdig. Vielleicht hatte er sich zu sehr auf seine Melanie und die Hochzeitsvorbereitungen konzentriert und bekam deshalb nicht mehr mit, was unterschwellig lief. Aber die üblichen Streitereien zwischen Sandra und Leo waren völlig verschwunden, Leo machte einen unglücklichen Eindruck. Doch nicht etwa, weil er ihn gebeten hatte, seinen Aufenthalt in Dresden zu verlängern, damit er im Januar auf Hochzeitsreise gehen konnte? Er hatte noch keine Gelegenheit gehabt, Leo wieder danach zu fragen.

Sandra schien neuerdings der verlängerte Arm von Richter zu sein. Die ruhige Art von Uwe Kröger fehlte ihm und seit er krank war, hatte Kai Nolde sein übliches Gefrotzel eingestellt und widmete sich schweigsam der Befragung des Krankenhauspersonals – kurz, alles veränderte sich. Julia Köhler, die letzte Woche so vorangeprescht war und nicht erwarten konnte, ihre ersten Lorbeeren zu verdienen, hatte Richter zwar an das Skelett delegiert, aber ihre Art war wohl die Zukunft. Mit Ellenbogen nach vorn, koste es, was es wolle. Er war immer noch erstaunt, dass Sandra diese junge Polizistin unbedingt im Team haben wollte. Es gab jede Menge andere geeignete Anwärterinnen und Anwärter für ihre Abteilung.

Aber so war Sandra. Wenn sie sich etwas in den Kopf gesetzt hatte, zog sie das durch.

Sein Telefon klingelte. Frau Kerschensteiner stellte einen Anruf an ihn durch, der eigentlich bei Julia Köhler hätte landen sollen.

Es meldete sich eine Angela Röpke.

»Geht es um den Skelettfund in Lohmen?«, fragte Sascha.

»Ne, ja, keine Ahnung, ob das was mit dem Skelett im Steinbruch zu tun hat, aber wir haben auch vier Knochen im Keller gefunden, als wir hierhergezogen sind.«

Sascha begann, kleine Strichmännchen auf seine Schreibunterlage zu malen. Es war unglaublich, was für Kinkerlitzchen die Leute bei der Kripo meldeten.

»Dann erzählen Sie mal, wann, wie und wo genau Sie die gefunden haben«, forderte Sascha sie auf und vertiefte sich weiter in seine Zeichnung.

Etwas umständlich erzählte ihm Angela Röpke, dass ihr Mann ja schon versucht habe, das dem Polizisten zu erzählen, der am gestrigen Montag im Steinbruch gewesen war, und dass der aber nicht so recht darauf angesprungen sei.

»Mein Olaf arbeitet nämlich im Steinbruch, müssen Sie wissen.«

Saschas Aufmerksamkeit erhöhte sich nur minimal. Wenn Leo sich das nicht hatte anhören wollen, war es wohl auch nicht wichtig.

»Aber wissen Sie, mein Olaf der hat es nicht so mit Reden. Wenn der was erzählt, dann vergisst er entweder die Hälfte oder er fängt an einer Stelle an, wo keiner weiß, worauf er hinauswill.«

Sascha machte »Hm, hm« und versuchte so leise zu gähnen, dass sie es nicht hören konnte.

»Zwei Wochen nachdem wir das Haus in Lohmen gekauft hatten, hat Olaf angefangen, den alten Kohlenkeller vorzurichten, weil er dort eine Sauna einbauen wollte. Die haben wir dann aber doch in den anderen Raum gebaut und in den Kohlenkeller eine Vorratskammer. Olaf hat alles rausgerissen, was da noch drin war und hat dabei Knochen gefunden. Es waren vier kleine Knöchelchen. Der Makler von der Immobilienfirma hat uns damals gesagt, dass das Tierknochen wären. Aber ich fand es schon komisch. Wie kommen die in einen Keller?«

Sascha hatte nur mit halbem Ohr zugehört.

Die Pause wurde jetzt sehr lang.

»Hallo, sind Sie noch dran?«, fragte die Frauenstimme aus dem Hörer.

»Ja, Frau Röpke, klar. Aber ich sehe nicht, was ich da für Sie tun kann. Wann war das und warum sind Sie nicht schon damals damit zur Polizei gegangen, wenn die Knöchelchen Sie beunruhigt haben?«

»Das war im Oktober 2008. Das Haus hatte davor mindestens ein halbes Jahr leer gestanden, weil es viel zu teuer war. Wir haben es erst gekauft, als der Makler deutlich mit dem Preis runtergegangen ist. Wir sind ja keine Großverdiener.«

»Ja, und weiter?«, fragte Sascha etwas ungeduldig.

»Na, wegen dem Skelett! Wir wohnen gleich neben dem Steinbruch. Vielleicht war das erst bei uns im Haus und die Knochen stammen von dem Knochenmann. Wenn ich mir das Foto vom Skelett in der Zeitung, wo mein Olaf mit drauf ist, so ansehe, dann könnten die Knochen von den Fingern gewesen sein. Wenn ich mir das vorstelle, finde ich es echt gruselig.«

Jetzt war Sascha hellwach.

»Ihr Haus steht gleich neben dem Steinbruch in Lohmen?«

»Nu! Porschendorfer Weg 147.«

»Haben Sie die Knochen noch?«

»Ne, die habe ich sofort in die Mülltonne geworfen. Sowas bewahrt man doch nicht auf.«

»Moment, ich muss mal schnell etwas überprüfen, Frau Röpke. Bleiben Sie bitte dran.«

»Leo, du verrennst dich da! Nur weil Ilona Zänker eine Fototapete mit einem Schloss drauf in ihrem Märchen-Zimmer hat, bedeutet das nicht, dass Isabell Obermann von genau diesem Foto spricht. Das reicht nie und nimmer für einen richterlichen Beschluss, das Haus zu durchsuchen und Ilona Zänker vorzuladen.«

Neben ihr auf dem Beifahrersitz atmete Leo schwer durch.

»Du hast leider recht«, sagte er.

»Selbst wenn es das Schloss sein sollte, von dem Isabell spricht, wüssten wir immer noch nicht, was es bedeutet.«

»Vor allem erklärt es nicht den Angriff auf sie. Oder gehst du davon aus, dass Jens Zänker jeden aus dem Weg räumt, der seine Frau bei ihrem – zugegeben – merkwürdigen Hobby beobachtet?«

»Nein, sicher nicht. Aber Olga Mihalic hat bestätigt, dass es zwischen Vater und Sohn einen großen Streit gab. Er hat gestern auf meinen Hinweis, dass Isabell Obermann seine Nichte sei, ziemlich heftig reagiert. Aber wenn er es nicht wusste, warum sollte es der Vater gewusst haben?«

»Und wenn er es gewusst und nicht weitergesagt hat, was bedeutet das für unsere Ermittlung?« Sandra brachte es auf den Punkt. Ihre Aufgabe war es, ein Motiv und einen Täter zu finden. Wenn Ilona Zänker an einer gespaltenen Persönlichkeit litt, konnte sie nachvollziehen, dass ihr Mann und ihr Schwiegervater sie abzuschirmen versuchten.

»Eine Erbgeschichte?« Leo spann den Gedanken weiter. »Da Jens und Ilona keine Kinder haben, ginge das Anwesen an die Nachkommen von Peter Zänker. Das würde dem alten Zänker wohl nicht gefallen.«

Sandra drehte den Gedanken hin und her, während sie vorsichtig die Straße von Hohnstein hinunter ins Tal kurvte.

»Was ihm zwar egal sein könnte, wenn er irgendwann mal tot ist. Aber es hieße tatsächlich, dass das Erbe an das Kind einer Frau geht, der er die Schuld an Peters verpfuschtem Leben zuschreibt.«

»Er hatte also erfahren, dass Isabell seine Enkelin ist und sie deshalb niedergeschlagen und versucht, es als Unfall zu tarnen. Ich weiß nicht. Für mich klingt das nicht plausibel. Warum sollte er die Tochter, die er ja bisher nicht mal kannte, dafür bestrafen, was ihre Mutter vermeintlich angerichtet hat?«

Sandra fand die Hypothese auch nicht plausibel. Sie zog die Stirn in Falten.

»Wie ist dein Eindruck von ihm? Ist er gewalttätig? Seine Frau hat wohl ziemlich unter ihm gelitten, als er nach Peters Fluchtversuch seinen Betrieb verlor. Aber damals war offenbar viel Alkohol im Spiel.«

»Er ist ein sehr dominanter Mann, aber die Tatsache, dass sich eine erwachsene Frau als Tochter seines Sohnes vorstellt, würde ich nicht als eine Provokation sehen, die ihn ausrasten lässt. Es müsste einen anderen Grund für ihn geben, sofern er unser Täter wäre.«

»Hoffentlich wacht Isabell Obermann bald auf. Was sagen die Ärzte?«, fragte Sandra.

»Patrick sagt, sie seien sehr zufrieden und die Patientin mache gute Fortschritte. Woran sie sich erinnern kann, wenn sie wieder aufwacht, wird interessant sein. Ein paar Minuten ihrer Erinnerung werden ihr aber in jedem Falle fehlen.«

Trotzdem konnte man hoffen, dass Isabell Obermann einiges Licht in diese Geschichte bringen würde, sofern ihre Schädelverletzung nicht bleibenden Schaden an ihrem Gedächtnis oder ihrer Denkfähigkeit hinterlassen hatte. Manche Patienten mussten nach solchen Frakturen erst wieder lernen, sich in der realen Welt zurechtzufinden. Sandra wünschte der Frau, dass sie es unbeschadet überstehen würde.

»Ja, wir können uns keinesfalls darauf verlassen, dass sie aufwacht und alles für uns aufklärt«, fasste sie ihre Gedankengänge zusammen.

Das Klingeln des Telefons schreckte beide aus ihren Gedanken.

Sascha war dran. Er klang ein wenig atemlos.

»Ich hatte hier einen interessanten Anruf, um den ihr euch kümmern müsst. Leo, du hast einen Herrn Olaf Röpke vom Steinbruch kennengelernt. Seine Frau hat angerufen und gesagt, dass sie im Jahr 2008 in ihrem Keller ein paar Knochen gefunden haben, die Fingerknochen gewesen sein könnten. Ihr Haus liegt direkt neben dem Steinbruch! Ich habe ihr versprochen, dass du dir das von ihm noch mal beschreiben lässt. Er ist auf Arbeit.«

»Röpke? Fingerknochen? Warum hat er mir das denn nicht gleich erzählt? Na gut. Wir können da kurz vorbeischauen, liegt ja auf dem Weg.«

»Nach dieser engen Pflasterstraße erwartet man sowas nicht«, stellte Sandra fest, als sie durch das Eingangstor in die riesige Grube liefen. Leo sah Olaf Röpke und seinen Radlader schon von Weitem an der linken Wand hantieren, auf der gestern noch Tannhauser und seine Leute herumgekrabbelt waren. Offenbar war die Spurensicherung abgeschlossen, denn ein Bereich der Halde war komplett abgetragen.

Leo winkte hinüber, Sandra folgte ihm und schaute sich aufmerksam um.

»Da drüben wurde das Skelett gefunden.« Leo deutete zur der Wesenitz zugewandten Seite, an der Röpke den Wall an aufgeschütteten Steinen abtrug.

»Interessant hier. Ich war noch nie in einem Steinbruch, dabei gibt es jede Menge hier entlang der Elbe.«

Bevor sie weitersprechen konnte, klingelte ihr Handy. Sie warf einen Blick auf das Display.

»Oh, Tante Luise!«

Sie drehte sich um und nahm das Gespräch an, während sie zügig zurück zum Ausgang lief. Leo ging auf den Radlader zu.

»Herr Röpke?«

Erstaunt kletterte Röpke aus seinem Gefährt.

»Nu, der Kommissar aus Bayern. Haben Sie was vergessen?«

»Ihre Frau hat angerufen. Sie sagte, Sie hätten in Ihrem Haus gleich hier in der Nähe die Knochen gefunden?«

»Ach nee, wenn meine Frau anruft, dann interessiert Sie das. Als ich es Ihnen erzählt hab, wollten Sie's nicht wissen!«

Leo schloss kurz die Augen und zählte bis zehn.

»Sie haben mir gestern nicht erzählt, dass Ihr Haus direkt neben dem Steinbruch liegt.«

»Hätte ich schon noch alles erzählt, wenn Sie mich gefragt hätten.«

Röpke schien ein wenig eingeschnappt zu sein. Aber Leo hatte keine Zeit für solche Befindlichkeiten.

»Also, Herr Röpke, jetzt bin ich hier. Hätten Sie jetzt die Freundlichkeit, mir etwas über diese Knochen zu erzählen? Ich bin ja nicht zum Spaß hier, wir sind mitten in einer polizeilichen Ermittlung.«

Röpke straffte sich.

»Nu gut. Also da waren hinter einem Mauervorsprung ein paar Knochen, als ich aufgeräumt habe. Der Makler meinte, das wären Knochen von einem kleinen Tier, einem Marder oder vielleicht einem Huhn. Aber als Angela das Foto von mir in der Zeitung gesehen hat, das mit dem Knochenmann im Vordergrund, Sie wissen schon, meinte sie, dass die so aussahen wie die Finger-Knochen an dem Skelett. Ich fand es damals schon irgendwie gruselig. Aber nicht so gruselig wie den Schädel.«

Leos Telefon klingelte. Sandra war dran, die ihm mitteilte, dass sie kurz wegmüsse und ihn in einer Stunde wieder abholen würde.

»Also, das ...« Er wollte protestieren, dass das hier niemals eine Stunde lang dauern würde, aber sie hatte schon aufgelegt. Ärgerlich schob er das Telefon in die Tasche zurück.

Röpke grinste ihn schief an.

»Meine Frau macht auch immer, was sie will.«

Olaf Röpke war einigermaßen überrascht über das Interesse des Kommissars, der nun sogar den Kellerraum inspizieren wollte. Noch überraschter allerdings war er, als es an der Haustür klingelte und eine Gruppe von Menschen in weißen Overalls um Einlass bat.

»Tannhauser, Spurensicherung«, stellte sich der Mann vor, der offenbar geklingelt hatte.

Leo stand derweil zwischen eingekochten Pflaumen, Marmeladengläsern und mehreren Kisten Bier im Untergeschoss und fragte sich, wieso er nichts davon wusste, dass jemand die Spurensicherung hierhergeschickt hatte.

Manni Tannhauser und seine Leute polterten die Kellertreppe herunter.

»Tag, Reisinger«, grüßte der Chef der Spurensicherung und wies seine Leute an, die Regale von der Wand zu schieben.

»Was ist denn hier los?«, fragte Leo. Er hatte den Eindruck, im falschen Film zu sein. Röpke stand mit offenem Mund an der Kellertür und verstand die Welt ebenfalls nicht mehr.

»Kein Empfang hier unten, nehme ich an«, sagte Tannhauser. Er wandte sich an den Hausbesitzer.

»Herr Röpke, wem gehörte das Haus, bevor Sie es 2008 gekauft haben?«

Röpke riss die Augen auf.

»Einem früheren Steinmetz, die haben hier sogar gearbeitet, im Nebengebäude. Moment, ich weiß es gleich wieder ...«

Angestrengt versuchte er, sich zu erinnern, aber Leo ahnte schon, was für ein Name gleich fallen würde. Jetzt war ihm auch klar, warum Sascha die Spurensicherung aktiviert hatte.

»Das ehemalige Haus von Hartmut Zänker?«, sagte Leo.

»Genau!« Tannhauser deutete mit dem Zeigefinger auf ihn. »Diese Blumenvase geht an dich!«

Sie ließen sich von Röpke genau erklären, hinter welchem Mauervorsprung er die Knochen gefunden hatte. Da war früher ein schmales fensterloses Abteil für die Kohlen abgemauert gewesen. Inzwischen standen dort die Kartoffelkiste und Regale mit Eingemachtem und Getränken. Tannhausers Leute rückten inzwischen jedes Regal von der Wand weg, klopften Stein für Stein die gemauerten Kellerwände ab und nahmen Material-Proben.

»Schwierig, nach so langer Zeit. Aber die Wände sind immerhin nicht gestrichen, das ist alles noch original, oder?«

Tannhauser schaute Röpke fragend an.

»Der Keller hat ein super Klima, der Boden ist natürlicher Sandstein. Ich habe nur die Regale reingeschoben und damals haben wir eben den Boden ausgefegt.«

»Waren neben den Knochen auch Reste von schwarzer Folie dabei?«, fragte Leo.

»Keene Ahnung! Sowas merkt man sich doch nicht.« Röpke war sichtlich überfordert mit dem Gedrängel in seinem Keller. Er versuchte, die auf der Kippe stehenden Einmachgläser zu retten, indem er sie in andere Regale schob, die dann kurz darauf von Tannhausers Männern ebenfalls verrückt wurden.

Leo bat ihn, ihm hoch ins Wohnzimmer zu folgen, und ließ sich dort, so gut Röpke das hinbekam, die Form und Größe der Knochen aufzeichnen.

Kurz nach fünfzehn Uhr kam Angela Röpke nach Hause, beladen mit Einkaufstüten. Als sie Leo am Tisch mit ihrem Mann sitzen sah, lächelte sie. Ihre dunklen Haare waren zu einem neckischen Pferdeschwanz zusammengefasst, der bei jedem Wort auf und ab hüpfte.

»Nu, das ging aber schnell. Wenn das bei mir im Büro auch immer so klappen würde, wäre es super.« Sie wollte sich gerade zu ihnen an den Tisch setzten, als Rumoren aus dem Keller ertonte. Es klang, als wurde jemand Wände einreißen.

»Was ist das?« Das Lächeln war schlagartig aus ihrem Gesicht verschwunden.

Röpke hob die Hände zur Verteidigung und sagte: »Angela, da sind vier Mann unten im Keller und räumen alles um und num. Aber ich kann nüscht dafür!«

Leo hielt sie davon ab, in den Keller zu stürmen. Stattdessen schob er ihr seine Telefonnummer hin.

»Lassen Sie die Spezialisten von der Spurensicherung bitte in Ruhe arbeiten. Aufräumen können Sie später. Wenn Ihnen noch etwas einfällt, rufen Sie mich an, egal zu welcher Uhrzeit.«

16 Dienstagnachmittag

Auf dem Beifahrersitz knisterte das in Alufolie gewickelte Kuchenpaket von Tante Luise. Es war nicht leicht gewesen, sich aus ihren fürsorglichen Armen zu befreien, aber Sandra konnte Leo nicht noch länger in diesem Steinbruch stehen lassen. Außerdem war es bereits Nachmittag, Richter wollte sie bei der Pressekonferenz dabeihaben.

Dass Julia tatsächlich das Leck im Team war, dass sie der Presse vorab Informationen zugespielt hatte, nahm sie ihr nicht nur aus professioneller Sicht, sondern auch ganz persönlich übel. Bei Luise waren vor zwei Stunden unvermittelt die junge Reporterin Susan Nikus von der Lokalredaktion der Dresdner Nachrichten und ein Fotograf aufgetaucht, um ein paar Fragen zum Nachbarhaus zu stellen. Luise hatte ihnen eine wirre Geschichte vom streitenden Ehepaar im Nachbarhaus erzählt, die Visitenkarten eingeheimst und nach dem Besuch sofort ihre Nichte angerufen.

Sandra fühlte sich mies. Sie hatte sich so vehement für die junge ehrgeizige Frau eingesetzt. Richter hatte ihr erklärt, er würde dafür sorgen, dass sie so schnell wie möglich in eine andere Dienststelle versetzt würde. Möglicherweise hatte er sie inzwischen schon für ein paar Tage beurlaubt.

Sie rief Leo an, um ihm zu sagen, dass sie auf dem Weg war.

»Entschuldige, dass ich dich habe warten lassen, aber es war wichtig. Dafür bringe ich dir ein Stück Apfelkuchen mit.«

»Vergiss den Apfelkuchen, Sandra. Ich habe hier noch zu tun. Tannhauser ist hier und zerlegt mit seinen Leuten Röpkes Keller in seine Einzelteile. Rate mal, wem das Haus vorher gehört hat?«

»Woher soll ich das wissen?«

Sandra passierte gerade die Zufahrt zur Bastei. Dort hatten sie im April die Kunstmorde aufgeklärt. Sie warf einen Blick hinüber auf die Zufahrt zu dieser berühmten Aussichtsstelle über der Elbe.

Tante Luise verstand nicht, warum sie sich diesen Beruf ausgesucht hatte, der sie ständig an die Abgründe der Gesellschaft führte. Aber sie selbst fand es ungeheuer wichtig, die Welt mit jedem aufgeklärten Verbrechen ein wenig besser zu machen.

»Das Haus gehörte vorher den Zänkers!«

Diese Neuigkeit platschte in ihr Auto wie ein fettes Insekt an die Windschutzscheibe.

»Was?!«

Elektrisiert gab Sandra Gas.

»Gib mir die Adresse durch!«

Zur vereinbarten Zeit standen Sascha nicht nur Eberhard Obermann und seine Frau Gabriele, sondern auch Patrick Henzel gegenüber.

Obermann war deutlich größer als er und die anderen. Mit seinem karierten Hemd und der hellen Hose wirkte er wie ein kanadischer Holzhacker auf Sascha. Sein gerötetes Gesicht deutete auf erhöhten Blutdruck hin. Besonders beeindruckten Sascha aber seine Hände: riesige Baggerschaufeln mit borstigen Haaren an der Oberseite und hornigen Schwielen auf der Handfläche.

Seine Frau war deutlich jünger als Eberhard Obermann. Sie wirkte in ihrem altbackenen blauen Kostüm und mit ihren kurzen blonden Haaren wie eine resolute Stewardess von British Airways.

Patrick Henzel, den er ja schon kannte, schien das Ehepaar hergebracht zu haben, denn er wollte sich verabschieden.

»Ich gehe dann mal, von hier aus kommen Sie ja sicher allein zurecht.«

Er wandte sich zum Gehen.

»Unsinn, du bleibst hier!«, bellte Obermann seinen Chauffeur an.

»Herr Henzel hat seine Aussage bereits gemacht, er kann gerne gehen«, versuchte Sascha einzugreifen.

»Wir wollen alle drei wissen, wie weit die Polizei nun ist. Das kann doch nicht wahr sein, dass meine Tochter zweimal fast umgebracht wurde und der Täter immer noch frei herumläuft!«

»Glauben Sie mir, wir wären auch froh, wenn wir die Täter immer sofort am nächsten Tag finden würden, aber die Realität ist nun mal komplizierter.«

»Haben Sie diese ganze verrückte Auto-Tuning-Szene auseinandergenommen?«, fragte Obermann mit drohendem Unterton.

Patrick Henzel mischte sich ein.

»Vielleicht lassen Sie die Kripo ihre Arbeit machen und wir konzentrieren uns auf das, was wir beitragen können?«

»Ach, seit wann hast du denn Ahnung von ehrlicher Arbeit, Patrick?«

»Wie man sich täuschen kann. Ich dachte doch tatsächlich, es wäre hilfreich, Sie in Isabells Nähe zu haben.« Er drehte sich um und ging hinaus.

Sascha hob die Hände und signalisierte, dass sich alle Anwesenden bitte beruhigen sollten. Während Patrick demonstrativ im Flur stehen blieb, führte er die Obermanns in ein Besprechungszimmer und bat sie, zu warten.

Hier brauchte er Verstärkung.

»Reisinger, komm mal runter!«, rief es aus dem Keller. Olaf Röpke hatte Leo geschildert, wie der Keller aussah, als er das Haus übernommen hatte, und wo genau die Knochen gelegen hatten. Seine Frau Angela hatte eindeutig das größere Zeichentalent von den beiden. Sie warf gerade die Umrisse von vier Knochen auf ein Blatt Papier, die den Fingerknochen eines Erwachsenen erstaunlich ähnlich sahen.

Leo stieg die Treppe hinunter zu Tannhausers Team, das den Vorratskeller komplett ausgeräumt hatte.

»Guck mal hier!« Tannhauser zeigte ihm eine Stelle in der grob gemauerten Wand. Leo sah nur Ziegel und bröckeligen Putz, bis Tannhauser den Stein herauszog. Er leuchtete in den kleinen Hohlraum, der in der Mauer entstanden war.

Leo ging auf die Knie, um besser sehen zu können.

Tannhauser fasste mit behandschuhten Fingern hinein und holte einen dunklen Faden heraus. Bei näherer Betrachtung war es kein Faden, sondern eine feine, schwarz verfärbte Gliederkette mit einem Anhänger. Er ließ sie in die vorbereitete Tüte fallen und gab sie Leo.

»Mensch, Tannhauser, das ist großartig«, murmelte Leo und hielt die Tüte ins Licht der Kellerlampe.

»Ein Schmuckstück. Eine Kette mit Herzanhänger!«

Er drehte sich zum Leiter der Spurensicherung um.

»Ist sonst noch was in der Maueröffnung?«

Tannhauser ging nochmals auf die Knie.

Er kratzte ein wenig herum, aber mehr wollte die Öffnung in der Wand nicht preisgeben.

»Leider nicht, Kollege. Das war's.«

»Das hilft uns weiter. Auf deine Spürnase ist Verlass!«

Tannhausers Mundwinkel zuckten kurz nach oben.

»Blutspuren zu suchen hat leider keinen Sinn. In feuchten Kellern verändert sich die Chemie von organischem Material wie Blut ziemlich schnell. Aber wir schauen, ob wir noch andere Hinweise finden.«

Oben läutete die Türglocke. Leo konnte Sandras Stimme hören.

Er stieg mit dem Tütchen nach oben.

»Schau, was Tannhauser gefunden hat«, sagte er statt einer Begrüßung und hielt Sandra den Fund vor die Nase.

»Hallo Leo. Das ist ja ein Ding!« Sie folgte ihm ins Wohnzimmer, wo Röpke und seine Frau unruhig warteten.

»Gehört das Ihnen?«, fragte Leo das Ehepaar.

Beide schüttelten den Kopf, nachdem sie die Tüte samt Inhalt mit Abscheu in der Miene betrachtet hatten. Frau Röpke machte inzwischen einen unglücklichen Eindruck. Diese Art von Konsequenzen hatte sie vor ihrem Anruf bei der Kripo sicher nicht bedacht. Leo lächelte ihr aufmunternd zu.

»Keine Angst, Frau Röpke, die bleiben nicht ewig und räumen auch wieder auf. Es war wirklich sehr hilfreich, dass Sie den Fund gemeldet haben.«

Sie lächelte schmerzvoll zurück und nahm die Hand ihres Mannes. Olaf Röpke tätschelte sie zärtlich.

»Wenn du das gewusst hättest, Angela ...«

Sandra winkte Leo hinaus vor das Gebäude.

»Du glaubst, das könnte von dem Skelettfund im Steinbruch stammen?«

Leo ging ein paar Schritte auf und ab.

»Ja. Ich halte das inzwischen für sehr wahrscheinlich. Von hier bis vor zum Steinbruch sind es ja nur ein paar Meter.«

»Marie Fürst-Obermann?«

Leo blieb stehen.

»Liegt nahe, nicht wahr? Aber wer hat dann die Reise nach Amerika angetreten?«

»Ist Isabell Obermanns Vater noch hier?«

Sandra stürmte in Richters Vorzimmer. Frau Kerschensteiner war gerade dabei, ihren Schreibtisch aufzuräumen.

»Besprechungszimmer zwei und drei«, kam die Antwort.

Im ersten Zimmer saßen Patrick Henzel und eine etwa fünfzigjährige Frau und schwiegen sich an.

»Ist Herr Obermann noch hier?«, fragte Sandra atemlos.

Patrick stand auf, um sie zu begrüßen.

»Isabells Vater ist nebenan. Das ist Gabriele Obermann, seine Frau.«

»Danke.« Sandra nickte der Frau zu und klopfte an die Nebentür.

»Entschuldigung«, sagte sie. »Aber ich muss Herrn Obermann ein paar Fragen stellen. Wir haben neue Erkenntnisse.«

Richter forderte sie auf, loszulegen.

Sandra fixierte Eberhard Obermann, der einen genervten Eindruck machte. Nicht die beste Voraussetzung, um ein erhellendes Gespräch zu führen.

Bevor sie ihre erste Frage formulieren konnte, übernahm er die Gesprächsführung.

»Was für neue Erkenntnisse haben Sie? Haben Sie den Typen, der Isabell umbringen wollte, nun endlich verhaftet?«

Sein Ton war voller Groll. Schlagartig war ihr klar, wieso Sascha nicht allein mit ihm hatte sprechen wollen.

Aber da war er heute bei ihr gerade an die Richtige geraten.

»Warum haben Sie damals, nachdem Ihre Frau verschwunden ist, keine Vermisstenanzeige aufgegeben?«

Obermann zuckte zusammen. Mit einem Gegenangriff hatte er nicht gerechnet.

»Sie hat doch geschrieben, dass sie nicht wiederkommt, auf einer läppischen Postkarte. Wozu sollte ich da eine Anzeige aufgeben?«

»Weil Sie sich hätten fragen können, ob eine junge Mutter tatsächlich ihre kleine Tochter einfach im Stich lassen würde?«

Während Obermann ein wenig zusammensackte und trotzdem noch wie ein Koloss aussah, drehten sich Richters und Saschas Kopf zu ihr.

»Können Sie sich erinnern, welchen Schmuck Ihre Frau in dieser Zeit trug? Gab es vielleicht ein Schmuckstück, das ihr viel bedeutete?«

Obermann überlegte lange, stützte den Kopf in seine riesige rechte Pranke und legte die Stirn in Falten.

Sandra wartete mit Herzklopfen, ob sie und Leo die richtigen Schlussfolgerungen gezogen hatten.

Aber Obermann schüttelte schließlich den Kopf.

»Das ist so lange her. Ich weiß es nicht mehr. Vielleicht fragen Sie mal meine Frau. Die hat immer wieder versucht, mit Isabell über die Zeit zu reden, obwohl meine Tochter da nicht sehr zugänglich war.«

Enttäuscht räumte Sandra ihren Stuhl.

»Schade. Einen Versuch war es wert. Ich frage Ihre Frau.«

Nebenan herrschte trübes Schweigen, als sie ins Zimmer trat. Sie warf einen Blick auf Patrick, der entspannt auf seinem Stuhl lümmelte und eifrig auf seinem Smartphone tippte. Er schaute sofort auf, als sie hereinkam, und lächelte sie an.

Gabriele Obermann saß dagegen ziemlich verkrampft und hielt ihre Handtasche wie ein Schutzschild auf ihrem Schoß.

»Kann mir einer von Ihnen sagen, ob Marie Fürst-Obermann in der Zeit, bevor sie verschwand, bestimmte Schmuckstücke besonders oft getragen hat?«

Gabriele Obermann sah sie verwirrt an.

»Ich habe die erste Frau meines Mannes doch gar nicht kennengelernt. Woher sollte ich das wissen?«

Sandra schaute zu Patrick, der begonnen hatte, angespannt im Zimmer auf und ab zu laufen.

»Ja, da war was!«, sagte er aufgeregt. »Isabell hat in den ersten Schuljahren immer eine Kette getragen, die ihr ihre Mutter zum Schulanfang geschenkt hatte. Da kannte ich sie zwar noch nicht, aber das hat sie mir erzählt. Sie hat so ein Schatzkästchen, wo alles drin ist, was von ihrer Mutter stammt. Da ist auch diese Kette drin. Sie ist silbern und hat einen kleinen Herzanhänger. Isabell hütet sie heute noch wie einen Schatz. Ich glaube, ihre Mutter hatte auch so eine.«

Sandra hätte Patrick umarmen mögen.

Sie zeigte ihm das Foto auf ihrem Smartphone.

»So eine Kette?«

»Ja, sowas in der Art. Aber es ist Jahre her, dass ich die von Isabell gesehen habe. Ich kann nicht beschwören, dass die beiden total gleich sind.«

»Das bekommen wir heraus!«, rief sie und stürmte zurück zu Sascha, Richter und Obermann.

»Chef, ich muss Sie mal kurz sprechen.«

Leonore Meusel war für ihre vierundachtzig Jahre noch ziemlich fit, das musste Leo anerkennen. Sie war die einzige Nachbarin von Röpkes und wohnte schon seit den Sechzigerjahren in ihrem Haus.

Sie konnte sich gut an die Zänkers erinnern.

»Fleißige Leute, aber der Lärm und der Staub von der Steinmetzwerkstatt waren fürchterlich. Tat mir zwar leid für den alten Zänker, dass er aufhören musste, nachdem Peter verschwunden war, aber eigentlich war es danach für alle Nachbarn sehr viel angenehmer.«

Leo saß ihr gegenüber auf einem unbequemen, steifen Sofa mit kerzengerader Rückenlehne und abgegriffenen Holzkugeln an den Armlehnen. Sie hatte ihn auf einen Schnaps eingeladen, aber er hatte sie auf einen Kaffee heruntergehandelt, den er jetzt aus einer Streublümchen-Tasse schlürfte.

»Sie können sich ganz sicher an die Tage um den Mauerfall erinnern«, sagte er. Alle Menschen, die die Wende bewusst erlebt hatten, konnten genau sagen, was sie zu dieser Zeit getan und wo sie sich aufgehalten hatten. »Ist Ihnen zu dieser Zeit bei Ihren damaligen Nachbarn, den Zänkers, etwas aufgefallen?«

»Nu! Die haben ganz schnell Besuch aus dem Westen bekommen. Eine junge Frau mit einem knallroten Auto! Angeblich eine Cousine von Ilona. Damals hat jeder dieses

Auto bestaunt, war so ein schnittiger Flitzer, sowas hatten wir ja nicht in der DDR.«

Leo freute sich wie ein Schneekönig, dass sich die alte Dame noch so genau erinnerte.

»Wie lange ist sie geblieben?«

»So ein paar Tage, das weiß ich nicht mehr genau. Aber sie hat oben im Zimmer neben dem von Jens und seiner Freundin gewohnt, da habe ich sie abends manchmal gesehen. War ein hübsches Ding mit langen blonden Haaren.«

»Haben Sie mit ihr gesprochen?«

»Ganz kurz, am Gartenzaun. Aber die war schwer zu verstehen. Die aus dem Westen sprechen ja fast alle so einen Dialekt, den man nicht versteht. Sie hat gesagt, sie kommt aus der Gegend von Frankfurt. Und dass sie den Peter sucht. Da wurde damals ja einiges gemunkelt, wo der abgeblieben war. Der alte Zänker hat nichts gesagt, die Margarete war da schon ein paar Jahre weg und die jungen Leute waren auch nicht gerade gesprächig, wenn es um Peter ging. Der war wohl im Gefängnis, oder?«

Leo bestätigte.

»Ja, in Bautzen. Wegen versuchter Republikflucht und verbotenem Kontakt in den Westen.«

»Ach je, der dumme Junge.« Sie schüttelte den Kopf. »Wieso fragen Sie mich nach dieser Frau?«

»Weil sie kurz darauf verschwunden ist. Wie ging es denn bei Zänkers weiter, erinnern Sie sich auch daran noch?«

»Die ist ein paar Mal weggefahren und wiedergekommen, aber dann war sie irgendwann mit ihrem Auto fort und kam nicht mehr zurück. Der Hartmut hat mir ein paar Tage später erzählt, dass sie nach Amerika auswandern wollte. Das hat mich nicht weiter gekümmert. Wir sind ja dann auch bald zu meiner Nichte nach Rüdesheim gefahren. Meine erste Fahrt in den Westen! Das war so schön!«

Bevor sie ihm weiter von ihrem ersten Ausflug nach Westdeutschland vorschwärmen konnte, fragte Leo weiter.

»Wie war die Stimmung danach bei den Zänkers?«

»Keene Ahnung. So dicke waren wir nie mit denen. Die Ilona, Jens' Freundin, die war die Einzige, die immer nett war. So ein lustiges Mädchen, die war Friseurin und kam alle Nase lang mit eener neuen Frisur und sah wieder total anders aus. Ohne die Ilona wäre der Jens genauso ein Griesgram wie sein Vater geworden. Die war pfiffig!«

»Und danach?«

»Danach? Keene Ahnung. Ging ja alles drunter und drüber, damals. Jeder hat geschaut, was mit seiner Arbeit ist, wo er een Begrüßungsgeld herbekommt, wie es weitergeht ... Glauben Sie mir, da hatte ich keene Zeit, mich um die Nachbarn zu kümmern. Der alte Zänker war ja auch nicht gerade jemand, mit dem man gern Zeit verbrachte. Wie die Margarete das so lange mit dem ausgehalten hat, ist mir heute noch ein Rätsel. Jedenfalls haben Vater und Sohn schon bald ihr Baugeschäft eröffnet und der alte Zänker kam mit eem Lastwagen voll Baumaterial aus'm Westen. Ab dem Frühjahr 1990 fingen die schon an, zu arbeiten, da wurden alle anderen noch mit ihren VEBs und LPGs und PGHs abgewickelt. Die Zänkers haben die Zeichen der Zeit erkannt. Aber der alte Zänker war eben auch sein halbes Leben lang selbstständig gewesen, da schaltet man schneller.«

Wohl wahr, dachte sich Leo. Die Frage war, wie weit er für seine Selbstständigkeit gegangen war.

Die Journalisten stürzten sich bei der Pressekonferenz dankbar auf die neuen Informationen zum Knochenmann vom Lohmener Steinbruch. Nur das siegessichere Lächeln von Lokalreporterin Susan Nikus schwand von Information zu Information. Sie begann, hektisch auf ihrem Smartphone herumzutippen.

Dass der Knochenmann in Wirklichkeit eine junge Frau zwischen fünfundzwanzig und fünfunddreißig Jahren gewesen war, entzündete die Fantasie der Journalisten. Viele waren verblüfft, dass selbst ihre Haar- und Augenfarbe bestimmt werden konnten, es gab aber auch kritische Nachfragen zur Phänotypisierung, die in Deutschland verboten war. Richter erklärte souverän, dass das Verbot nur bei der Ermittlung von Straftätern gelte, die Merkmale der aufgefundenen Frauenleiche also durchaus mit diesem Verfahren näher bestimmt werden dürften, um ihre Identität möglichst schnell zu klären.

Sandra saß zwar neben ihm am Tisch, hielt sich aus dem Frage-und-Antwort-Spiel aber völlig raus. Das war Reinhard Richters Revier. Sie beobachtete stattdessen den Blickwechsel zwischen Susan Nikus und Julia, die sich in kleinen Schritten vom Podium weg nach hinten bewegte.

Richter genoss diese Pressekonferenzen genauso sehr wie sie und ihre Kollegen sie verabscheuten. Julia Köhler hatte er wie geplant eingeladen, aber nicht aufs Podium mitgenommen. Die Schmach ersparte er ihr nicht. Erst nach der Pressekonferenz wollte er sie ins Gebet nehmen und beurlauben. Sie empfand diesen Zirkus als Zeitverschwendung, sofern sie als Ermittler die Presse nicht dazu benutzten, Hinweise aus der Bevölkerung zu sammeln.

In Gedanken war sie auch bei der Kette, die Tannhauser gefunden hatte. Sie hatten mit Eberhard Obermanns Einverständnis veranlasst, dass Isabell Obermanns Wohnung in Göttingen nach der Schatzkiste durchsucht wurde. Patrick Henzel hatte sie hinreichend beschreiben können, um sie zu identifizieren. Sie hoffte, dass sie die Schatulle am nächsten Vormittag im Präsidium haben würden.

Während Richter neben ihr einem Journalisten ausführlich erklärte, welche weiteren Methoden die Kripo nun anwenden würde, um die Identität der Frau zu klären, und sich über Zahnschemata und Genpools ausließ, schweifte ihr Blick durch den gut gefüllten Raum. Ganz hinten an der Wand stand inzwischen Julia Köhler.

Sie lehnte da mit hängenden Schultern und die Enttäuschung stand ihr ins Gesicht geschrieben.

Sandra fühlte kein Mitleid, nur Ärger.

Als die Konferenz beendet war, beeilte sie sich, in ihr Büro zu kommen. Julia stand draußen im Flur.

»Du hast die Nikus zu meiner Tante Luise Bärisch nach Rathen geschickt und ich gehe davon aus, dass du die Reporterin auch über Aurich informiert hast. Das ist unverzeihlich!« Julia wurde blass.

»Es tut mir leid, bitte gib' mir noch eine Chance. Ich weiß, dass ich voreilig war.« Sie machte einen zerknirschten Eindruck. »Susan hat mir versprochen, dass sie ausführlich auf meine Verdienste bei der Ermittlung eingehen würde. Alle hätten gelesen, wie gut ich bin.«

»Ich will dich hier nie wieder sehen! Wenn du auch nur den Versuch unternimmst, etwas mit den Fotos von Leo und dir zu erreichen, hast du ein Disziplinarverfahren am Hals. Hast du mich verstanden?! Richter wartet in seinem Büro auf dich.«

Julia Köhler starrte sie mit großen Augen an. Sie wurde rot bis unter die Haarspitzen.

Dann drehte sie sich um und rannte davon.

»Das Problem ist, dass ich ihn einfach nicht ausstehen kann und er mich auch nicht. Egal, wie sehr ich mich bemühe, tolerant zu sein, es geht einfach nicht. Die einzige Lösung ist, sich aus dem Weg zu gehen.«

Patrick keuchte neben ihm auf dem Rudergerät, auch Leo war inzwischen kurzatmig. Er hätte gern von seinen heutigen Erkenntnissen erzählt, aber das war natürlich tabu.

Dafür erfuhr er von Patrick ausführlich, wie der Nachmittag mit dem Ehepaar Obermann abgelaufen war. Der hatte bei den Hanteln noch drei Kilo zusätzlich aufgelegt und ackerte sich schon die ganze Stunde seinen Ärger aus den Muskeln.

»Ich glaube, der hat Isabells Mutter damals nur geheiratet, weil deren Vater einen Nachfolger für seinen Betrieb brauchte. Obermann war da die beste Wahl. Wahrscheinlich hat er ihm einen Deal vorgeschlagen: Du heiratest meine Tochter, ich gebe dir mein Geschäft. Jedenfalls wusste er noch nicht mal von Isabells Kistchen, von den Dingen, die sie all die Jahre gehütet hat wie einen Schatz. Der Mann hat nur Steine und Geld im Kopf.«

»Hauptsache du und Isabell, ihr findet einen Weg. Den Vater der Braut kannst du doch ignorieren.«

Leos Waden begannen langsam zu brennen. Er würde noch einen Endspurt hinlegen und dann seine Bauchmuskeln trainieren.

»Ich hoffe sehr, dass ihr Isabells Mutter findet. Ich glaube, dass sie dann endlich frei ist für eine Beziehung. Ich wünsche mir das schon so lange, Leo!«

Er kämpfte verbissen und hielt eisern sein hohes Tempo beim Rudern.

»Da hätte ich schon gern Frieden mit meinem zukünftigen Schwiegervater«, schob er hinterher.

»Immerhin hast du im Gegensatz zu den meisten Männern die Auswahl zwischen zwei Schwiegervätern«, scherzte Leo.

»Ich hoffe, ich lerne ihren anderen Vater bald kennen, es kann mit ihm nur besser werden.«

Seit heute Nachmittag hatte Leo das Gefühl, dass sie ein gutes Stück vorangekommen waren. Die Tatsache, dass Zänkers Haus über ein halbes Jahr leer gestanden hatte, bis es wieder bezogen worden war, war zwar ein Problem. Ebenso, dass die von Kopkes gefundenen Knochen nicht mehr untersucht werden konnten. Vom Skelett fehlten gut die Hälfte der Knochen, unter anderem alle Fingerknochen, auch das war kein Anhaltspunkt. Aber er war sich sicher: Wenn die Halsketten in ihrer Form identisch waren, würde das den Richter überzeugen, einen Haftbefehl auszustellen.

Leo begann die Abkühlphase, ruderte nur noch langsam und wischte sich den Schweiß von der Stirn.

»Wie geht es Isabell? Hat sie wieder gesprochen?«, fragte er Patrick, der schweißnass und keuchend immer noch wie ein Besessener ruderte.

»Sie wurde unruhig, als Eberhard an ihrem Bett saß«, stieß er keuchend hervor. »Kluges Mädchen!«

17 Mittwochvormittag

»In unserem Hof steht eine dicke Frau in einem langen, blauen Kleid und schreit herum«, sagte Olaf Röpke flüsternd. »Das ist echt gruselig.«

»Was?«

Leo war noch nicht ganz wach. Aus Gewohnheit hatte er das Gespräch sofort angenommen, obwohl es mitten in der Nacht war. Der Anruf hatte ihn aus dem Tiefschlaf gerissen und Fetzen seines Traums schwebten noch um ihn wie Blütenstaub. Je wacher er wurde, desto deutlicher spürte er den Muskelkater, den er sich mit Patrick im Fitness-Studio geholt hatte.

Röpke flüsterte wieder, jetzt ungeduldig.

»Sie haben doch gesagt, ich soll Sie anrufen, wenn mir noch was einfällt. Das ist doch nicht normal sowas! Oder soll ich die Polizei in Pirna anrufen?«

»Moment.« Leo stand auf und schüttelte sich. Draußen vor seinem Fenster lag die Neustadt im kargen Licht der Straßenbeleuchtung. Nur ein einzelnes Auto war zu hören. Leo schaute auf die Uhr. Es war kurz vor zwei am Morgen.

»Kennen Sie die Frau?«

»Guter Mann«, Röpke wurde jetzt lauter, »dann würde ich wohl kaum mitten in der Nacht bei Ihnen anrufen. Ich würde hingehen und sagen: ›Mach heeme, is mitten in der Nacht!‹«

Leo versuchte, sich zu konzentrieren. Aber das war gar nicht so einfach um diese Uhrzeit.

»Beschreiben Sie sie!«

»Blonde Haare in 'nem geflochtenen Zopf, ein bisschen rund, ungefähr fünfzig Jahre alt. Das Kleid sieht komisch aus, nicht wie ein Nachthemd, eher wie ein Kostüm.«

In Hintergrund hörte er die Stimme von Röpkes Frau.

»Angela sagt, sie sieht aus wie eine Prinzessin oder Königin. Aber die ist inzwischen nass vom Regen und kalt ist es auch. Die ist nicht bei Sinnen!«

»Was ruft sie denn?«

»Sowas wie: ›Geh weg, lass mich in Ruhe!‹ Dabei ist sie alleine draußen. Die sieht aus wie eine Furie. Ich will da nicht rausgehen und mit der reden.«

»Rufen Sie sofort die Polizei in Pirna an! Und ich komme auch raus zu Ihnen.«

Die Beschreibung passte auf Ilona Zänker und nach allem, was sie von Olga Mihalic erfahren hatten, war Ilona labil, wenn nicht sogar psychisch krank. Etwas musste sie in helle Aufregung versetzt haben, wenn sie sich nach Mitternacht im Hof ihres ehemaligen Wohnsitzes aufhielt.

Leo sprang in seine Jeans, schnappte sich eine Jacke und das Telefon und stürmte zu seinem Auto.

Auf dem Weg rief er bei Sandra an, informierte die Kollegen in Pirna über die Hintergründe und hoffte, dass Olaf Röpke die Frau festhielt, bis er draußen in Lohmen wäre.

Ihre Zähne fühlten sich pelzig an. Wann hatte sie sich zum letzten Mal die Zähne geputzt? Isabell Obermann hatte das Gefühl, aus einem sehr, sehr tiefen Schlaf aufzuwachen. Ihre Gedanken flossen wie zäher Honig, ihr Mund war trocken und die Lider immer noch so schwer, dass sie die Augen nicht öffnen konnte.

War sie zu Hause in ihrem Bett in Göttingen? Bilder und Erinnerungen flatterten vor ihr herum und verschwanden wieder, bevor sie sie zu fassen bekam. Meine Güte, wie konnte sie so müde sein, so betäubt, als ob sie einen furchtbaren Kater hätte? Ihr Kopf schmerzte. Sie hatte Durst. Ja, wahrscheinlich hatte sie zu viel getrunken. Obwohl sich das hier nicht so anfühlte wie ein üblicher Morgen nach viel Alkohol oder Schlimmerem.

Sie versuchte, die Augen einen Spalt zu öffnen, aber sie schaffte es nicht. Trotzdem realisierte sie, dass es plötzlich heller wurde. Jemand nahm ihre Hand. Eine weiche Stimme fragte, ob sie sie verstehen könne.

Isabell wollte »Ja« sagen, aber es kam nur ein piepsiges Stöhnen aus ihrem Hals.

Die Stimme sagte: »Drücken Sie meine Hand, wenn Sie mich verstehen, Frau Obermann.«

Sie drückte.

»Sehr gut«, sagte die Stimme zufrieden. »Sie sind in einem Krankenhaus in Dresden. Sie hatten einen Unfall. Machen Sie sich keine Sorgen, Sie werden wieder gesund.«

Isabell wurde kalt vor Schreck. Sie hatte was gehabt? Sie konnte sich an keinen Unfall erinnern. Sie erinnerte sich an – gar nichts.

Patrick und ihre Freundinnen Clara und Simone, selbst ihr Vater tauchten in ihren Gedanken auf, aber nur vage, nur die Gewissheit, dass sie da waren. Das gab ihr Sicherheit und sie spürte, dass sie wieder müde wurde.

»Haben Sie Schmerzen?«

Sie drückte die Hand.

»Ich gebe Ihnen ein Schmerzmittel, damit Sie wieder ruhig schlafen können. Das ist momentan das Beste, was sie tun können.«

Die Hand war für ein paar Momente weg, dann fühlte sie sie wieder an ihrer eigenen.

»Haben Sie Durst?«

Isabell drückte so fest sie konnte und bekam für die Anstrengung einen kleinen Schluck Wasser, den sie wie ein kostbares Geschenk auf der Zunge behielt und dann ganz langsam hinunterschluckte. Es war wundervoll. Sie schlief wieder ein.

»Wo ist sie?«

Leo sprang aus dem Wagen und vergaß beinahe, die Autotür zuzuwerfen.

»Irgendwo da vorne.« Olaf Röpke trat vor seine Haustür. Seine Haare standen ihm wirr vom Kopf ab, unter dem gestreiften Bademantel blitzte die lange Schlafanzughose hervor. Er deutete in Richtung der Kleingartenanlage auf der anderen Straßenseite. Dort war die Beleuchtung noch spärlicher, die eingezäunten Gärten und Gartenhäuschen lagen in tiefer Finsternis.

Nur die Lichtkegel mehrere Taschenlampen ließen Ausschnitte aufleuchten und zeigten Leo, wo die Pirnaer Kollegen schon suchten.

»Seit wann ist sie nicht mehr in Ihrem Innenhof?«

»Seit Angela versucht hat, mit ihr zu reden. Angela ist zu ihr hinausgegangen und hat sie gefragt, was sie sucht. Da ist sie erschrocken und weggelaufen.«

Auch Röpkes Nachbarn waren nun alle wach und sahen in ihren Nachtgewändern und im Schein des flackernden Blaulichts wie Zombies aus.

»Herr Röpke, wie lange schon?«

»Eine Viertelstunde.«

»Seit wann sind die Kollegen da?« Leo deutete auf die hüpfenden Lichtpunkte zwischen den Schrebergärten.

»Höchstens zehn Minuten.«

Besorgt schaute Leo in die Nacht. Diese Kleingartenanlage war schwierig zu durchkämmen. Es gab tausend Möglichkeiten, sich zu verstecken. Wenn er wenigstens wüsste, ob er mit seinem Verdacht richtig lag. Er konnte schlecht Jens Zänker um drei Uhr morgens aus dem Bett klingeln, wenn er nicht sicher war, dass es tatsächlich seine Frau war, die da am Rande des Steinbruchs herumirrte.

Leo hatte unterwegs mit Sandra telefoniert, aber er würde nicht auf sie warten.

Inzwischen sprudelte so viel Adrenalin durch seine Adern, dass er nicht herumstehen konnte. In wenigen Schritten war er beim ersten Polizisten, der mit einem Funkgerät in der Hand auf der Straße stand. Er koordinierte offenbar den Einsatz.

»Leiter der Einsatzgruppe, Hendrik Paar«, stellte er sich vor.

Leo schilderte ihm kurz, was er vermutete. Sie waren sich einig, dass das Gelände schwer zu durchsuchen war. Paar ließ seine Leute die Kleingartenanlage durchkämmen, weil Olaf Röpke mitgeteilt hatte, dass die Frau in einen der Zufahrtswege geflüchtet war.

»Der Steinbruch ist gleich dahinter?«, fragte Leo.

Paar nickte. »Ja, erst kommt noch ein Erdwall, dann geht's runter in die Grube.«

»Wohin führt der Weg hier?«, fragte Leo und deutete auf die Verlängerung der Zufahrtsstraße.

»Der Weg teilt sich weiter vorne. Rechts geht es hinunter zur Wesenitz und zum Wasserwerk, links ist ein Zugang zum oberen Teil des Steinbruchs.«

Wenn es wirklich Ilona Zänker war, die verstört in einem Königinnen-Kostüm herumirrte, war ihr Ziel möglicherweise die Fundstelle des Skeletts. Die Regional-Nachrichten hatten am Abend ausführlich über die neuen Erkenntnisse zum Fund berichtet. Möglicherweise wusste Ilona Zänker, wessen Knochen da gelegen hatten.

Leo begann, den Weg entlang zu rennen, dem hüpfenden Lichtfleck seiner Taschenlampe hinterher. Links von ihm passierte er ein großes Wirtschaftsgebäude, an dem eine einsame Außenlampe die Insekten anlockte und ihm ein wenig mehr Licht auf den Weg warf. Er lief an langen Garagenreihen vorbei, typische Relikte aus DDR-Zeiten, und leuchtete in die Zufahrt, aber da war niemand.

Eine Schranke versperrte kurz darauf den Weg, das war die besagte Zufahrt in den Steinbruch. Er kannte bisher nur die tiefer gelegene Haupteinfahrt auf der anderen Seite. Kurz nach der Schranke wiesen Wegweiser von der Betonpiste nach rechts hinunter zur Wesenitz und zum Wasserwerk. Linkerhand lag die gewaltige, dreißig Meter tiefe Grube des Steinbruchs.

Er zögerte kurz. Wohin würde Ilona Zänker gehen? Hinunter zur Wesenitz und entlang des Flüsschens zum Haupteingang? Oder würde sie oben auf dem Plateau bleiben und an den Abgrund laufen? Er entschied sich für den mit alten Betonplatten gepflasterten Weg. Gefährlich war das eine wie das andere bei diesen Lichtverhältnissen und im Nieselregen, der den Untergrund glitschig machte. Nach ein paar Schritten bergab zweigte rechts ein weiterer Pfad ab. Verdammt, es gab so viele Möglichkeiten, hier zu verschwinden! Von den Bäumen tropfte es beständig und die kühle Feuchtigkeit kroch ihm unter die Jacke. Um sich zu schützen, zog er den Reißverschluss ganz nach oben.

»Hallo, Frau Zänker! Sind Sie da unten?«

Er horchte in den Wald, aber außer dem leisen Geräusch, das der Regen machte, und seinem eigenen Atem hörte er nichts. Dann glaubte er, ein Stöhnen zu hören. Kurzentschlossen sprintete er den Wanderweg hinunter, seine Taschenlampe kerbte helle Schneisen in das Waldesdunkel.

Als er das schwarze Wasser der Wesenitz schon glitzern und rauschen hörte, rutschte er auf einem feuchten, bemoosten Stein aus und schlug hart aufs Steißbein.

»Kruzitürken!« So bayerisch hatte er schon lange nicht mehr geflucht. Mit schmerzender Kehrseite und nassem Hosenboden rappelte er sich auf und leuchtete auf die Anlage des Wasserwerks. Er rief nochmals nach Ilona Zänker, aber außer dem Fließgeräusch der Wesenitz bekam er keine Antwort. Auch hier gab es genügend Ecken, in denen man sich verstecken konnte. Es war aussichtlos für ihn, ganz allein die Anlage des Wasserwerks und die Ufer abzusuchen.

Es zog Leo wieder hoch zur Betonpiste, er fand hier unten keine Spuren von Ilona oder einer anderen Frau im blauen Kostüm.

Das schnelle Tempo, in dem er hinaufhastete, ließ ihn keuchen. Der Muskelkater in seinen Oberschenkeln machte es nicht angenehmer. Oben angekommen hörte er vereinzelt Rufe und stellte fest, dass sich die anderen

Polizisten langsam in seine Richtung bewegten. Offenbar hatten auch sie sie noch nicht gefunden. Die Lichtpunkte bewegten sich weiterhin langsam und systematisch durch die Kleingartenanlage. Er bog wieder auf den Betonweg ein, bewegte sich Richtung Haupteingang nach unten und suchte nach blauen Stofffetzen, Fußspuren oder sonstigen Zeichen, die ihm verrieten, dass er hier auf der richtigen Spur war.

Auf halber Strecke kehrte er um. Wenn sie tatsächlich hinunter gegangen war, war das wesentlich weniger gefährlich als oben an der Kante. Er suchte den dortigen Zugang und entdeckte ihn hinter großen Sandsteinquadern, die neben den Warnschildern deutlich signalisierten, dass der Zutritt hier lebensgefährlich war.

Er tastete sich durch die Blöcke und langsam, Schritt für Schritt, durch hohes Gras, Dickicht und vereinzelte Birken, bis zum Rand des Steinbruchs. Außer dem Tropfen des Regenwassers von den Blättern und seinem eigenen Schnaufen hörte er nichts.

»Frau Zänker?«

Er drehte sich langsam im Kreis, um sein Umfeld auszuleuchten.

»Geh weg!«, hörte er eine verzweifelt klingende Stimme links von sich.

Mit zögernden Schritten tastete er sich am Abgrund entlang und suchte mit dem Lichtkegel die Bruchkante.

Niemand war zu sehen.

»Frau Zänker? Wo sind Sie?«, versuchte er es nochmals, bekam aber keine Antwort. Milan fiel ihm ein, und was der Junge über die Eiskönigin gesagt hatte. Wie hieß die noch?

»Königin Elsa?«, rief er aufs Geratewohl.

Eine Stimme direkt hinter ihm sagte:

»Komm nicht näher. Du darfst mich nicht anfassen!«

Der Espresso bereitete Sandra Magenschmerzen, als sie in Lohmen in den Porschendorfer Weg einbog. Einige Anwohner standen vor ihren Häusern und diskutierten. Sie kam nicht bis vor Röpkes Haus, da die Straße mit Polizeiwagen und Leos Auto zugeparkt war. In Röpkes Wohnzimmer brannte glücklicherweise Licht. Sie läutete und Olaf Röpke erkannte sie trotz der späten Stunde sofort.

»Ah, die Kommissarin aus Dresden. Kommen Se rein.«

Sandra hielt sich nicht lange auf.

Sie holte das Foto von Ilona Zänker aufs Display und fragte:

»Erkennen Sie die Frau hier wieder?«

Röpke, im Bademantel, roch nach Soljanka. Er bat sie in die Küche, wo seine Frau vor einem Teller der Suppe saß.

»Angela, guck du mal, war sie das?« Er schob seiner Frau das Telefon hinüber.

Die nickte Sandra zu.

»Wollen Sie ooch einen Teller Suppe? Um die Zeit kann man was Warmes im Bauch vertragen.«

»Nein, Danke!« Sandra winkte ab. Morgens auf leeren Magen erst einen Espresso und dann noch eine saure Suppe obendrauf – schon bei dem Gedanken wurde ihr übel.

»Ich wüsste nur gern, ob Sie diese Frau erkennen?«

Angela Röpke studierte das Ausweisfoto eine Weile. Sandra wurde ungeduldig.

»Wissen Sie, die kommt mir schon bekannt vor. Das Problem ist, dass die Frau, die in unserem Hof stand, einen dicken blonden Zopf hatte. Hier auf dem Foto hat sie dunkle kurze Haare. Aber das Gesicht ist schon sehr ähnlich.«

»Könnte das eine Perücke gewesen sein?«, frage Sandra.

Angela Röpke zuckte ratlos mit den Schultern.

»Ich habe nicht so genau drauf geachtet. Die war ja pitschnass, die Haare hingen ihr vorne ins Gesicht. Sie war verwirrt und hat immer gerufen: ›Geh weg! Lass mich in Ruhe!‹ Als ich zu ihr raus gegangen bin, ist sie erschrocken und hat mich angestarrt wie einen Geist. Ich habe versucht, mit ihr zu reden, aber sie ist rückwärts rausgegangen, erst langsam, dann immer schneller und dann in die Kleingartenanlage gelaufen.«

»Schade, dass Sie sie nicht festgehalten haben«, sagte Sandra.

»Da hätte noch jemand anderer rausgehen müssen.« Angela Röpke sah ihren Mann mit zusammengekniffenen Augen an. »Aber mein Olaf hatte mächtig Schiss.«

Olaf Röpke machte ein schuldbewusstes Gesicht und Sandra senkte den Kopf so tief über ihr Handy, dass er sie hoffentlich nicht schmunzeln sah. Sie hatte noch eine Idee und googelte nach dem Disney-Film.

Sofort hatte sie ein paar Bilder davon auf dem Display und hielt es Angela Röpke erneut vor die Nase.

»Sah das Kleid in etwa so aus?«

Diesmal brauchte ihr Gegenüber nicht zu überlegen.

»Genau, das war's! Was ist das denn, eine Zeichentrickfigur?«

»Ja, das ist Elsa, die Eiskönigin.«

»Wo sind Sie?«

Leo war verwirrt. Er hatte ihre Stimme gehört, aber er konnte sie nicht sehen.

»Elsa?«, versuchte er es wieder.

Ein dunkler Schatten löste sich von der Kontur eines Baumstammes hinter ihm. Warum hatte er sie dort nicht bemerkt?

»Licht aus!«, befahl sie.

Die Dunkelheit machte ihn blind, aber Leo konnte Ilona Zänker spüren. Er stand jetzt zwischen ihr und dem Abgrund, nur wenige Schritte trennten sie.

»Wir suchen Sie«, sagte er und versuchte, so ruhig wie möglich zu klingen.

»Sie sind von der Kriminalpolizei. Ich weiß, dass Sie mich suchen. Ein Sturm zieht auf. Ich will frei sein.«

»Wovon wollen Sie frei sein?«, fragte er und hoffte, sie so weit in ein Gespräch zu verwickeln, dass sie ihn an sich heranließ.

Er machte einen kleinen Schritt in ihre Richtung, aber sie fauchte ihn sofort an.

»Zurück! Niemand darf mich anfassen!«

Leo hob die Hände und machte einen Schritt zur Seite.

»Ich tue Ihnen nichts! Aber wir sollten gehen. Eine Tasse Tee würde Ihnen guttun, denken Sie nicht? Es ist kalt hier.« Vielleicht ließ sie sich überreden, mit ihm zusammen zurückzugehen.

»Die Kälte gehört zu mir«, sagte sie, als ob sie ihm gerade ihre Adresse verraten würde.

Sie schien hin und her zu schwanken, zwischen ihrer Fantasiewelt und der Realität, zwischen der Eiskönigin und Ilona Zänker. Die Frage war, wen er ansprechen sollte. Er entschied sich, so neutral wie möglich zu fragen.

»Warum sind Sie hierhergekommen?«

Sie breitete die Arme aus.

»Es war meine Idee, aber ich habe so bitter dafür bezahlt. Ich muss weg von all dem. Ich lasse jetzt los.«

Sie machte einen großen Schritt auf den Abgrund zu, aber Leo sprang ihr entgegen und riss sie zu Boden.

»Gehen Sie weg!« Sie schrie und wehrte sich, die blonde Perücke rutschte von ihrem Kopf und ihre dunklen Haare fegten über sein Gesicht, als er versuchte, sie festzuhalten. Das lange Kleid verhedderte sich zwischen ihren Beinen. Sie war kräftiger, als Leo erwartet hatte.

Obwohl er sie nicht verletzen wollte, musste er doch hart zugreifen, um ihr den Arm so auf den Rücken zu drehen, dass er sie gut im Griff hatte.

»Au, Sie tun mir weh!«, heulte sie.

»Ich höre sofort auf, wenn Sie mir versprechen, nicht hinunter zu springen«, keuchte Leo.

»Sie hatte ein Kind! Eine Tochter! Verstehen Sie? Sie hatte das Kind, das ich mir immer gewünscht habe. Es ist die Strafe für das, was wir getan haben.«

Leo lockerte den Griff und half Ilona Zänker, sich aufzusetzen. Ihre Fußspitzen reichten bis vor zum Abgrund, aber sie saß nun sicher neben ihm und er hielt sie immer noch an der linken Schulter fest.

Sie war so durchgefroren und erschöpft, dass sie Schüttelfrost bekam und in seinem Arm zu zittern begann.

Er brauchte Hilfe. Mit der freien Hand suchte er nach seiner Taschenlampe und blinkte das Zeichen für S.O.S. Hoffentlich sah es einer der Kollegen im Wald hinter ihm. Er konnte Ilona Zänker nicht allein hochhieven, deshalb blieb er sicherheitshalber mit ihr auf dem Boden sitzen. Aber ewig konnten sie nicht hier im Regen kauern.

»Was haben Sie denn getan?«

»Kommen Sie schnell, sie irrt seit einer Stunde am Steinbruch herum!«

Sandra hielt Jens Zänker die Autotür auf. Als er ihr nach langem Klingeln am Telefon gesagt hatte, dass er nicht mehr fahren könne, war sie kurz entschlossen die paar Kilometer bis zu seinem Anwesen gefahren.

Er sah schlecht aus. Sein Gesicht war verquollen, die Augen gerötet. Seine Kleidung wirkte, als hätte er darin geschlafen und nur eben die Regenjacke übergeworfen. Er roch so stark nach Alkohol, dass sie inzwischen sicher war, ihn weniger aus dem Schlaf als vielmehr aus einem satten Rausch aufgeweckt zu haben.

»Was ist mit Ihrem Vater?«

Jens Zänker winkte ab. Er schien sehr besorgt zu sein.

»Ich konnte erst nicht glauben, was Sie mir am Telefon erzählt haben. Aber ich habe das ganze Haus abgesucht, sie ist tatsächlich mit dem Auto los. Mein Gott, ich habe nicht mal mitbekommen, dass sie weg ist. Fahren Sie schneller!«

»Was sucht Ihre Frau dort am Steinbruch in Lohmen?«, fragte Sandra, gab Gas und warf einen Blick zu ihm hinüber.

Er rieb sich das Gesicht mit den Händen.

»Ich habe keine Ahnung. Vielleicht, weil wir da früher gewohnt haben.«

»Fühlt sich Ihre Frau nicht wohl in Ihrem jetzigen Zuhause?«

Jens Zänker drehte sich abrupt zu ihr.

»Blödsinn. Es geht ihr bestens in diesem Haus. Sie ist nur ein wenig eigen. Manchmal verliert sie sich in Traumwelten. Aber nicht, dass Sie denken, sie wäre verrückt. Nein! Wahrscheinlich schlafwandelt sie. Das hat sie früher schon mal gemacht.«

»Schlafwandeln?« Sandra wusste, dass Schlafwandler durchaus die Wohnung verließen, aber dass sie mit dem Wagen kilometerweit durch die Nacht fahren sollten, das war ihr neu. Auch dass Ilona Zänker erschrocken vor Angela Röpke geflüchtet war, sprach nicht dafür. Sie wäre spätestens dann aufgewacht, schätzte Sandra.

»Ihre Frau stand im Innenhof Ihres alten Wohnhauses und hat herumgeschrien. Sie rief ›Lass mich in Ruhe!‹, und ›Geh weg!‹. Hat sie das schon öfter gemacht?«

»Ach Loni«, seufzte Jens Zänker. »Nein, das habe ich noch nie gehört. Hat sie sonst noch etwas gerufen?«

»Das werden wir nachher von den Anwohnern erfragen«, antwortete Sandra. Sie bog in Lohmen auf die Stolpener Straße ein.

»Sie scheint sehr verwirrt zu sein. Nehmen Sie nicht ernst, was sie sagt.« Jens Zänker sprach leise.

»Seit wann schlafwandelt Ihre Frau denn? Und wieso ist sie verwirrt?«

Zänker atmete schwer neben Sandra. Er machte sich Sorgen, das war ihm anzusehen. Er glaubte seine Geschichte vom Schlafwandeln wohl selbst nicht.

»Macht sie schon, seit sie ein Kind war. So weit weg von zu Hause ist sie bisher aber noch nie gegangen.«

»Und wieso ist sie verwirrt, wie Sie sagen?«

»Weil wir keine Kinder haben, das setzt ihr mächtig zu.«

Sandra schüttelte den Kopf. »Sie glauben, dass sie deshalb mitten in der Nacht in einem Disney-Kostüm am Steinbruch herumstreift?«

»Ich weiß, das klingt merkwürdig«, sagte Jens Zänker zögerlich.

Sandra hielt in der Zufahrtsstraße zu Röpkes Haus.

»Ich glaube Ihnen kein Wort, Herr Zänker«, sagte sie und stieg aus dem Wagen. »Aber jetzt suchen wir sie erst mal, dann können wir uns weiter unterhalten.«

Sie führte Zänker zum Einsatzleiter, der mit dem Funkgerät in der Hand weiter oben vor der Schrebergartenanlage stand.

»Die Frau, die wir suchen, ist höchstwahrscheinlich Ilona Zänker«, sagte sie ihm und deutete auf ihren Begleiter. »Das ist ihr Ehemann, Jens Zänker.«

Hauptwachtmeister Paar nickte. »Es ist gut, dass Sie da sind. Leider haben wir sie noch nicht gefunden. Es dauert, die Gärten und Häuschen, Unterstände und dunklen Ecken abzusuchen.« Er wandte sich an Jens Zänker.

»Kennt sich Ihre Frau hier aus? Hatten Sie früher einen dieser Gärten? Gibt es einen Ort, wo sie hingehen würde?«

Jens Zänker schloss die Augen und schüttelte den Kopf.

»Wir haben früher da vorne in dem Haus gewohnt, wo sie zuerst war. Einen Garten hatten wir hier nicht. Ich würde lieber vorne am Steinbruch suchen.«

Er ließ sie beide an der Kleingartenanlage stehen und eilte davon. Sandra folgte ihm, bat Paar im Laufen aber noch, ihr ein paar Männer hinterherzuschicken.

»Damals war das mein allergrößter Wunsch. Ich wollte unbedingt da hin.«

Ilona Zänker schniefte und sprach stockend.

Leo lockerte seinen Griff, ließ sie aber nicht ganz los. Er ließ sie einfach reden, damit sie sich langsam beruhigte.

»Das war so bunt! So viele Farben! Noch viel besser, als ich es mir vorgestellt hatte. Die Leute waren so nett, meine Güte, das war, wie mittendrin in einem Film zu sein!«

Sie lehnte sich an Leo und er spürte, wie kalt und schwer der nasse Stoff an ihm klebte. Er würde sie keinesfalls loslassen. Die Gefahr, dass sie noch einen Versuch unternahm, zu springen, war zu groß, auch wenn sie sich gerade etwas zu besinnen schien. Sein linker Arm hielt hinter ihrem Rücken immer noch ihre Schulter fest, mit der Rechten umklammerte er ihre rechte Hand. Von Ferne hätte man sie für ein verliebtes Pärchen halten können. Er betete, dass jemand sein Lichtsignal gesehen hatte und die Kollegen bald auftauchen würden. Sie saßen im dunklen Regen und er begann, genauso zu frieren wie Ilona Zänker.

»Jens war noch drei Mal mit mir da. Aber jedes Mal war es weniger schön«, sagte sie. »Kennen Sie das auch, dass Orte ihren Reiz verlieren, wenn man öfter hinkommt?«

»Ja, das kenne ich.« Leo merkte, dass sie ihre rechte Hand befreien wollte.

»Haben Sie ein Taschentuch für mich?«, fragte sie.

»Leider nein.« Er hielt sie eisern fest.

»Aber dann ist es in der Erinnerung viel schöner als in der Wirklichkeit.«

Sie streckte ihren Rücken und er gab ihr ein wenig Raum, um eine neue Sitzposition zu finden. Jetzt saß sie ihm zugewandt und er konnte ihr Gesicht sehen. Ihre Augen waren klar, sie machte keinen verwirrten Eindruck auf ihn, als sie ihn so ansah. Ihre dunklen Haare klebten nass auf der Stirn.

»Kann ich mir bitte mal die Haare aus den Augen wischen?«, fragte sie.

Leo zögerte kurz, dann ließ er sie los. Sie strich sich ihr Haar aus dem Gesicht und schaute hinauf in den Himmel, wo der Mond eben durch eine kleine Wolkenlücke zu sehen war.

»Ich war die Königin. Alle haben getan, was ich gesagt habe.«

Sie lächelte versonnen den Mond an.

»Was haben Sie gesagt, was die tun sollen?«, versuchte es Leo erneut, etwas Konkretes von ihr zu erfahren. Hoffentlich kam bald Verstärkung.

»Ein Sturm zieht auf, ich lasse los.«

Leo schaute kurz nach oben, aber das sah nicht nach Sturm aus. Im Gegenteil. Der Nieselregen hatte fast aufgehört. Ab und an blitzten sogar Sterne durch die aufreißende Wolkendecke.

Er glaubte, hinter sich Stimmen zu hören.

»Da kommt Hilfe, Frau Zänker«, sagte er. »Wir können gleich ins Warme.«

Mit seiner Rechten nahm er wieder die Taschenlampe zur Hand und gab Lichtzeichen.

»Wir sind hier!«, rief er in die Schwärze hinein.

Ilona Zänker wurde unruhig.

»Können wir aufstehen?«, fragte sie zitternd.

Sie schafften es, sich gemeinsam aufzurichten, ohne dass Leo ihre linke Schulter losließ. Sobald sie standen, kamen Lichter auf sie zu.

»Hierher!«, dirigierte Leo die Polizisten.

Vier Mann kämpften sich durch das Dickicht in ihre Richtung.

»Leo?« Das war Sandras Stimme. »Hast du sie?«

Bevor er antworten konnte, hörte er die Stimme von Jens Zänker: »Loni?«

Die Frau neben ihm zuckte zusammen.

»Jens?«

»Jetzt wird alles gut, Frau Zänker«, sagte er. »Ihr Mann ist da.«

Sandra und Jens Zänker kamen vorneweg, dahinter zwei Polizisten in Uniform.

Jens Zänker rief erneut nach seiner Frau und breitete die Arme aus, während er auf sie zuging. Sandra kam zu Leo und legte ihm die Hand auf die Schulter.

»Wie gut, dass du sie gefunden hast.«

In dem Moment ließ er wohl etwas zu locker.

Ilona Zänker wand sich aus seinem Griff, fiel aber nicht ihrem Mann in die Arme, sondern stürzte sich mit einer Drehung in den Abgrund. Ihr Schrei schnitt durch die Nacht und hielt die Zeit an.

Im Osten wurde es langsam hell. Der Wind hatte aufgefrischt und Sandra zog fröstelnd die Decke um ihre Schultern.

Die Schreie schnitten ihr immer wieder durch das müde Gehirn. Leos »Nein!«, Jens Zänkers »Loni!«, Ilona Zänkers schrilles Kreischen – wie von einem Raubvogel, der in die Tiefe schießt.

An dieser Stelle war der Steinbruch tief. Ein paar Meter weiter rechts wäre sie nur vier Meter nach unten gefallen, da hätte sie vielleicht noch eine Chance gehabt.

Leo saß neben Sandra im Polizei-Bus, wie ein alter Mann, zusammengesunken und mit hängendem Kopf. Wenn sie ihn nicht am Ärmel gehalten hätte, wäre er möglicherweise hinterhergerutscht, als er versuchte, Ilona Zänker noch an ihrem Kleid festzuhalten.

Er war untröstlich und sie konnte es ihm nachfühlen. So lange hatte er die Frau festgehalten, und als endlich Verstärkung da war und alle glaubten, dass es jetzt vorbei sei, als er die Verantwortung abgeben konnte, da hatte Ilona Zänker den einen unachtsamen Moment genutzt und ihrem Leben ein Ende gesetzt.

Hendrik Paar, der Leiter der Suchmannschaft, hatte alle aus dem Bett geholt: Sascha Pröve, Reinhard Richter und Kai Nolde. Sie kümmerten sich seit einer Stunde um das, was getan werden musste. Zeugen befragen, den

Abtransport der Leiche organisieren, psychologische Betreuung für den Ehemann heranholen. Das ganze Viertel war aufgewühlt und übermüdet, alle waren dünnhäutig und reizbar.

»Sie hat nichts Konkretes zu Marie Fürst-Obermann gesagt?«, fragte Sandra zum wiederholten Male.

Leo rieb sich den Kopf.

»Ich brauche eine Kopfschmerztablette. Mir springt gleich der Schädel auseinander.«

Dann wandte er sich müde zu ihr.

»Nein. Ich sage dir doch, sie war so vage. Ich wusste nie, ob sie gerade in ihrer Eiskönigin-Traumwelt ist oder in der Realität. Sie sagte so Sachen wie, dass sie die Königin war und alle getan haben, was sie wollte. Was sollen wir damit anfangen?«

Er schob mit mühsamen Bewegungen die Autotür auf. Ein kalter Wind fegte Sandra die immer noch regenfeuchten Haare aus dem Gesicht.

»Ich gehe mal zu Röpkes und frage, ob die eine Tablette für mich haben.«

Sandra sah ihm nach, wie er zum Haus schlurfte, in dem seit Stunden das Licht brannte.

Angela Röpke war inzwischen angezogen, ihr Mann hatte im Steinbruch bei der Bergung von Ilona Zänker geholfen. Sie bat ihn mit einer Handbewegung ins Haus, aber Leo schüttelte den Kopf. Er blieb stehen, bis sie mit einem Glas Wasser und einer Tablette wiederkam.

Am Polizei-Bus klopfte Richter an die Autoscheibe und setzte sich zu Sandra.

»Sie sehen mitgenommen aus, Frau Kruse. Sie sollten nach Hause fahren und sich ausschlafen. Ich organisiere jemanden, der Sie fährt.«

Sandra lächelte ihn schief an.

»Sie haben Leo Reisinger noch nicht gesehen, Chef. Den sollte man nach Hause bringen. Ich denke, ich schaffe es, selbst zu fahren.«

Leo kam zurück, er rieb sich den Nacken und ließ den Kopf kreisen gegen die verspannten Muskeln.

»Hallo Chef«, sagte er und ließ sich auf einen der Sitze plumpsen.

»Sie haben beide Ihre Schilderung der Umstände diktiert?«

Sandra nickte. »Ja, mehrmals sogar. Sascha Pröve hat unsere Protokolle notiert, aber danach haben wir noch mal gemeinsam mit zwei Pirnaer Kollegen versucht, den Vorgang zu rekapitulieren. Das ist hier aufgenommen. Ein Gedächtnisprotokoll von allen gleichzeitig, sozusagen.« Sie zeigte ihr Telefon.

Richter nickte. »Schicken Sie mir die Aufnahme, ich lasse sie abtippen. Sie fahren jetzt nach Hause und ruhen sich aus. Um vierzehn Uhr kommen Sie ins Präsidium, damit wir uns zusammensetzen können.«

18 Mittwochnachmittag

Nach gut vier Stunden Schlaf fühlte sich Leo wieder einsatzfähig. Sich noch mal im Bett herumzudrehen, hatte sowieso keinen Zweck, weil die Bilder der letzten Nacht unerbittlich auf ihn einstürmten. Nach seiner Einschätzung hatte er gleich zweimal versagt. Weder hatte er Ilona Zänker vom Sprung in die Tiefe abgehalten, noch hatte er aus ihr irgendeine verwertbare Aussage herauslocken können, was Isabell Obermann oder das Skelett im Steinbruch anging. Immer noch konnte er nicht beweisen, dass Ilona, Jens und Hartmut Zänker etwas mit dem Verschwinden von Marie Fürst-Obermann zu tun hatten. Selbst wenn die DNA-Analyse seinen Verdacht bestätigte, dass die Knochen Isabell Obermanns Mutter zuzuordnen waren, war noch nicht geklärt, wie und warum ihre Gebeine dort im Steinbruch lagen. Allerdings: Ilona Zänker hatte von Schuld gesprochen und davon, dass sie unbedingt an einen bestimmten Ort gewollt hatte. Sie lebte in der Welt der Eiskönigin und der Verdacht lag nahe, dass es um Disney-World in Florida ging. Und falls mit dem Kind, das sie erwähnt hatte, Isabell Obermann gemeint war, dann standen sie dicht davor, das Rätsel um ihre Mutter zu lösen.

Niedergeschlagen duschte und rasierte er sich und zwang sich zu einem späten Frühstück. Zwanzig Minuten später tappte er das Treppenhaus hinunter. Im Hochparterre fing ihn Frau Fleischhauer ab.

»Na, Sie sind aber heute spät dran, mein Lieber!«, posaunte sie mit ihrer volltönenden Stimme. Ihr massiger Körper war heute in wild gestreifte Stoffbahnen gehüllt. Leo konnte nicht hinschauen, ohne wieder einen Anflug von Kopfschmerzen zu bekommen. Vielleicht sollte er lieber gleich noch eine Tablette schlucken.

»Im Lohmener Steinbruch geht es ja hoch her! Schon die zweite Leiche, heute Morgen, aber diesmal eine frische. Haben Sie damit auch zu tun?«

»Ja, habe ich.« Er hörte selbst, wie einsilbig das klang. Aber Frau Fleischhauer achtete nicht darauf.

»Wie sieht es jetzt mit dem Mietvertrag aus, Herr Reisinger? Ich habe nämlich schon einen neuen Bewerber. Ist zwar kein Polizist, aber ein Fotograf. Das ist ja auch ein ehrenwerter Beruf, nicht wahr?«

Sie sah ihn erwartungsvoll an. Ach ja, der Mietvertrag.

»Ich würde gerne verlängern, Frau Fleischhauer, um mindestens zwei Jahre.«

Seine Vermieterin kniff ihre gut gepolsterten Augen ein wenig zusammen und fixierte ihn.

»Wusste ich's doch. Sie werden die Richt'sche schon noch finden.«

Sie klopfte ihm aufmunternd auf den Arm und trat wieder in ihre Wohnung.

»Dann kommen Sie die nächsten Tage mal zu mir. Ich hab auch noch ein paar andere gute Tropfen im Schrank. Sie sehen aus, als könnten Sie einen Schnaps vertragen!«

Sandra schleppte sich müde in den Konferenzraum, wo Sascha und Kai Nolde den ganzen Vormittag versucht hatten, alle neuen Erkenntnisse zum Fall Obermann zusammenzutragen.

Leo ließ sich neben Sandra auf einen Stuhl sinken.

»Gut geschlafen?«, fragte er.

»Naja.«

Sie fuhr sich durch ihre strähnigen Haare. »Eine Woche auf der Beauty-Farm wäre jetzt nötig.«

Richter fasste zusammen, was sie bisher wussten.

»Die dramatischen Ereignisse von heute Nacht bringen uns der Aufklärung leider nicht näher. Wir wissen nach wie vor wenig über die Zusammenhänge. Möglicherweise war Ilona Zänker einfach eine verwirrte, depressive Frau. Die Umstände ihres Todes sind dubios, aber wir haben nichts, was einen Staatsanwalt überzeugen würde.«

Er wandte sich direkt an Sandra und Leo: »Sie haben von Ilona Zänker nicht einen verwertbaren Hinweis auf die Hintergründe bekommen? Auf Mutter oder Tochter Obermann? Ist Ihnen noch irgendetwas in den Sinn gekommen?«

»Was sie sagte, war sehr vage, aber sie hat davon gesprochen, dass es ihre Idee gewesen und dass sie bestraft worden wäre, für das, was sie getan hätten, und dass sie die Königin gewesen sei, dass alle gemacht hätten, was sie wollte. Es klang, als ginge es um einen Besuch in Disney-World, aber es könnte sich auch um den Tod von Marie Fürst-Obermann oder um etwas ganz anderes handeln.«

»Nichts Belastbares?«

Sandra sah Leo neben sich den Kopf schütteln und auch sie musste verneinen.

»Vater und Ehemann haben sie offensichtlich abgeschirmt, weil sie labil war und wohl ausgesagt hätte, wenn wir sie hätten sprechen können«, folgerte Richter. »Wie hat Jens Zänker reagiert?« Er wandte sich an Sandra.

»Ihr Ehemann erklärte diesen nächtlichen Ausflug damit, dass sie seit ihrer Kindheit schlafwandeln würde. Und sie wäre verwirrt, weil sie unter ihrer Kinderlosigkeit leide.« Sie verbesserte sich: »Gelitten hat. Mann, das war echt hart heute Nacht. Leo hatte sie ja schon, wir waren zu fünft, und trotzdem ist sie uns entwischt!«

Sie stöhnte frustriert auf.

»Das hätte nicht passieren dürfen!«

Neben ihr ließ Leo den Kopf hängen. Sie klopfte ihm auf den Rücken.

»War nicht deine Schuld, wir vier hätten dich ablösen müssen.«

»Ich hätte euch sagen müssen, dass sie es zuvor schon versucht hatte«, brummte Leo.

Richter betrachtete Leo einen Moment.

»Sind Sie in der Lage, weiter in dem Fall zu ermitteln, Herr Reisinger? Wenn das Geschehene Sie zu sehr belastet, sollten wir Sie vielleicht ein paar Tage abziehen.«

»Nein, nein, schon gut. Ich bin nur noch etwas müde.«

Leo setzte sich gerade hin und schaute Richter in die Augen.

»Gut«, fuhr der fort. »Die Analysen von Dr. Gräber sind eindeutig: Isabell Obermann ist die Tochter von Peter Zänker. Und die Knochen, die in Lohmen gefunden wurden, sind ebenso mit an Sicherheit grenzender Wahrscheinlichkeit die sterblichen Überreste der Mutter von Isabell Obermann.

Nach der aktuellen Indizienlage sind Jens, Ilona und Hartmut Zänker verdächtig, Marie Fürst-Obermann getötet zu haben. In deren damaligem Haus wurde sie zuletzt lebendig gesehen. Zudem ist das Modell der Halskette, die in Zänkers ehemaligem Keller gefunden wurde, tatsächlich identisch mit der Kette, die Isabell Obermann als Geschenk ihrer Mutter aufbewahrt hat. Wer die Kette im Keller versteckt hat, wissen wir nicht, genauso wenig, wie die junge Frau ums Leben kam. Die Knochen geben keine Hinweise auf eine Gewalteinwirkung. Der Schädel hat mehrere Frakturen, aber die können auch nach dem Tod entstanden sein. Aber die beiden Männer sind uns ein paar Antworten schuldig. Ilona Zänker hat sich dieser Befragung ja leider entzogen. Sie wusste garantiert etwas.«

Richter forderte Sascha auf, über seinen Besuch bei Hartmut Zänker zu berichten.

»Ich war mit einem Kollegen im Morgengrauen bei ihm. Er war natürlich geschockt, aber er wollte keine Hilfe. Zänker hat sehr aggressiv reagiert, uns fast beschimpft und gedroht, uns zu überfahren, wenn wir ihm nicht aus dem Weg gingen. Jedenfalls ist er einfach davongerast, er wollte unbedingt seinen Sohn Jens sprechen. Wir haben angeboten, ihn hinzubringen, aber er wollte selbst fahren. In der Klinik kam er auch an, aber Jens Zänker schlief zu dem Zeitpunkt und sein Vater wurde nicht zu ihm gelassen. Seither fehlt von ihm jede Spur. Ich habe versucht, ihn per Telefon zu erreichen, aber er geht nicht ran. In Hohburkersdorf ist eine Streife, die ihn abfangen soll, sobald er nach Hause kommt.«

Sascha sah sich um. Sandra nickte ihm anerkennend zu. Er hatte die Situation ziemlich souverän allein bewältigt, fand sie.

»Wie geht es Jens Zänker, warum liegt er im Krankenhaus?«, fragte Leo. Dessen schreckgeweitete Augen, nachdem seine Frau in den Tod gesprungen war, waren eines der Bilder, die sich in seine Gehirnrinde gebrannt hatten.

»Er ist völlig ausgerastet, hat Beruhigungsmittel bekommen und steht noch unter psychiatrischer Beobachtung«, sagte Richter.

»Sobald der Arzt es gestattet, holen wir ihn zum Gespräch hierher.«

»Was hat er gestern zu Protokoll gegeben?«

Sascha übernahm wieder: »Jens Zänker hat mir erzählt, dass seine Frau des Öfteren schlafwandle. Er habe nicht mitbekommen, dass sie nach Mitternacht das Haus verlassen hat, weil er ziemlich viel Schnaps intus hatte. Warum seine Frau Selbstmord begangen hat, kann er sich angeblich nicht erklären. Er war völlig verstört und fertig mit den Nerven, es war schwer, überhaupt etwas Vernünftiges aus ihm herauszubekommen.«

»Ziemlich genau das Gleiche hat er auch mir erzählt«, bestätigte Sandra.

Kai Nolde ergriff das Wort: »Der Haftrichter zögert, einen Haftbefehl für beide Zänkers auszustellen, weil wir keine stichhaltigen Beweise oder wenigstens starke Indizien dafür haben, dass sie etwas mit den Angriffen auf Isabell Obermann oder auf ihre Mutter zu tun haben. Wir werden von beiden noch Fingerabdrücke nehmen und mit den im Unfallwagen gefundenen vergleichen. Außer der

Halskette im Keller gibt es nichts Konkretes. Wir haben keine DNA-Spuren, keine Zeugenaussagen, kein Geständnis. Nur eine Abfolge von schlüssigen Verdachtsmomenten, die aber ziemlich große Lücken aufweisen. Ich habe mit allen Nachbarn der Röpkes gesprochen, aber die meisten kannten die Zänkers nicht mehr und davon, dass von dem Haus eine Leiche in den Steinbruch gebracht worden wäre, hat niemand etwas mitbekommen.«

»Können wir wenigstens eine Genehmigung bekommen, um die beiden Häuser zu durchsuchen?«, fragte Sandra.

»Ich kümmere mich darum«, sagte Richter.

»Irgendwas übersehen wir hier«, murmelte sie. Dann lauter: »Die Frage ist doch: Wieso ist Marie Fürst-Obermann nach Florida geflogen, hat sich auf ewig von ihrer Familie verabschiedet und kam dann zurück, um als Skelett im Steinbruch zu enden? Das leuchtet mir nicht ein. Warum hat sie nicht auf Peter Zänker gewartet, sondern ist, ohne ihn zu treffen, in die USA verschwunden? Wir haben uns schon gestern gefragt, ob jemand anderes geflogen ist.«

Betretenes Schweigen in der Runde.

»Alles, was Ilona Zänker gesagt hat, macht Sinn, wenn nicht Marie Fürst-Obermann in die USA geflogen ist, sondern sie«, nickte Leo. »Sie wollte unbedingt ›dahin‹, sagte sie, ›es war wie im Film‹. Und ihr Mann sei noch mehrmals mit ihr dort gewesen. Wenn sie wirklich so einen Disney-Fimmel hat, würde das ja genau passen. Wie sie das so kurz nach der Wende hinbekommen hat, bleibt zu klären, schließlich dürfte sie als DDR-Bürgerin nicht die notwendigen Papiere gehabt haben. Aber ich frage mich vor allem, wo ist das Motiv für einen Mord? Sie wird Marie Fürst-Obermann doch wohl nicht umgebracht haben, weil sie unbedingt nach Disney-World reisen wollte, oder?«

Sascha und Sandra schüttelten die Köpfe. Sie wussten nach wie vor zu wenig. Sandra schaute Richter an: »Wir brauchen dringend den Durchsuchungsbeschluss für das komplette Zänker-Anwesen.«

Mit jeweils drei Polizisten durchsuchte Leo das Haus von Jens und Ilona Zänker, während Sandra sich den Bungalow des Vaters vornahm.

Er schickte die Beamten vor allem auf die Suche nach alten Fotoalben und Reisedokumenten. Sein Verdacht war schlüssig, aber er musste ihn belegen. Ihn selbst zog es geradezu magisch nach oben in den ersten Stock, wo laut Olga Mihalic das Disney-Zimmer liegen musste. Er warf einen Blick in das großzügige Schlafzimmer mit Balkon, ins Badezimmer, in ein Gästezimmer, das so perfekt aufgeräumt war, als sei es noch nie benutzt worden, und trat schließlich vor das letzte Zimmer im Flur. Die Tür war versperrt.

Es dauerte zwar nicht lange, bis einer der Polizisten, die ihn begleiteten, den richtigen Dietrich gefunden hatte, aber Leo wippte trotzdem ungeduldig, bis die Tür endlich aufging.

»Holla, die Waldfee!« Der junge Bereitschaftspolizist Berger staunte und obwohl er sowas in der Art erwartet hatte, war auch Leo von den Bonbonfarben und den vielen Plüsch- und Plastikfiguren, den Ballons und Postern überwältigt.

»Meine Kinder würden hier komplett ausflippen«, sagte sein Begleiter. »Wahrscheinlich würden sie sofort einziehen wollen.«

Das Zimmer sah aus wie ein Museum für Walt-Disney-Filme. Leo kannte nicht alle, aber doch einige der Namen: Arielle, die Meerjungfrau, Aristocats, Pocahontas, Die Schöne und das Biest – manche Figuren standen lebensgroß aus Pappe inmitten von Accessoires, die zum Film gehörten. An der Wand gegenüber dem großen Fenster prangte ein Disney-Schloss von der Fototapete. »Cinderella Castle« konnte er am Rand des Bildes lesen.

Leo überprüfte, ob man das Schloss vom Innenhof aus sehen konnte, und stellte fest, dass es gut möglich war, wenn man vor dem Eingang zu Hartmut Zänkers Bungalow stand.

Sie teilten sich auf, Leo übernahm die Schrankwand an der rückwärtigen Wand des Zimmers, Berger öffnete die Türen der verschiedenen Kommoden.

Leo wühlte sich durch Motivbecher, Plastikfiguren, Bücher zu den Filmen, Kisten mit Schlüsselanhängern und Berge von Broschüren. Kopfschüttelnd nahm er zur Kenntnis, wie viele Produkte rund um die Filmfiguren kreiert wurden und versuchte im Kopf zu überschlagen, was für ein Milliardengeschäft es sein musste, diese Dinge an die Besucher der Themenparks und in den Disney-Läden zu verkaufen.

Kurz kam ihm in den Sinn, dass sie doch ein Hochzeitsgeschenk für Sascha und seine Melanie suchten. Auch für »Herr der Ringe«-Fans würde es ja sicherlich jede Menge Fanartikel geben. Je ein Paar Hausschuhe im Stil der übergroßen, haarigen Hobbit-Füße würde dem Brautpaar wahrscheinlich gefallen. Er musste sich das merken.

Hinter der nächsten Schranktür fand er bunte Kostüme für Erwachsene – neben diversen Königinnen-Kleidern auch eines für Minnie Maus und ein Kostüm mit einem Fischschwanz. Seine Hände fuhren durch knisternden Chiffon, über glänzenden Satin, durch hauchzarte Schleier und plüschiges Kunstfell.

Ilona Zänker musste schon ein sehr großer Fan dieser Disney-Welt gewesen sein, denn sie hatte sicherlich Tausende von Euros für ihre Schätze ausgegeben.

Hinter ihm rief Berger: »Das hier könnte interessant sein!«

Er hielt ihm ein abgenutzt wirkendes, gepolstertes Buch entgegen.

»Ein Fotoalbum?«, fragte Leo.

»Eher ein Reisetagebuch«, erwiderte der Polizist.

Leo blätterte durch die abgegriffenen Seiten: Fotos vom Disneyworld-Park, Eintrittskarten, Aufkleber, die Rechnung für zwei Hot Dogs, Broschüren für die einzelnen Themenwelten, kleine Landkarten. Ilona Zänker hatte offenbar jedes Schnipsel Papier gesammelt, das sie mit ihrem Besuch in Verbindung brachte. Leo blätterte weiter, bis er fand, wonach er suchte: Die Rechnung des Hotels war datiert auf den 15. Januar 1990. Ausgestellt auf Mrs. Fürst-Obermann.

»Das ist es!«, sagte Leo, als er weiterblätterte. Auf der letzten Seite klebte ein nicht ganz scharfes Foto von einem Paar mit aufgerissenen Mündern in einer kleinen, offenen Kabine.

»Sowas wie eine Achterbahn?«, fragte Berger.

»Ja, das nehme ich an.«

Den jungen Mann konnte er selbst nach den vielen Jahren schnell als Jens Zänker identifizieren. Seine wilden, dunklen Locken, der eher gedrungene Körperbau, die ausgeprägten Gesichtszüge, er war eindeutig wiederzuerkennen. Die Frau an seiner Seite hatte lange blonde Haare und sah Marie Fürst-Obermann erstaunlich ähnlich.

Leo stutzte. Er hatte erwartet, die dunkelhaarige Ilona Zänker zu sehen. Sollte sich Marie mit dem Bruder ihres Geliebten aus dem Staub gemacht haben? Nein, das war völlig undenkbar. Es gab nur die eine Lösung: Ilona hatte sich in Marie verwandelt. Dem Foto nach zu urteilen, war ihr das ausgesprochen gut gelungen. Auf der nächsten Seite klebten ein Foto von einem Märchenschloss und eine Postkarte, die das gleiche Gebäude zeigte. Es war das Schloss, das hier im Zimmer als riesige Fototapete von der Wand prangte.

Die Postkarte, mit der sich Marie Fürst-Obermann von ihrer Familie verabschiedet hatte, schoss ihm durch den Kopf. Er griff zum Telefon und wählte Patricks Nummer, während er sich das Buch unter den Arm klemmte und hinüber zu Zänkers Bungalow ging.

Patrick klang glücklich, als er ihn in der Leitung hatte.

»Sie ist heute Nacht aufgewacht und sie war eben noch mal kurz wach!«, jubelte er.

Leo ließ ihn kurz berichten, wie er sich per Händedruck mit Isabell verständigte, dann fragte er: »Du hast mir erzählt, Isabell habe eine Postkarte aus Amerika von ihrer Mutter bekommen. Weißt du, woher genau die kam?«

»Ja, weiß ich. Das war wirklich schräg. Es war ein Foto vom Aschenbrödel-Schloss drauf. Kannst du dir das vorstellen? Eine Mutter, die ihrer Tochter mit so einem Motiv für immer Lebwohl sagt? Wir haben nächtelang darüber diskutiert, was sie sich dabei gedacht haben mag.«

»Die Handschrift war aber eindeutig die von Isabells Mutter?«

Patrik zögerte.

»Du meinst ..., also, das weiß ich nicht. Aber ich nehme es an. Ihr Vater und Isabell haben nie einen Zweifel geäußert, dass es ihre Schrift war.«

»Danke, Patrick!«

»Wir können das Foto aus der Achterbahn sowohl Eberhard Obermann zeigen als auch Margarete Zänker. Beide sollten erkennen können, wer auf dem Foto zu sehen ist«, sagte Sandra, als sie zurück ins Präsidium kamen. »Ich versuche, beide zu erreichen und hierher zu bitten.«

Leo verschwand in seinem Büro und wollte erfragen, ob Jens Zänker endlich vernehmungsfähig war.

Sandra warf einen Blick zu Sascha hinein: »Habt ihr Hartmut Zänker gefunden?«, fragte sie, ohne sich lange mit Begrüßungsfloskeln aufzuhalten.

Sascha hing gerade am Telefon und winkte sie aufgeregt zu sich. Er schaltete den Lautsprecher an.

»... hat mir alles erzählt und ich bin völlig geschockt. Wir sind in der Frauenkirche. Er will hier sitzen bleiben, bis Sie kommen. Machen Sie bitte schnell!«

Sandra rieselte eine Gänsehaut über den Rücken. Sie erkannte Margarete Zänkers Stimme sofort, obwohl sie klang, als würde sie weinen. Es konnte sich wohl nur um Hartmut Zänker handeln, der sich seiner Ex-Frau offenbart hatte. Sie schaute Sascha mit großen Augen an und machte ihm ein Zeichen, dass sie sofort losgehen würde.

»Natürlich, Frau Zänker. Danke, dass Sie angerufen haben. Wir kommen sofort. Bleiben Sie bei ihm und sprechen Sie mit ihm, bis wir vor Ort sind.«

»Hartmut Zänker?«, fragte Sandra noch und fegte schon durch den Flur, als Sascha ihre Frage bejahte.

»Leo, los, wir müssen zur Frauenkirche! Hartmut Zänker ist dort mit seiner Ex-Frau und ist offenbar bereit, ein Geständnis abzulegen. Wir holen ihn uns!«

Hartmut und Margarete Zänker saßen wie ein altes Ehepaar vorn rechts in einer der Kirchenbänke. Sie wirkten wie Trauernde, ihre Gesichter waren schmerzverzerrt und ihre Körperhaltung vermittelte große Pein. Um sie herum hatten die übrigen Besucher viel Platz gelassen, keiner wollte den beiden zu nahe kommen.

Sandra nahm den Platz neben Margarete Zänker ein, Leo setzte sich auf die andere Seite neben Hartmut Zänker. Sascha platzierte sich auf die Bank davor und drehte sich zu ihnen um.

Leo begann.

»Ich denke, wir sollten dieses Gespräch nicht hier, sondern in unserem Büro führen, Herr Zänker.«

Der schüttelte den Kopf.

»Nein. Hier.«

»Beichte, was du getan hast, Hartmut«, forderte ihn seine Ex-Frau auf.

»Diese Frau hat alles zerstört. Peters Leben und unser Leben. Verstehen Sie? Ich war so wütend auf sie. Sie kam zurück von Bautzen, weil Peter noch nicht freigelassen wurde, und wollte noch ein paar Tage warten. Sie wollte mit ihm und ihrer Tochter irgendwohin gehen, weit weg von ihrer und unserer Familie, irgendwohin, wo sie beide frei sein könnten. So einen Unsinn hat sie erzählt. Aber ich hatte doch auch Pläne mit Peter. Ich wollte so etwas hier mit ihm bauen.«

Zänker breitete die Arme aus und deutete auf die hohen Kirchenwände um sie herum.

»Da oben, unter der Kuppel, hätte unser Zeichen in die Ewigkeit eingehen können. Alle Steinmetze, die ich kenne, haben mitgebaut und in diesem Gotteshaus ihre Spur hinterlassen. Aber wir Zänkers, wir bauen jetzt Trockenbauwände aus Gipskarton.«

Den letzten Satz spuckte er voller Verachtung aus.

»Sie hat mich so wütend gemacht, mir ist die Hand ausgerutscht.« Margarete Zänker begann, leise zu schluchzen, trotzdem hielt sie seine Hand.

Es fiel Hartmut Zänker schwer, weiter zu erzählen. Er holte noch einmal tief Luft und fuhr fort.

»Sie ist an die Ecke des Küchenherdes gefallen. Es war ein Unglück! Ich wollte sie nicht umbringen!« Er sah auf. »Wirklich, ich wollte sie nicht töten. Bitte glauben Sie mir. Sie lag da und rührte sich nicht mehr. Ich wusste nicht, was tun. In meiner Panik habe ich sie in den Keller geschleppt, in den kleinen Abstellraum, habe die Tür verbarrikadiert und den großen Schrank davorgeschoben.«

Er sah in die Runde und sein Blick blieb bei Sandra hängen.

»Ich habe wohl gedacht, wenn ich sie nicht mehr sehe, können wir alle so tun, als wäre sie einfach weg.« Sein Kopf sank tief nach unten. Aber dann straffte er sich wieder.

»Damals fing doch alles neu an. Ich wollte nicht ins Gefängnis, ich wollte endlich wieder leben!«

»Wussten Sie, dass sie nicht tot war? Sie hat in dem Keller ihre Halskette versteckt«, fragte Leo ungläubig nach.

Zänker riss Augen und Mund auf. Sie klafften wie nässende Wunden in seinem Gesicht.

»Was?!«

Leo war nicht bereit, ihm die Wahrheit zu ersparen.

»Marie Fürst-Obermann hat noch gelebt, als sie sie in den Keller sperrten. Sie muss dort elendiglich verdurstet sein. Haben Sie sie denn nicht rufen hören?«

Zänker brauchte lange, um die Nachricht zu verdauen.

»Ich habe es im Haus nicht ausgehalten, bin in der Nacht mit Maries Auto nach Prag gefahren und habe es dort verkauft. Ich war erst zwei Tage später zurück. Jens und Ilona kamen von ihrem ersten Ausflug in den Westen auch erst drei Tage später wieder. Ich habe ihnen gesagt, dass Marie schon wieder weg ist und alles dagelassen hat. Haben sie mir nicht geglaubt, aber richtig gefragt haben sie auch nicht. Jens hat mir keine Sorgen gemacht, der würde mich nie verraten. Aber Ilona, die musste ich ins Boot holen. Sie hat sich das alles angehört und ein paar Tage später kam sie und hat ihre Bedingungen gestellt. Sie wollte die Traveller-Schecks und die Kreditkarte. Ihr Traum war schon immer gewesen, nach Disney-World zu fahren. Sie war verrückt nach diesen komischen Figuren und den Filmen und dem ganzen Kram. Hat sie ja jetzt immer noch in ihrem Zimmer.«

Er stöhnte auf und fuhr sich über das Gesicht.

»Armes Mädchen. Sie hat einen tollen Plan gemacht damals. Sie war viel gescheiter als Jens und ich zusammen. Hatte schnell raus, wie sie Maries Handschrift kopieren und mit der Kreditkarte die Flüge buchen konnte. Sie schickte Jens nach Prag, um mit dem Geld für das Auto einen tschechischen Reisepass für sich zu kaufen, und sechs Wochen später saß sie mit gefärbten Haaren, Maries Koffer und Reisepass im Flugzeug nach Florida.«

Sandra sah Leo an und nickte ihm zu. Er hatte richtig kombiniert, wie Maries Verschwinden inszeniert worden war.

»Als die Feiertage vorbei waren, habe ich es im Haus nicht mehr ausgehalten. Marie hatte viel Geld dabeigehabt, damit bin ich in den Westen gefahren, um einen gebrauchten Lastwagen und Baumaterial zu kaufen.«

Zänker sackte noch ein wenig mehr in sich zusammen.

»Als ich zurückkam, habe ich den Raum im Keller zugemauert.«

Margarete Zänker weinte leise vor sich hin. Die Stimmung war bedrückend. Touristen schlenderten langsam an ihnen vorbei, um das Innere der Kirche aus allen Blickwinkeln zu betrachten. Leo musste sich kurz schütteln, als er darüber nachdachte, dass keiner der drei sich in den ersten Tagen vergewisserte, ob Marie tatsächlich tot war, während die schwer verletzt im Keller gefangen war und einen qualvollen Tod starb. Sascha war blass geworden und auch Sandra machte zu schaffen, was sie hier hören musste.

»Dann kam Peter aus Bautzen zurück und ich wollte mit ihm gemeinsam ein neues Geschäft gründen, endlich wieder eine Steinmetz-Werkstatt aufmachen, aber er wollte nicht. Er wollte nur diese Frau. Ich habe ihm erzählt, dass sie zurück nach Hause gefahren sei und von da an war er für mich verloren. Ich habe alles noch viel kaputter gemacht.«

»Und Isabell Obermann? Warum haben Sie versucht, Maries Tochter aus dem Weg zu räumen?«

»Mein Gott, was haben wir getan?!« Hartmut Zänker sank auf die Knie. Wie ein Büßer vor dem Herrn stützte er den Kopf auf seine gefalteten Hände.

»Diese Frau kam spätabends und wollte noch mal mit mir reden. Als sie aus dem Auto ausstieg, hat sie nach oben geschaut und Ilona und das Schloss an der Wand hinter ihr gesehen. Sie hat dagestanden und mit offenem Mund nach oben gestarrt. Da wusste ich, dass sie uns durchschaut hatte. Ich habe Ilona so oft gesagt, dass sie die Vorhänge zuziehen soll!«

Isabell hatte ihn genau auf die richtige Spur geführt, dachte sich Leo. Die Frau und das Schloss. Falls Ilona Zänker in dieser Nacht auch ihre blonde Eiskönigin-Perücke getragen hatte, musste sie auf Isabell wie die gealterte Version ihrer Mutter gewirkt haben. Wer weiß, vielleicht hatte sie sogar gedacht, sie habe ihre Mutter gefunden. Er würde sie hoffentlich bald danach fragen können.

Immer wieder stockend quälte der alte Zänker weitere Details ans Licht.

»Sie hat gesagt, dass sie sofort die Polizei rufen wird. Jens kam raus, weil er das Auto gehört hatte, und es gab Handgreiflichkeiten.«

»Handgreiflichkeiten? Was genau ist passiert, Herr Zänker?«, fragte Leo.

»Sie wollte ins Haus, hoch in das Zimmer, aber das konnten wir nicht zulassen. Ilona ist über die letzten Jahre immer labiler geworden, die hätte sofort alles zugegeben. Sie dachte, ihre Kinderlosigkeit ist die Strafe für das, was wir damals getan haben.«

Zänker schnaufte schwer. Margarete Zänker liefen die Tränen über die Wangen.

Obwohl um sie herum Menschen liefen und sprachen, obwohl jemand ein paar Akkorde auf der Orgel spielte, obwohl sie manche neugierigen Blicke trafen, schwebten sie wie in einer Blase. Nicht weit von ihnen stand neben dem Altaraufgang einer der beiden Beichtstühle. Vielleicht erleichterte es dieser Anblick dem alten Zänker, sein Geständnis abzulegen.

»Sie wurde von einem kantigen Sandstein seitlich am Kopf getroffen«, half Leo seinem Gedächtnis auf die Sprünge.

»Ich habe sie zurückgerissen, als sie ins Haus laufen wollte, da ist sie mit dem Kopf an die Balustrade gestoßen.«

Er kämpfte schwer mit sich.

»Ich bin manchmal so unbeherrscht. Ich hätte das nicht tun dürfen.«

»Und dann?«

Leos Stimme verriet, dass er diese Entschuldigung angesichts der Schwere dieser Taten absolut nicht angemessen fand.

»Jens hat gesagt, er würde das regeln. Er hat sie in ihrem Auto weggebracht, während ich das Blut weggewaschen habe. Ilona stand oben am Fenster und hat alles mitansehen müssen. Das hat sie vollends um ihren Verstand gebracht.«

»Als Jens wiederkam, sagte er, alles wäre erledigt, es würde wie ein Unfall aussehen, kein Mensch würde etwas bemerken.«

Er atmete schwer.

»Aber Jens war noch nie der Hellste. Jedenfalls habe ich morgens im Radio gehört, dass sie noch lebte. Ich konnte nicht riskieren, dass sie wieder aufwacht und uns verrät. Wenn man sowas anfängt, muss man es auch zu Ende bringen. Also habe ich mich in die Klinik und in ihr Zimmer geschlichen. Aber dann kam jemand rein und von da an ...«

Zänker fasste Leo bei den Händen.

»Bitte, der Jens ist kein Mörder! Es war alles meine Schuld. Jens ist viel zu gutmütig, um sowas zu tun. Er wollte mir, seinem Vater, damit einen Gefallen tun, aber Sie sehen ja, dass er sie nicht umbringen konnte!«

Leo schüttelte Zänkers Hände ab.

»Dass er es eher stümperhaft versucht hat, ist kein Grund, seinen Mordversuch weniger ernst zu nehmen als Ihren, Herr Zänker. Er wird genau wie Sie seine gerechte Strafe bekommen. Wir setzen dieses Gespräch im Polizeipräsidium fort. Dies hier ist kein Ort für solche Grausamkeiten.«

Leo zog die Handschellen aus der Tasche und legte sie um Zänkers Handgelenk.

»Gehen wir!«

»Wahrscheinlich hätten wir sie auch ohne sein Geständnis irgendwann überführt«, meinte Sandra spät abends, als Vater und Sohn Zänker in Untersuchungshaft saßen und das Geständnis unterschrieben war.

»Aber wir hätten noch eine Weile gebraucht und jedes Mosaiksteinchen mühsam an seinen richtigen Platz legen müssen.«

»Wenn er die Überreste von Marie Fürst-Obermann nicht ausgerechnet im Steinbruch vor seiner früheren Haustür versteckt hätte, als er das Anwesen verkaufte, wären wir ihm nicht so schnell auf die Schliche gekommen«, bestätigte Leo.

Leo, Sascha und sie saßen gemeinsam im Besprechungsraum und warteten auf Richter.

Die Pressekonferenz zur Aufklärung des Falles war äußerst gut besucht gewesen, die Journalisten hatten viele Fragen gestellt und Richter freimütig geantwortet.

»Jedenfalls kann Answald Aurich jetzt wieder beruhigt in die Universität gehen, ohne dass er Angst haben muss, von Reportern belästigt zu werden.« Sandra überlegte, ob sie ihn sogar kurz anrufen solle, damit er seine Sorgen los wäre. Aber das hatte Zeit bis morgen.

Sie waren alle drei erschöpft und ausgepumpt.

»Patrick hat mich vorhin angerufen, um mir zu sagen, dass Isabell Obermann erneut kurz die Augen öffnen und ein paar Worte sprechen konnte. Sie kann sich zwar an nichts erinnern, was ihre Kopfverletzung angeht, aber die Ärzte sind optimistisch, dass das noch kommen kann. Patrick ist erleichtert, dass Isabells Mutter nun gefunden ist und dass sie Isabell nicht einfach verlassen hat. Er glaubt, dass das ihrem und damit seinem Leben eine völlig neue Richtung geben wird.«

Leo streckte sich und es war ihm anzumerken, dass er sehr zufrieden mit diesem Ergebnis war. Patrick, so stellte Sandra wieder fest, war inzwischen eine feste Größe in Leos Leben. Sie wurde gespannt beobachten, ob das auch so bliebe. Jemand wie Leo brauchte dringend ein paar gute Freunde, mit denen er sich zumindest ab und an austauschen konnte.

»Das klingt gut.« Sascha stand mühsam auf und holte aus Frau Kerschensteiners geheimem Vorratsfach im Sideboard eine Keksdose. Er drehte sich um und meinte:

»Habt ihr das Gesicht von Eberhard Obermann gesehen, als Richter die komplizierten Familienverhältnisse erklärt hat? Ihm muss da erst so richtig klar geworden sein, dass Isabell gar nicht seine Tochter ist. Peter Zänker dagegen hatte einen schlimmen Rückfall, es geht ihm gar nicht gut, sagt seine Mutter.«

»Na, das ist wohl auch kein Wunder, wenn du erfährst, dass dein eigener Vater die Liebe deines Lebens umgebracht hat, oder?«, antwortete Sandra matt.

Sascha lümmelte inzwischen auf seinem Stuhl und knabberte einen Keks.

»Ich bin so froh, dass mein Privatleben das genaue Gegenteil von meiner Arbeit ist, Leute! Melanie versteht, was wir hier tun, aber sie ist ein Engel und ich kann die drei Monate bis zu unserer Hochzeit kaum erwarten.«

»Apropos«, meinte Sandra und gähnte herzhaft. »Was wünscht ihr zwei euch zur Hochzeit?«

Er druckste ein wenig herum.

»Einen Zuschuss zu unserer Reisekasse für den Besuch im Auenland?«

Leo grinste. »Ich dachte eher an Hobbit-Hausschuhe im Partnerlook.«

Sascha richtete sich auf. »Oh, toll, gibt es sowas?«

Sandra prustete mit Leo los und spürte, wie die Anspannung langsam von ihnen abfiel.

»Jetzt hätte ich gern ein kühles Bier«, warf Leo ein.

»Also, Sascha und Melanie bekommen einen Zuschuss zur Reisekasse und Hobbit-Puschen. Richter schenken wir zum Abschied eine Seidenkrawatte und Uwe Kröger besuchen wir morgen Nachmittag alle gemeinsam. Was haltet ihr davon? Ich mag es, wenn ich Posten auf meiner

To-do-Liste abstreichen kann.«

Sie schaute ihre beiden Kollegen an, die einverstanden zu sein schienen.

»Und du, Leo, was wünscht du dir zu deiner Hochzeit?«, fragte Sascha ins Blaue hinein.

Plötzlich war die lockere Stimmung wieder dahin. Schwere Stille breitete sich aus. Sascha hörte erschrocken auf zu kauen und machte ein unglückliches Gesicht.

»Wir haben uns getrennt, Sascha. Ich bleibe mindestens noch zwei Jahre hier in Dresden. Und bevor du sagst, wie leid dir das tut: Es ist in Ordnung für mich.«

Sascha warf ihr einen fragenden Blick zu, aber Sandra fand, dass es gut so war.

Danksagung

Erstmals habe ich für einen Kriminalroman eine wahre Begebenheit als Ausgangspunkt genutzt: Die Wartburg-Treffen der Steinmetzte aus Ost und West, die vor dem Mauerfall über viele Jahre einen privaten fachlichen Austausch gepflegt haben. Deshalb ist es mir besonders wichtig, zu erwähnen, dass abgesehen von diesen Treffen, der Rest der Geschichte und die agierenden Figuren völlig frei erfunden sind. Für dieses schöne Stück realer Zeitgeschichte möchte ich mich bei den beteiligten Steinmetzen bedanken.

Uwe Jahr von den Sächsischen Sandsteinwerken hat mir dankenswerterweise einen Einblick in die Gegebenheiten eines Steinbruchs gegeben.

Ein Gefühl für den Reiz schneller Autos verdanke ich Dr. Jürgen Will und Britta Hering.

Ganz wichtig sind für mich meine Testleser, Klaudia Blake, Petra Jacobi, Andrea Broll und Bernd Hamann, die mir in einem frühen Stadium schon Hinweise gaben, um den Text zu verbessern.

Ebenso großer Dank gebührt meinem Lektor Enrico Bach, der mich zwingt, genau hinzuschauen und alle Details zu hinterfragen, damit aus dem rohen Text ein folgerichtiges, spannendes Buch wird. Dankeschön an Romy Werner und Constanze Günther vom Verlag Saxo-Phon, die mich seit fünf Jahren engagiert und mit Expertise begleiten.

Diesen Krimi widme ich wie die vorigen meinem sächsischen Ehemann, Uwe Lehmann, ohne den ich Sachsen und speziell die Sächsische Schweiz nie so gut kennengelernt hätte.

Auch in dieser Reihe erschienen:

Die Sächsische-Schweiz-Krimis von Thea Lehmann

Ein Toter in der Kirnitzschtalbahn. Der erste Fall für den Neu-Dresdner Kriminalkommissar Leo Reisinger – und die Ermittlungen werfen Fragen über Fragen auf, beunruhigenderweise auch zu seinem eigenen Leben ...
ISBN 978-3-943444-47-6

Nachdem im Kirnitzschtal ein Toter gefunden wird, erlebt Leo Reisinger acht dramatische Tage. Er kommt physisch und psychisch an seine Grenzen: Kann er seinem Schicksal wirklich nur durch einen stockfinsteren Stollen entfliehen?
ISBN 978-3-943444-62-9

Warum hatte sie sterben müssen? Die Tote von Bad Schandau lässt Reisinger keine Ruhe. Auch dann nicht, als zwei weitere Menschen ihr Leben verlieren. Der Kommissar glaubt, einem Kunstschmuggelring auf den Fersen zu sein ...
ISBN 978-3-943444-66-7

In den Fokus der Ermittlungen um den toten Rathmannsdorfer Unternehmer rückt ein lang zurückliegender Kletterunfall. Was geschah in jener Winternacht und warum findet Reisinger Jahre später an der gleichen Stelle wieder einen Toten?
ISBN 978-3-943444-76-6

Weitere spannende Krimis von Victoria Krebs

Bereits zwei Frauen hat er enthauptet und kunstvoll für die Öffentlichkeit zur Schau gestellt. Nicht nur der Rechtsmediziner gerät ins Visier der polizeilichen Ermittlungen, sondern auch der Kollege und Liebhaber der Kommissarin.

ISBN 978-3-943444-80-3

Ein Antiquitätenhändler wird in seinem Geschäft tot aufgefunden. Kurz darauf wird in einem Restaurant ein Gast erschossen. Nichts scheint die Morde zu verbinden, bis sich plötzlich eine schaurige Gemeinsamkeit offenbart. Beiden Opfern fehlt ein Stück Haut im Nacken.

ISBN 978-3-943444-82-7